인생의 맛
모모푸쿠

인생의 맛
모모푸쿠

데이비드 장

지음

✦

이용재 옮김

푸른숲

프롤로그

이 책을 쓰기로 계약을 맺은 지 벌써 4년이 됐다. 출판사에는 이 책이 틀림없이 셰프를 위한 지도력과 사업 전략, 젊은 요리인들을 위한 충고가 담긴 지침서가 될 것이라고 말했다. 안타깝게도 출판사는 생각이 달랐다. 맨 처음 정한 마감일이 몇 달 안 남자 대리인이 마침내 나를 막아섰다.

"데이브, 뭐든 원하는 대로 써요. 그냥 자서전이잖아요."

하지만 군이 남겨두기 위해서 말하자면, 나는 여전히 이 책을 사업을 시작할 때 하지 말아야 할 일을 짚어주는 교과서라고 생각한다. 내 뇌가 자신의 삶에 대해 책을 쓴다는 엄청나게 괴상한 상황에서 나를 보호하려고 그러는 것이다. 물론 이 일을 승낙한 나의 우려할 만큼 비대한 자아도 만만치는 않다.

솔직히, 나는 내가 왜 팔리는지 도저히 이해를 못하겠다.

음식과 레스토랑과 그 밖에 자격도 별로 없는 주제에 열을 올리며 15년 동안이나 이야기를 해왔는데도 사람들은 어째서 더 듣고 싶어 하는 걸까? 왜 나의 말이 다른 사람의 말보다 더 가치 있다고 여길까? 무엇 때문에 내가 자기들보다 낫다고 생각할까?

나는 생각만 하지 않고 출판사에도 똑같이 물어보았다.

레시피를 포함할까요?

아뇨, 이 책은 그런 게 아니에요.

확실해요? 요리에 관한 내용을 좀 채워 넣으면 안 될까요?

안 돼요.

시간이 한참 지나 책을 디자인할 때 표지 이미지를 놓고 논쟁이 벌어졌다. 출판사는 자서전이라는 성향에 맞게 내 사진을 표지에 넣자고 제안했다. 하지만 나는 서점 선반에 내 얼굴이 깔리는 걸 상상할 만큼 낯짝이 두껍지는 않았다.

결국 우리는 삽화를 쓰기로 했다. 출판사는 느낌을 보여준다고 영화배우 이드리스 엘바의 사진을 넣어 표지를 만들었다. 나는 그 표지가 너무 좋아서 그대로 표지를 만들자고 했으나 거절당했다. 그래서 몇 가지 대안을 마련했다. 치과의사의 사무실에서나 볼 법한 온화한 풍경화와 복숭아 수채화 몇 점이 있었다. 내가 언제나 참고하는 이야기인 '시시포스의 신화'를 응용한 삽화도 있었다. 친구 데이비드 최가 그린 내 초상화도 있었는데, 개중에는 눈코입을 뺀 것도 있었다 (나는 아직도 그 삽화의 상징적인 이미지를 잘 모르겠다).

나는 눈코입을 그린 최의 초상화가 마음에 들었고, 좋은 타협안이라 생각했다. 나를 그리기는 했지만, 인상파의 화풍을 도입해 표지로 쓴다면 견딜 만했다. 물론, 이제 출판사는 독자들에게 더 친근한 안인 시시포스의 그림을 표지로 밀었다. 내 삶의 여정을 신화의 주인공에 빗댄 그림이라면 너무 잘난체하는 것처럼 보일까 봐 우려했다 (하지만 자세히 보면 복숭아를 밀어 올리는 건 내가 아니다. 007 영화에 등장하는 아시아계 악한의 원형적 인물인 오드잡이다). 우리는 옥신각신했지만 나는 근거 없는 의견이나 상식에 쉽게 휘둘리지 않는다. 게다가 나는 데이터를 굳게 믿었으므로, 설문조사를 해보기로 했다.

백 명에게 물어본 결과, 대부분은 내가 누군지 전혀 몰랐고, 약 7퍼센트만이 '그럭저럭' 또는 '아주 많이' 안다고 답했다. 어쨌든 모두 시시포스가 복숭아를 밀어 올리는 표지를 압도적으로 좋아했고 나도 괜찮았다. 생각을 바꾸는 게 그리 자랑스럽지는 않다. 강한 의견을 오래 고수하지 못하는 뭐 그런 상황 말이다.

나는 설문이 빈틈없다는 데 감탄했다. 예를 들면, 응답자들에게 가장 안 좋아하는 표지에서 안 좋아하는 부분을 표시하라고 요청했다. 그래서 그 부분을 정리해놓았다. 직접 보시라.

가장 많이 선택됨

응답자들에게 가장 좋아하는 표지의 가장 안 좋아하는 부분에 대해서도 골라달라고 했다. 그랬더니 눈코입이 없는 내 얼굴이 실린 표지를 좋아한다는 이들은 가장 거슬리는 부분을 이름이라고 골랐다.

가장 많이 선택됨

가장 많이 선택됨

좋다, 결국 내 얼굴과 이름이 문제인데, 아무래도 좀 혼란스러울 수밖에 없다. ① 역사적으로 내 외모와 얼굴, 이름의 전반적인 아시아

성에 민감하며, ② 사람들이 이 책을 읽어야 할 이유를 이해 못하는 이들은 과연 누구일까. 그러나 거듭 말하지만 나는 데이터를 존중한다. 그래서 우리는 내 이름을 덜 강조하고 얼굴은 빼기로 결정했다. 그렇게 해서 독자들이 책을 즐기는 데 도움이 된다면야 나는 상관없다. 다만 좋거나 싫거나 나의 것이므로 책의 시각은 바꿀 수가 없었다.

나는 책에 담은 이야기를 모두 정확히 기억한다고 장담할 수 없다. 내 기억에서 역할이 과장 혹은 축소된 사람들에게 미리 사과한다. 책을 쓰면서 신중을 기했고, 내 기억 때문에 동료와 친구들이 괴롭힘을 당하지 않도록 이름도 많이 바꿨다. 세부 사항도 여기저기 순서가 틀렸을 수 있다. 특히 2부의 시간 순서는 엉망진창이다. 생각이 바뀌었든, 사실을 불성실하게 다뤘든 이제 기억을 잘 못하고 있든, 과거에 분명히 앞뒤가 안 맞는 말을 했을 것이다. 다만 이게 내가 내미는 가장 진실한 이야기라는 것만 알아줬으면 좋겠다.

여태껏 알아차리지 못한 이들을 위해, 지금까지 시간을 끌고자 목청을 가다듬는 척한 것이다. 솔직히 누군가 이 글을 읽는다는 사실이 너무 긴장돼서 조금이라도 책장을 늦게 넘기도록 하고 싶다.

이런 자서전 자체가 말이 안 된다. 나는 지금껏 많은 잘못을 저질렀다. 친구들은 겸손은 그만 떨고 지금의 나를 받아들이라고 한다.

하지만 나는 정말 이 자리까지 올 수 있을 거라 생각해본 적이 없다.

차례

2부 내리막길, 그리고 다시 오르막길

momofuku

1부

오르막길

어린 시절이라는 찻잎점

아무리 잘 세운 계획이라도 행운보다는 못하다.
나도 운이 좋았다.

북버지니아에는 눈이 많이 내렸다. 함박눈이 내려 쌓이면 토머스 형은 핀란드계 친구들과 언덕에 코스를 만들어 썰매를 탔다. 누군가 어린 시절에 대해 물어보면 가장 먼저 떠오르는 기억이다.

눈이 오지 않을 때도 토머스와 형들은 언덕에서 고카트를 타고 놀았다. 말이 좋아 고카트지 사실은 바퀴 달린 1인승 나무 궤짝이었다. 가끔 형들이 같이 타자고 권하면 나는 냉큼 카트에 올라탔다. 나보다 열 살 많고 30킬로그램이 더 나가는 토머스는 뒤에서 카트를 밀면서 속도를 높이다가 나중에 올라탔다. 그러면 나는 앞자리에서 몸을 착 붙이고 앉아 있었다.

일고여덟 살 무렵의 일이다. 그날도 고카트를 타고 내려오다가 롤러코스터를 탈 때 손을 들어 올리듯 다리를 들어 올려보았다. 그 순간 왼다리가 앞바퀴에 끼었고 나는 자리에서 미끄러지면서 카트에 깔려버렸다. 토머스는 멈추지 않고 나를 깔아뭉갠 뒤 계속해서 언덕을 내려갔다.

정신을 차려보니 나는 거실에서 큰 노란색 소파에 널브러져 있었고 누나, 엄마, 할머니는 주변을 서성거리고 있었다. 그들은 치료랍시고 30분마다 수상한 황적색 연고를 발라주면서 나를 꼭두각시 인형처럼 일으켜 세우고 걸어보라고 했다. 나는 한 발짝도 내딛지 못한 채 넘어져서는 너무 아파 계속 울었다.

저녁 무렵, 아버지는 퇴근하고 돌아와 마치 다친 사람을 처음 본다는 듯 나를 무심하게 쳐다보았다. 그러더니 나에게 소파에서 일어나 걸어보라고 다그쳤지만 나는 더 울기만 했다. 가부장의 힘으로 나를 치료하는 데 실패한 아버지는 마지못해 나를 차에 태워 한의사에게 데려갔다. 나는 머리부터 발끝까지 침을 맞고는 더 열심히 최선을 다해 울었다. 아버지는 갈수록 짜증을 냈다. 내가 심약해서 아프다고 느낄 뿐이니 참고 견디면 나아질 거라 확신했다.

나는 소문난 울보였다. 형 친구들은 웃고 싶으면 나를 울렸다. 내 귀에다가 어머니가 집을 나갔다고 속삭이면 나는 바로 울음을 터뜨렸다. 빌어먹을 놈들.

아버지보다는 자식들에게 너그러웠던 어머니가 내 울음을 견디며 무릎에 연고를 발라주었지만 별 효과가 없었다. 결국 어머니가 나를 매클레인에 있는 소아과로 데려가 엑스레이를 찍자 원인이 드러났다. 정강이뼈 거의 전체가 번개 모양으로 부러져 있었던 것이다. 의사는 접합 치료 후 우리를 집으로 돌려보냈고, 다음부터 아무도 이 사고에 대해 이야기하지 않았다.

돌아보면 아버지는 전형적인 한국 남자였다. 아시아계 울타리 밖의 미국에 대해서는 전혀 아는 게 없었다. 그들은 아이가 나쁜 성적을 받거나 사소한 말썽을 부릴 때 혼을 냈다. 흔히 말하는 훈육 수준이 아니었다. 조건부라는 느낌이 확실히 드는 사랑이었다. 아시아계의 호랑이 육아tiger parenting는 용어부터 문제다. 자식에게 고통을 주고 기를 죽이는 육아법이 귀엽다고 생각하게 한다. 게다가 아시아계 학생이라면 부모가 몰아붙여 키우므로 공부를 잘할 거라는 선입견까지 만들어냈다. 물론 전부 사실이 아니다. 모든 아시아계 부모가 호랑이 육아를 하지는 않는다. 이 방법이 꼭 성공한다는 보장도 없고, 아시아계 아이라고 해서 반드시 공부를 잘하는 것도 아니다. 그들을 하나로 뭉뚱그려 생각할 수도 없다. 미국에 사는 젊은 아시아인들은 다 똑같다는 취급을 받지 않기 위해 각 분야에서 다방면으로 싸워야 했다.

고카트 사고 1년 전쯤, 아버지는 나에게 더 이상 양손잡이로 살면 안 된다고 말했다. 나는 그게 나의 몇 안 되는 능력이라서 자랑스러웠는데, 아버지는 이제부터 오른손만 써야 한다고 못을 박았다. 내가 계속 왼손을 쓰다가 골프에서의 커리어를 망칠까 봐 걱정했기 때문이다. 그렇게 나는 왼손이 묶여버렸다. 아버지 말에 따르지 않으면 참고 견딜 수 없을 만큼 가혹한 대가를 치러야만 했다.

나의 가족 관계는 완벽하지 않았지만 좋은 구석도 있었다. 외조부모님은 맞벌이하는 부모님을 대신해 우리를 거의 키우다시피 했다. 할머니는 나를 등에 업은 채로 요리를 하다가 가위로 잘게 자른 어포나 벽난로에 구운 고구마를 먹여주었다. 할아버지는 일제 강점기에 모든 걸 잃은 유복한 집안의 자식이었다. 그는 당시의 많은 한국인처럼 자신이 일본인이라고 믿었다. 그래서 종종 함께 버스를 타고 스시를 먹으러 가곤 했다.

우리 가족이 음식을 조금씩 알아나가던 시절, 특별한 날에만 가던 중식당이 있었다. 버지니아주 비엔나에 있는 우스 가든Wu's Garden으로, 부모님은 그곳에서 겪었던 일을 좋은 추억으로 간직했다. 아마도 카트 사고로 내 정강이뼈가 부러졌던 때쯤이었을 것이다. 누나와 형들은 교회 일 때문에 저녁을 같이 먹지 않아서, 나는 식사가 끝날 때쯤 음식을 포장해 갈 수 있는지 물어보았다. 부모님은 누나와 형들이 어디에 있든 저녁을 먹었을 테니 괜찮다고 말했다. 그럼 더 신경쓰지 않아도 되는데 그럴 수 없었다. 왜 아무도 그들을 걱정하지 않

<hr />

•   이민진의 『파친코』를 읽으면 좀 더 잘 이해가 될 것이다.

는 걸까? 어떻게 이미 저녁을 먹었다고 확신하는 걸까? 나는 집에 가져가려고 식탁을 돌며 남은 음식을 접시에 담았다. 어른들은 그런 나를 보고 웃었다.

내 어린 시절의 음식에 대한 사소한 이야기가 하나 더 있다. 어머니는 당시에 내가 생각했던 것보다 요리를 훨씬 더 잘하셨다. 어렸을 때는 부엌의 냄새나 한식의 모습이 부끄러워서 어머니가 없을 때면 모차렐라 스틱이나 치킨 핑거, 헝그리 맨 냉동 요리, 레토르트 부리토나 케사디야 등으로 배를 채웠다. 물론 이치란 라멘이나 신라면도 먹었다. 맞벌이 부부의 아이가 먹을 수 있는 음식이라고는 그게 전부였지만 그럭저럭 괜찮았다.

내 삶도 딱 그만큼 나쁘지 않았다. 보통 형들과 태권도나 농구를 하며 놀았고, 가족들은 큰 불화 없이 화목했다. 친구들도 다양하게 사귀었다. 정말 완전히 평균적인 아이였다. 한번은 학교에서 '재능과 장기를 지닌 학생' 선발 프로그램을 열었다. 높은 점수를 받으면 전국에서 손꼽히는 고등학교인 토머스 제퍼슨에 입학할 수 있었다. 나 빼고 모든 친구가 합격했다. 아시아계 아이들 중에서는 나와 브라이언 주만 불합격했는데, 사실 그는 바보였다.

다시 말해 나는 고르게 성적이 나쁜, 공부 못하는 학생이었다. 대학수능시험은 1,600점 만점에 1,000점을 넘긴 적이 없다. 시험 기간에는 점수가 나쁘면 혼날까 봐 전전긍긍하느라 공부를 못했다. 졸업 학점은 2.78로 학년에서 거의 꼴찌였고, 결국 집에서 멀리 떨어진 코네티컷주 하트포드의 트리니티대학에 진학했다.

지금껏 말했듯 내가 공부를 못해서 아버지는 늘 화를 냈다. 하지만 어쩔 수 없었다. 진심으로 부모님을 기쁘게 해드리고 싶었지만 내게는 그럴 능력이 없었다. 같이 사는 호랑이를 기쁘게 하지 못하면 언제나 두려움에 떨며 살아야 한다. 나는 항상 부모님이 불편했다.

이 책이 자서전이기에 지금까지 내가 어떤 인간으로 자라났는지 짐작할 수 있는, 찻잎점 같은 어린 시절 이야기를 골라 소개했다. 하지만 이런 일을 겪었기 때문에 지금의 내가 되었다고 잘라 말하고 싶지는 않다. 더 엄한 부모님 밑에서 더 많은 고통을 겪고 살아남은 이들도 있다. 1세대 아시아계 미국인이라면 스스로에게 "어쩌라고, 나는 나잇값도 못하는데"라고 말해본 경험이 있을 것이다.

🍑

한국계 이민자는 너무 달라서 비교도 안 되는 두 범주로 나뉜다. 한 부류는 의사나 변호사 같은 전문직이고, 다른 부류는 세탁소나 편의점을 운영하는 자영업자다. 하지만 뭘 해서 먹고살든 교회에는 열심히 다닌다.

우리 가족은 모두 목회를 하거나 목공을 하는 등 성경과 관련 있는 업종에서 일했다. 나에게는 오지에서 선교하느라 만나본 적이 없는 사촌들도 있다. 미국으로 이민 오기 전, 친할머니는 한국에서 앞

장서 기독교로 개종한 사람이었다. 내가 기억하는 할머니는 키가 채 140센티미터도 안 될 만큼 작았지만, 그마저도 발을 가리는 한복 치마 때문에 가늠하기 어려운 사람이었다. 그럼에도 할머니는 무시무시한 존재였다. 너무 고생을 많이 해서 얼굴에는 늘 고통과 슬픔, 분노가 서려 있었다. 나는 그런 할머니가 무서워서 교회에 나갔다.

우리는 과일과 옛날 사탕을 파는 농장이 딸린 장로교 교회에 다녔다. 지금은 미국에서 손꼽히는 한국 교파로 세를 불렸지만 당시만 해도 예배를 드리려면 오후까지 기다려야 했다. 오전에는 백인들이 교회에서 찬양을 했기 때문이었다. 할머니와 부모님, 누나들은 내 먹살을 잡고 교회로 끌고 갔다. 나는 분위기를 깨고 싶지 않아 잠자코 따라갔지만 부모님과 신자들을 보며 생각했다. 진짜 사후의 삶만이 의미가 있다고 믿는다면 저들은 왜 더 많은 사람을 교회로 데려오지 않는 걸까? 왜 앉아서 고기나 구워 먹을 생각을 하는 걸까?

물론 우리 가족이 신실한 신자가 아니었다는 말은 아니다. 많은 한국계 이민자처럼 교회는 부모님 일상의 핵심이었다. 지역 공동체의 중심지이자 낯선 나라에서 마음을 다독여주는 영적인 지주였다. 어머니와 아버지는 가정 성경 공부 모임을 만들고, 매일 밤마다 기도도 했다. 누나는 주말마다 우리 집에서 주일학교를 열었다. 일요일이면 하루 종일 교회에서 시간을 보내며 부모님과 한국어 예배, 청년부와 영어 예배를 드리고는 성경 공부를 했다. 나는 가족들이 토요일 밤마다 술에 절어 있다가 다음 날 아침이면 하나님을 부르짖는 광경을 보곤 했다. 추수감사절이든 새해 첫날이든 누군가의 생일이든, 가족 모임에서는 항상 두 시간 동안 성경 공부를 했다. 다행히 음식은 언제나 맛있었다.

가짜 판자를 붙인 크라이슬러 미니밴을 타고 교회로 가는 긴 시간 동안, 당시로서는 분명히 급진적이었던 요한계시록 강좌 테이프를 들었다. 종말은 언제나 가까이에 있었다. 나는 언제나 종교에 둘러싸여 있었고 한참 동안 스스로 신자라고 믿기도 했다. 비록 믿음이 연약한 자들 때문에 의심할 때도 있었지만 종말신학을 매우 진지하게 받아들였다. 가족들이 모여 기도할 때면 누가 시늉만 내는지 슬쩍 눈을 뜨고 엿보기도 했다. 그러다 슬슬 "하지만 왜 이래야 돼?"라고 묻기 시작했다. 한번은 주일학교에서 어른들이 인형극을 보여주었다. 펠트천의 배경판에 작은 사람 모양을 붙여놓고 천국에 간 이들이 지옥에 떨어진 불신자를 내려다본다는 내용이었다. 나는 처음으로 예수 그리스도를 신이자 구원자로 받아들이지 않는 사람들이 지옥불에 탈 거라는 발상에 거부감이 들었다.

'그래서 그저 믿기만 하면 괜찮다고 말하는 건가요? 내가 정말 믿는지 어떻게 아나요? 그저 믿는다고 말만 하면 되나요? 예수는 어떻게 내 진심을 알죠? 세상을 등지고 살아서 예수 그리스도가 있다는 사실조차 모르면 어떻게 되나요? 지옥에 가나요?'

전부 하나도 말이 안 됐다.

나의 의구심은 서서히 활활 타오르는 분노로 바뀌었다. 나보다 여덟 살 많은 에스더 누나는 내 분노를 있는 그대로 다 받아들였다. 그는 두 오빠들을 일찌감치 포기하고 나에게 집중했다. 누나는 대학 졸업 후 신학교에서 공부를 마치고 주일학교를 이끌고 몽골로 선교를 갔다 오기도 한 진짜 신자였다. 에스더 누나가 선교를 하면 할수록 나는 점점 더 뒷걸음질쳤다. 금요일 밤이면 나는 학생 예배에 참석하지 않으려고 아버지가 운영하는 골프 전문점 매대에 숨어 있었다. 나를 교회로 데려가려는 에스더 누나가 싫어서 십 대로 접어들 무렵부터 거칠게 반항했다. 나는 예수회의 기숙 학교인 조지타운 프렙에 진학했는데, 거기에서 처음으로 장로교가 가톨릭에서 가지를 쳤다는 사실을 배웠다. 우주를 처음 보는 평평한 지구 신봉자 같은 기분이 들었다. 하나의 교파에서 다른 교파가 가지를 쳐서 나올 수 있다니. 전부 신이 아닌 인간이 만든, 정치의 산물이었다.

나는 시작부터 소외감을 느꼈다. 학기 첫날, 나는 교실에 들어가려고 기다리는 학생을 보고 그에게 선생님이 누구인지 손으로 가리

• 나는 2018년, 미국인 선교사인 존 앨런 차오가 노스 센티널 아일랜드에 상륙했다는 소식에 괴이한 기쁨을 느꼈다. 그곳은 문명과의 접촉이 없는 원주민들이 사는 섬으로, 그들은 몇 백 년 동안 접촉을 거부한 채 스스로 고립되었다. 그는 전도를 했다가는 죽임을 당할지도 모른다는 사실을 너무 잘 알면서도 섬에 발을 들였으며, 결국 그런 상황이 벌어졌다. 센티널 원주민들은 침입한 그를 살해했다. 차오도 나와 같은 질문을 했으며, 단지 예수에 대해 들어본 적이 없다는 이유만으로 누군가 지옥불에 탈 거라는 사실이 괴로웠던 것이다. 만약 내 주변 모든 신자가 차오만큼 확신을 품었더라면 나 또한 그처럼 됐을 수도 있다. 그는 엄청나게 멍청했지만 소신만큼은 높이 산다.

켜 알려주었다. 그러자 선생님은 "심판!"이라고 외쳤다.

"선생님, 무슨 심판을 받는다는 거죠?"

"두 배로 심판받을지어다!"

"심판!"은 벌점의 단위였다. 길을 잃고 헤매는 반 친구의 주의를 끌기 위해 수업을 방해한 행위는 심판받아 마땅한 죄였다. 심판을 받으면 1학년 미식축구 연습 시간에 늦고, 그러면 연습의 시작과 끝에 이어달리기를 해야만 하고, 그러면 또 심판을 받아 결국 기숙사 야간 점호도 놓쳐서 심판을 먹어 또 벌을 받았다. 결국 신에 대한 에세이를 쓰거나 말도 안 되게 긴 시간 동안 성경을 들고 있거나 교정에서 쓰레기를 주워야만 했다. 학교에서는 매일매일 끝없는 자기 파괴의 변주가 이루어졌다.

누구나 고등학교 시절에 상처를 받지만, 유독 조지타운 프렙에서의 기억은 아직도 잊히지 않는다. 어린 시절 나는 골프를 잘 쳐서 골프로 유명한 여러 학교에서 입학 제안을 받았다. 조지타운 프렙도 그 가운데 하나였고 아버지는 제안을 받자마자 나를 그곳에 보냈다. 집에서 가까웠지만 학교는 내가 살았던 세계와 너무나도 다른 곳이었다. 최고 중의 최고만 들어갈 수 있는 학교였으므로 나는 입학 후 잘 적응하지 못했다. 한국인 무리에 끼지 않는다며 같은 학교에 다녔던 육촌에게 흠씬 두들겨 맞기도 했다. 그들과 어울리기에 나는 아시아계 같지 않았으며 비아시아계 애들과 어울리기에는 공부도 못했고 재주도 없었다. 이런 우월한 분위기에 압도당하자 열등감에 빠져버렸다. 종교 수업을 빼놓고는 어떤 것도 따라갈 수 없었다. 그때쯤 나는 학생들을 가르칠 수 있을 정도로 성경을 많이 읽은 상태였다.

조지타운 프렙을 졸업하고 트리니티대학에 진학한 후에는 비교경제학, 아시아학, 아니면 철학을 공부할 계획이었다. 하지만 곧 수업을 듣지 않으면 뭘 선택해도 따라가지 못한다는 것을 깨달았다. 결국 매 학기 전공을 바꾸다가 종교학에 정착했다. 종교학은 나에게 쉬운 편이어서 힌두교의 베다나 바가바드 기타, 고대 유대교 등 비기독교에 관한 책을 읽었다. 속세의 고통을 측은하게 여겨 열반을 거부하고 환생해 타인을 돕는다는 발상의 대승 불교도 좋아했다. 그런 사상이라면 나도 받아들일 수 있었다. 종교학을 전공으로 선택하면서 플라톤, 칸트, 니체를 포함해 대학생이 읽을 만한 철학책도 읽었다. 나는 엘리슨 뱅크스 핀들리나 하워드 들룽 교수의 모든 과목을 들었다.

에스더 누나를 논쟁에서 꺾고 싶어서 정말 열심히 공부했다. 그러다 유럽에서 교환학생으로 공부했던 2학년 때, 오랜만에 스위스에서 만날 기회가 생겼다. 불교에 이끌렸다거나 나에게 맞는 믿음은 세속적 인본주의임을 미리 밝혔어야 했지만, 누나가 자신의 믿음에 품고 있는 확신에 화가 나서 2년 동안 대학에서 배운 모든 지식을 쏟아부을 준비를 단단히 했다. 전지적인 하나님이 기근과 비극, 스탈린과 폴 포트(캄보디아의 독재자이자 국민 대학살의 원흉-옮긴이)와 대학살을 방치했다면 나는 천국보다 지옥에 가겠다고 말했다. 마지막으로 내가 2천 년 동안 속세에서 살았다면 기독교 신자 또한 십자가에 못

박았을 거라 마무리했다. 하지만 누나는 나의 말을 받아치지 않았다. 그저 나 혼자 날뛰었을 뿐이다.

내가 아홉 혹은 열 살 때, 우리 가족은 매클레인에서 비엔나로 이사했다. 어린 시절 최악의 상처였다. 매클레인에서 서쪽으로 고작 차로 20분 거리였지만 당시의 비엔나는 사람보다 소가 많은 시골이었다. 이사 탓에 주중에는 학교 친구들, 주말에는 한국인 친구들과 어울리는 괜찮은 환경이 깨져버렸다. 나의 사회생활은 그렇게 사라졌다. 조금 과장해서 이사한 뒤에는 혼자 울프 트랩 공원 숲길을 달리며 상상력을 갈고닦았다. 부모님의 맞벌이로 방치된 덕분에 나는 거의 혼자 놀아야만 했다. 요새를 쌓고 총을 쏘고 비디오 게임을 하고 〈트랜스포머〉 만화영화를 보느라 지루할 틈은 없었다.

비엔나로 이사한 이유는 아버지가 타이슨스 코너 몰에서 운영하는 골프 가게에서 좀 더 가까운 곳에 살고 싶다고 해서였다. 아버지는 요식업을 하다가 부지런한 한국계 사업가들과 손잡고 골프용품 사업에 뛰어들었다. 그들은 함께 워싱턴 D.C.와 인접한 버지니아주, 메릴랜드주의 골프용품 사업을 독점할 계획이었다. 그렇다, 아버지는 한때 요식업계에서 일했다. 하지만 큰 의미는 없다. 앞에서 말했듯 어린 시절의 일은 내가 셰프가 되는 데 많은 영향을 끼치지 않았다. 그 당시 미국에서 요식업이란 할 수 있는 일이 딱히 많지 않을 때 선택하는 직업이었다. 아버지 조 장은 친구들과 달리 의사나 사업가 같은 고소득 직업에 종사하지 않았다. 다른 이민자 부모들처럼 아버지는 자식들이 같은 길을 걷지 않도록 블루칼라 업종에서 고생했다. 아버지는 고등학생 때 학교 교무과에 잠입해 성적을 고치고 켄터키 탄광촌에 있는 대학에 간신히 들어갔다.

아버지는 사기꾼 기질을 물려받았다. 친할머니는 한국에서 사채업자였고, 아버지는 한국전쟁 이후 굶주림에 시달리며 자랐다. 미국에서는 델리로 요식업을 시작해 워싱턴 D.C.의 프레스 클럽에 고급 레스토랑을 열 정도로 사업을 확장했다. 아이러니하게도 아버지는 자식들이 요식업에 몸담는 걸 대놓고 막았다. 그는 요식업계에서 발을 뺄 때까지는 가족을 제대로 먹여 살릴 수 없을 거라 생각했다. 찻 잎점의 이야기 치고 그럴싸하지 않은가?

아버지와 사업가들, 골프용품 독점 계획의 이야기로 다시 돌아가 보자. 그들은 각각 워싱턴 D.C.와 인근 지역을 나눠서 맡았다. 가방끈이 가장 짧고 돈도 적은 아버지가 타이슨스 코너를 맡았다. 에디 백처럼 돈이 많은 사람은 포토맥(워싱턴 D.C.), 베데스다(메릴랜드주), 실버 스프링(버지니아주) 같은 핵심 지역을 가져갔다. 타이슨스 골프 센터는 골프 용품점계의 코스트코 같은 느낌으로 시작했다. 아버지의 가게는 타이슨스 코너의 뒤편, 거대하고 불편해 보이는 철골 창고에 숨어 있었다. 그래서 가본 적이 없으면 찾기가 어려웠다. 가게에는 후진 녹색 카펫이 깔려 있고 골프 용품이 담긴 골판지 상자가 잔뜩 쌓여 있었다. 실내 장식비를 아껴 최대한 물건을 싸게 팔자는 아버지의 발상이었다.* 어머니도 자식 넷을 키우면서 가게 일을 거들었다. 나도 상품 정리부터 계산까지, 여러 일을 맡으며 가게에서 많은 시간을 보냈다.

아버지가 골프용품점을 꾸려 나가던 시기에 나는 인생은 새옹지마임을 알았다. 아무도 타이슨스 코너가 지역 최고급 쇼핑몰로 탈바꿈할 거라 예상하지 못했다. 하지만 몇 년 만에 그런 일이 벌어졌다. 그러자 에디 백이 아버지를 질투했다. 가게의 성공은 아버지가 열심히 일하면 현실도 바꿀 수 있다는 믿음을 가진 성실한 사람인 덕분이기도 했다. 물론 운도 따라줬다. 아무리 잘 세운 계획이라도 행운보다는 못하다.

나도 운이 좋았다. 아버지는 다섯 살 때부터 나에게 골프를 시켰는데, 앞에서 잠깐 이야기했듯 한참 동안은 꽤 잘 쳤다. 실은 천재 유망주 수준이었다. 전략을 짜거나 특정 기술을 연습하지도 않았고 그저 아버지가 시켜서 골프를 쳤는데 또래의 누구보다도 더 잘했다. 특히 스윙에 타고난 소질이 있었다. 이렇게 말하면 재수 없게 들리겠지만, 골프에 대해서는 그럴 수밖에 없다.

---

* 아버지는 짬이 날 때마다 불필요한 건 없애버렸다. 그는 음식점에 가는 길에 전화로 주문을 넣고, 밥을 중간쯤 먹다 말고 계산서를 요청하는 사람이었다.

타이거 우즈나 비제이 싱, 최경주가 뜨기 전이었다. 골프는 백인의 전유물이었던지라 한국계 아이에게는 기묘한 틈새 스포츠였다. 남부를 돌며 토너먼트에 참가하면서 워싱턴 D.C.의 교외에서는 볼 수 없었던 미국 문화를 경험했고, 브런스윅 스튜brunswick stew(콩과 채소에 토끼 혹은 닭고기를 넣고 끓인 스튜-옮긴이)나 컨트리 프라이드 스테이크country fried steaks(쇠고기 커틀렛-옮긴이), 레드아이 그레이비redeye gravy(컨트리햄, 녹아 나온 햄의 기름, 커피로 만든 그레이비 소스의 일종-옮긴이) 같은 음식에 맛을 들였다. 또한 골프를 치는 아이들과 친해지면서 어울리는 것도 즐거웠다. 골프처럼 멋있지 않은 스포츠를 잘한 덕분에 소속감을 느꼈다. 내가 최전성기를 누릴 때, 한국 방송국에서는 버지니아로 중계진을 보내 지역 토너먼트에 참가한 나를 취재했다. 다들 분명히 나를 거만한 개자식처럼 보았을 것이다. 골프는 내가 발견한 첫 번째 재능이었으니, 나는 사람들이 하는 칭찬을 기꺼이 전부 받아들였다. 골프로 모두를 꺾는 게 너무나도 즐거웠다.

아홉 살 때 나는 2년 연속으로 버지니아주 챔피언에 올랐다. 내 또래는 물론 바로 위 또래도 전부 꺾었다. 어느 여름의 골프 캠프에서는 혼자서 고등학생 전부를 꺾고 팀을 승리로 이끌어 갈채를 받았다. 골프는 내 삶의 전부였다. 오늘날 청소년 골프 토너먼트를 참관하면 사이드라인에서 자식에게 소리 지르는 아시아계 부모들이 있다. 아버지가 바로 그 분야의 선구자였다. 그는 교통사고로 죽을 뻔했다가 이듬해에 미국 오픈에서 우승했던 벤 호건의 철학을 설파

했다.* 1년 가운데 360일쯤을 아버지, 형들, 두 코치 가운데 한 명과 함께 골프를 치거나 연습했다. 겨울에는 실내 골프장에서 스윙하는 모습을 카메라로 찍어 점검했다. 나는 손에 물집이 잡히고 터져 다시 피가 흐를 때까지 연습했다.

프로 골퍼가 아니었다는 사실을 감안하면, 내가 어느 날 모든 게 무너져 내렸다는 이야기를 하더라도 놀랍지 않을 것이다. 고등학교 진학이 가까워지면서 나는 생각이 많아졌다. 내가 박살을 내던 애들은 나를 따라잡았고 급기야 나를 제치고 앞서갔다. 나는 연습에서는 완벽했다가 실전에서는 헛발질을 하는 미식축구의 키커 같았다. 여덟아홉 살 때부터 아버지는 토너먼트 성적이 안 좋을 때마다 나를 앉혀놓고 모든 실수를 분석하게 했다. 제대로 못 친 샷이나 더 잘했어야 하는 상황을 계속해서 떠올리게 했다. 내가 게임을 잘 풀어나가지 못하자 집중하면 다시 잘할 수 있다고 고집을 부렸다. "지금 데이브는 다른 애들에게 진다는 사실을 소화 못할 뿐이야"라고 아버지가 다른 이들에게 말하는 걸 듣곤 했다.

아버지는 당시 잘나가기 시작했던 리치 유와 나를 비교했다. 리치는 아마추어로서 최고 수준까지 올라가 전국적인 명성을 누리고 있었다. 그는 열여섯 살에 PGA투어 예선을 통과했고, 모든 면에서

• 나는 사실 브루스 리츠케를 더 좋아했다. 그는 절대 연습하지 않는 것 같았지만 언제나 토너먼트는 최소 기록으로 통과했다. 예선은 언제나 넘겼지만 주요 대회에서 우승한 적은 없다.

내가 닿을 수 없는 경지의 선수였다. 하지만 아버지는 끊임없이 '리치 유를 닮아라'라고 요구했다. 몇 십 년 뒤 우연히 그를 만나서, 당신 덕분에 어린 시절을 망쳤다고 말했다. 물론 농담이었지만, 나에게 가치와 정체성을 불어넣어 줬던 목표가 사라져버린 건 사실이었다.

조지타운 프렙에 진학할 무렵 나는 학교 골프팀에도 선발되지 못했다. 너무나도 무력했고 골프가 싫어졌다. 아버지는 언제나 "골프는 육체가 10퍼센트, 정신이 90퍼센트다"라고 말씀하셨다. 하지만 내 상황은 그보다 더 간단했다. 그저 골프에 소질이 충분치 않았을 뿐이었다. 그 사실을 깨닫고 나는 오랫동안 창피했다. 하지만 대부분의 어린 시절 경험과 마찬가지로 나는 골프 커리어에서의 실패에 집착하지 않았다. 상처를 안 받아서 그런 게 아니라, 안 되는 일에 매달려봐야 의미가 없기 때문이었다.

그렇지 않나?

방황 끝에 내린 결정

요리사는 내가 유일하게 가질 수 있는 직업이었다.
스스로 믿는 음식을 요리하지 않는다면
이 일을 해야 할 이유조차 없지 않을까?

나는 대학을 졸업하고 회사에 다녔다. 재무 분야에서 경력을 쌓기 위한 기초 직종이라고 이야기하면 너무나도 대단해 보이겠지만, 사실은 겉으로만 그럴싸한 말단 직원이었다. 뉴욕과 샌프란시스코의 유명한 재무관리 회사, 증권사, 투자 은행에서 모두 퇴짜를 맞은 뒤 친구의 친구가 소개해준 자리였다.*

* 농담이 아니다. 언젠가 트라이베카의 거리에서 만난 한 여성이 나에게 "이봐요, 20년 전에 당신을 면접 본 적이 있어요"라고 말하기도 했다.

당시 무슨 일을 했는지 전부 세세하게 기억하지는 못하지만, 어쨌든 하찮은 일만 했다. 무작위로 전화를 걸어 영업을 하거나 경영자 회의도 준비했지만, 주로 데이터 입력을 많이 했다. 일에 너무나도 영혼을 빨아먹힌 나머지, 나는 회사 파티에서 얼큰하게 취해 사고를 쳤다. 내가 얼마나 일과 회사와 동료들을 우습게 여기는지 털어놓고 만 것이다. 회사에 오래 다니지도 않았지만 견딜 수가 없었다. 손톱만 한 내 자리에 앉아 대학 교육을 받은 똑똑한 젊은이들이 산 채로 직장에 잡아먹히는 꼴을 보면서 5, 10, 20년을 날려버리기 전에 이곳에서 탈출해야만 했다.

그리고 파티에서 술에 취해 지껄인 죄로 무슨 대가를 치렀느냐고? 연봉이 인상되었다. 시트콤 〈오피스 스페이스〉에서와 정말 똑같은 상황이 벌어졌다. 인사 고과를 평가하는 자리에서 나는 컨설턴트에게 내가 얼마나 노력을 안 하는지, 얼마나 이 일을 싫어하는지 말했다. 그는 나의 솔직함에 높은 점수를 준다며 계속 일할 것을 권유하는 한편 연봉 인상도 제안했다. 하지만 나는 더 일하고 싶지 않고 잘하고 싶은 욕구도 없었다. 나는 그에게 요리학교에 갈 거라고 말했다.

친구와 가족 모두가 나를 말렸다. 대학에서 종교학을 전공한다고 할 때도 반대했는데 이제는 요리학교에 간다고? *데이브, 너무하잖아.* 나는 그들과 입씨름하고 싶지 않았지만 어떤 일도 그저 그런 사무직보다는 나았다. 나는 미국의 기업 생리를 알기 전부터 요식업계에 매력을 느꼈다. 대학에 다니면서는 동네 술집에서 바텐더 조수로, 집 근처 스테이크하우스에서 버스보이(주방에서 식탁까지 요리를 나르는 사람-옮긴이)로 일했다. 주방에서 일하고 싶었지만, 아버지가 탐탁지 않아 했다. 그래서 내가 면접을 보기 전에 아버지가 먼저 레스토랑 주인과 이야기를 나눴다. 나는 영원처럼 느껴지는 긴 시간 동안 샐러맨더 브로일러(식재료의 위에서 불이 나와 재료를 익히는 그릴의 일종-옮긴이) 앞에서 대기해야 했다. 마침내 셰프가 나타났을 때, 나는 얼굴이 시뻘게지고 땀으로 옷이 흠뻑 젖어 있었다.

"주방은 너 같은 애송이가 일하는 데가 아니다."

셰프는 두터운 콧수염을 움찔거리며 이야기했다.

"하지만 버스보이는 필요해."

아버지의 기분이 상하든 말든, 나는 아랑곳하지 않고 대학교 2학년 때 파리의 르 꼬르동 블루에 지원했다. 지원만 하면 누구나 합격하는 곳이었는데 나만 떨어졌다. 이후 몇 년 뒤 생계를 위한 존재론적 두려움을 느낄 때까지 요리를 향한 야심을 잠시 접어두었다. 미국요리학교CIA, Culinary Institute of America는 이름처럼 미국에서 최고의 요리학교였지만 학부를 막 마친 상태에서 또 몇 년 동안 대학 과정에 몸담고 싶지는 않았다. 반면 프렌치 컬리너리 인스티튜트FCI는 맨해튼에 있는 데다가 6개월이면 공부를 끝내고 졸업할 수 있었다. 나에게 맞을지 어떨지도 몰랐지만 일단 등록금을 냈고 회사를 그만두자마자 학교에 나갔다.

오리엔테이션 첫날부터 나는 학생들이 여러 유형으로 나뉜다는 걸 알아차렸다. 대부분은 최근에 기술 직종의 직장을 그만두고 변화를 꾀하고 있었다. 돈은 있지만 할 만한 일은 없는 부류였다. 한편 이미 주방에서 일하는 셰프들도 몇 있었다. 작은 동네 음식점에서 벗어나 더 큰 꿈을 꾸고 싶은 이들이었다. 그들은 언제나 "왜 여기 왔는지 모르겠다"라고 말하며 경력을 드러냈다. 일생의 꿈을 이루려고 요리학교에 찾아온 연장자들도 꽤 됐으며, 마지막으로 나처럼 주방에서 구원을 찾고 싶은 어린 녀석들이 있었다.*

커리어를 바꾸고 싶어 하는 학생들과 비교해보더라도 나는 대책이 없는 인간이었다. 학교는 나에게 잘 맞는 환경이 아니었다. 재료 손질조차 제대로 못해서 언제나 손에서 채소가 빠져나가 날아다니곤 했다. 친구들은 그런 나를 보고도 놀라지 않았다. FCI에서는 학생들을 둘씩 짝지어 주는데, 내 짝은 이미 맨해튼에서 가장 잘나가는 레스토랑 두 곳을 운영하고 있었다. 레스토랑에서 셰프로 일하는 어머니의 일을 물려받고자 요리학교에 들어온 사람이었다. 1학기 말이 다가오자 그는 학교에 짝을 바꿔달라고 요청했다. 나랑 더 같이 공부하느니 학교를 그만두겠다고 말했다.

나 역시 학교를 그만두었어야 했다. FCI의 마지막 몇 단계는 요

---

* 이들 가운데는 훗날 미국에서 혁신적인 셰프로 손꼽히는 조슈아 스케네스도 있었다. 그는 직화 요리를 선보이는 샌프란시스코의 세종Saison에서 미쉐린 별 셋을 받았다.

리학교 내에 있는 레스토랑에서 무급으로 일하는 것이었다. 손님을 위해 요리하고, 그들에게 돈까지 지불하는 셈이었다(굳이 왜 요리학교에 딸린 레스토랑에 먹으러 오는지부터 이해할 수가 없었다). 하지만 나는 요리에 푹 빠졌다. 낭만적인, 주 예수를 영접하는 순간 같은 건 찾을 수 없었지만 적어도 요리가 싫지는 않았다. 나는 요식업계에 매력을 느껴 한 번도 가본 적 없는 레스토랑에 대해 반 친구들에게 마르고 닳도록 이야기했다. 뉴욕에서는 대니 마이어와 톰 콜리키오의 그래머시 태번Gramercy Tavern이 최고였다. 현대 다이닝의 추종자들이 콜리키오를 〈탑 셰프〉의 진행자로만 여긴다면 비극이라고 말하고 다녔다. 그는 장작불 요리가 유행을 타기 전에 가장 먼저 시도한 사람이었다. 현대 미국 요리 세계의 감각을 세우는 데 공헌한 셰프였으므로 나는 다른 유럽 셰프가 아니라 그와 함께 일하고 싶었다. 나는 그만큼 미국적인 문화, 즉 아메리카나에 푹 빠져 있었다.

졸업이 다가오면서 나는 일정을 빡빡하게 짰다. 평일에는 낮에 수업을 듣고 밤에 장 조지 봉게리히텐의 머서 키친Mercer Kitchen에서 풀타임으로, 주말에는 크래프트Craft에서 전화 응대하는 일을 했다. 크래프트는 문을 곧 연다는 소식만으로 많은 기대를 끌어모은 콜리키오의 새 레스토랑이었다. 그곳에서 캡틴으로 일할 트리니티 대학동창 마크 살라피아가 나를 추천해주었다. 크래프트에서 제대로 요리할 수 있었다면 꿈을 이루었겠지만, 그들은 나를 원하지 않았다. 그래서 나는 예약 문의를 담당했다. 스물둘에 요리를 시작한 나는 열여섯 살부터 요리를 해온 이들에 비해 엄청나게 뒤처져 있었다. 그래서 최대한 빨리 경험을 쌓으려고 발버둥을 쳤다. 주방 바로 옆에서 일하며 들어오는 재료를 보고 늘 놀라 입을 떡 벌리곤 했다. 푸아그라와 토끼고기를 비롯해, 잎새, 뿔나팔, 밤, 살구에 버섯만 해도 다양한 종류가 들어왔다. 요리사들이 날재료를 미장 플라스^{mise en plase}(조리 전에 준비하는, 식재료 손질을 포함한 밑준비-옮긴이)하는 광경에 나는 그저 놀라고 또 놀랄 뿐이었다.

기회를 틈타 슬쩍 주방에 발을 들이자 진짜 교육이 시작됐다. 첫 출근을 하자 악타르 나왑, 캐런 드마스코, 댄 사우어, 브라이언 서나팅어, 맥 컨, 제임스 트레이시, 로렌 도슨, 아르파나 사튜, 스테이시 마이어, 에드 히긴스, 리즈 채프먼, 데이먼 와이즈 등 일 잘하는 요리사들이 반겨주었다. 그리고 마르코 커노라와 조너선 베노가 이들을 이끌고 주방을 꾸려나갔다.[•]

마지막으로 요리학교에서 쓰는 도구를 들고 첫 출근을 한 내가 있었다.

"야, 칼 좋다."

누군가 낄낄거리며 웃었다. 학교에서 받은 조리도구는 분명히 쓰레기였다. 나는 학기 첫날, 청바지 위에 흰 면 팬티를 입고 등교한

• 내가 이들의 이름을 좋아하는 야구팀의 선발 출장 선수라도 되는 양 읊고 또 읊는다는 걸 아는 사람은 다 안다. 이들 거의 모두-몇몇은 잊어버리고 빼먹었겠지만-가 성장해 자신의 주방을 이끌었다. 요식업계에서는 엄청나게 희귀한 일이다.

애 같은 기분이었다. 그만큼 내가 맡을 일에 아무 생각이 없었다. 베노는 나에게 첫 일거리로 미르푸아^{mirepoix}(서양 요리에서 기본으로 쓰이는 채소 세 종류. 보통 양파, 당근, 셀러리를 말한다-옮긴이) 9리터 깍둑 썰기를 시켰다. 양파, 당근, 셀러리 각각 3리터씩 총 9리터였다. 각 변이 0.5센티미터인 완벽한 정육면체로 썰어주세요.

제대로 된 요리사라면 45분 만에 끝낼 일을 나는 밤새 붙잡고 있었다. 할 줄 아는 일이었지만 바짝 얼어붙어 손도 델 수 없었다. 대학 입학시험을 다시 보는 것만큼 정신적인 부담이 컸다. 새벽 1시까지 몇 짝의 채소를 뭉개버린 끝에 나는 그나마 쓸 만한 채소를 각각 1리터씩 내놓았다. 베노는 내가 손질한 채소를 보자마자 손으로 이마를 짚었다.

"아, 전혀 못쓰겠는데."

그는 그렇게 말하고는 채소를 송아지 레무야쥬^{remouillage}(뼈로 내는 재탕 육수-옮긴이) 냄비에 쏟아 버렸다.

왜 그 순간 바로 그만두지 않았는지 잘 모르겠다. 자존심 때문이었을까. 나는 모두에게 요리사가 될 거라고 말해왔다. 그래서 다음 날, 그다음 날에도 출근했다. 그렇게 1년 동안 쉬는 날 없이 계속 출근했다. 심지어 6개월 뒤 셰프 마르코가 기적처럼 유급 자리를 제안할 때까지 무급으로 일했다.

나는 언제나 동료들보다 뒤처졌지만, 매일매일 주방에서 새로운 기회를 마주했다. 주방에서는 골프와 달리 모자란 재능을 순수하고도 우직한 의지력으로 메울 수 있었다. 나는 도마 앞에서 느리게 움직였지만, 점점 성과를 냈다. 나는 주방에서 삶의 목적을 찾았다. 퇴근 후에는 집에 돌아와 소파에 처박힌 채 녹화해둔 PBS 방송국의 요리쇼를 보면서 조리 기술을 다듬었다. 나는 몇 시간 동안 감자, 당근, 순무를 둥글게 돌려 깎았다. 그때는 요리와 요리 공부 말고 어떤 일도 한 기억이 없다.

크래프트에서 보낸 첫해 언젠가, 마르코는 나에게 왜 한 번도 식사하러 오지 않느냐고 물었다. 아무도 권하지 않거나 선배에게 서비스를 받는 게 너무 불편해, 대부분의 요리사는 자기가 일하는 레스토랑에서 식사하지 않는다. 하지만 마르코에게 대답할 좋은 핑계가 떠오르지 않았다. 그래서 형이 맨해튼에 왔을 때 예약을 잡아 크래프트에 갔다. 우리는 예산에 맞춰 주문했지만, 주방에서 추가 음식을 엄청나게 내주었다. 거짓말 안 보태고 정말 파묻힐 만큼 음식이 많았다. VIP가 받을 만한 것보다도 더 많은 요리였다. 식사가 끝날 무렵 계산서를 확인하니 마르코의 손글씨 메모가 적혀 있었다.

'열심히 일해줘서 고맙다. 음식은 우리가 산다.'

나는 아기처럼 눈물을 뚝뚝 흘렸다.

하지만 이런 배려와 별개로 나는 여전히 일을 못했다. 모두가 알고 있으면서도 나에게 인내심을 발휘했다. 후배가 나보다 먼저 따뜻한 요리 조리부로 승진했을 때 눈물을 흘렸던 기억이 난다. 나는 애피타이저 조리부인 가르드 망제garde manger(샐러드, 애피타이저 등의 차가운 음식을 담당하는 부서-옮긴이)에서 계속 일해야만 했다. 내가 보일러실에서 흐느끼고 있는데 마르코가 위로해주러 들어왔다. 그는 "잘하고 있지만 좀 더 잘해야 해"라고 말했다. 계속 일하면 나아질 거라고도 북돋아 주었다. 마르코가 정신을 추스르라고 나를 두고 보일러실을 나서자 베노가 들어왔다. 그는 "너는 가르드 망제에서 일하고 싶어서 좀 더 남아 있기로 한 거야. 누가 뭐라고 해도 신경 쓰지 마라"라고 말했다.

베노는 대니얼Daniel, 프렌치 런드리The French Laundry, 그래머시 태번을 거치며 누구보다 더 오래 가르드 망제에서 일했다. 덕분에 그는 만능 요리사로 성장했다. 그런 그에게 아직도 배울 게 많았다. 베노 또한 나의 성장에 더 관심을 기울여주었다. 기회가 닿을 때마다 익숙한 일 대신 도전적인 상황에 나를 밀어 넣었다. 돌아보면 나는 그에게 엄청난 빚을 졌지만, 당시에는 그저 베노 탓에 삶이 지옥 같아진다고만 생각했다. 나는 아침 준비조와 저녁 식사 서비스조를 최대한 번갈아가며 크래프트에서 2년 반 동안 일했다.

아침 준비조에서는 가장 순수한 의미로서 요리를 경험하며 할

무슨 이유 때문인지 가르드 망제는 현대에 이르러 하찮은 샐러드 부서로 위상이 떨어졌다. 하지만 세계에서 가장 유서 깊은 레스토랑-일본의 키쿠노이나 프랑스의 라 메종 트루아그로 같은 곳-에서 가르드 망제는 위력 있고 영예로운 자리다. 스테이크를 하룻밤에 60점씩 미디엄레어로 굽는 것보다 훨씬 더 다양한 조리 기술과 손질법을 알아야 하므로, 주방의 어떤 자리보다 요리에 대해 많이 배운다.

수 있는 모든 일을 배웠다. 아크타르 나왑과 단둘이서 하루 종일 미장 플라스만 했던 토요일 아침이 특히 좋았다. 나는 아주 일찍 출근해서 화로에 불을 붙이고 모든 육수 솥과 롱도rondeau(깊지 않은 둥근 냄비. 육수를 내거나 조림하는 데 많이 쓴다-옮긴이)를 꺼냈다. 화로나 조리대 공간을 놓고 다툴 동료 요리사조차 출근하지 않은 시각이었다. 돌아보면 토요일 준비조로 일하면서 요리에 대해 가장 많이 배웠던 것 같다. 채소 손질, 고기 발골 및 정형, 비네그레트vinaigrette(기름과 산을 유화로 섞어 만드는 샐러드 드레싱-옮긴이) 만들기, 샤퀴트리charcuterie(돼지, 가금류, 양, 소 등의 고기와 부속 및 내장 등을 이용해 만드는 가공식품-옮긴이) 준비, 소스 끓이기까지 전부 이때 익혔다. 반면 저녁 식사 서비스는 요식업계 종사자라면 누구라도 그렇듯 실행이 전부라고 말할 것이다.°° 저녁 개시 시각까지 모든 요소를 손질 및 준비해놓고는 그저 식당에서 계속 들어오는 주문만 따라가면 된다. 나는 준비조와 저녁 서비스조 모두 똑같이 좋아했다. 근무시간이 길어지거나 건강이 나빠져서 의욕을 잃은 적도 없었다. 모든 건 의지력으로 극복해냈다.

°° 예전에는 밑준비와 서비스 근무가 완벽하게 나뉘지 않았다. 구식 프렌치 주방이라면 양쪽 모두에서 일해야 한다. 물론 점심 일도 해야 한다. 노동법 때문에 모든 게 바뀌었다. 여전히 노동법이 레스토랑을 망쳤다고 말하는 셰프도 있다.

카페 불뤼^{Café Boulud}에서 일할 때도 의지력 덕택에 버틸 수 있었다. 나는 크래프트에서 더 오래 일하고 싶었지만, 동료들은 내가 두려워하는 프렌치 주방에서 일해보라고 권했다. 당시 나는 이미 카페 불뤼의 풀라드 앙 베시^{poularde en vessie}에 홀딱 빠져 있었다. 라 피라미드^{La Pyramide}의 전설적 프랑스 셰프 페르낭 푸앙이 고안해 백 년 동안 전해온 요리였다. 송로버섯과 푸아그라를 채운 통닭을 부풀린 돼지 오줌보—미국에서는 구할 수도 없는 재료였다—에 넣은 뒤 마데이라, 아르마냑, 송로버섯즙의 국물에 담가 서서히 보글보글 끓여 익히는 요리였다. 식탁에서 돼지 오줌보를 가르면 닭과 송로버섯 향이 구름처럼 피어오른다. 세상에 그런 요리가 없었고 마음속 깊은 곳에서는 만드는 법을 배우고 싶다는 생각이 차올랐다. 그렇게 분위기가 살벌한 앤드루 카르멜리니의 주방에 합류했다.

2003년의 일이었다. 나는 센트럴 파크 건너편에 있는 대학 친구 팀의 집 소파 침대에서 자고 있었다. 어차피 레스토랑에서 일만 했던 지라 그렇게 사는 게 전혀 불편하지 않았다. 매일 18시간을 일하고는 집에 돌아가 바로 잠들지, 아니면 5분 만에 샤워하고 잠들지 고민하며 버스를 타고 돌아왔다. 그렇게 사소한 일을 생각하는 데도 머리가 아팠다.

뉴욕시는 9·11테러의 충격에서 막 벗어나고 있었다. 사람들은 외식을 하지 않았다. 하지만 파인다이닝에 관심 있는 사람에게 미국에서 누가 최고의 주방을 운영하느냐고 물으면 앤드루 카르멜리니라는 대답이 돌아왔다. 일하는 우리도 그렇게 생각했다. 우리는 스파르타의 용사처럼 소수 정예의 팀이었다. 밑준비 담당도, 코미commis(초급 요리사-옮긴이), 스따지예르stagiaires(연수생, 인턴-옮긴이)도, 아무런 도움을 받지 못했다. 각자가 자신의 미장 플라스를 해야만 했다.

별일 아닌 것 같지만 참치 카르파초를 예로 들어 설명해보자. 이것은 지금까지 내가 만들어본 요리 중에 가장 비이성적으로 손이 많이 가는 요리다. 먼저 매일 아침마다 참다랑어를 힘줄 하나 없이 뱃살만 발라내야 한다. 발라낸 살은 접시에 딱 맞게 원형으로 모양을 잡아 종잇장처럼 얇게 두드려 편다. 그러고는 자투리와 힘줄을 허브 다발과 함께 기름에 담가 오븐에 넣어 콩피confit(기름에 식재료를 담가 은근히 보글보글 끓여 익히는 조리법. 오리 다리 등을 부드럽게 익히는 한편 지방으로 보존성을 높이는 데 쓴다-옮긴이)를 만든다(아무리 바쁘더라도 저녁 서비스 내내 너무 뜨거워지지 않는지 온도를 확인해야만 한다). 소금에 절인 케이퍼를 물에 헹구고 멸치 1~2킬로그램을 한 마리씩 포를 떠 소금에 절인다. 그다음 케이퍼를 한 차례 더 물에 헹군다.

다음 차례는 빵 튀일tuile(아주 얇고 바삭하게 구운 과자-옮긴이)이다. 언 빵을 얇게 저며 3호팬의 바닥에 눌러 오목하게 모양을 잡은 뒤 오븐에 구워 고정한다. 그 빌어먹을 빵쪼가리 가운데 절반은 부서져 버려야만 한다. 쪽파와 차이브를 잘게 송송 썰고 샬롯, 빨간색과 노란색 파프리카, 래디시, 니수아즈 올리브niçoise olives(프랑스 니스 지방의 올리브로 품종의 이름은 카이티에cailletier-옮긴이)를 브르누아즈brunoise(자잘하게 정육면체로 깍둑썰기하는 것-옮긴이)로 곱게 썰어 '꽃가루'처럼 만든다. 올리브를 각 변의 길이가 0.3센티미터인 완벽한 정육면체로 깍둑 썰어보았는가? 안 해보았다면 정말 행운이다. 아, 그리고 노란색과 녹색 깍지콩을 미친 듯이 얇게 써는 것도 잊지 말자. 이 모든 준비를 하는 한편 참치 자투리로 토나토 소스tonnato sauce(이탈리아의 걸쭉한 참치 소스, 통조림 참치와 달걀노른자 등으로 만든다-옮긴이)도 만들어야 한다. 레몬 비네그레트를 만들어 녹색 채소와 버무리고 아까 모양을 잡아 구운 빵의 둥지 위에 착 올라앉는 완벽한 샐러드를 만든다. 이렇게 만든 참치 카르파초는 주방 용어로 9호팬 열네 개짜리 요리다. 열네 가지 다른 재료를 손질해 용기에 담아두었다가 만든다는 의미다. 참치 카르파초는 매일 밤 수십 건의 주문이 들어올 만큼 어퍼 이스트에서 고양이의 캣닢만큼 인기를 많이 끌었다.

가벼운 비스트로에서 내는 질박한 고깃덩어리와는 차원이 다른 테린terrine(간 고기를 도기 틀(테린)에 담아 익히는 가공육의 일종-옮긴이)도 있었다. 카페 불뤼에서는 훈제 푸아그라, 감자, 살구를 우아하게 켜켜이 쌓아 테린을 만들었다. 결과물은 아름다웠지만 그만큼 개고생을 해야만 했다. 굴 손질, 카나페와 모든 손님에게 나가는 어뮤즈 부셰(매일 바뀐다), VIP에게 따로 나가는 어뮤즈 부셰 준비도 우리 부서 몫이었다(무료 전채 요리인 어뮤즈 부셰에는 따로 예산이 없었으므로 자투리 식재료를 써서 딱 한입거리로 엄청나게 맛있게 만들어야 했다). 그리고 방어 요리도 있었다. 멜론 퓌레로 버무린 샐러드는 어떤가. 짜증 나는 새우 사탕수수 꼬치도 있었다. 매주 세 번씩 산더미처럼 쌓인 사탕수수와 중식도 두 점, 쐐기칼이 주방에서 나를 기다리고 있으니, 일단 깎아 꼬치를 만들어야 했다.

카페 불뤼는 음식에 조예가 깊지 않은 고객층에게 항상 최고의 요리를 냈다. 따뜻한 요리부의 셰프들은 주문에 맞춰 즉석에서 자그만 라자냐를 한 층씩 쌓아 만들었다. 너무나도 고된 일이었다. 대신 주눅 들지 않고 살아남는다면 카르멜리니 셰프와 특별 요리를 만드는 특권을 거머쥘 수 있었다. 동료들 앞에서 잘난 체할 기회인 반면 다음 서비스 시각까지 요리를 고안해 식재료 준비까지 마쳐야만 했다. 물론 각자 원래 해야 하는 일과 동시에 해야만 했다. 잘할수록 일이 더 힘들어졌다. 고급 레스토랑 주방에서 흔히 벌어지는 상황이었다. 그렇지만 카페 불뤼에서는 특히 유별났다. 하버드 출신의 라인 요리사 한 명이 영업시간에 일을 그만두고 주방을 나가는 걸 존경과 갈망이 섞인 눈길로 바라본 적이 있었다. 그는 소스가 화로에서 타게 내버려 두고는 앞치마를 벗고 그대로 뒷문으로 빠져나갔다.

이런 이야기를 하면 윗세대의 셰프들은 코웃음을 칠 것이다. "내가 유럽에서 버텼던 여건에 비하면 아무것도 아닌데?" 물론 나도 안다. 셰프들의 회고록을 읽어보면 정말 괴기할 정도로 복잡한 요리에 대한 묘사가 얼마나 많은가. 어쨌거나 나는 주방에 적응을 못했다. 카페 불뤼에서 일하는 6개월 동안 인내심이 바닥을 쳤다. 나는 일할 준비만 되어 있다면, 그리고 일하고 일하고 또 일한다면 해낼 수 있다고 생각해 언제나 눈을 질끈 감고 모든 일을 전심전력으로 대했다. 무감각해질 정도로 반복적인 주방일을 계속할수록 내 삶의 다른 일들은 내팽개쳤다. 하지만 의구심이 들었고, 주방과 실생활의 경계선도 무너져 내렸다.

무엇보다 어머니가 편찮으셨다. 대학 3학년 1학기에 휴학까지 하고 어머니를 돌보았던 원인인 유방암이 재발했다. 나는 아버지와 지훈이 형이 사업 문제로 다퉜기 때문에 어머니의 암이 재발했다고 굳게 믿었다. 모두가 양아치처럼 굴었다. 장 씨 집안도 풍비박산이 났고, 늘 품고 있었던 의구심은 사실로 밝혀졌다. 사랑하는 이들조차 실망을 안길 수 있구나. 이래저래 거지 같은 시기였다. 나는 자투리 시간을 쪼개서 최선을 다해 어머니를 돌보려 했다.

한편 주방에서는 언제나 떨치고 싶어 했던 생각에 빠져들었다. 나는 왜 이런 음식을 만들어야만 할까? 내가 먹고 싶지도 않은 것일 뿐더러 너무 복잡한데. 이 길을 계속 걷는다고 해서 앞으로 잘될 수 있을까? 카페 불뤼 위에는 마지막 단계의 레스토랑으로 토머스 켈러의 퍼 세Perse가 남아 있었다. 프렌치 런드리로 유명한 셰프가 콜럼버스 서클의 거대하고 빛나는 고층 빌딩에 전설적인 팀을 꾸려 입점할 예정이었다. 크래프트에서 같이 일했던 베노 셰프가 그곳의 총괄부

주방장으로 일한다는 소식도 들었다. 그는 나에게도 같이 일하자고 제안했지만 거절했다.

나는 퍼 세 같은 곳에서 배겨나지 못할 것이었다. 나보다 잘하는 요리사들이 엄청나게 많았지만, 그들조차도 자리를 잡기 전에 레스토랑 업계에 잡아먹혀 나가떨어졌다. 그 와중에 어머니가 편찮으셨고 가족들은 나에게 아버지와 지훈이 형 가운데 한쪽 편을 들라고 재촉했다. 의구심과 혼란에 휩싸여 나는 단 한 가지 생각만 할 수 있었다.

이제 죽고 싶다.

정신과 의사와 몇 년 동안 상담한 덕분에, 카페 불뢰에서 일했던 막바지에 내가 처음으로 양극성 성격장애를 겪었음을 알았다. 양극성 성격장애를 겪으면 최고(조증)와 최저(울증)를 오가는 감정 기복이 심해진다.* 카페 불뢰에서는 몇 달 동안 유난히 심한 울증을 버텨가며 일했다. 물론 지난 일이니까 이제야 울증이었다고 말할 수 있다.

---

* 나는 전문가가 아니다. 내가 양극성 장애 1형인지 2형인지도 모른다. 따라서 내 이야기를 읽고 자신이나 타인의 상황을 추측하지 말자. 내가 울증을 겪을 때마다 치료사는 "도움이 필요하면 바로 저에게 전화하거나 911을 부르세요"라고 말했다. 이처럼 의사가 상황을 심각하게 여긴다는 사실을 염두에 두고, 내 이야기 가운데 어느 구석이라도 와닿는다면 꼭 전문가에게 도움을 청하자.

오르막길

당시에는 딱히 이유도 없이 기분이 나빴다. 일과 개인사 모두에서 밀려나는 느낌이었다. 미각처럼 언제나 의지하던 것들이 잘 돌아가지 않았다. 한마디로 정상이 아니었다.

고등학교 때 뭔가 이상하다는 낌새를 처음 느꼈다. 교내 심리치료사와 몇 차례 상담했지만 마음이 편하지 않았다. 교사들과 일주일 내내 같이 점심을 먹는 사람에게 내 속을 보여주고 싶지 않았기 때문이다. 그러다가 룸메이트들이 내 컴퓨터를 뒤져 상담 관련 자료를 찾아내 인정사정없이 놀려댔다. 대학에서는 다른 치료사를 찾아갔더니 2분 만에 처방전을 꺼내 항우울제인 팍실을 처방해주었다. 나는 약을 먹지도, 그를 다시 찾아가지도 않았다.

창피했다. 심리치료를 받는 아시아계를 본 적이 없었다. 몇몇 친구들이 대학에서 심리치료를 받았지만 나와는 다른 상황에 놓인 이들이었다. 웨스트체스터를 비롯한 북부 부자 동네 출신으로 진짜 불행한 일을 겪고 있었다. 잘사는 애들이 언제나 가장 상태가 나빴다. 나와 같은 문제를 겪는 애들은 찾아볼 수 없었다.

트리니티대학에서 내가 얼마나 남들과 다른 사람인지 점점 더 뼈저리게 깨달았다. 여학생들은 대체로 백인이었으므로 연애 대상이 아니었다. 형들과 누나가 비 한국인과 연애하려 들 때 부모님이 부정적인 반응을 보였기 때문이다. 물론 문제는 따로 있었다. 학교의 백인 여학생들은 노골적으로 아시아 남자와는 사귀지 않았다. 그래서 술에 취해 하룻밤 어울리는 수준 외에는 제대로 된 연애를 못 했다.

그저 학교 울타리 밖의 해외 교환학생 프로그램에서나 의미 있는 관계를 맺었다.

나는 대학을 졸업하고 신학교에 입학할까 아주 잠깐 고민했다. 하지만 대학원에 갈 만큼 성적이 좋지도 않았다. 그러니 친구들처럼 뉴욕의 편안한 일자리는 생각할 수도 없었다. 뭘 하고 살아야 할지 몰라서 취업 박람회에 찾아갔다가 일본에서 영어를 가르치는 일자리에 지원했다. 부스가 문에서 가장 가까워서 내린 결정이었다. 나는 미국을 떠나면 문제도 없을 거라 생각했고 외국인으로 살아보고 싶기도 했다. 집을 떠나면 새 출발할 기회를 잡을 수 있겠지. 나는 다시 돌아오지 않을 생각으로 미국을 떠났다.

처음으로 양극성 성격장애의 한쪽 끝인 조증을 심하게 겪었다. 이즈미돗토리에 있는 고등학교 교정 뒤편에서 크로스컨트리 트랙을 가로질러 달리고 또 달렸다. 달리기가 너무 좋았다. 기운이 끝없이 넘쳐흘렀고 무적이 된 것 같은 기분이었다. 밤이면 러시아 고전문학 전집을 읽고 또 읽었다. 『전쟁과 평화』를 단 며칠 만에 다 읽었다.

원래 나는 추운 지역인 삿포로 북부 근무를 요청했다. 하지만 발령받은 곳은 와카야마현의 무더운 동네였다. 플로리다주 잭슨빌보다 더 더운 동네를 생각해보라. 밤이면 야쿠자 지망생이 경주용 오토바이를 타고 논두렁 누비는 소리가 들렸다. 학생들은 조직폭력배의 부인이거나 대입을 준비하는 고등학생이었다. 나보다 자기들의 영문법이 더 정확하다는 걸 알아차리자 학생들은 수업 시간에 낮잠을 잤다. 나는 여호와의 증인 기숙사 바로 옆의 아파트를 상사와 함께 썼다. 와카야마에 있는 동안 잠을 제대로 못 잔 건 그 때문인 것 같다.

나는 일본에서 무엇인가 찾기를 바랐다. 아마 소속감이었으라. 하지만 일이 뜻대로 풀리지 않았다. 일본 여성은 트리니티의 백인들보다도 더 나를 피했다. 그들은 모두 백인과 어울리는 것 같았다. 그렇지 않다면 갑자기 한국인과 연애를 하지 않을 이유가 없었다.

일본에서 일하는 동안 잠깐씩 여행을 다니며, 나는 재일 한국인들이 가난하고, 도박 혹은 수상쩍은 일을 하면서 산다는 걸 알았다. 히로시마의 한국인 추모비가 손상된 걸 보고 인종차별은 세계 어디에나 있다는 사실을 일찌감치 배웠다. 나는 일본이 엄청나게 정확한 나라라고 생각했지만 이즈미돗토리에서는 기차가 종종 연착했다. 사람들이 철로에 뛰어들어 자살하는 바람에 그랬다. 정부는 자살자의 가족에게 벌금을 물린다고 발표했다. 마음을 가라앉히는 파스텔 노란색으로 역을 칠해도 아무런 효과가 없었다.

톨스토이와 도스토옙스키를 읽는 사이 카뮈를 접했다. 나는 오랫동안 카뮈가 '불굴의 여름'을 찾았다는 유명한 인용구를 곱씹었다. 악명 높을 정도로 형편없는 운전사가 모는 차를 탄 탓에 목숨을 잃은 그의 교통사고를 곱씹었다. 카뮈의 사체를 뒤져보니 주머니에서 기차표가 나왔다고 했다. 그는 교통사고를 당하고 싶었던 게 아닐까?

자살을 생각하는 이들 모두가 자살에 집착하는지는 모른다. 하지만 나는 그랬다. 매일 아침 혼자서 러시안룰렛을 하는 〈리썰 웨폰〉의 마틴 릭스 경사(멜 깁슨)가 나 같았다. 그저 시늉만 낸 것도 아니었다. 죽고 난 다음에 사람들이 나에 대해 어떻게 생각할지 고민하는 건 의미 없는 일이지만, 부모님에게 아들이 자살했다는 불명예를 안기고 싶지는 않았다. 자살한다면 드라마도 찍지 말고 유서도 남기지 말아야 했다. 사고처럼 보이게 꾸미거나 형편없는 운전사가 모는 차를 타야만 했다.

도쿄에서 뉴욕으로 돌아온 뒤 나는 막다른 골목에 부닥친 기분으로 금융 서비스 회사에 취직했다. 길거리에 사람은 나 혼자인 양 게리 피셔 산악자전거를 타고는 신호도 어겨가며 맨해튼 도로를 휘젓고 다녔다. 스키를 타러 갔다가 친구의 말을 무시한 채 나무로 돌진해 박살이 났다. 언젠가는 버스가 후진할 때 도로로 내려온 바람에 치어 크게 다쳤다. 2000년의 새해 전날 파티에서는 발륨, 스피드, 대마초, 이것, 저것, 그리고 다른 것을 술 스무 잔과 섞어 마시고는 거대한 유리 식탁 위로 쓰러졌다. 피가 사방에 튀고 손목에 유리 파편이 박혔다. 응급실 의사는 유리가 간신히 동맥을 피해 갔다고 말해주었다.

오르막길

이런 무모함이 삶은 치기로 가장한 도움의 요청인지, 바닥을 보고 삶을 끝낼 용기를 얻으려는 시도인지 궁금했다.

이제는 그런 기분을 느끼고 싶지 않다. 자살에 대한 음울한 호기심도 더는 품지 않는다. 죽음에 집착하고 실행에 옮길 방법을 찾느니 다른 일을 할 것이다. 결국 나는 자살이라는 사안에 이성적으로 접근했다. 1단계로 정말 죽고 싶은지 스스로에게 물어보았다. '그렇다'는 답이 나왔지만, 전문가의 치료로 벗어날 수 있을까? 그렇지 않다면 2단계는 뻔했다. 정신과 의사에 대한 유일한 참고 자료는 시트콤 〈프래지어〉와 영화 〈굿 윌 헌팅〉의 로빈 윌리엄스, 그리고 조울증에 대한 가벼운 읽을거리가 전부였다(카뮈를 맨 처음에 읽고 나중에는 윌리엄 스타이런의 『보이는 어둠』과 정신과 의사인 케이 레드필드 제이미슨의 모든 저작을 읽었다). 이런 책들을 읽고 프로이드식 심리 분석은 나에게 맞지 않을 거라 생각했다. 팔꿈치에 가죽 딱지가 붙은 트위드 재킷을 입은 어떤 자식이 "당신의 아버지는 힘든 사람이었군요"라고 일깨워주는 상황을 원하지 않았다. 물론 나의 상황에 '이미 검증된' 치료법을 적용하려는 사람도 원하지 않았다.

나는 《뉴요커》지를 한 꾸러미 뒤져 '최고 의사'에 선정된 정신과 의사를 찾았다. 하지만 그들 중에 누가 더 나은지 알 수가 없었다. 정보가 너무 모호했다. 그래서 각자의 전문 분야나 치료 방식에 대한 정보를 더 찾아보는 대신 사무실로 전화를 걸었다가 받으면 끊기를 되풀이했다. 카페 불뢰에서 일하며 상태가 나빠지자 나는 어퍼 이스트 사이드의 정신과 의사에게 전화를 걸었다. 약속 시간에 맞춰 찾아가 보니 그는 은발에 짐작한 대로 팔꿈치 딱지를 붙인 재킷 차림이었다. 작가 조지 플림튼이랑 똑 닮았는데. 첫 번째 상담이 끝나자마자 나에게 맞는 의사가 아니라고 생각했다. 하지만 마음을 열어볼까 싶어 몇 주 동안 그와 상담했다. 계획을 세웠으니 끝을 봐야만 했다.

"심리치료는 어떻게 하는 거죠?" 온라인에서 찾은 다른 의사의 사무실에 찾아갔다. 그는 작은 인문대학에서 학부를 졸업하고 남서부의 주립대 의대를 나왔다. 내가 가고 싶었던 학교를 간 사람이었다. 그는 아동의 고통과 심리적 외상 후 스트레스 장애에 대한 연구를 많이 했으며, 이제 막 레지던트를 끝내서 나보다 고작 몇 살 더 많았다. 이런 사실을 알자 그가 더 마음에 들었다. 메일을 보내자 빨리 답장이 왔고, 우리는 상담료를 결정한 뒤 약속을 잡았다. 모든 과정이 단순하고 효율적이었다.

처음 몇 차례의 상담은 불편했다. 그는 거의 말을 안 했고 나는 알맹이 없는 이야기만 늘어놓았다. 상담이 어떻게 돌아가는지 묻자 그는 공허한 눈길로 나를 쳐다보았다. 더 강하게 몰아붙여도 아무런 반응이 없었다. 그가 나에게 편하게 이야기하도록 배려했다는 사실 정도는 알았지만, 당시에 나는 가장 기본적인 감정을 상세히 이야기하기조차 엄청나게 힘들었다. 실은 그 정도가 아니라 레스토랑에서 음식을 주문하는 것조차 힘들었다. 그만큼 힘든 시기였다.

하지만 첫 상담이 끝날 때 엘리엇 박사가 해준 몇 마디 말 덕분에 나는 버티고 싶어졌다.

"이봐요, 데이브. 당신 정말 걱정돼요. 상담을 같이 정기적으로 하고요, 약 처방도 생각해봐야겠네요."

건조하다 못해 거의 기계적인 걱정이었지만 나는 완전히 새로워진 기분이었다. 누군가 나에게 귀를 기울여주고 나에게서 자해의 가능성을 알아차렸다는 것만으로 엄청나게 놀랐다.

하지만 약은 아직 먹을 준비가 안 되었다. 약을 먹기 시작하면 나를 인공적인 버전으로 만들어야만 건강해질 수 있다는 생각에 두려웠다. 대체로 그래서 복용을 망설인다. 하지만 사실 약은 약해빠진 이들이나 먹는 거라는 생각이 더 컸다. 약을 먹든 안 먹든, 엘리엇 박사는 내가 규칙적으로 상담하기를 원했고, 그거라면 자신 있었다. 처음 석 달 동안 나는 모든 것을 털어놓았다. 아주 천천히 말했지만 (이건 바뀌지 않았다) 나는 엘리엇 박사가 알고 싶은 모든 것을 말했다. 그와의 상담에서 처음으로 내 경험을 정연하게 늘어놓는 요령을 깨우쳤다. 감정이 깊은 것만큼이나 우울하면서도 극단적으로 나타났다. 예를 들자면 이렇다.

●   내가 "무인도에 떨어진다면 꼭 챙겨 갈 한 점의 요리는 무엇이죠?"라는 질문에 눈에 띄게 힘들어하며 답하는 묵은 영상이 지금도 남아 있다. 남은 음식 처리법에 대해 힘겹게 인터뷰하는 예전 영상을 보고 있노라면, 요즘도 촬영을 멈추고 "괜찮으세요?"라고 아무도 묻지 않았다는 데 진심으로 놀란다.

저의 우울증은 모양을 바꾸고 환경에 적응합니다. 사라졌다고 여길 때도 있지만 몇 달 뒤에 훨씬 더 강하게 저를 조종하죠. 나중에 돌아보면 며칠 혹은 몇 주 동안 조증을 겪었는데도 자각을 전혀 못 했어요. 우울증은 저를 억압하면서 깊은 곳에서 보글보글 약하게 끓고 있습니다. 지속적인 통증이자 고통이에요. 무엇이든 완전히 질식하는 느낌은 긍정적입니다. 즐거움을 자극해야 할 일에서 정반대로 고통을 느껴요. 삶의 어떤 것도 존재의 모순임을 일깨워줘요. 우울증은 신뢰감을 떨어뜨리는 한편 신기하게도 자아는 북돋아서 저를 아주 위험한 상태에 빠트립니다. 제 주변에 제대로 된 게 하나도 없고 모두가 제 어려움을 알고 있으면서도 더 악화시키려 한다는 생각이 들어요. 슬픔의 경계란 제게 정신 이상입니다 왜냐하면 슬픔만이 유일한 위안이니까요.

어린 시절에 대한 질문을 오랫동안 회피했지만 끝내는 다 털어놓았다. 어렸을 때 혼자 시간을 너무 오래 보내다 보니 버림받을지도 모른다는 생각에 두려웠다. 아버지의 극성에 끊임없이 시달리는 한편 어머니와도 갈등을 빚었다. 신도 자주 화제로 삼았는데, 특히 지금처럼 진지하게 받아들인 이유나 방식에 대해서도 이야기했다. 그리고 언제나 꾸준히 느끼는 소외감도 이야기했다. 가족, 다른 한국인, 백인 상류층 위주의 고등학교나 대학, 레스토랑 주방에서 어울리지 못하는 나에 대한 걱정 말이다. 나는 엘리엇 박사에게 상류층 백인들이나 프랑스식으로 짜인 요리팀과 같이 있으면 꿀리는 느낌이

든다고 이야기했다.

9·11테러, 3학년 때 아버지의 권총으로 자살한 친구, 대학 졸업
후 자살·약물 과다 복용·불의의 사고로 잃은 세 친구의 이야기도 했
다. 나는 죽음에 둘러싸인 것 같았다. 모든 일이 잘 풀리는 사람들에
대해서도 이야기했다. 조지타운 프렙에 다닐 때 원하는 걸 다 얻는
이들은 나와는 달랐다. 나는 늘 삶이 멍청하고 두서가 없는 기분이었
다. 겉으로 보기에는 외톨이면서도 세상에 화가 나 있었다. 속임수에
당하거나 모두를 실망시켰다고 생각했다. 나는 모자라고 불필요한
인간이며, 그런 생각이 나에게 영향을 미친다는 사실마저 증오했다.

엘리엇 박사의 사무실에서 나는 처음으로 분명하게 말했다. 상
황을 해결하려면 그저 죽는 수밖에 없을지도 모른다고.

내 우울증의 증세는 일 중독이었다. 가능한 모든 요소를 통제하
기 위해 열심히 일했다. 따라서 엘리엇 박사와의 상담은 추상적인 면

요즘도 편집자의 충고를 거스르고 우울증을 정당화하고 싶은 충동을 느낀다. 나는 사
막을 맨발로 걷거나 맹장 수술을 받거나 참전한 적이 없다. 하지만 그런 생각이 내 가
슴과 배와 눈의 뒷면과 두뇌 전체에 가시처럼 박혀 있는 것 같다. 그리고 이 책을 읽는
당신이 내 성공의 자질구레한 이야깃거리를 훔쳐보는 한편, 그런 고통도 적나라하게
들여다보고 있음을 알았으면 좋겠다. 나는 우울증과 그에 저항하려는 선택 덕분에 살
아남아 이 책을 썼다.

에만 국한되지 않았다. 우리는 레스토랑에 대해서도 아주 많은 대화를 나누었다. 나는 머릿속에 몇 년은 품고 있었던 생각을 이야기했다. 다른 요리사들이 들으면 비웃을까 봐 언제나 신경을 써왔던 이야기였다. 오해는 안 했으면 좋겠는데, 나는 아이디어 자체는 훌륭하다고 생각했다. 다만 내가 엄청나게 자신감이 낮으면서도 자존심은 강한 사람이었을 뿐이다.

그래서 처음에는 속삭이듯 작게 말했을지도 모르지만, 내용은 분명하게 전달했다.

"저는 언더그라운드 음식이 오버그라운드로 올라올 수 있다고 생각합니다."

유럽과 아시아의 음악, 미술, 패션에서 그런 현상이 벌어졌다. 그렇다면 음식은 왜 안 될까? 왜 미국에서는 안 될까? 나는 함께 요리하는 이들과 이런 아이디어를 이야기할 수 없었다. 당시 뉴욕에서 외식이란 여전히 돈 많은 특권층을 위한 영역이었다. 적어도 내 친구들은 그렇게 생각했다. 좋은 음식점에서 저녁을 먹자고 이야기하면 돈을 세절기에 넣고 돌려버리자는 이야기처럼 받아들였다.

하지만 아시아에서는 완전히 반대였다. 일본의 식료품점이나 야키토리 가게, 베이징의 후통 (좁다란 골목-옮긴이)에 늘어선 노점 등 식도락은 삶의 기본이었다. 외식은 비싸지 않아 할 만 했으며 일상에서 중요한 부분이었다. 버지니아주의 하위 중산층 아시아인 가정조차 중국집에서는 매주 한 번 외식할 수 있었다. 가난한 사람은 좋은 음식을 누릴 수 없다는 생각은 잘못됐다. 나는 엘리엇 박사에게 전통적인 셰프의 길에서 벗어나고 싶다고 말했다. 이미 실패한지라 실패가 두렵지는 않았다. 나에게 다른 길이 있을 거라 믿었다. 파인 다이닝 레스토랑에서 내가 원하는 것과 거리가 있는 음식을 요리해서 얻을 게 없었다. 카페 불뤼를 그만뒀을 때 나는 스스로를 살릴 생각도 하지 않았다. 이미 죽을 각오가 돼 있었고, 그전에 가슴에 쌓은 응어리를 털어내고 싶었다.

요리사는 내가 유일하게 가질 수 있는 직업이었다. 어쨌든 학점과 기질 탓에 나—어린 시절 골프 신동이자 인문대 졸업생—는 양아치, 전과자, 알코올의존자, 갓 이민 온 이들이 들어가는 주방에 자리를 잡았다. 동시에 주방일이 스스로 통제할 수 있는 진짜, 정직한 일이기 때문에 요리사가 되었다. 나는 찰스 에머슨과 소로에게 매혹되어 그들의 글을 읽고 철학을 실천하며, 학습과 토론을 신념을 시험하는 기회로 삼아야 한다고 믿었다. 요리는 내가 그런 삶을 살 수 있는 수단이었다. 스스로 믿는 음식을 요리하지 않는다면 요리할 이유조차 없지 않을까?

요리의 기억은 짧고 이제 우리는 다른 음식 세계에 산다. 아무도 기억 못 할 테지만, 1990년대 말에는 대부분의 미국인이 레스토랑에 갈 수 없었다. 당시 미국의 외식 문화는 대체로 두 갈래로 나뉘었다. 한 갈래에는 엄두도 못 낼 만큼 비싼, 프랑스 기반의 레스토랑이 있었다. 훌륭한 서비스와 편안한 식사 공간을 갖춘 곳이었다. 다른 갈래에는 소박한 분위기에서 아시아, 아프리카, 라틴 아메리카의 요리 세계를 부담 없는 가격으로 맛보는 음식점이 있었다. 1960년대부터 한데 뭉뚱그려 '소수 민족 음식'이라 일컬었던 종류 말이다.

이런 식당의 요리는 맛있지만 처음 미국으로 건너온 이민자의 시대와 전통에 얽매여 있었다. 프랑스나 음식의 고향과는 상관없는 혁신적인 요리를 질 좋은 식재료로 만들어 20달러쯤에 파는 중간 선택지는 없었다. 인종 탓에 이런 개념을 따르는 음식점이 없다고 보았던지라, 나는 이 현상을 더더욱 개인적으로 받아들였다.

종종 사람들은 내가 일본에서 지내다가 뉴욕으로 돌아오자마자 누들 바를 차렸다고 듣고는 그 외의 나머지 일들은 마음대로 추측한다. 『뉴욕의 맛 모모푸쿠』에 그런 분위기로 이야기를 해서 그럴 수도 있다. 책만 보면 내가 어느 날 갑자기 라멘 가게를 차리고 싶어서 라멘만 공부하러 일본에 간 것 같다. 물론 그 지옥 같은 동네에 라멘 가게가 있기는 했지만, 딱 한 번 간신히 먹어봤다.

나는 매일매일 그 가게를 부러운 눈길로 유심히 바라보며 지나쳤다. 사람들은 음식을 싸고 맛있게 먹으며 즐기고 있었다. 거창한 의식도, 속임수도 없었다. 심리적인 장벽이나 레스토랑 운영을 어렵

프랑스 요리학교에서 공부할 때, 아시아 요리에서는 흔한 돼지 육수를 쓰는 프로젝트를 제안한 적이 있다. 강사는 "돼지 육수는 야만인이나 먹는 거야"라며 나에게 코웃음을 쳤다. 그가 틀렸다고 말할 수 있는 용기가 있었다면 얼마나 좋았을까. 나는 그저 고개를 떨구고 돌아섰다.

게 하고 쓸데없이 음식 가격을 올리는 겉치레도 전혀 없었다. 노동자와 억만장자는 분위기를 의식하지 않은 채 나란히 앉아 식사했다. 음식은 조심스럽고 세심하게 준비되는 한편, 실내 장식이나 담음새, 서비스는 재미와 편안함에 초점을 맞춘다.

나는 크래프트에서 카페 불뤼로 옮기는 사이에 일본에 또 한 번 찾아갔다. 첫 방문에서 너무 일찍 돌아왔다고 생각해 비자를 받은 뒤 아버지에게 폴 황이라는 한국계 선교사를 소개받았다. 폴은 공항으로 나를 마중 나와 도쿄시 쿠단시타의 우중충한 건물로 데려갔다. 건물의 7층에는 선교원과 교회가 있었고, 3층부터 6층까지는 사무실과 노숙자 쉼터가 섞여 있었다. 1층에는 한국인 여자와 결혼한 일본인 남자 셰프가 운영하는 이자카야가 있었다. 가게의 다른 셰프는 정신분열증 환자였다. 건물 전체가 별로 가진 게 없는 가난한 이들의 피난처였다. 그래도 요리 기술은 좋았고 음식은 너무나도 맛있었다.

나는 옆집의 라멘 가게에서 아주 잠깐 일했다가 바로 이자카야로 옮겨 갔다. 잠은 폴의 사무실 뒤편의 다다미 한 장짜리 방에서 침낭을 뒤집어쓰고 잤다. 그리고 할아버지가 일제강점기 동안 다녔었던 대학에 등록했다. 시험을 보았더니 2, 3, 4점을 받았다. 만점은 100점이었다. 두말할 필요도 없이 일본어 공부가 필요했다. 안면이 있는

세월이 흘러 텔레비전 쇼 〈어글리 딜리셔스〉를 촬영하러 일본에 종종 찾아갔다. 샅샅이 뒤졌지만 우리는 폴의 건물을 찾을 수 없었다. 가스라이팅이라도 당한 걸까? 그 모든 게 꿈이었을까?

뉴욕의 의사가 나를 도쿄에 있는 가족에게 소개해주었다. 그의 조카가 소바 가게를 운영했는데, 계속 일하고 싶었지만 이곳은 내가 해고당한 유일한 일터가 되었다. 다음에는 크래프트의 옛 선배들이 파크 하얏트 호텔 꼭대기에 있는 뉴욕 그릴의 자리를 소개해주었다. 일본의 식재료로 미국 요리를 했는데, 이름값은 허무맹랑하고 맛은 그저 그렇다는 사실을 다시 한번 확실하게 일깨워주었다.

이 모든 일이 벌어지는 와중에 길거리에서, 맥도날드(싸고 완성도가 꾸준히 훌륭한)에서 음식을 먹으며 눈을 떴다. 선교원에 월세를, 학교에 등록금을 내고 남은 돈으로 하루살이처럼 살았지만, 지갑을 거덜 낼 만큼 비싸지 않은 음식점에서 아주 잘 먹고 다녔다. 그저 '싼 음식'뿐만이 아니었다. 기술을 내세우고 재료를 존중하는, 서양 파인다이닝만큼이나 솜씨를 갈고닦는 레스토랑에서도 똑같이 느꼈다. 왜 뉴욕에는 이런 곳이 없을까? 심지어 유럽만 해도 아시아의 평등한 음식 문화의 영향을 받은 체인점인 와가야마가 있었다. 미국인 대다수는 왜 이런 음식의 존재를 인정하려 들지 않는 걸까?

미국에서는 본받을 만한 아시아계를 찾기가 어려웠다. 나는 이소룡을 사랑했고 스포츠계에서는 골프 선수 점보 오자키(오자키 마사시), 미식축구 선수 유진 청(아시아계 미국인 최초로 NFL에 지명됐다)

오르막길

을 존경했다. 본받을 사람이 별로 없다 보니 대체 어디에서 무엇을 찾아야 할지 알 수가 없었다. 집에는 형들이 있었지만 오로지 덩치만 닮고 싶었다. 그래서 5년 동안 매일 우유 4리터들이 한 통씩을 마시고 굶주린 곰처럼 고기를 먹었다.* 그러자 고등학교 2학년 때 키가 10센티미터 크고 몸무게는 45킬로그램이 늘었다(이처럼 갑자기 훌쩍 자란 탓에 스윙이 엉망이 되어 골프를 더 못하게 되었다).

다른 덩치 큰 아시아계 남자애들은 동의하지 않겠지만, 스스로를 작고 유약한, 전형적인 아시아인과 분리하면 미국 백인 사회에 좀 더 쉽게 적응할 수 있다. 그렇다고 백인들과 섞여 어울릴 수 있다는 말은 아니다. 나는 덩치가 커져버린 탓에 가족이나 친지들과 더 멀어졌다. 그들은 끊임없이 음식을 먹이면서도 한편으로는 덩치가 커진 나를 괴물처럼 쳐다봤다. 집에서 만든 한국 음식을 차려주고 더 먹으라고 말했지만, 그렇게 먹었다가는 살이 찔 거라는 말도 덧붙였다.

요리를 시작하자 나와 내가 존경하던 셰프들의 공통점을 발견할 수 없었다. 그러다가 대니얼 불뤼의 플래그십 레스토랑에서 주방을 꾸렸던 중국계 미국인 셰프 알렉스 리에 대한 이야기를 들었다. 나 같은 동양인이 가장 훌륭한 프랑스 레스토랑의 주방을 이끌다니, 상상할 수 없는 일이었다. 이야기를 주워듣고 나는 그가 얼마나 진지한

---

* 풀을 먹인 소가 아니다. 우리 가족은 공장식 축산을 한, 싸구려 고기를 샀다. 사람들이 나에게 덩치가 크다고 할 때마다 나는 소 성장 호르몬 탓이라고 말한다.

편집광인지 헤아리게 되었다. 그는 순수한 투지만으로 최고의 자리에 오른 셰프였다. 나는 그와 함께 일하고 싶었다.

리가 대니얼의 레스토랑을 떠나 교외의 컨트리클럽 주방에서 일하기로 했다는 소식을 들은 날을 잊을 수가 없다. 그의 커리어는 채 마흔 살도 안 돼서 끝나 버렸다. 일과 삶의 균형을 찾고 자신을 돌보기 위한 선택이었다는 이야기가 돌았다. 그때 나도 카페 불뤼에서 나갈 채비를 하고 있었다. 나는 알렉스 리 같은 셰프가 될 수 없었다. 피부색과 상관없이 모두를 요리로 제압한, 끝내주는 아시아계 셰프라는 그의 이야기는 절대 내 것이 아니었다.

오해를 막고자 덧붙이자면 후배들을 위해 길을 닦아준 아시아계 셰프는 또 있다. 내가 모모푸쿠를 열었을 무렵, 말레이시아계 셰프인 아니타 로도 자신의 레스토랑 아니사Annisa에서 정말 특별하고도 개성 있는 아시아 요리를 내고 있었다(그는 제대로 인정을 받은 적이 없다). 하지만 그는 자유로운 스타일의 아시아 레스토랑 AZ로 《타임》지에서 별 셋을 받은 패트리샤 여와 마찬가지로 고급 요리 세계를 추구했다. 물론 별 재주 없는 미천한 요리사인 나에게는 화려하지 않은 미국 레스토랑을 여는 게 뭐라 해도 가장 잘 맞았다. 외식의 통념을 느슨하게 다룸으로써 더 많은 요리사와 손님을 끌어들이는 한편 아시아권의 음식점 문화를 알릴 수 있었다. 그렇다면 나의 방식대로 세계에 공헌하는 셈이었다.

나는 주류 미국을 향해 불신과 분노를 키워갔고, 내가 미국 외식계에서 들은 문제를 증명한다면 더 큰 문화적 오류 또한 밝힐 수 있을 것 같았다. 엘리엇 박사에게 말했듯, 세계를 돌아다녀 보면 사람들이 그리 달라 보이지 않았다. 따라서 아시아에서 통하는 게 여기에서도 먹힐지 몰랐다. 누군가 시도해볼 필요가 있었다.

엘리엇 박사와 이런 이야기를 나누는 건 좋았지만 우울증만큼은 별 차도가 없었고, 딱히 이렇다 할 돌파구를 찾지 못했다. 어린 시절의 이야기를 들춰도 변화가 없는 것 같았다. 유일하게 찾은 해결책도 개인적인 차원의 고민에 대한 답이었다. 만약 아무것도 의미가 없다면, 그러니까 우울증을 극복하지도 못하고 파인다이닝 세계에서도 자리를 잡지 못한다면, 또 무엇을 잃을까? 그렇다면 적어도 나 자신을 위한 요리 세계를 만들려는 시도라도 해봐야 하지 않을까?

소로는 "우리는 인간이기에 삶을 개선하려 의식적인 노력을 기울일 수 있다"라고 말했다. 나는 자살을 고민하며 그 말을 마음속 깊이 받아들였다. 의식적인 노력으로 이룬 발전. 무엇인가를 위해 노력하기. 나의 레스토랑을 열자. 잘 안 풀린다면 또 다른 길이 있겠지.

● 분명히 짚고 넘어가자면 나는 화려한 레스토랑을 좋아한다. 하지만 언젠가부터 미국의 외식에서 화려함이 무엇보다 중요해져버렸다. 우리가 《뉴욕 타임스》의 비평을 예상하고 요리할 때, 어떤 매니저는 직원들에게 다음과 같이 비평의 우선순위를 이야기했다. ① 서비스 ② 실내 장식 ③ 음식. 그때부터 나는 '엿이나 먹으라지, 내 일인 요리가 양탄자나 의자의 장식이 되게 내버려 두지 않겠어'라는 생각을 품었다.

모모푸쿠의 문을 열다

아무도 내가 제안한 개념을 받아들이지 않았다.
나는 정말 눈부신 외톨이였다.

레스토랑을 처음 여는 젊은 셰프들은 언제나 조언을 구한다. 질문은 크게 세 가지 맛이다.

1. 성공의 요건은 무엇인가요?

2. 어떤 사람과 사업을 같이해야 할까요?

3. 나중에 큰 차이를 낳는 지혜가 있을까요?

나는 언제나 메시지를 정확하게 주지 않는다. 나에게 조언을 구한 적이 있다면 잘 알 것이다. 당신의 걱정에 내 답을 보태면 우리 둘 다 더 멍청해진다. 나는 대체로 당시에 골똘히 하는 생각을 자세히 설명해주고 시간이 다 될 때까지 진짜 질문과는 크게 연결 짓지 않는 다. 할 이야기가 너무나도 많다. 레스토랑을 열어 꾸리는 데 필요하 지 않은 규칙이나 특정 지식을 골라내기가 어렵다. 일단 계약, 부동 산, 경영, 홍보를 이해해야 한다. 물론 좋은 요리 솜씨는 기본이다. 이 전체를 한데 아울러 '종합 예술'이라 부른다.

때로 대화가 개인적으로 흘러가고 시간이 더 있으면 나는 대놓 고 물어본다. "정말 레스토랑을 열고 싶나요?" 그렇다고 답하면 다음 레시피를 준다.

1. 투자자들 전부를 집으로 불러 개인적이면서도 아주 특별한 레스토 랑 맛보기 시간을 가진다. 초대받은 모두에게는 5천 달러씩 가져오라 고 한다.

2. 그들이 도착하면 커다란 대접을 식탁에 올려놓고 수표를 담으라고 친절히 알려준다. 그리고 그 수표에 불을 붙인다.

친구와 가족들에게 어떤 환상도 심어주면 안 된다. 당신의 레스 토랑 프로젝트에 투자한 돈은 영영 되찾지 못할 것이다. 아마 돈을 더 잘 쓰는 방법이 있을지도 모른다. 그렇다면 그곳에 돈을 써라. 정 말, 반드시, 꼭, 그래야만 하는 경우에만 레스토랑을 연다.

내 충고가 먹힐까? 그렇지 않다. 지금껏 실패율이 99퍼센트였다. 레스토랑을 내지 말라고 설득했던 모두가 경고를 무시하고 결국 자기 맘대로 했다. 하지만 내가 요식업계에서 뭐라고 경고를 하겠는가? 나도 시작할 때 레스토랑을 여는 데 뭐가 필요한지 하나도 몰랐고, 그랬기 때문에 성공했다 치고 넘어가자.

공간도 돈도 없는 팔자였지만 적어도 같이 일할 사람은 하나 있었다. 그게 2004년 봄의 현실이었다. 돈도 자리도 없이 레스토랑을 시작할 수는 있다. 하지만 같이 일할 요리사가 없다면 문제다. 레스토랑을 여는 셰프들 대부분은 비슷한 생각을 하는 동료들에게 계획을 미리 말해준다. 밤에 맥주를 마시거나 비번인 날에 중국 음식을 먹으면서 변화할 준비가 된 동료를 탐색한다. 하지만 아무도 내가 제안한 개념을 받아들이지 않았다. 크래프트와 카페 불뤼의 존경하는 동료 요리사들도 전부 안 될 거라 말했다. 나는 피츠버그에서 식품 전문점을 운영하는 형의 골프 친구에게 부탁해서 사람을 구하려 했다. 아무도 지원하지 않았다. 심지어 요리사도 아니고 교사인 친구 브랜던에게도 물어보았다.

나는 예정보다 6개월 일찍 카페 불뤼를 떠났다. 지금까지도 후회하는 결정이다. 아예 요식업계를 뜨는 게 아니라면 주방의 관습상 유명한 셰프 밑에서 적어도 5년은 일해야 레스토랑을 열 계획이라도 세울 수 있었다. 아무도 말도 안 되는 개념을 좇아 일찍 주방을 떠난 애송이와 일하려 들지 않았다.

나는 정말 눈부신 외톨이였다.

혹시 잊어버렸을까 봐 다시 이야기하자면, 나에게는 라멘 가게를 세우겠다는 원대한 계획이 있었다. 요즘에야 미국에서 국수 가게를 내는 게 충분히 일상적인 꿈이지만 2004년에는 완전히 괴상한 생각이었다. 걸림돌이 너무나도 많은 나머지 새로운 중력장을 형성하는 수준이었다. 내가 프랑스 요리의 대가 폴 보퀴즈였대도 라멘 이야기를 꺼냈다면 다들 망설였을 것이다. 많은 사람이 내가 전자레인지에 데워 먹는 인스턴트 라멘을 말한다고 생각했다. 모모푸쿠를 처음 열었을 때 찾아온 손님들에게 언제나 받았던 질문이라 잘 알고 있다.

돌아보면 멍청해 보이지만, 그때가 내 커리어에서 처음으로 요식업계의 다른 이들보다 앞서가는 시기였다. 그리고 그 자체가 순수한 기회였다. 나는 하필 라멘 유행이 불어닥쳤을 때 도쿄에 갔다. 장인들이 전국 각지에 가게를 열었고 사람들은 라멘 맛을 보겠다고 몇 시간이고 줄을 서서 기다렸다. 음식에 박식한 사람들이 국수 따위에 환장하다니. 일본이라서 그랬던 걸까? 내가 라멘을 아주 맛있게 먹는 걸 보면 그런 것 같지는 않다.

동시에 미국에서도 일본 음식에 관심이 좀 생겼다. 크래프트에서 일하던 어느 날, 나는 유니언 스퀘어의 한국식 보데가^{bodega}(식품 및 잡화를 파는 동네 가게-옮긴이)를 지나쳤다. 이미 몇 천 번은 지나쳤을 그곳에서는 요거트, 과일 샐러드, 오렌지 주스, 눅눅한 샌드위치 같은 흔한 편의점 음식을 냉장고에 진열해놓고 팔았다. 그런데 냉장고 한쪽 구석에 플라스틱 용기에 담긴 스시가 있었다. 나는 내가 아는 모든 사람에게 말했다. 보데가에서 스시를 팔아! 때가 왔어! 때가 왔다고! 요리사 친구 가운데 누구도 관심이 없었지만, 이론적으로 국수 가게는 잘될 것이었다. 나는 구인을 미루고 잠시 다른 일을 처리했다.

레스토랑 자리를 찾는 일은 그다지 어렵지 않았다. 나는 병세에서 회복 중인 어머니 곁에 머물기 위해 버지니아에 레스토랑을 열까 잠깐 고민했다. 하지만 무엇인가-내 자존심-가 맨해튼을 떠나지 못하게 붙잡았다. 성공하든 실패하든 내가 존경하고 미워하는 사람들이 모두 보는 곳에서 시도해보고 싶었다.

소호와 웨스트 빌리지에서 몇 곳을 둘러봤지만, 결국 이스트 빌리지 쪽이 더 끌렸다. 나는 그 동네를 이미 좋아했다. 낮에 이 동네를 지나갈 때마다 마주치는 이탈리아 제과점 베니에로스에서는 밍밍한 커피를 사 마시곤 했다. 이곳은 백 년 된 가게로 항상 냉방을 세게 틀었다. 루시스, 타일 바, 인터내셔널 바를 포함해 실내 흡연이 가능해 퀴퀴한 냄새를 풍기는 바에는 늘 술을 마시러 갔다. 혼자 마시기 싫다면 콧수염을 기른 바텐더와 대화할 수 있는 바 벨로체에 갔다. 그곳은 아직도 그대로 있다.

오르막길

크래프트에서 일한 이후 형 노릇을 해준 멘토 마르코 카놀라도 당시 폴 그리코와 함께 자신의 레스토랑 허스Hearth를 막 열었다. 12번가와 1번가가 만나는 자리였다. 이스트 빌리지에 허스가 자리 잡는다면 내 레스토랑도 잘될 거라 예상했다. 월세는 낮고 개성이 있으면서 작은 아시아 레스토랑이 들어서기에도 친근한 지역이었다. 다른 동네에서 살던 젊은이들은 월세가 오르자 이쪽으로 점점 더 많이 옮겨 왔다. 함께 일할 때는 마르코에게 내 고민을 절대 드러내지 않았지만, 모모푸쿠를 연 뒤에는 휴식 시간에 그를 찾아가 배우곤 했다. 크래프트에서 함께 일했던 라인 쿡(레스토랑에서 특정 부분의 요리를 총괄하는 메인 셰프-옮긴이)이나 부주방장이 꽉 들어찬 그의 주방을 보면 마음이 편해졌다.

이스트 빌리지에서는 1번가 163번지의 빌리지 치킨이 폐업 상태였다. 상호가 빌리지 바비큐였던가? 바비큐든 치킨이든 그곳은 프라이드치킨 가게였다. 주방과 식당을 합쳐 56제곱미터에 월세는 6천 달러였다. 둘러보았던 다른 자리에 비하면 좁으면서도 월세는 더 비쌌다. 유동 인구가 많은 자리라서 그곳으로 결정했다. 중개인에게 곧바로 지원서를 넣겠다고 말했다.

좁은 구석탱이의 가게 자리를 찾았더니 행복해졌다. 같은 날 건너편의 아파트도 월세로 계약했다. 자리는 일단 잡았고 직원은 아직 못 구했다. 그리고 돈은 또 다른 이야기였다.

아버지가 레스토랑을 여는 데 도움을 줄 거란 생각은 거의 없었다. 학점이 낮아서 졸업 후 제대로 된 직장을 구하지도 못했고, 당신이 안 된다던 요식업계에서 일하고 있다. 나는 아버지를 만나기 전에 최후통첩을 위한 마음의 준비를 했다. 아버지가 도움을 주시든 안 주시든 레스토랑을 열 거예요. 그러니까 이건 아버지라서 예의상 하는 말이에요. 저한테 투자하시려면 이번이 마지막 기회예요. 사실 아버지 아니면 도움을 청할 사람도 없었다. 전화를 걸어 나는 아버지가 말할 틈도 없이 강압적인 말투로 먼저 이야기를 꺼냈다. 계획을 이야기하자 아버지는 단 한 단어로 답했다.

"그래라."

"그래라, 라뇨. 무슨 말씀이세요?"

"얼마가 필요하니?"

아버지는 대출과 회계사 추천으로 도와주신다고 했다. 즉시 버지니아 일대의 유지들과 상의해 10만 달러를 빌려 오셨다. 내가 모은 2만 7천 달러를 보태면 레스토랑을 열 수 있는 돈이었다. 아버지가 대체 왜 그렇게 빨리 도와주기로 결심했는지 궁금했다. 형과의 계속된 갈등을 잊기 위한 구실을 찾았던 건 아닐까? 아버지와 나는 매일 함께 시간을 보냈다. 그리고 레스토랑 공사가 진척되는 상황과 사업의 자질구레한 세부 사항을 논의했다. 프로젝트를 도와줄 사람이 아무도 없기도 했다. 이 시기에 아버지와 나는 치유와 가장 흡사한 경험을 함께했다. 당시에는 도움이 되는 건지 아버지도 나도 확신이 없었지만, 연락을 주고받고 같은 생각으로 일을 할 명분이 생긴 것이다.

한 가지는 확실히 알고 있다. 나는 아버지의 도움을 당연하게 여기지 않는다. 아들들은 아버지를 실망시키지 않으려 하다가 관계를 망치곤 한다. 아버지와 좋았던 순간이라면 항상 이 시기가 가장 먼저 떠오른다. 사과나 따뜻한 대화 같은 건 없었고 오로지 돈과 사업을 위한 세부 사항만이 화제였다. 아버지는 쉽게 상처받는 사람이었고 나도 그랬다. 우리는 여느 가족이 그렇듯 서로에게 기댔다. 이 책을 쓸 때까지, 나는 우리의 사업체명이 JCDC 유한책임회사임을 잊고 있었다. 조 장과 데이브 장이 함께 세운 기업이라는 의미였다.

엘리엇 박사의 제안대로 마침내 약을 먹었더니 처음 품었던 우려가 현실로 나타났다. 항우울제 렉사프로를 먹고 나서 감각이 거의 사라졌다. 그가 왜 약이 '기분 지배자'가 될 거라 말했는지 정확하게 이해했다. 약을 먹으니 감정을 더 느끼고 싶었다. 나 자신을 포함한 모든 게 단조롭고 조용했다. 통제받는 느낌이었지만 사실은 상태가 나아진 것이었다. 새로 이사 간 아파트는 눅눅하고 음울한 쓰레기장 같아서, 나는 소시오패스의 보금자리처럼 종잡을 수 없는 모양새로

집을 꾸몄다. 잠은 원래 아파트에 딸려 있었던 소파 침대에서 잤고, 탁자, 실내등, 텔레비전은 '대체 이런 쓰레기를 누가 사'라고 생각할 만한 중고용품점에서 샀다.

집에서 요리를 절대 하지 않을 생각이었으므로 가스를 끊고 냉장고도 전원을 뽑아두었다. 바닥에는 언제나 퇴근하면서 사서 반쯤 마시고 내버려둔 물병이 나뒹굴었다. 가끔 집어 들고 마시려고 보면 병 바닥에서 바퀴벌레가 나를 쳐다보고 있었다. 나는 냉장고를 서류 보관함으로 썼고, 찬장은 당시만 해도 별로 유명하지 않고 값싼 버번위스키인 불릿, 일라이자 크레이그, 패피 밴 윙클 등을 쟁여두려고 완전히 비웠다. 매일 버번을 반병은 마셔야 잠이 왔다. 에어컨은 창에 딱 들어맞게 설치하지 못해서 책을 괴어놓고 틈새에 배관용 테이프를 덕지덕지 붙였다. 폭탄 테러범의 아파트를 본 적은 없지만 아마도 그런 곳이 아닐까 싶은 데서 5년 동안 살았다.

레스토랑에서 가깝다는 이유만으로 고른 아파트였다. 아버지는 내가 레스토랑에서 엎어지면 코가 닿을 거리의 숙소에서 사는 덕분에 성공할 것이라고 말했다. 나는 일에 스스로를 완전히 쏟아부었다. 바워리와 차이나타운의 레스토랑 자재 전문점에 찾아가 필요한 물건을 미친 듯이 찾고 간판을 찍는 한편 계속해서 레시피를 다듬었다. 그걸 '연구와 개발'이라고 부를 수 있다면 좋겠다. 국수는 형편없었고 더 나아지지 않았다. 크레이그리스트에서 번역한 요리책이 있었지만 읽고서도 라멘을 제대로 만들어낼 수 없었다.

한동안은 면이 그 지경인 건 간수 탓이라고 생각했다. 라멘 면발에 적당한 쫄깃함과 황 내음, 특유의 질감을 불어넣는 알칼리성 용액말이다.

요즘은 뉴저지의 선 누들에 전화 한 통만 걸면 원하는 레시피대로 알칼리 면발을 납품받을 수 있다. 하지만 15년 전에 레스토랑을 열 때는 사정이 달랐다. 모트가의 캔톤 누들 상사를 찾아가서 간수를 구할 수 있는지 물어보며 사람들을 귀찮게 했다. 건물에 발을 들일 때마다 직원들은 그냥 나가라고 손을 내저었다. 간수를 넣은 면발이 제면기를 망가트릴까 봐 걱정했기 때문이다. 나는 마침내 간수 없이 면을 만들고 숙성해 원하는 질감을 얻어냈다. 하늘을 날 듯 기뻤다.

몬스터닷컴에 올린 구인공고를 보고 호아퀸 '퀴노' 바카라는 사람이 찾아왔다. 가족의 지인이 자기가 일하는 치즈케이크 팩토리에

당시에는 정보도 구하기 어려웠다. 구글 이전의 세계는 이제 상상조차 불가능하지만, 그때는 간단히 스마트폰만 들여다볼 수가 없었다. 믿어달라, 정말 그럴 수 있었다면 좋았겠다. 내 궁금증과 조금이라도 가까운 정보를 얻어보고자 나는 뉴욕의 스시 레스토랑과 애틀랜틱시 호텔의 카지노에 딸린 누들 바에서 연수를 받았다. 물론 남는 시간에는 이곳저곳 돌아다니며 라멘을 먹었다. 크래프트에서 일했던 시절에는 꽤 괜찮은 하카타식 라멘(진한 돼지뼈 국물에 가는 면을 말아낸 것)을 내는 곳도 찾았다. 그래서 열 번도 넘게 찾아가서 요리사의 모든 움직임을 관찰하고, 뒤에서 부글부글 끓는 솥에 마법의 약이라도 넣는지 관찰했다. 마침내 용기를 내 물어보자 요리사는 '그냥 물인데요'라고 답해주었다. 알고 보니 그냥 물에 농축 수프를 타서 만든 국물이었다. 그걸 알고 내가 기가 죽었다고 생각할 수도 있겠지만, 덕분에 일본의 라멘이 뉴욕보다 한참 앞서가고 있음을 알았다. 내가 하고 싶은 음식은 아직 미국에 존재하지 않았다.

서는 몬스터닷컴이란 곳에서 요리사를 뽑는다고 귀띔해줘서 그곳에 공고를 올리고는 바로 잊었다. 고맙게도 퀴노의 여자친구가 나의 구인 공고를 보고 퀴노에게 알려주었다. 우리는 바 루시스에서 면접을 봤다. 그는 뉴멕시코에서 뉴욕으로 왔지만, 아버지가 외교관이어서 그전에도 이리저리 옮겨 다니며 살았다(퀴노가 부모님을 따라 돌아다닐 때와 남미의 쿠데타 시기가 맞물려서, 나는 그의 부모님이 CIA에서 일한 거 아니냐고 농담을 했다).

퀴노는 트라이베카의 프렌치 파인다이닝 명소 불리Bouley에서 일하겠다는 희망을 품고 뉴욕으로 건너왔다. 하지만 제안받은 자리는 영 탐탁지 않았다. 나는 그가 앙심을 품은 채로 나의 구인공고에 반응했든 아니든 내버려 두었다. 일에 맞지 않는 요리사라는 사실 덕분에 그는 최고의 후보였다. 퀴노는 근육이 덜 붙은 라틴계 빈 디젤처럼 잘생겼다. 요리하는 걸 직접 보지는 못했지만 적당한 수준의 자신감만은 있었다. 증명할 수는 없지만 2000년대 중반에 문신을 새긴 맨해튼 셰프는 분명히 퀴노의 영향을 받았을 것이다. 그만큼 그의 팔에 새겨진 문신은 근사했다. 면접을 본 뒤 우리는 계약을 맺은 가게 자리를 청소하러 함께 갔다. 아직 썩은 닭이 잔뜩 널려 있었다.

일 중독에 대하여

'일은 사회에서 맨 마지막으로 받아들이는 중독거리다.'

친구이자 예술가인 데이비드 최가 나 대신 일 중독에 대해 잘 요약해준 말이다. 나도 그 말에 동의한다. 일 중독자라는 용어는 아주 사실적이면서도 강렬한 현상에 붙인 멍청한 명칭이다. 셰프들은 레스토랑을 개업할 때 흥분한다. 나는 단순한 흥분이 아닌 헤로인 수준의 자극을 느꼈다. 그리고 나만 그렇지는 않다는 것도 안다. 최근 내 팟캐스트를 듣고 조애나라는 젊은 여성이 연락을 해와서, 그의 허락을 받고 함께 나눠본다.

"당신의 일 중독에 대한 묘사가 인상적이었습니다. 그동안 우울증에 걸리면 아무것도 하고 싶어 하지 않는다고 들었거든요. 하지만 한계에 도전하는 시도에 중독되어버렸어요. 일종의 자학이죠. 저는 열여덟 살인데 하루에 20시간을 일해요. 친구도 사귀지 않죠. 컴퓨터공학을 전공해서 컴퓨터 앞에 앉아 하루를 다 보내요. 스크린을 너무 오래 들여다봐서 이제 안경을 써야 해요. 일 핑계를 대고 자신을 보살피지 않을 수 있어 좋아요. 저는 언제나 '너무 바빠서' 저를 돌볼 수 없으니까요. 당신이 겪는 어려움 중에 96퍼센트에서 "맙소사, 나만 그런 게 아니잖아!"라고 느꼈어요. 솔직히 당신 덕분에 내가 우울증의 부작용으로 이렇게 열심히 일한다는 걸 깨달았어요. 그렇게 열심히 일하면 제가 어떤 상황인지 모르는 이들은 대단하다고 여기겠지만, 사실 우울증이 삶을 좌지우지하는 거죠."

모모푸쿠를 열 준비를 마쳤을 때, 나는 모든 일을 하나하나 생각할 때마다 미칠 지경이었다. 영업 허가는 어떻게 받지? 냉방은 어떻게 설치하지? 면은 어떻게 뽑지? 파스타 조리기를 살까? 빌어먹을, 대체 누가 나랑 함께 일하고 싶어 할까? 모든 문제가 해결 불가능해 보였다. 이를 북북 갈며 전력을 다해서 할 일을 하면 원초적인 쾌감이 느껴졌다. 시청이든 건물주든 직원이든 아니면 내 부족함이든 나는 어려움을 간절히 원했다. 연어가 정말 좋아서 물살을 거슬러 올라가 알을 낳고 죽을까? 아니다. 선택지가 없기 때문이다. 나도 마찬가지였다.

더 젊었을 때는 일하기 싫어했다. 나는 가난한 학생이자 피고용자였다. 하지만 주방의 사정은 달랐다. 의도와 목표만 있다면 나는 되풀이되는 일에서 의미를 찾았다. 껍질을 벗기고 뽑아내고 썰고 다지는 모든 단순 작업은 하찮아 보이지만 마음먹기에 달린 일이었다. 아무 일도 제대로 할 수 없을 때 요리는 나의 북극성이었다. 요리는 나를 실망시키지 않았다. 요리를 완성해 접시에 담는 일은 끝이 없었다. 내 앞에 놓인 미장 플라스 할 재료만 보고도 식당에서 요리를 기다리는 손님이 느껴졌다. 요리가 식당을 가로질러 식탁 위에 놓일 때까지 팬부터 화로, 모든 조리법이 제대로 맞아 돌아가야만 했다. 나는 매출액을 살폈다. 리뷰도 보았다. 모든 단계에 분명한 접점이 있었다. 그리고 성공에서 일과 나 자신의 의미를 확인했다. 어느 날 아침 나는 간단한 돼지고기 샌드위치를 내겠다고 생각했다. 라멘을 보조하는 역할을 맡기고자 삼겹살, 해선장, 피클, 찐빵으로 샌드위치를 만들었다. 메뉴에 올리자 일주일에 천 개가 팔렸다. 중독 같은 쾌감을 느꼈다.

여느 중독과 마찬가지로, 일 중독 또한 깊이 빠져들수록 자극도 커져야만 했다. 약물 중독자는 화장실에서 똥을 싸는 애송이에게서 무작정 약을 사봐야 쾌감을 느낄 수 없다. 약을 더 많이 해야만 한다. 섹스 중독자도 마찬가지다. 더 많은 파트너와, 한꺼번에 여러 명과, 결혼한 파트너를 찾아 끊임없이 판을 키워야만 쾌감을 느낀다. 마라톤 주자는 곧 울트라마라톤을 넘어 철인 경기에 참가한다. 일 중독자라고 다를 게 없다.

예를 들어, 이 책을 쓰면서 비교해보면, 불가능에 가까웠던 모모푸쿠의 첫 개업 때와 요즘 일정은 확실히 다르다. 우리는 외부 투자자를 끌어들여 지난 2년 동안 몇 달에 한 번 간격으로 계속 레스토랑을 개업했다. 바로 지난주에도 하나를 열었다. 로스앤젤레스 분점에서 벌어진 위기를 수습하는 사이 모모푸쿠 최고의 셰프 두 명이 사표를 냈다. 텔레비전 쇼를 찍고 팟캐스트도 녹음해야 했다. 아들이 갓 태어났으며 이 책도 써야만 한다. 모모푸쿠를 처음 개업할 때 느꼈던 불안과 공포를 생생히 느낀다. 나는 당시에 엘리엇 박사에게 "두 개의 공을 저글링하는 법을 배우고 싶어요"라고 내 상황을 설명했다. 이제는 공이 문제가 아니고 오토바이, 사슬톱, 아기를 저글링하고 있다.

한 걸음 물러서자, 나는 스스로 세운 감옥에 갇혀 있었음을 깨달았다. 내 몸은 일을 더 맡을 수 있는 상태가 아니었다. 더 할 수가 없을뿐더러 그게 내 일 중독에 어떤 의미인지 깨닫는 것도 두려웠다. 간절하게 손을 떼고 떠나가고 싶었지만 나에게 그럴 용기가 있는지 몰랐다. 회복 중인 알코올의존자는 바닥을 쳐야 비로소 다시 치고 올라올 수 있다고 말한다. 그런데 일 중독자는 그 바닥이 각자의 직업에서 정상을 밟는 것이라는 역설을 안고 살아야 한다.

누들 바의 철학

주방에서는 상식에만 기댈 수 없다.
상식이라고 해봐야 절반의 진실과 묵은 가정의 조합이기 때문이다.
모든 발상에 마음을 열자.

"남편이 라멘이라면 정말 잘 알거든요. 그런데 이건 라멘이 아니에요."

모모푸쿠 누들 바를 개업하고 몇 달이 지나지 않은 어느 날 밤, 한 여자가 내게 다가왔다. 자기소개도 하지 않아 이름도 몰랐다. 그저 "말해줄 게 있는데요"라고 말하고는 바로 본론으로 들어갔다.

"나는 요식업계 사람이고 남편은 일본인이에요. 둘이서 오랫동안 세계를 돌면서 이것저것 먹었죠."

나는 고개를 끄덕이고는 입을 굳게 다물었다. 텔레파시로 소통할 심산이었다. 네, 하실 말씀 하세요. 그래야 각자 갈 길을 가죠. 그는 내가 침묵하자 계속 말을 이어갔다.

"면이 끔찍해요. 라멘은커녕 아시아에서 먹었던 어느 면 같지도 않아요. 엄청나게 착각하고 있는 것 같아요. 미안하지만 꼭 물어봐야 겠네요. 일본에 가본 적은 있나요? 어떻게 이런 음식을 돈을 받고 팔죠?"

그는 시끄러운 음악이나 등받이 없는 불편한 의자, 쌀쌀맞은 서비스도 참을 수 없다고 말했다.

"여기를 좋다고 하는 사람이 있기는 한가요?"라고 물었다.

슬프게도 개업 후 처음 몇 달 동안 누들 바를 찾는 손님들의 반응은 죄다 이랬다. 나는 그런 레스토랑을 열고 싶었다. 세련된 저녁 식사에 많은 돈을 쓰는 데 익숙해진 이들조차 꼭 필요한 요소만 갖춘 모모푸쿠에서 고급 레스토랑 수준으로, 혹은 그보다 더 낫게 먹는다. 물론 음식 값은 고급 레스토랑에 비하면 훨씬 싸다. 나는 라멘이 그저 싸고 질 낮은, 배나 채우는 음식이라고 여기는 이들을 놀래켜주고 싶었다. 모모푸쿠의 문을 나서는 모두가 행복해하고 놀라워하며 우리의 라멘에 돈을 쓴 걸 기뻐하는 큰 꿈을 꾸었다. 하지만 우리는 그런 목표 근처에도 못 가고 있었다.

모모푸쿠의 개업 메뉴는 교자와 국물 라멘 몇 종류, 약간의 간식류 그리고 손님들이 오해할 여지가 있는 허전함이었다. 당시 모모푸쿠에서는 손님이 직접 용지에 써서 주문을 넣었다. 그 방식이 좋아서가 아니고 정말 어쩔 수 없이 도입한 방법이었다. 개업을 일주일 남겨놓고 퀴노가 지원할 때까지 사람을 못 구해서, 일본의 라멘집처럼 혼자서도 운영할 수 있도록 체계를 갖춰야만 했다. 다만 내가 있는 곳은 일본이 아니었고, 나는 라멘 셰프도 아니었다. 퀴노가 아니었다면 모모푸쿠는 분명히 처음 석 달 동안 온갖 참사에 시달리다가 망했을 것이다. 하나의 재난을 피해 가면 또 다른 재난이 기다리는, 유니버설 스튜디오 트램 관광의 실사판 같은 상황이었다.

어느 날 밤에는 우리 바로 위층의 세입자가 술에 취해서 수도를 틀어놓고 뻗어버리는 바람에 누수 피해를 복구하는 데 몇 달이 걸렸다. 한번은 이른 아침에 돼지고기를 밤새 느리게 익히는 오븐의 온도계가 고장 나버렸다. 다행히도 누군가 아파트에 들러, 자고 있는 나에게 모모푸쿠에서 연기가 뿜어져 나온다고 알려주었다.

끔찍한 화재의 위험은 항상 도사리고 있었다. 날씨가 더워서 에어컨을 틀면 차단기가 내려가면서 배전반 벽에 기대놓은 쓰레기봉투와 기름받이에 불꽃이 튀었다. 다른 세입자와 배수펌프를 나눠 썼지만, 하수구가 역류해 레스토랑으로 넘치지 않도록 내가 나서서 주기적으로 치워야 했다. 짜증 나는 일이었고 비가 오면 한층 더 성가셨지만 어쩔 수 없었다.

전혀 예상치 못했던 난관에도 부딪쳤다. 모모푸쿠 개업 직전 동네의 가로수에서 생전 처음 본, 솜털 같은 물질이 피어났다. 무엇인지

• 뉴욕 보건부가 이 책을 읽을지도 몰라 밝혀두자면, 지금은 모든 문제를 바로잡았다.

도 몰랐지만, 우리의 냉방 시스템과 잘 어울릴 생각은 조금도 없어 보였다. 매일 두 건물 사이에 놓인 냉방기의 응축기로 사다리를 타고 올라가 환기통을 청소해야만 했다. 나무야말로 내 삶의 골칫거리였다.

어느 날에는 영업이 끝나갈 무렵 어떤 남자가 들어오더니 영업 중이냐고 물었다. 마감 중이라고 답했더니 다짜고짜 퀴노에게 다가가 얼굴을 때리고 도망갔다. 나는 빌어먹을 자식을 1번가까지, 몇 블록을 쫓아가 잡았다. 장래가 촉망되는 선수의 시즌을 끝내버린, 고등학교 시절 잠깐 했던 레슬링의 기억이 떠올랐다. 길거리 한가운데서 그 자식에게 수플렉스(상대방의 허리춤을 잡아 머리 위로 들어올려 메치는 레슬링 기술-옮긴이)를 완벽하게 거는 걸 당시 팀원들이 보았다면 좋았을 텐데. 건널목의 흰 선에 피가 흘렀다. 퀴노도 상대방을 링 밖에서 두들겨 패는 세계 레슬링 연맹 소속 선수처럼 의자를 높이 쳐들고 쫓아왔다. 곧 경찰이 출동했다. 길 건너에 사는 내 아파트 주인 밤비가 상황을 설명해주고는 나와 가석방 중인 그 자식을 체포하지 말아달라고 간청했다.

퀴노와 나는 몇 달 동안 스트롬볼리 피자와 파파이스 치킨만 먹고 살았다. 직접 식사를 만들 시간이 없었다. 일이 너무나도 많아서 한 번에 다 해결할 수가 없었다. 그래서 처음 직원 식사를 만들어 먹었던 날을 기억한다. 인생 최대의 업적 같았다.

시간도 없어지고 돈도 점점 더 많이 들어 엘리엇 박사와 일주일에 세 번씩 했던 상담도 그만두었다. 내 몫의 급료를 챙기지도 않아 돈이 없었을뿐더러 우리가 준비한 의료보험으로는 단 몇 번의 상담밖에 감당할 수 없었다. 그래서 상담 대신 자가 처방을 선택했다. 나는 아파트에 혼자 앉아 몇 시간 동안 버번을 마시며 이를 갈았다.

아무리 생각해도 모모푸쿠는 다른 아시아 음식점과 별 차이가 없었다. 우리도 냉동 만두를 사서 썼고 근처 보데가에서 파는 아이스크림을 디저트로 냈다. 만두는 직접 만들 시간이 없었고, 아이스크림 샌드위치는 대체 우리가 어떤 음식점을 추구하는지 알 수가 없어서 사서 썼다.

내가 손님 응대를 너무 못해서 대부분의 저녁 서비스는 퀴노가 혼자 맡았다. 그사이에 나는 아래층에서 재료를 준비하거나 매상을 놓고 고뇌했다. 퀴노는 조만간 필요한 중고 주방기기를 살 만한 곳을 찾아내는 것 같은, 티 안 나는 일도 잘했다. 함께 싸울 동지가 있어서 좋았다. 그래서 혼자 술을 마시지 않을 때는 퀴노와 같이 마셨다.

우리는 주로 동네에서 술을 마셨지만, 누들 바에 건 내 삶과 돈이 점점 사라지고 있어서 한숨 돌리는 셈 치고 남은 돈 가운데 일부를 헤프게 쓰기로 마음먹었다. 그래서 당시에 모두가 열광하는 레스토랑에 갔다. 분위기 파악을 위한 저녁 식사인 동시에 휴식 시간이었다. 식사하면서 우리는 먹고 있는 음식을 뺀 모든 것에 대해 이야기를 나

넜다. 누들 바를 벗어난 엄청나게 즐거운 시간이었다. 나는 퀴노에게 음식에 대해 묻고 싶은 충동을 억눌렀다. 음식을 먹다 말고 평가하면 식사를 끝내기도 전에 분위기를 망칠 수도 있었다.

퀴노는 별로 그럴 생각이 없는 것 같았다. 그래서 애피타이저와 메인 요리 사이에 음식을 평가했다.

"뭐가 좋은지 모르겠는데."

나는 자리에서 일어나 그를 안고 싶었다.

"맞아, 별로야!" 나는 첫 데이트에서 칵테일을 홀짝거리며 그 주에 유행하는 음식이 나오기를 기다리는 사람처럼 불협화음을 내며 소리쳤다. 우리 빼고 모두가 만족했기 때문에 갑절로 실망스러운 경험이었다. 이런 종류의 음식은 그저 요리사들을 위한 스포츠일 뿐, 별 목적이랄 게 없었다. 그 와중에도 퀴노는 생산적인 의견을 내놓았다.

"있잖아, 우리가 이보다 더 잘할 수 있다고."

나는 택시를 타려는 퀴노를 붙잡고는 누들 바에 자극을 불어넣어야 한다고 말했다.

이후 몇 주 동안 우리는 이것저것 결정을 내렸다. 그동안 우리는 추가 서류를 다루기가 귀찮아서 신용카드를 받지 않고 현금으로만 계산했다. 실용적인 차원에서 이 멍청한 결정을 번복해야만 했다. 웨이터가 없는 누들 바에 꼭 필요하다고 생각하지 않았던 포스 시스템도 중고로 장만했다. 그리고 웨이터도 쓰기로 결정했다. 뉴저지로 차를 몰고 가서 가벼운 손길에도 깨지지 않는 튼실한 접시를 샀다. 이러면 돈이 바닥나겠지만 어차피 망하는 마당에 아껴서 무엇하겠는가?

어쩌면 그날의 저녁 식사는 생각보다 괜찮았지만, 우리가 기분이라도 좋자고 깔아뭉갠 것일 수도 있다. 어떤 상황이었든 소득이 있는 식사였다. 갈피를 잡지 못하고 이리저리 휘둘리는 바람에 누들 바가 망할 판이었다. 잠깐 멈춰서 더 어려운 질문을 맞닥뜨리고 싶지 않아서 일부러 머리를 쥐어뜯으며 뛰어다니는 꼴이었다.

예를 들자면 이런 질문 말이다. 우리가 내는 음식은 대체 무엇인가?

우리는 머뭇거리고 있었다. 미국인 대부분이 누들 바가 뭔지도 몰랐지만, 우리는 그런 기대를 품고 손님들이 찾아올 거라 여기고 요리를 했다. 사람들이 찾을지도 모르니까 만두를 메뉴에 넣었다. 하지만 사실이 아니었다. 손님들은 만두를 찾지 않았고 나는 만들고 싶지 않았다. 그래서 결국 아무도 만족하지 못했다.

우리는 그저 다른 요리사들이 찾아와줘서 망하지 않고 있었다. 퍼 세나 장 조지Jean Georges, 대니얼 불뤼의 여러 레스토랑 요리사들이 우리의 유일한 단골이었다. 심지어 나를 싫어한다고 생각했던 요리사들까지 모두가 찾아왔다. 퇴근 후 우리에게 와서 돼지고기 샌드위치를 먹어 치웠다. 그게 그나마 우리 메뉴에서 유일하게 먹을 만한 음식이었다.

모든 요리사가 누들 바에 찾아와 준다고 생각하면 목이 메었다. 그게 요식업의 가장 큰 매력이었다. 우리에게는 서로를 돕고 싶은 마음이 있었다. 대니얼은 모모푸쿠의 점심시간에 맞춰 자신의 저녁 예약 손님을 보냈고, 거의 매일 다른 정상급의 뉴욕 셰프들이 들렀다. 가끔은 뉴욕 음식의 전문가들도 데려오곤 했다.

자신의 요리를 잘 아는 이들에게 음식을 대접할 때 우리는 최선을 다할 수 있었다. 덕분에 누들 바는 망하지 않았다. 정말 마지막의 마지막 순간까지 우리는 손님에게 내고 싶은 음식과 친구에게 해주고 싶은 음식 사이의 선을 지웠다. 두려움이 조금이라도 배어 있는 음식은 전부 내던져 버리고 마구 질러댔다.

우리의 철학은 아직도 변화하면서 자라고 있으므로 요리에 대한 의미를 규정하는 데 정말 거부감이 든다. 하지만 최선을 다해 시도해 보자.

아무도 쥐뿔도 모르니 하고 싶은 걸 시도해라. 나는 몇 백 만의 아시아계 미국인들과 거의 똑같이 먹고 자랐다. 하지만 부끄러워서 그 사실을 백인들에게 숨겨왔다. 나는 어머니의 김치찌개를 팟로스트pot-roast(소의 질긴 덩어리 고기를 냄비에 채소와 담아 천천히 익힌 음식─옮긴이)나 미트로프meat-loaf(간 쇠고기를 식빵처럼 모양 잡아 오븐에 구운 요리-옮긴이)보다 좋아했지만, 미국 사회에 녹아들기 위해 욕망을 억눌러 왔다.

하지만 그 바람에 나와 퀴노-멕시코계 미국인-는 셰프로서 정체성을 찾는 데 더 어려움을 겪었다. 이제 더는 그러고 싶지 않았다. 끌리는 대로 우리 가족의 정체성을 규정해주는 음식을 요리하고 싶었다. 만약 우리가 먹었던 음식이 다른 한국 가정 혹은 멕시코 가정이 먹었던 것과 달랐다면 어쩔 수 없었다. 예를 들어, 내가 어렸을 때 할아버지는 떡을 일본식으로 바삭하게 구워 먹는 법을 알려주었다. 다른 친척들처럼 쪄서 먹는 것보다 훨씬 맛있었다. 어머니나 할머니는 "한국 사람이 왜 떡을 그렇게 먹어?"라고 말했겠지만, 그는 바삭한 걸 더 좋아했고 나도 마찬가지였다. 그래서 양파, 통깨, 고추장과 구운 떡으로 떡볶이를 만들었다. 어머니의 레시피를 활용해 모모푸쿠의 김치를 담갔지만 나는 설탕을 좀 더 썼고, 식품 안전 규제 탓에 생굴을 넣고 상온에서 발효시킬 수는 없어서 결국 좀 다른 음식이 됐다.

모든 것으로부터 배워라. 현생에서 나는 지구상에 사는 어느 누구보다 더 다양하게 먹을 수 있는 축복을 받았다. 셰프로서 불공정할 정도의 이점이었다. 하지만 당시 나는 이십 대 미국인 요리사의 시각

---

* 세월이 흘러 기초 화학과 미생물학을 조금씩 익히며 나는 김치의 해산물이 발효와 상관없다는 걸 알았다. 어쨌거나 발효는 모모푸쿠의 요리에서 중요한 요소다.

이상으로 음식을 보지 못했다. 다만 차이가 있다면, 나는 싫어하는 음식점에서조차도 교훈을 얻었다. 수준이 낮다고 여기는 싸구려 음식도 기꺼이 좋아했다. 사람들이 좋아하는 이유를 알고 싶었다. 나는 두려워하지 않고 요리 우주의 곳곳에서 실마리를 찾은 뒤 내 입맛대로 고쳐냈다. 그래서 그레이트 NY 누들타운 Great NY Noodletown 의 생강 쪽파 국수를 베끼고 채소와 식초를 더해 모모푸쿠의 음식으로 만들었다.

라멘에는 삶은 달걀 대신 서서히 익힌 온천 달걀을 넣었다. 어떤 영화에서 완벽하도록 부드럽게 익힌 달걀을 라멘에 넣는 걸 부러운 눈으로 바라본 기억이 떠올랐기 때문이다. 우리는 가족에게서, 그리고 성장 환경에서 배운 점도 적절히 적용했다. 살아남거나 경쟁에서 우위를 점할 수 있는 모든 요소를 고려했다. 테린과 수플레를 만들어서 앞서 나갈 수 있다면 그렇게 했을 것이다. 다만 나는 아시아계고 아시아 음식을 더 잘 알고 있었다. 무엇이든 공을 인정할 수 있으므로 나는 이런 영감을 적용하는 데 주저하지 않았다. 셰프들에게 자신의 무지를 인정하고 뿌리를 언제나 존중하라고 조언해주고 싶다.

식당이 교실이다. 모모푸쿠 누들 바의 첫 여름에 우리는 일본 된장 미소와 벤튼에게 공수한 베이컨으로 맛을 낸 옥수수 볶음을 냈다. 열린 주방의 내 자리는 인류의 맨 첫 번째 줄이므로 한 철 내내 손님이 음식을 어떻게 대하는지 시시각각 반응을 확인했다. 그래서 식재료를 생명체로 여기는 요령을 배우게 되었다. 한 계절 안에서도 재료가 조금씩 바뀌므로 레시피도 그에 맞게 조정해야만 했다. 여름이 깊어질수록 옥수수에 녹말이 많아져 걸쭉해지는 한편 단맛은 줄어들어, 열심히 퍼먹는 손님이 점점 줄어들었다.

버터나 미소를 좀 더 써야 할까? 그럼 후추도 더 써야 균형이 맞지. 베이컨을 줄이고 돼지 육수를 쓰면 어떨까. 소스를 좀 더 졸여야 하는 건 아닐까? 아, 이제 됐다! 다시 손님들이 잘 먹네. 무엇보다 이런 요리를 만들면서 산의 중요성을 깨우쳤다는 사실이 더 중요했다. *신맛을 얼마나 더 불어넣을 수 있을까? 어느 정도가 적당할까? 지방을 좀 더 쓰면 신맛이 더 두드러져도 되지 않을까? 하지만 이제 고추를 써야겠군.* 이렇게 나 스스로와 늘 대화한다. 일주일, 혹은 단 하루 동안에도 요리가 완전히 다른 방향으로 갈 때도 있었다.

누들 바를 꾸려 나가면서 아시아인은 라멘을 국물까지 먹는다는 것도 배웠다. 하지만 백인은 면만 먹었다. 따라서 라멘을 미지근하게 내면 아시아인은 불평했다. 반면 너무 뜨겁게 내면 백인은 국물이 식을 때를 기다리다가 면이 불고 나서야 식사를 시작했다. 요리사는 손님과 끝나지 않을 춤을 추며 장단을 맞춰야 한다.

생각을 멈추고 눈에 들어오는 걸 포용하자. 퀴노와 나는 창의적인 노력뿐만 아니라 우연한 방법으로도 메뉴를 개선했다. 돼지고기를 조리는 데 처음에는 배운 대로 육수를 썼더니 결과가 썩 좋지 않았다. 그러던 어느 날, 오븐 온도를 실수로 250도까지 올렸다. 그 바람에 고기는 속은 덜 익은 채 겉만 바싹 구워졌고, 녹아 나온 비계에 완전히 잠겨버렸다. 나는 오븐의 온도를 낮춰 콩피처럼 고기를 서서히 마저 익혔다. 덕분에 조리 시간은 줄었고 맛은 한층 더 좋아졌다.

주방에서는 상식에만 기댈 수 없다. 상식이라고 해봐야 절반의 진실과 묵은 가정의 조합이기 때문이다. 모든 발상에 마음을 열자.

세계를 아우르자. 모모푸쿠에서 가장 흥미로운 음식은 각기 다른 세계의 문화를 아우른 결과물이었다. 우리의 식당은 발상과 맛, 요리 기술을 자연스레 아우르는 장이 되었다. 누들 바를 열었을 때 나와 퀴노는 새로운 세계에 막 자리를 잡으려는 이민자나 다름없었다. 우리는 어린 시절부터 먹어왔던 음식을 새로운 재료를 써서 손님의 반응을 살펴보며 발전해나가고 싶었다. 퀴노는 어렸을 때 달걀프라이와 호미니 옥수수를, 나는 옥수수가루 죽을 먹었다. 그의 멕시코인 조상들은 아침으로 타말레tamale(중앙아메리카의 전통 음식으로 옥수수를 불려 갈아 만든 반죽 마사masa에 고기를 더하고 옥수수 껍질이나 바나나 잎으로 싸서 찐다-옮긴이)를, 나의 한국인 조상들은 죽을 즐겼다. 그런 문화를 기반으로 새우와 옥수수가루 죽을 만들었다. 남부 도시인 찰스턴 같은 곳에서나 먹을 것 같지만 맛을 보면 단박에 누들 바의 음식이라는 걸 알 수 있었다. 라멘의 전통 재료인 가츠오부시 대신 햄 육수를 써서 죽을 쑤었기 때문이다. 내가 크래프트에서 일했던 시절,

벤튼의 훈제 돼지고기 햄의 냄새를 맡았던 기억에서 착안한 방법이었다.

어느 날은 너무 강한 맛을 신맛으로 잡아준다는 발상으로 방울토마토, 연두부, 참깨 비네그레트의 카프레제 샐러드를 만들었다. 모든 음식이 한국, 멕시코, 일본, 이탈리아 식일 필요도 없었다. 미국 음식이란 어떤 나라의 요리든 가져다 쓸 수 있으므로. 우리는 정통 요리를 내지 않았다. 이곳저곳에서 끌어다가 만든 우리만의 요리를 냈다.

물론 이런 시도를 우리가 처음 한 건 아니었다. 하지만 당시 아시아 혹은 유럽 요리 세계를 끌어들여 미국식 요리를 추구하는 주방에서는 둘 중 한 가지 상황이 벌어지곤 했다. 프랑스 요리를 수련한 셰프가 동남아시아의 재료인 레몬그라스를 수프에 더하면 결과물은 '아시아 악센트를 준 프랑스 요리'가 됐다. 반대로 아시아 요리에 타임 이파리를 조금 더하면 그 요리는 '퓨전'이 되어버렸다. 나는 아시아의 요리 세계가 언제나 서양에 잠식되는 게 싫었다.

다른 사람이 가는 길을 따라가면 분명히 실패한다. 남다른 베이컨과 햄을 만드는 앨런 벤튼 이야기를 좀 더 해보자. 벤튼의 베이컨을 쓰면서 모모푸쿠에 도움이 되는 깨달음을 많이 얻었지만, 한편으로 벤튼은 개인적인 차원에서도 지혜를 나눠주었다. 그의 지혜를 받아들이자 모모푸쿠는 다른 사람의 이야기를 할 수 없어졌다. 그래서 만두는 물론, 우리 음식이 아니라고 생각하는 모든 메뉴를 전부 치워버렸다. 대신 손님들이 우리 음식을 먹게끔 최선을 다해 요리했다.

『뉴욕의 맛 모모푸쿠』를 쓸 무렵, 이미 많은 레스토랑이 우리 레시피를 따라 요리하고 있었다. 나는 두 가지 때문에 놀랐다. 첫 번째로 사람들은 우리의 요리를 심각하게 받아들였고, 두 번째로 모방을 전략으로 삼는다는 사실이었다. 모방은 잘해봤자 평범하면 다행이다. 나는 요리책을 내면 우리 요리를 더 많이 베낄 거라 보고 잠재적인 모방범을 골탕 먹일 기회로도 삼았다. 앞에서 떡 구이 이야기를 했는데, 원래는 고추장에 버무려 만들지만 요리책에는 아주 끔찍하고 우스운 이름의 '적룡소스red dragon'를 사용한다고 썼다. 게으른 이들이라면 적룡소스가 무엇인지 확인조차 하지 않고 베낄 거라고 생각했기 때문이다. 오늘날까지도 적룡소스는 다른 레스토랑의 메뉴에 종종 등장한다. 볼 때마다 웃음이 나온다.

오르막길

모모푸쿠의 세계가 넓어지다

실패해도 삶은 흘러갈 테니 괜찮다고 너무나도 말해주고 싶다.
하지만 사실은 내가 지금도 그걸 믿고 있는지 몰라서
정말 고통스럽다.

어느 날 밤, 퀴노와 나는 몇몇 멘토들을 대접하는 파티를 열었다. 장소는 플랫아이언 빌딩에 있는 레스토랑·클럽으로, 식탁 대신 침대를 들여놓은 곳이었다. 상호마저도 '듀베'(솜이나 오리털 등을 채워 만든 이불-옮긴이)였다. 농담이 아니다. 웃겼지만 술이 공짜여서 그곳을 선택했다.

　누들 바를 개업했다가 거의 망할 뻔한 지 1년이 지났다. 마지막 응급조치 덕분에 누들 바는 살아남았다. 사실 그 이상이었다. 갑자기 많은 사람이 몰려들었고 모든 매체에서 리뷰를 쓰고 싶어 했다. 바에서 술을 마신 뒤 우리는 혼자 서 있는 여성에게 다가갔다. 그는 매력적이었고 우리는 얼뜨기였다. 나는 데이브이며 요리사라고 내 소개를 했다. 그러고는 "요즘 뭐가 먹을 만한가요?"라는, 요식업계 종사자들이 흔히 하는 주제를 던졌다. 하지만 그는 싫어하는 음식을 이야기하는 데 더 관심이 있었다.

"두 사람 모모푸쿠 가본 적 있어요?"

아, 거기라면 잘 알죠.

"거기 너무 과대평가받는 것 같아요. 완전 쓰레기인데 다들 잘만 먹더라고요. 너무 짜증 나다 못해 역겹다니까요. 데이비드 장? 말도 안 돼. 족보도 실력도 없고 존중할 줄도 모르는 그냥 애송이잖아요. 맨해튼에 더 잘하는 셰프가 얼마나 많은데요. 그냥 유행을 타서 잘나갈 뿐이에요."

퀴노는 그에게 누들 바에 가본 적은 있느냐고 물어보았다.

"그럼요. 안 먹었다면 좋았을 텐데. 내 상사인 마리아 요해나-혹시 아세요?-가 갈 필요 없다고 했는데 다들 좋다고 하더라고요. 그냥 요해나를 믿을 걸 그랬어요. 남편이 일본인이거든요."

어련하시겠어요. 예전에 나에게 모욕적인 일장연설을 늘어놓았던 여성이 정말 요식업계 종사자이기는 했구나. 요해나는 맨해튼에서 연 1회 콘퍼런스를 여는 기획사를 운영했다. 잘나가는 셰프를 초빙해 업계 사람과 청중에게 최신 요리를 시연하는 행사였다. 당시에 나는 그의 사업에 대해 잘 몰랐다. 이후에 이런 레스토랑 관련 사업

오르막길

체들이 행사나 매체 인맥을 동원해 손님을 끌어주겠다며 시간과 돈을 요구한다는 걸 알게 됐다. 돈을 그들에게 직접 지불하지 않더라도 셰프는 자비로 행사에 참여해야만 했다. 사업체가 항공료 및 숙박료를 내주는 대신 셰프는 재료와 인력을 끌어와야 해서 레스토랑에는 일손이 비었다. 하지만 우리는 영향력 있는 이들의 비위를 맞춰주고 모모푸쿠를 노출할 기회를 잡기 위해 참여하겠다고 했다.

훌륭한 셰프라면 레스토랑 운영이 사업임을 잊지 않는다. 레스토랑 밖의 일을 하느니 식당에 찾아오는 손님을 더 잘 챙기는 게 낫다.[*] 우리는 자존심을 세우느라 행사를 뛸 때마다 시간과 돈으로 대가를 치러야만 했다(제대로 된 셰프라면 시상식과 행사 기획 또한 일이라는 걸 안다. 그래서 손익 계산부터 신경을 써야 한다). 하지만 그날 밤, 우리는 지쳤었다. 처신을 잘할 수가 없었으니 자존심이 고개를 들었다. 퀴노와 나는 그가 누들 바에 온 적이 없다고 백 퍼센트 확신했다. 그는 업계 행사를 돌고 상사인 요해나에게 들은 대로 평판을 옮길 뿐이었다. 사실 욕을 하느라 신이 나서 지금 상대방이 누구인지조차 모르고 있었다.

"있잖아요, 엿이나 먹어요. 퀴노랑 내가 매일 누들 바에서 직접 요리하는데 당신을 본 기억이 없어요. 그리고 당신이 안 좋아하든 말든 알 게 뭐예요. 어차피 당신 먹으라고 만드는 음식도 아니에요. 당

---

[*] 예를 들자면 이 책 쓰기가 있겠다.

신 같은 사람들을 위한 요리가 아니라고요!"

공간을 가득 메울 정도로 내 목소리가 커졌다. 나는 한마디 더 날렸다.

"엿이나 먹으라고요!"

그가 울음을 터뜨렸다. 행사에 참여한 요해나를 비롯해 모두가 우리 쪽을 쳐다봤다. 나는 그에게도 똑같이 이야기했다. 차이가 있다면 강조를 위해 가운뎃손가락을 날렸다는 점이었다. 두 사람이 한 사람을 잔인하게 공격하는 험악한 상황이었지만 되돌릴 수도 없었다. 보안 요원이 퀴노와 나를 파티장 밖으로 내보냈다.

그렇게 우리는 그 여성을 깔아뭉갰다.

나는 누들 바가 누리는 호평이 당연하다고 확신할 수 없었다. 다른 한편으로는 우리에게 혹평을 하는 사람들에 대해 오랫동안 곱씹었다.

하지만 우리는 탁월한 요리 세계를 선보이기에 적합하지 않은 공간에서 배수진을 쳐놓고 순수한 마술 같은 요리를 잇달아 내놓았다. 퀴노와 나의 마음은 하나로 어우러졌다. 나는 무자비한 편집자처럼 완성도가 떨어지는 요리는 과감하게 쳐내고 최고의 음식만 내놓았다. 가장 짜임새 있고 맛있는 요리를 구현하기 위해 퀴노와 나는

오르막길

계속 부딪혔다.

두 가지 근거를 바탕으로 모모푸쿠를 믿었다. 첫째, 아시아의 기차역, 쇼핑몰, 상가에서 먹는 음식이 뉴욕의 고급 레스토랑에서 내는 것보다 우월하다. 둘째, 요리는 반복할수록 결과가 좋고 재능보다 끈기가 필요하다. 나는 이제 이 둘의 산증인이 되었다. 어쩌면 나 외의 다른 모든 사람이 미쳤을지도 모른다고 생각했다.

나는 주방에서도 엄청나게 경쟁적인 요리사는 아니었다. 따지고 보면 사람은 패배를 겪으면서 겸손해지지 않는가? 하지만 몇 차례 어렵사리 승리를 따내고 난 뒤, 나는 우리의 철학도 인정을 좀 해야 한다는 자신감을 얻었다. 우리가 요리에 붙인 흥을 잃고 싶지 않았다. 그래서 매일이 나에게는 죽느냐 사느냐였다. 나는 그 시점에 새롭게 합류한 요리사들도 똑같은 태도로 요리를 대하길 바랐다.

케빈 페물리의 이야기를 해보자. 그는 첫 출근 날 한 시간 일찍 집을 나서 은행에 들렀다. 하필 점심시간에 가장 바쁜 날이었다. 나는 그에게 전화해 당장 누들 바로 튀어 오라고 말했다. 그의 이야기를 들어보니 통화 감도가 썩 좋지 않아 나의 말을 잘 들을 수 없었다고 한다. "빌어먹을 미린(맛술)을 처넣으라고!" 나는 페물리를 조리 라인에 배치하고는 지시를 내렸다. 그는 미린이 무엇인지, 어디에 넣어야 하는지 전혀 감을 잡지 못했다. 분명히 그 순간 누들 바를 그만둘까 생각했겠지만 그는 버텼다. 세월이 흘러 그는 결국 셰프가 되었다.

주방팀을 어떻게 가르치거나 이끌어야 할지 몰랐지만, 결과는 좋았다. 내 방식은 두려움과 분노가 섞인 위험하고 근시안적인 조합이었다. 이걸 요령이라고 부를 수 있는지는 모르겠다. 직원들은 내 감정 기복에 휘둘렸다. 우리를 세계 최고의 요리사들이라고 아주 잠깐 추켜세웠다가, 바로 다음 순간 소리를 지르고 주먹을 조리대에 처박았다. 나는 그런 갈등을 일으켜 좋은 결과를 끌어냈다. 한편으로 내 안에서는 자신감 부족과 거만함이 갈등을 빚었다. 그리고 우리의 레스토랑은 세계와 갈등을 빚었다.

개업도 하기 전에 시청에서는 '모모푸쿠'라는 상호가 너무 음란하다며 인가해줄 수 없다고 했다. 나는 영어로 표기하면 욕처럼 오해받을 만한 맨해튼의 아시아계 상호를 모아 시청에 가져가서 며칠 동안 설득했다. 환경 보호국은 돼지 냄새가 너무 많이 난다는 이유로 영업을 막으려 했다. 재개발된 동네의 아시아계 레스토랑이 겪을 만한 일이었다. 페타^PETA(동물의 권리를 보호하기 위한 세계적인 동물보호단체-옮긴이)는 푸아그라를 낸다며 가게 앞에서 팻말을 들고 몇 차례 시위했다. 개업 후에는 공기조화설비의 소음이 너무 크다는 민원이 들어왔다. 우리는 몇 천 달러를 들여 환풍기의 벨트를 갈고 배기구의 소음이 들리지 않을 만큼 작다는 걸 증명했다.

우리는 종종 손님과도 부딪혔다. 어느 날 오후에 한 남자가 가재 스페셜을 주문했다. 1~2분 뒤 요리가 나오자 그는 바로 계산서를 요청했다. 그는 서명하며, 우리의 첫 웨이터이자 지금까지 가게의 매니저로 일하는 유진에게 갑각류는 껍데기를 벗겨 내야 한다고 말했다.

"그러면 더 먹음직스러워 보이겠죠."

유진이 주방에 그의 의견을 전달했고 퀴노가 대응법을 알려주었다. 유진은 모모푸쿠를 나와 걸어가는 그 남자를 쫓아가서 메마르고 친근한 목소리로 말했다.

"선생님, 주방에서는 선생님의 의견이 필요 없다고 합니다. 그리고 가서 죽어버리라는 말씀도 공손하게 전해드리라고 했고요."

갈등은 기름이었고 모모푸쿠는 연비가 나쁜 SUV였다. 예를 들어, 내가 새로 생긴 레스토랑에서 만족스럽게 식사했다고 가정하자. 다음 날 아침이면 나는 요리사들에게 그런 요리를 먹었더니 우리가 너무 아마추어 같아 보인다고 말하곤 했다. 물론 그들이 지금보다 더 열심히 할 수 없다는 걸 알면서도 그랬다. 아니면 안도니 루이스 아두리츠(스페인 분자요리의 대가. 레스토랑 무가리츠^{Mugaritz}를 운영하고 있다-옮긴이)의 먹을 수 있는 돌멩이처럼 흥미로운 조리 기술의 사례를 읽었다고 하자.^{**} 요리사들이 모르고 있었다면 개념을 설명해주면 될 것을 굳이 나무랐다.^{***}

나는 직원들 사이의 갈등도 절대 해결해주지 않았다. 해결은커

[•] 유진 리는 여전히 모모푸쿠 누들 바의 심장으로 남아 있다.

^{••} 안도니의 돌에 대해서 모른다고 말하지 마라.

^{•••} 모른다고? 좋다. 안도니의 레스토랑인 무가리츠에서는 어뮤즈 부셰로 매끈한 자갈 무더기를 낸다. 스페인의 바스크 지역 개울에서 찾을 수 있는, 못 먹는 자갈과 똑같이 생겼다. 많은 손님이 이가 부러질까 봐 먹기 전에 망설인다. 하지만 자갈은 사실 고령

넝 한술 더 떠, 사이가 안 좋은 요리사들을 오히려 더 가까이 일하도록 배정했다. 그래야 누들 바의 생명줄이 꺼지지 않는다고 나 자신에게 말했다. 주방 문을 열고 발을 들이는 순간 모두의 분노를 느낄 수 있었으니, 딱 내가 원하는 대로 돌아가고 있었다.

사람들은 왜 음식에 그렇게 화를 낼까? 잠깐 멈춰 생각해볼 만한 질문이다.

소파 침대에서 자며 카페 불뤼에서 일했던 어느 외로운 밤, 나는 프랑스 셰프 페르낭 푸앙에 대한 글을 읽었다. 리옹에 있었던 그의 레스토랑 라 피라미드에서는 매일 마감 때마다 남은 재료와 소스를 몽땅 버렸다. 그래야 요리사들이 다음 날 아침, 처음부터 다시 준비한다는 푸앙의 지시 때문이었다. 그곳에서는 어떤 일이 있어도 남은 재료와 소스를 다른 요리에 돌려쓰지 않았다. 1930년대의 프랑스 이야기라는 걸 감안하면 매일 엄청나게 많은 양의 소스를 버렸을 것이다.

셰프들만의 까탈스러운 일화는 흔해 빠졌다. 따라서 푸앙의 일 처리가 그렇게 별난 것도 아니건만 머릿속을 떠나지 않았다. 당시에는 최고를 위해 그가 치러야 할 대가를 생각하면 엄청나게 멋지다고

토를 입힌 삶은 감자이니, 마늘 아이올리를 찍어 먹으면 된다.

생각했다. 하지만 좀 더 깊이 생각해보자. 푸앙이 미친 듯한 완벽주의를 추구하기 위해 소스만 쏟아 버렸을까? 요리사들이 주방 밖에서 써야 하는 시간과 기력 또한 쏟아 버린 셈이다. 그들의 일상생활, 요리사들의 삶 말이다.

오늘날에도 대부분의 양식 주방은 푸앙의 멘토인 오귀스테 에스코피에가 발전시킨 군대 시스템으로 돌아간다. 그는 자신의 군 복무 경험을 바탕으로 이상적인 주방의 구조를 고안했다. '라 브리게이드 La Brigade (여단-옮긴이)'라는 군대의 지휘 체계는 효율, 정확함, 절대로 머뭇거리지 않는 위기의식을 기초로 하는데 이를 주방에 접목해 요리사에게 고유의 역할을 맡겼다.

전쟁을 치르는 듯한 혹독한 군대 시스템이 없더라도 레스토랑에서는 엄청나게 많은 스트레스가 쌓인다. 이미 들어본 적 있겠지만, 통계에 의하면 대부분의 레스토랑은 1년 이내에 폐업한다. 살아남기 위해 창조력이라는 변덕스러운 야수를 길들이고 목줄을 매는 한편 식당을 성공 혹은 실패로 이끄는 한두 사람이나 존재를 만족시켜야 한다. 이런 이야기를 하다 보면 베르나르 루아조의 사례가 자연스레 떠오른다. 그는 미쉐린 별 셋 가운데 하나를 잃을 수 있다는 가능성만으로 스스로 목숨을 끊었다.

물론 요리라는 직업을 선정적으로 포장한다거나 다른 어려운 직종과 비교하고 싶지는 않다. 하지만 레스토랑의 야망 있는 요리사라면 매일 엄청난 시간과 육체적인 헌신을 쏟아부어야 한다. 그리고 엄청난 자부심을 품고 만든 결과물로 똥을 만든다. 문자 그대로 똥 말이다. 당신이 만든 요리를 먹은 손님은 나중에 화장실에서 물을 내려 버린다. 몇 주에 걸쳐 모래에 만다라(원형으로 섬세하게 그려진 불교의 문양-옮긴이)를 그리고는 일순간에 무너트리는 티벳 승려의 팔자 같다(다만 안타깝게도 요리로는 비슷한 영적인 보답을 얻을 수 없다).

따라서 요리를 계속하기 위해 존재에 의미를 불어넣어 주는 다음 규약을 믿어야만 한다.

우리는 어떤 희생을 치러서라도 반드시 존중하고 보전해야 하는 한 세기 묵은 연속체의 일부다. 주방에서의 모든 행동, 일, 레시피는 전날 저녁 서비스, 같은 조리대에서 일할 다음 셰프, 바다 건너에 있는 셰프, 이미 오래전에 죽었지만 남긴 채소 써는 법을 따라 하려는 셰프와 연결되는 이야기의 새 줄거리다. 모든 서비스는 이전의 세대가 남긴 공헌과 표현을 존중하고 내 방식대로 해석하고 요리 세계라는 조직에 새로운 문양을 더하는 기회다.

생일을 못 챙기고 결혼식에 참석할 수 없으니까 친구들이 놀 때 일하면서 이 규약을 언제나 마음속에 새기고 있어야 한다. 생각에 잠기거나 병원에 갈 시간도 없다. 아마 요리의 수준을 높여줄 교재로 공부할 시간도 없을 것이다. 이런 압력을 받으면 최선의 경우 직업 정신을 키울 수 있을 것이다. 하지만 많은 경우 정신을 못 차리고 미

오르막길

치거나 동료를 괴롭힌다. 다들 괜찮다고 생각한다면 신입 요리사를 괴롭히는 일은 무엇이든 합리화된다. 불가능한 일을 맡긴다거나 미장 플라스를 퇴짜 놓는다거나 배에 주먹을 날리는 등 육체적으로 괴롭힌다. 물론 정신적인 괴롭힘도 빠지지 않는다. 영리한 셰프들은 아래 요리사들이 느끼는 불안함을 기억해두었다가 나중에 써먹는다. 차분하고 위협적이지 않은 목소리로 "이봐, 뭐가 문제인지 잘 모르겠어. 자네보다 더 재능 없는 요리사들도 그 자리에서 잘만 일했거든?" 아니면 더 무뚝뚝하게 "내 밑에서 일했다고 말하지 마라"라고 할 것이다.

셰프는 여러분의 마음과 정신을 집요하게 파고들지만, 나중에 왜 그랬느냐고 이유를 물으면 '다 잘되라고 그런 것'이라 대답할 것이다. 여러분을 완전히 때려 부순 다음에 다시 맞춰 새로운 인간으로 만들 것이다. 왜냐면 여러분에게 관심이 있으니까. 왜냐면 그렇게 배웠으니까. 전통적으로 비판적인 사고, 차분한 의사소통, 이성, 침착함 같은 덕목은 주방에서 대접을 못 받았다. 혹은 대접을 받았지만 우리가 귀를 기울이지 않았을 수도 있다. 레스토랑의 주방은 사악함과 분노가 승리를 위한 문화로 미화되는 스포츠팀의 로커룸과 다르지 않다.

개인적으로는 이런 행동이 정말 사람들에게 최선을 끌어내는지 모르겠다. 어쩌면 박살 난 시스템의 방출 밸브 꼴이 난 것일 수도 있다. 스트레스와 두려움과 부정적인 감정이 새어 나와 어디로든 흘러가야 하니까. 어쨌든 요리사라면 받아들여야 한다. '되게 하라'는 명령이 언제나 기다리고 있으니 "네, 셰프"라고만 대답해야 한다. 감정적인 학대를 견디거나 다른 일을 찾을 수 없다면 먹고살 만큼은 자리를 잡을 것이다. 요리의 언어를 배우고 성공할 것이다. 내가 그랬으니까. 20년 동안 부모님과 교사, 스포츠팀 감독에게 구박받고 꾸중을 들은 덕분에 레스토랑 생활에 꽤 잘 적응했다. 하지만 대부분의 직종에 처음 종사하려는 이들이 그렇듯 젊고 외부의 영향에 잘 휘둘린다면, 이런 시스템에서 5년, 10년씩 일하면서 왜 명예와 존엄이 없을까 고민하면 안 된다. 그래봐야 나중에 성장이 멈추고 더 이상 성공한다는 보장도 없음을 깨달을 뿐이다.

그래서 다시 물어보자. 대체 왜 사람들은 음식에 그렇게 환장할까?

글쎄, 그저 음식이기 때문이다. 그리고 동료가 게으르거나 사려 깊지 않다거나 당신만큼 신경 쓰지 않을 때, 그러니까 음식을 그저 음식으로 여길 때 그들은 당신의 세계관을 의심할 것이다. 믿는다는 이유만으로 바보 취급할 것이다. 어렸을 때 일, 프로젝트, 사람, 작가, 밴드, 스포츠팀을 진심으로 좋아했던 적이 있나? 그런 것들을 사랑한다는 이유만으로 비웃음을 당한 적이 있나? "그저 스포츠 경기일 뿐인데 왜 그렇게 신경을 써?"라고 말하는 얼굴에 주먹을 갈기고 싶지 않았나? 그런 감정이 천 배 증폭되어 사람들은 음식에 환장한다.

이런 말이 진실이기를 원하지만 사실 나에게도 적절한 설명은 아닌 것 같다. 나는 중산층 가정에서 태어나 대학 교육의 혜택을 받았다. 대부분의 시간 동안 차분하고 이해심이 깊으며 나의 성장을 위해 자신의 시간과 노력을 들이는 멘토에게 훈련받았다. 나는 전통에 반하는 시도를 하기 위해 지금껏 말한 레스토랑 주방의 체계에서 일찍 발을 뺐다. 하지만 그럼에도 나는 언제나 분노에 차 있었다. 내 레스토랑을 열고 나니 요리사가 조금만 무신경해 보여도 분노가 폭발했다. 주먹으로 벽이나 스테인리스 작업대라도 갈겨서 육체적인 고통을 느껴야 잊을 수 있었다.

아무래도 한국인의 '한'이 문제인가 싶다. 이 책 전반에서 나는 다양한 문화적 실체가 타당한지 아닌지 따지지만 그럼에도 한을 믿는다. 이 말을 정확하게 번역해주는 영단어가 없지만, 갈등과 불안감, 슬픔, 후회가 어우러진, 불의와 치욕을 견뎌온 한국인들만의 감정 말이다. 한은 일제강점기 이후 20세기에 규정된 용어로, 세계 어디에 있든 한국인이 품고 있을 법한 특유의 슬픔과 씁쓸함을 나타낸다.˙ 한은 한국의 미술, 문학, 영화에서 묘사되며 아래 세대로 전해 내려왔다.

한편으로 나는 '백인 친화적'이거나 '모델' 소수 인종이라 불리는 계층의 일부로서 받은 혜택을 부정할 생각도 없다. 나는 정말 죽을 만큼 최선을 다해 백인 사회에 흡수되려고 애쓰며 자랐다. 하지만 소

˙ 2015년, 마블 코믹스가 브루스 배너를 이어 헐크가 될 인물로 한국계 미국인인 아마데우스 조를 발표해 한의 개념에 정말 가까이 다가갔다.

수 인종의 성공 신화는 아시아계 미국인으로 경험한 뉘앙스를 지워 버린다는 문제가 있다. 같은 아시아계는 물론 다른 소수자 사이에도 분열을 조장한다. 자, 나 자신을 향한 인종차별을 여러분이 좀 참아 준다면 말할 수 있다.

나는 소위 '트윙키twinkie'다. 겉은 노랗지만 속은 하얀 아시아계 미국인 말이다. 아시아계 미국인도 여러 계파로 갈리는데, 나는 분명히 아시아계지만 백인처럼 살아온 부류다. 대학 시절, 프로그램에 참여해 다른 학생들과 한국을 방문하면, 나는 언제나 한국에서 태어나 한국어를 할 줄 아는 더 한국적인 무리에게서 배제당했다. 그리고 서울에 일단 발을 들이면 사람들은 체구를 보고 바로 교포라고 알아차렸으므로, 나는 주로 다른 트윙키들과 어울렸다. 나의 한국적인 유산을 어떻게 포용하는지 몰랐으므로 아이러니하게도 나의 한은 더 깊어졌다.

이 모든 일을 겪고 나니 주방의 관습이 내 개인적인 분노를 부추겼는지 궁금해졌다. 나는 주방의 일-두려움, 스트레스, 습관과 문화-이 이미 내 안에 자리 잡고 있는 것들을 끄집어냈다고 생각한다.

더 끔찍한 충동에 빠져들기 전에 세상에서 내 자리를 찾아보고자 마지막 시도로 누들 바를 개업했다. 성공을 못하면 어떻게 대처할지는 생각하지 않았다. 하지만 레스토랑은 성공했다. 나는 종말을 예견한 미치광이 종말론자 같은 기분으로 심판일이 다가왔다 사라지는 걸 보았다. 1번가 163번지에 매일 사람들이 줄을 서자 분점을 내고 싶다는 제안이 밀려왔지만 그럴 수 없었다. 나는 여전히 자신을 일방통행로라 보았고, 더 빠르고 무모하게 달리는 수밖에 없었다.

그래서 새로운 개념의 레스토랑을 열고자 누들 바와 모든 재산을 걸고 백만 달러를 대출받았다. 대출 이자와 새 가게 자리의 월세로 매달 4만 7천 달러를 내야만 했다. 나는 회계에 밝지 못했으므로 레스토랑을 새로 열 때마다 다음과 같이 상황을 파악했다. 월, 화요일 저녁의 평균 매상으로 대출과 월세를 갚을 수 있으면 문제없다. 그렇게 생각해보면 월 4만 7천 달러는 불가능한 수치였다. 나는 문을 열기도 전에 망한 셈이었다.

이제는 확실히 말할 수 있다. 나는 내 미래를 망칠 작정이었다. 하루도 빠짐없이 '어떻게 하면 이걸 끝낼 수 있지?'라고 스스로에게 물었다. 그러는 동시에 두 번째 레스토랑을 너무 열고 싶었다. 돈을 벌어서 가족을 재정난으로 몰아가고 싶지 않았다. 두 목표가 양립할 수 없을 것 같지만, 양쪽 모두 똑같이 진실이었다. 모순을 해결하려면 이번에도 배수진을 치고 최대한 일을 많이 하는 수밖에 없었다.

하지만 대출 담당자를 만나 서명 전 서류를 확인해보니 금액이 달라져 있었다. 월 이자가 1만 4천 달러로 줄어든 것이다. 나는 아버지의 사업 동료인 대출 담당자에게 왜 금액이 줄어들었느냐고 물었다.

그랬더니 이자를 낮추기 위해 아버지가 당신의 사업을 담보로 잡았다는 대답이 돌아왔다. 물론 나에게는 일언반구도 없었다. 아버지가 달려드는 기차에 몸을 날린 것이다.

어떻게 아버지에게 이 돈을 갚을 수 있을까? '아시아식 치폴레Chipotle(미국의 멕시코 음식 전문 프랜차이즈─옮긴이)'라는 레스토랑을 생각해냈다. 나는 그럴싸한 레스토랑에 애초에 관심이 없었다. 누들 바조차도 내 취향에서는 살짝 지나치다 싶을 정도로 다듬어져 있었다. 치폴레의 창립자인 스티브 엘스가 대중에게 질 좋은 음식을 먹이려던 시도는 내게 페란 아드리아가 엘불리el Bulli에서 보여준 혁신보다 더 인상적일 뻔했다. 치폴레는 카탈루냐의 절벽을 굽어보는 엘불리보다 더 많은 사람에게 혜택을 주었다(물론 돈도 더 많이 벌었다). 나는 아드리아 셰프를 숭배하지만 그처럼 될 수는 없었다. 엘스 같은 사람이 백인들을 상대로 멕시코 음식을 파는 세상을 만들었다면 나도 시도해볼 만했다. 문자 그대로 부리토를 팔고 싶었다는 말이다.

나는 언제나 친구들에게 모모푸쿠 쌈 바는 인류 역사상 최고로 미친 레스토랑이라고 말했다. 그들도, 이 글을 읽는 당신도 믿지 않겠지만, 이 레스토랑이 어떤 불가능을 뚫고 개업했는지 이야기해보자.

2번가 207번지의 임차 계약을 맺은 뒤, 이 건물에 점유 허가가 나지 않았음을 알게 되었다. 시청에서는 기록이 아예 없다고 했으니 레스토랑에 사람을 들이는 것부터가 불법이었다. 19세기에 마구간으로 세운 이 건물은 최근에는 포장 전문 중식당과 지하 매음굴로 쓰였다. 예전 임차인에게 수없이 이메일을 보내 점유 허가 서류에 대해 물었으나 답이 없었다.

나는 건설부로 달려가 등록 사무실을 찾았다. 칙칙하고 먼지가 쌓인, 경찰의 증거 보관함이 떠오르는 부서였다. 친근해 보이지만 친근하지 않은 할머니가 자리에 앉아 있었다.

"점유 허가를 안 받으면 레스토랑을 열 수가 없어요."

나는 간청했다.

"레스토랑을 못 열면 돈을 모두 잃고요. 많은 사람이 고통받을 거예요."

과장이 아니었다. 나는 이미 돈을 다 써버렸다. 요리사를 고용했고 공사도 진행 중이었다. 아버지는 평생 일군 사업을 담보로 잡아 돈을 빌려주었다. 주무관은 책상 뒤에 끝없이 쌓인 서류 캐비닛을 가리켰다. 저 정리되지 않은, 무시무시한 서류 무더기 가운데 어쩌면 내 구원의 열쇠가 있다. 그는 "기록에는 안 나와 있어요"라고 대답했다. "저기 있을지도 모르지만 찾을 수 있으려나 모르겠네요."

나는 자리를 떴다가 다음 날 아침에 또 찾아갔다. 역시 할머니가

대출 서류와 은행 내역서를 포함한 옛 이메일을 전부 훑어보니 압도될 지경이다. 과거의 나지만 완전히 다른 사람을 보는 것 같고, 실패해도 삶은 흘러갈 테니 괜찮다고 너무나도 말해주고 싶다. 하지만 사실은 내가 지금도 그걸 믿고 있는지 몰라서 정말 고통스럽다. 요즘에야 레스토랑 개업에 딸린 온갖 빌어먹을 일들을 더 잘 다루지만, 아직도 내가 너무 자주, 너무 많은 걸 걸고 있다고 생각한다.

자리를 지키고 있다가 바로 손을 흔들어 나를 쫓았다. 어쩔 줄 모르는 고릴라처럼 간수를 찾아 캔톤 누들 상사에 갈 때마다 손을 흔들어 나를 쫓아냈던 형제에 대한 기억이 외상 후 스트레스 장애의 증상처럼 떠올랐다. 다음 날에도 또 찾아갔지만 역시 허탕만 쳤다.

갈 데도 없고 할 수 있는 일도 없어 나흘째 사무실에 찾아갔다. 나는 이전에는 느껴보지 못한 특별한 종류의 실의에 빠져 있었다. 할머니는 사라지고 나를 도와줄 방법을 아는 새로운 얼굴이 있기를. 그렇게 보잘것없는 희망을 품었다. 아니면 뉴욕시 역사의 모든 건물 기록이 담긴 디지털 키오스크라도 들어섰으면. 하지만 여전히 할머니가 앉아 있었다. 내가 말도 꺼내기 전에 그는 캐비닛으로 가서는 손에 집히는 대로 종이를 한 장 꺼내 들었다.

"어떻게 하라고요? 그냥 이렇게 아무거나 꺼내 주면 되나요?"

그가 내민 종이를 받아 뒤집어보고 나는 충격에 빠졌다. 그도 마찬가지였다.

그 종이는 내 레스토랑 건물의 점유 허가서였다.

쌈 바, 성공의 서막

ssäm (Korea for wrap)

Step1: 쌈 혹은 밥을 고른다

1. 밀전병 쌈 Flour Pancake Ssäm	$9
2. 비빔 양상추 쌈 (밥 포함) Bibb Lettuce Ssäm(with rice bowl)	$12
3. 구운 김 쌈 (밥 포함) Toasted Nori Ssäm(with rice bowl)	$11
4. 밥 Rice Bowl	$9
5. 잡채밥 Chap Chae Bowl	$9

Step2: 단백질을 고른다

- 버크셔 돼지고기 Bershire Pork
- 유기농 닭고기 Organic Chiken
- 앵거스 소 양지머리 Angus Beef Brisket
- 두부조림 Braised Tofu

Step3: 추가 메뉴를 고른다

- 베이컨 검정콩 bacon black beans
- 팥 red azuki beans
- 큐피 마요네즈 콜슬로 kewpie slaw
- 김치 퓌레 red kimchi puree
- 백김치 퓌레 White kimchi puree
- 구운 양파 roasted onions
- 표고 절임 pickled shiitake
- 풋콩 edamame
- 숙주나물 bean sprouts
- 으깬 두부 whipped tofu

쌈의 종류는 끝없이 다양하지만, 한국식 고깃집에 가본 적이 있다면 기본 개념은 쉽게 이해할 것이다. 상추나 깻잎을 집어 들고 고기와 채소를 올린 뒤 입맛에 따라 밥과 쌈장을 얹어 먹는다. 그게 쌈이다.

멕시코 음식으로 치자면 카르니타스^{carnitas}(고기를 오래 조리거나 은근히 끓인 멕시코의 전통 음식이다. 주로 돼지고기로 만든다-옮긴이), 콩, 밥, 살사를 채운 토르티야와 거의 똑같다.

쌈 바의 개업 메뉴는 멕시코와 한국 음식의 유산 못지않게 내가 야식으로 시키는 포장 음식에서도 영향을 받았다. 중식을 집으로 배달시킬 때마다 나는 꼭 무슈포크^{mushu pork}(돼지 안심과 오이, 계란 등을 볶은 중국요리-옮긴이)를 시켜 팬케이크에 국수, 밥, 각종 볶음 등 모든 걸 함께 싸서 먹었다. 한 음식에 다른 음식을 싸 먹는 걸 싫어하는 사람이 있을까?

정통성 논란은 요리 세계에서 이상과 비평을 오가며 자주 불거진다. 정통성에 관한 대화에서는 종종 물음이 답보다 많아진다. 정통성의 조건은 무엇일까? 정통이어야 더 나은 걸까? 아니면 이 논란이 혁신의 걸림돌일까? 사실 실제로 이런 질문을 들으면 나는 지루해진다. 중요하지 않기 때문이 아니다. 하지만 누군가 정통성과 문화 유용을 말하면 정신이 없어진다. 그럴 때는 이런 질문을 스스로에게 던져본다. 만약 나와 당신의 조상이 장소와 찬장을 맞바꾸면 어떨까? 500년 전에 장 씨와 김 씨와 박 씨 같은 한국인이 멕시코에 진출했다면 오늘날 현대 한식은 어떻게 됐을까? 멕시코 음식은 또 어떨까?

두 세계의 요리는 지금보다 더 맛있었을 것이며 여전히 고기와 채소를 토르티야나 잎채소에 싸 먹었을 것이라 장담한다. 인류는 생각보다 취향이 비슷해서 완전히 다른 조리도구와 식재료를 써서 비숫한 요리를 만들어낼 가능성이 높다.

정치적인 올바름으로 따져보자면 완전무결하게 빈틈없는 생각이 아니라는 건 안다. 다만 원전을 고려하지 않고 원하는 요리를 만들 때 자유롭게 접근할 만한 근거로는 쓸 수 있다. 하지만 나는 아시아계 셰프고 백인이 아니므로, 이런 물음에서 더 자유롭다고 생각한다. 이를테면 흑인 요리사에게 경의를 표하는 의미로 내슈빌 핫치킨을 만들더라도 백인이 아니므로 적당히 둘러대면 된다. 이게 바로 황인종의 특권이다. 피부색이 '노란색'으로 분류되는 대신 얻을 수 있는 몇 안 되는 특전 가운데 하나다.

어쨌든 주방에서 창의력의 원천으로 삼기에는 매우 효과적인 사고 연습이다.[*] 우리는 쌈 바를 치폴레와 똑같이 차려놓았다. 손님은 눈앞에 늘어선 식재료를 보고 줄 안쪽 끝에서 계산대로 움직이며 원하는 대로 재료를 담아 조합한다. 제대로 된 셰프가 만든 음식을 꽤 훌륭한 식당에서 좋은 음악을 들으며 먹는다. 물론 가격도 부담스럽지 않고 대충 만들지도 않았다. 만족스러운 점심식사를 마치면 일터로 돌아간다.

이런 음식점이라면 망할 이유가 없지 않을까?

하지만 우리는 망했다. 사람들은 모모푸쿠식의 패스트푸드를 먹

---

[*] 나는 종종 식재료의 모든 가능한 순열과 조합을 구성해 인간 입맛에 대한 정보에 맞춰 시험하는 컴퓨터를 그린다. 너무 계산적인가?

을 준비가 안 돼 있었다. 손님들은 여전히 특별한 식사를 경험하기 위해 레스토랑에 찾아오는 것 같았다. 우리는 쌈 바가 그저 돈이나 벌기 위한 장사가 아니라거나, 모든 차원에서 더 나은 음식을 내려는 시도인지 확신할 수 없었다.

때로 엄청난 대기 줄이 설 때도 있었지만, 대체로 손님이 없어 주방이나 닦으며 시간을 죽였다. 모든 현실적인 차원을 고려해도 우리는 폭삭 망했다. 대중을 먹인다는 생각까지 할 필요도 없었다. 누들 바 단골 중에 일주일에 한 번 쌈 바에 들르는 사람은 손으로 꼽기도 어려웠다. 고맙게도 잘나가는 평론가가 이 시기에 찾아오지 않았다. 굳이 올 이유가 있었을까? 리뷰가 나가기 전에 망했을 텐데.

"기다리면 사람들이 찾아올지도 몰라."

영화 〈꿈의 구장〉에서 케빈 코스트너가 그랬던 것처럼 딱히 의욕도 없이 이런 주문을 외웠다. 단골들은 쌈 바를 혼란스러워했고, 우리 요리사들은 의기소침해졌다. 누들 바로 몰아친 매체의 관심 덕분에 평판이 좋은 요리사들이 모모푸쿠에 합류했다. 죽기 살기로 일해서 흥미로운 음식을 만들려고 합류했지만, 가끔 카르니타스나 접시에 담을 뿐이었다.

나는 그들에게 모모푸쿠의 세계에는 시스템이나 서열이 없을 거라고 약속했다. 내가 그랬듯 라인을 건너뛸 수도 있었다. 나는 그들에게 "우리에게는 직함이 없어요. 무엇을 해야 하는지 모른다면 우리와 일할 필요가 없기 때문이죠"라고 말하곤 했다. 말하자면 공자를 인용한 싸구려 철학으로 내 부족함을 메우려 들었다. 나는 기업이 발전하려면 직함과 조직에 너무 많은 의미를 부여하면 안 된다고 믿었다. 하지만 한편으로 조직이나 지시, 또는 명확한 계통이 없는 환경에서 일하기 어려워하는 이들도 있었다.

쌈 바의 요리사들은 별로 할 일이 없었고, 누들 바는 공간이 좁아 더 사람을 들일 수가 없었다. 쌈 바에서 자기 일을 제대로 찾지 못한 요리사 가운데는 카페 불뤼 시절 알게 된 티엔 호도 있었다. 그는 주변의 더 훌륭한 요리사와 일할 수도 있었지만 쌈 바의 개업 셰프로 합류했다. 모모푸쿠는 어떤 측면에서 약자라 여기는 사람들을 끌어들였다. 동료들에게서 모모푸쿠에 합류하는 건 경력의 자살행위나 다름없다는 말을 듣는 사람들이었다. 티엔은 확실히 그런 부류였다. 직함을 주지 않는다는 내 선언을 거스르고 최초로 모모푸쿠의 매니저가 된 코리 레인도 그랬다. 모든 패스트푸드 음식점에 매니저가 필요하지 않던가? 그래서 그를 매니저로 앉혔다.

티엔, 피터 서피코, 팀 마슬로 같은 요리사들은 진국이었다. 나는 그들에게 바빠질 준비를 하라고 말했다. 알토 샴-크루즈 선에서 수천 명분의 음식을 만드는 데 쓰는 증기 오븐의 일종-도 샀다.

나는 머릿속으로 뚜렷한 성공 가도를 그렸다. 질 좋은 음식을 파는 패스트푸드 음식점을 차리면 사람들이 알아주겠지. 전국에서 찾아와 줄을 서겠지. 시간이 좀 지나면 부리토에 깃든 한국 문화의 영향을 알아채지도 못하겠지. 결국 한국식 부리토는 햄버거만큼이나 자연스러운 음식으로 자리 잡겠지.

하지만 밀전병은 선반에서 메말라가고 있었다. 모두가 눈에 띄게 지루한 표정을 지었다. 패배를 인정하지도, 다른 길을 선택하지도 않음으로써 나는 모두의 시간과 레스토랑을 망치고 있었다. 회계 담당은 우리에게 60일분의 운영자금이 남아 있다고 말해주었다.

고맙게도 직원들은 내가 패스트푸드 같은 발상에 집착하는 걸 신경 쓰지 않았다. 잃을 것도 더 나은 일도 없는 상황에서 그들은 나에게 진실을 깨우쳐주었다. 우리에게는 조리 기술과 넓고 좋은 공간이 있다. 게다가 딱히 의미 있는 일거리도 없다. 그래서 우리는 다시 요리하면서 문제점을 바로잡았다. 그러고 나서 쌈 바는 대출 상환 능력을 갖춰나갔고 나는 아버지에게 빌린 돈을 갚아 완전히 독립했다. 사정은 그렇게 간단했다. 변명처럼 들리겠지만 쌈 바의 회생 이야기는 앞서 읽은 누들 바의 사정과 거의 같다. 핵심은 우리가 다른 셰프들이 일을 끝내고 와서 먹을 만한 심야 메뉴를 내기 시작했다는 것이다.

의심하려면 얼마든지 해도 좋다. 하나님도 진부한 이야기라는 걸 아신다. 하지만 당시에 대부분의 미국 셰프는 손님들에게 자신이 먹는 것과 다른 음식을 냈다. 우리는 가게 문을 닫은 다음에 훨씬 더 투박하고 양념을 많이 쓰고 맛이 센 음식을 먹었다. 맥주나 와인을 들이부으면서 게걸스럽게 먹을 만한 음식 말이다. 아무도 먹으려 하지 않는 인기 없는 음식이며, 땀내 나는 주방에서 열여섯 시간 고생한 뒤 먹으려 아껴두는 작은 비밀이었다. 또한 외식하는 사람들이 당연히 외면하리라 생각한 음식이었다.

체리 피클을 곁들인 바삭한 돼지머리 튀김, 남부의 레드아이 그레이비에서 영감을 얻어 커피 향을 입히고 마요네즈를 곁들인 시골 햄* 등이었다. 내가 가장 좋아하는, 돌파구 같은 요리지만 『뉴욕의 맛 모모푸쿠』에는 싣지 못한 것도 있다. 거품기로 휘저은 두부에 타피오카를 버무리고 성게알을 수북이 올려 마무리한 요리다. 너무나도 상큼하고 차갑고 깔끔하면서도 가장 모모푸쿠답지 않은 요리였다. 그렇게 지금껏 본 적도 먹어본 적도 없는 새로운 아이디어가 메뉴에 담겼다. 요리들은 다들 달랐지만 너나할 것 없이 신경을 바짝 곤두서게 만들었다는 공통점을 지니고 있었다.

누들 바의 철학을 이어받으면서도 조금 더 고민하고 다듬은 결과가 쌈 바였다. 쌈 바에서 얻은 교훈을 한마디로 정리하면 이렇다. 시도해보지 않을 만큼 나쁜 아이디어란 없다. 누군가 열정적인 아이

* 미국 시골 햄을 되살려낸 공은 미친 과학자 셰프이자 발명가인 데이브 아널드에게 돌아가야 한다. 그게 뭔지 아는 사람도 몇 없었던 시절, 모모푸쿠의 메뉴에 시골 햄을 올리자고 제안한 사람도 그였다. 테네시, 켄터키, 버지니아 주에서 벤튼스, 브로드벤트, 콜로넬 뉴섬스, 에드워즈 같은 생산자가 만든 훈제 햄을 종잇장처럼 얇게 저며 팔았을 때, 미국인들은 여전히 이탈리아의 프로슈토만 알고 있었다.

디어를 냈다면 우리는 귀를 기울였다. 그래야만 했다.

최고급을 준비했으므로 우리는 빵과 버터도 돈을 받고 팔았다. 레스토랑 세계의 상식을 거스를 뿐만 아니라 프랑스의 일부 지역에서는 불법인 결정이었다. 다른 멍청한 결정도 했다. 모두에게 돌아갈 만큼 넉넉하게 음식을 만들지 말자는 아이디어였다. 크래프트에서 베노와 일할 때 처음 생각한 아이디어였다. 당시 나는 VIP에게 낼 어뮤즈 부셰를 만들었다. 굴을 비롯한 다양한 해산물을 얼음을 채운 구리 냄비에 올려 냈다. 이걸 만들라는 지시를 받으면 나는 일단 걱정부터 했다. 그득히 쌓인 해산물 산이 식당을 행진하면 모두가 고개를 돌려 쳐다보았고, 곧 나는 열 그릇을 더 만들어야만 했다.

망둥이가 뛰니 꼴뚜기도 뛰고 싶어 하는 상황이 벌어졌다. 누군가 특별 대접을 받으면 자기도 소외받고 싶지 않아 주문을 넣는 것이다. 우리는 그런 상황을 쌈 바에 적용하고 싶었다. 모모푸쿠 부리토는 결국 메뉴에서 사라졌지만, 돼지 목살은 너무 맛있어서 뺄 수가 없었다. 그래서 우리는 결코 쪽쪽 찢지 않고 덩어리째로 밥, 상추, 김치, 장, 그리고 굴 등 모든 쌈거리와 함께 냈다. 한국식 보쌈의 모모푸쿠식 변주였다. 가장 바쁜 저녁 서비스 시간대에 이 거대한 요리를 식당 한가운데의 탁자에 내놓았다. 그러자 사람들은 내가 듣고 싶었던 질문을 해댔다. 이건 어떻게 주문하죠?

"아, 예약하시면 돼요. 5시 반과 10시 반에만 가능합니다."

이 전략으로 우리는 손님이 원래 뜸한 시간대에도 자리를 채울 수 있었다.

쌈 바를 처음 열려고 생각했을 때 염두에 둔 상황은 아니었지만, 관심을 가진 손님들이 꾸준히 찾아오는 상황에 불평할 수는 없었다. 그저 흐르는 대로 따라갔지만, 한편으로는 언제나처럼 엄청난 자신감과 온몸을 마비시키는 자기 의심 사이에서 늘 갈팡질팡했다. 그러다가 실패에 정면으로 맞서려는 시도가 강력한 동기로 작용한다는 걸 깨닫고 마음이 편해졌다. 이 말은 내가 이미 최악의 시나리오를 맞닥뜨렸다는 의미이기도 했다. 또한 누구보다 많은 정보를 가지고 있으니 다른 이들이 시도하지 못하는 위험을 감수할 수도 있었다. 실패에 부딪히면 두려움도 극복할 수 있다. 실패할지도 모른다는 이유로 아이디어를 시험해보지 않는 일은 없어졌다. 진짜 나빠서인지, 아니면 상식의 기준으로 나쁘다고 판단이 돼 그런 건지 스스로에게 물어보았다. 잘될 거라고 생각하지 않을 때 잘되기 시작한다. 불안정과 변화, 엄청난 스트레스를 받더라도 편안해지기만 하면 된다.

이런 마음가짐을 모모푸쿠의 요리사들에게 이렇게 설명했다.

이런 전략 덕분에 미국인들에게 더 퍼지기 전에 내가 해석한 보쌈의 틈새를 찾아냈다. 진짜 한국 음식점에서 보쌈을 주문하면 백에 아흔아홉 번은 두껍게 썬 삶은 삼겹살에 굴이 한 무더기 딸려 나온다. 우리의 보쌈은 전통과 완전히 거리가 멀다. 모모푸쿠에서 보쌈을 먹은 뒤 흑설탕 글레이즈를 바른 돼지 목살을 기대하고 다른 레스토랑에 갔다가 삶은 삼겹살을 받을 사람들을 생각하면 꽤 기쁘다.

"우리는 하루에 스물세 시간 동안 일하며 새로운 레시피에 대해 이야기할 수 있습니다. 그 시간 동안 우리는 현명하지 못하고 체계적이지도 않은 결정 탓에 아침부터 의욕이 떨어질 수도 있습니다. 하지만 가장 필요한 최후의 순간에 우리는 해야 할 일을 알고 바로 대처해야 합니다.

비유가 아닙니다. 나는 영업 직전이 새로운 요리를 고안하기에 가장 좋은 때라는 걸 알았습니다. 모두가 음식을 입에 욱여넣고 미장 플라스를 끝내고 모든 귀찮은 일들이 드러나는 시간 말입니다. 이론적으로는 창조력을 발휘하기에 최악의 시간 같지만 그렇기 때문에 선택의 여지 없이 빠르게 결정할 수 있습니다. 메뉴판에 일단 설명을 찍고 나면 요리를 어떻게든 만들어내야 합니다. 나중에 더 다듬을 수도 있지만 불필요한 의심을 머릿속에서 털어낼 유일한 비결은 마감을 설정하는 것이며, 그러기에 오후 5시 반만큼 좋은 시각은 없습니다."

이만하면 엄청난 비밀을 털어놓았다고 생각하니 잘 간직하고 싶다. 모모푸쿠에 새로운 목소리들이 합류했고 방해가 되는 외부 의견은 대부분 차단했다. 우리는 성공의 비결을 기록하고 관찰할 필요가 있었다. 적어도 지금은 그렇게 말할 수 있다. 2007년 직원들에게 보낸 이메일을 살펴보자.

└ 여러분 모두 안녕

오늘부터 영업이 끝나면 누들 바와 쌈 바의 지배인은 이 수신자 목록에 있는 모두에게 메일을 보내주세요. 서비스나 밑준비, 밑준비 목록에 대한 어떤 내용도 괜찮습니다. 요리나 식재료 등에 대해서도 이메일로 소통하고요. **다시 말하지만 매일, 서비스마다 빌어먹을 이메일을 쓰라고요!!!!!**

이제 모두가 이메일을 사용하므로 변명할 여지 없이 레스토랑에서 벌어지는 일을 누구나 알고 있어야만 합니다. 사람은 많고 각자 다양한 아이디어가 있으니 서로 원활하게 소통할 수 있도록 이메일을 쓰고 매일 아침저녁으로 확인합시다.

*** 블랙베리 같은 휴대폰을 쓰고 싶은 사람에게는 기계값과 통신비를 얼마든지 대주겠습니다. 강요는 안 하겠지만 진심으로 권해요. 그러니까 매일 이메일을 확인하지 않는다면 나한테 엿을 먹을 겁니다.

*** 진심이에요. 발도의 존에게 전화했는데 완두콩에 대해서 전혀 모르고 있었어요. 어쨌든 그가 구해준다고 약속했으니 화, 목요일에 각각 두 짝씩 들어올 겁니다. 물론 변동 사항은 얼마든지 생길 수 있고요.

주방 기록 이메일의 예를 첨부합니다. 이렇게 써보세요.

누들 바-5월 13일 일요일, 오전 12:00

저녁 서비스는 훌륭했습니다. 록밴드 키스의 기타리스트 에이스 프렐리가 밥을 먹으러 왔고, 팀 마슬로는 피클 한 접시를 보냈습니다. 퀴노는 새로운 요리를 고안하고 있는데 맛있어요. 야생 양파인 램프의 이파리로 소스를 만들었죠. 스콧, 아침에 일단 닭다리 뼈를 발라요. 그래야 엄지액에 재워두었다가 훈제해서 치킨앤드에그에 쓸 수 있어요. 재료가 4인분만큼 남아 있으니 점심에는 쓸 수 있지만 저녁에도 쓰려면 아침에 그것부터 준비해야 합니다.

누들 바-5월 14일 일요일, 오후 4:56

서비스는 매끈하게 돌아갔지만 오른쪽 오븐이 자꾸 꺼져서 중간에 KRS를 불러 수리했습니다. 저먼도 잘해줬지만 제프리가 진짜 잘했어요. 발도에서 받은 패션프루트는 오늘도 역시 개판이네요!!! 그래서 케빈과 퀴노에게 발도에서 제대로 된 걸 받을 때까지 대신 키위를 쓰자고 했습니다. 데이브에게 문제를 이야기해서 발도의 대장인 존의 전화번호를 받았어요.

이런 식입니다….

원탁회의라 알려진 이메일 리스트를 사용해 많게는 열 명까지 참여해 다양한 소재로 토의를 했다. 매출이나 재료에 대한 정보를 나누는 한편, 밖에서 맛있게 먹은 음식을 분석하거나 모모푸쿠에 데려

오고 싶은 요리사에 대한 이야기도 나누었다. 숙취도 자주 화제로 삼았다. 퀴노와 나는 우리가 도전해볼 만한 기회를 최대한 공유하려 노력했다. 그래서 정말 너무 말이 안 된다 싶은 아이디어도 공개하고 투표에 붙였다. 예를 들면 이런 것이다.

└ 타말레 같은 음식을 내면 이상할 것 같은데 너무 이상해서 말이 될 수도 있어요. 게다가 그것도 사실 쌈의 일종이잖아요.

이 디지털 고문단은 상의하달 시스템이나 다름없었지만, 우리는 다른 곳과 달리 몇몇 직원들끼리만 사정을 공유하지 않았다. 미친 듯이 바쁜 저녁 서비스의 끝에는 멈췄다가 다음 날 새로운 목표를 정해 처음부터 다시 시작했다. 끝없이 쏟아지는 메시지의 연속-아침에 일어나면 적어도 50건의 이메일을 읽어야만 했다-은 앞에서 말한, 모든 아이디어를 시도해봐야 한다는 철학의 본보기였다. 모든 게 우리가 쓸 수 있는 정보였다. 정보가 너무 많아서 귀찮아지는 상황 같은 건 없었다.

직원들은 모모푸쿠가 더 나아지도록 최선을 다하고 있었다. 나는 그들에게 의무감을 느꼈다. 그래서 군대식 시스템의 대안으로 다른 체계를 고안했다. 온갖 허튼소리나 신고식 따위는 없애고 큰 성장통을 겪지 않고도 발전하도록 돕는 투명한 의사소통 방식이었다. 나는 모모푸쿠를 여러 개의 작은 모임으로 나누자고 제안했다. 그렇게 각각 리더, 베테랑, 초짜, 프렙쿡의 네 명으로 이루어진 팀을 일곱 개 만들었다.

_ ⤢ ✕

· 모든 그룹은 적어도 일주일에 한 번은 만나거나 함께 맥주를 마십니다. 일터의 상황과 개선안에 대해 논의하세요. 기본적으로 직원의 요구 사항에 바로 대응하자는 취지입니다. 좋든 나쁘든 소식을 반드시 공유하세요. 모모푸쿠의 덩치가 커지면서 모두가 소외되지 않고 잘 적응할 수 있기를 바랍니다.

· 새 조직의 가장 중요한 점이라면 교차 훈련입니다. 모두가 자신을 보여주

· 새로운 동료들이 따라잡는 데 시간이 좀 걸렸지만, 내가 모든 정보를 접하고 싶었다는 말은 과장이 아니다. 사람들은 나를 '구해준다'는 구실로 이메일이나 세부 사항을 한 번 거른 뒤 건네는 경향이 있었다. 그래서 나는 "아무것도 거르지 마세요. 너무 많은 정보라는 건 없습니다. 그렇게 느껴도 내가 느끼는 거예요"라고 말한다. 그럼에도 나는 내 시간이 아깝다고 판단한 메일이나 전화를 종종 못 받았다. 그래서 더 크게 "제발 좀 아무것도 거르지 말라니까요, 빌어먹을!"이라고 다시 말한다. 드디어 나를 이해하고 내 수신함에 보고서, 전화회의 참여 요청이나 자질구레한 세부 사항에 대한 대화 등이 가득 쌓일 때, 나는 안도의 한숨을 쉰다.

고 설명하거나 아니면 각자의 일을 잘 이해하길 바랍니다. 영어를 유창하

게 못하는 그룹원은 이 상황을 최대한 활용하세요.

· 마지막으로 우리가 하는 모든 일처럼 이것도 잘 못할지 모릅니다. 하지만

인내심을 가지세요. 퀴노는 경쟁하면서 소그룹의 개념이 자리 잡을 수 있

다고 말했습니다. 새로운 메뉴 아이디어가 채택되면 술값을 준다든지 하는

거죠.

· 그룹원에게 잘 설명해주세요. 저도 이게 멍청하고 괴상하다는 걸 알지만

진지하게 팀워크를 키울 수 있다고 생각합니다.

모모푸쿠는 위원회와 공동체의 중간쯤 되는 무엇인가로 바뀌었

다. 원탁회의는 목청 큰 이들과 철자에 서투른 이들의 모임이 되어버

렸다. 나는 해리코베르, 즉 깍지콩의 철자를 몰라서 종종 영어식으로

'헤어코버츠'라 틀리게 말하곤 했다. 모두가 의견을 낼 수 있

지만 의무는 아니었다. 나는 모두의 피드백을 너무나도 소중하게 받

아들였으므로 내가 가장 활발하게 참여했을 수도 있다.

발신: 데이브 장

일자 2007년 2월 8일, 오전 6시 58분

주제 음식 단상

└ **모두 안녕**

원탁회의에서 다들 제 몫을 훌륭히 해줘서 감사합니다. 많이 참여해서 끊임없이 소통해준 덕분에 누들 바와 쌈 바의 차이를 좁힐 수 있었습니다. 하지만 우리의 이메일에서 음식과 메뉴를 어떻게 발전시킬지에 대한 자세한 묘사가 빠져 있다고 생각합니다. 그래서 모두 5분씩 시간을 더 들여 아이디어를 좀 더 내주기를 바랍니다.

계속 보이는 패턴에 대해서 주목해볼까요. 풀라드poularde(비육 영계. 보통 암컷을 가리킨다-옮긴이)는 늘 잘 안 팔리는 요리라 계속해서 바꿔왔습니다. 먹어보고 발전할 수 있는지 의견을 주세요.

당장은 여름 옥수수와 김 퓌레를 짝짓고 있는데요, 티엔이 훌륭한 파르스 farce(고기 퓌레에 달걀, 빵, 크림 등을 더해 만든 소. 소시지, 라비올리, 만두에 채우는 소 전체가 파르스에 속한다-옮긴이)를 만들어 닭고기 발로틴 ballotine(닭의 허벅지나 다리에서 뼈를 발라내고 남은 살에 소를 채워 말아 조린 프랑스 요리-옮긴이)을 요리했어요. 파르스가 너무 회녹색이라 걱정이지만 김과 같이 먹으면 너무 맛있습니다. 티엔이 뼈를 발라낸 닭다릿살을 로보쿱으로 갈아 원래 쓰던 김 퓌레와 섞은 것 같아요. 그러고는 토숑으로 말아서 콤비 오븐(74℃)에서 익힙니다. 71℃로 낮춰서 익히면 온도가 너무 낮을까요? 티엔은 오븐에서 익힌 다음 팡코 빵가루를 입혀 튀기자고 하는데요, 간을 강하게 해서 풀라드를 서서히 익히면 차게도 낼 수 있을 것 같습니다. 어떻게 생각하세요? 잘하면 정말 훌륭한 요리가 될 것 같으니 의견을 주세요.

참, 양 뱃살 요리에 근대와 레몬을 곁들이니 섹시해졌어요.

오징어 요리(v.2.2)도 훌륭해요. 겉면을 그을려서 예전처럼 요리했죠. 그랜드 시추안의 요리에서 영감을 얻은 거예요. 티엔은 셀러리 국수를 곁들였습니다. 셀러리를 채소 필러로 얇게 벗겨내 얼음물에 담가 꼬불꼬불하게 만들었죠. 티엔이 크리스마스 색상인 빨간색과 녹색을 좋아해서 래디시를 쓰기로 타협을 봤어요. 얇게 저민 래디시를 다른 요리에 쓰면 미쳐버릴 겁니다. 셀러리, 고추기름(고춧가루와 산초, 포도씨유, 소금)으로 오징어를 볶았어요. 지난주에 고추기름을 내봤는데 고약하게 맵더라고요. 고추기름/장의 비율을 잘 맞춰봐야 해요. 볶은 오징어는 작은 공기에 담아서 내요. 셀러리 잎과 말린 홍고추 고명을 얹고요. 정말 더럽게 맵지만 맛있을 것 같아요. 셀러리가 매운맛을 잘 잡아줘서 줄리와 저는 아주 좋아했어요. 자그마한 산초 알갱이들이 혓바닥을 마비시켜서 그렇게 매운 음식도 먹을 수 있다는 걸 이해합시다. 다만 손님들이 이걸 먹고 미각이 마비되어 식사를 망칠까봐 걱정돼요. 하지만 뭐 굳이 신경 쓸 필요가 있나 싶기도 하고요. 웨이터들이 엄청나게 맵다고 미리 경고해주고요. 어떻게 생각하세요?

조개관자 요리(v.2.0)에는 더 나은 대안을 찾을 때까지 파인애플을 쓸 겁니다. 서피코는 이 요리가 콩즙, 차조기 잎 등과 잘 어울릴 거라 말했어요. 줄리와 티엔과 이야기를 나누고 난 뒤에 wd~50(뉴욕 맨해튼에 있던 분자 요리 전문점)식 콩소메를 내서 관자에 뿌린 뒤 김 쪼가리와 썬 완두콩을 얹습니다. 차조기 잎을 콩소메에 우려낼 수도 있고요. 아니면 콩을 갈아서 다시에 섞을 수도 있다고 나중에 생각했어요. 도쿄에서 옅은 다시에 생 완두콩을 갈아 넣은 요리를 먹은 적이 있었는데요, 정말 환장하게 맛있었거든요. 서피코는 콩즙을 착즙기로 내고 싶어 하지만 젤라틴을 썼으니 티엔은 비타프렙을 쓸 것 같아요. 서피코와 다른 사람들은 어떻게 생각해요?

그리고 우메보시에 대해 티엔, 줄리와 함께 이야기를 잘 나눴습니다…. 모를 수도 있겠지만… 나는 우메보시를 엄청나게 싫어해요. 일본 요리에는 자기 자리가 있죠. 하지만 이건 음식과 짝짓기에는 너무 짜고 시어요. 술안주를 삼거나 사탕/간식으로 만들기에는 좋죠. 하지만 음식과 짝지으면 독해져요. 생각해보세요, 해산물 음식점이나 스시집에서 언제 마지막으로 우메보시를 먹었나요? 아마 먹은 적이 없을걸요. 저는 새로운 맛의 조합을 환영하지만, 생선을 자두와 짝지으려면 제철인 7월까지 기다립시다. 관자와 진한 색 껍질의 시고 단 자두가 잘 어울릴지도 몰라요.

모두들 좀 더 나아지도록 노력합시다. 사랑해요.

dc

이메일에서 쓰던 우리만의 농담을 절반이라도 기억할 수 있으면 좋겠다. 어쨌거나 다시 읽어보니 너무 즐겁다.

폐물리에가 쓴 이메일도 있다.

> ⤷ 뉴저지 출신의 가장 친한 친구 둘과 이야기했어요. 버번은 좋은 것 같아요. 주방의 고무 매트도 그렇고요. 이번 크리스마스에는 나와 내 콧수염이 재미를 볼 거예요. 즐겁고 행복하며 콧수염이 자기 노릇을 하는 연말이었으면 좋겠습니다. 닐 다이아몬드의 크리스마스 앨범을 듣고 대마초나 피우세요. 중국 음식을 시켜 먹고 에그롤에 목욕하게요. 엿이나 먹고 내일 봅시다.
>
> 이 이메일은 내 콧수염이 썼습니다. 나 아니에요.
>
> Kp

언제 일이 끝나고 시작되는지 아무도 몰랐다. 우리는 한참 시간이 흐른 뒤에야 이해할 수 있는 무엇인가의 일부였다. 우리는 함께 세계를 만들어나갔으며 때때로 일에 압도될 것 같았지만, 온 힘을 기울였다는 게 특권이었음을 이제야 깨달았다. 나이를 먹을수록 일에 집중하기 어려워진다. 화로에서 멀어질수록 일이 잘된다. 오늘날까지 퀴노와 만나 저녁을 먹거나 맥주를 마실 때마다 우리는 모모푸쿠의 탄생기가 인생 최고의 시기였다고 말한다. 그 점에서 향수란 참 웃긴 감정이다. 다른 이들에게 강요하지는 않겠지만 모두가 당시의 기억을 나만큼이나 소중하게 여겼으면 좋겠다.

우리는 임기응변으로 어려움에 대처했다. 쌈 바를 위한 원래 계획을 접고 나서 1월에 《뉴욕 타임스》에서 별 두 개짜리 리뷰를 받음으로써 보상을 받았다(쌈 바는 다음 해에 이 리뷰를 쓴 음식 담당 기자인 프랭크 브루니에게서 별 세 개를 받았다. 그래머시 태번 그리고… 카페 불뤼와 같은 위치였다). 별 두 개짜리 첫 번째 리뷰 덕분에 쌈 바는 망하지 않고 궤도에 올랐다. 그리고 3월의 어느 날, 아침에 일어나 보니 우리는 제임스 비어드상('요식업계의 아카데미상'이라고 불리는 미국의 요리상-옮긴이) 두 부문에 후보로 올랐다 있었다. 떠오르는 스타 셰프(나이고 두 번째로 후보에 올랐다), 그리고 최고의 새 레스토랑(쌈 바) 부문이었다.

큰소리나 뻥뻥 치는 나였지만, 똥줄이 탔다. 이런 상황에서는 내 삶에서 벌어진 사실을 쓰는 게 논리적인 전개일 것 같다. 이런 일이 벌어졌고 저런 일도 벌어졌으며 그래서 나는 서서히 내가 이런 위치에 올라설 준비가 됐음을 깨달았다. 하지만 이 책에 늘어놓은 모든 승리와 깨달음을 겪는 사이에 의심의 순간도 500번쯤 찾아왔다. 당혹감과 실수, 내가 성질을 건드리거나 실망을 안긴 사람들, 망쳐버린 기회 같은 것들 말이다. 형편없는 요리와 눈알을 뽑아버리고 싶을 만큼 엉망인 서비스도 있었다. 그리고 내 뒤통수에는 언제나 우울함도 도사리고 있었다.

수상의 기회는 갑자기 하늘에서 뚝 떨어진 것 같았다. 나는 언제나 다른 이들에게서 최선을 끌어냈지만 그걸 재주라고 인정하는 데 오랜 시간이 걸렸다. 한동안은 나 혼자 팀의 노력을 다 빨아먹는 것 같다고 생각했다. 그래서 《푸드 앤드 와인》지의 편집장인 데이나 코원에게 최고 신인 셰프의 한 명으로 선정되었다는 말을 들었을 때, 나는 최선을 다해 반려했다. 믿지 못하겠다면 그에게 물어보라. 나는 누군가 내 머릿속의 스위치를 올려서 '데이브, 받을 만한 자격이 있어. 너는 최고라고. 다른 건 다 잊어버려'라고 생각이 바뀌기를 바랐다. 하지만 그런 순간은 오지 않았다.

그런 상황이 꼭 필요한 순간을 하나 꼽자면, 제임스 비어드상 시상식이었다. 비어드상 수상은 내가 드디어 반열에 올라섰다는 방증이었을 텐데, 그럼 나는 더 불안해질 것이었다. 마치 부끄러운 비밀을 숨기고 있는 것 같았다. 나는 몇 년 동안이나 후보에 오르고도 끝내 상을 받지 못했던 내 멘토와 견줄만한 수준에 오르지도 못했다. 이런 상황을 나는 그저 웃어넘길 수밖에 없었다. 아니면 모모푸쿠 팀에게 제안했듯, 상을 타든지 말든지 개의치 않도록 술에 잔뜩 취하는 방법도 있었다. 모두가 좋다고 하는 것 같았다.

지난 30년 동안 제임스 비어드상은 미국 요식업계의 가장 중요한 행사였다. 패션이나 레드 카펫, 격식 차린 행동과는 전혀 상관없는 거대한 이 세계에서 잘 차려입고 진지하게 행동할 좋은 기회였다. 턱시도와 검정 타이 차림의 사람들은 한참 동안 메리어트 마퀴에, 이후에는 뉴욕 필하모닉 오케스트라가 공연하는 링컨 센터의 에이버리 피셔 홀에 모였다. 포부를 가득 품은 셰프들이 모이는 공식적인 행사인 데다가 셰프나 레스토랑 사업가가 받을 수 있는 최고의 영예였으므로 그만큼 화려하게 열릴 만했다. 수상자 대열에 합류하거나, 심지어 후보에만 올라도 대접이 달라졌다.

모두가 제임스 비어드상을 진지하게 받아들였다. 나도 그랬지만 그저 나 자신을 존경할 수가 없었다. 그래서 턱시도를 차려입고 링컨 센터 플라자의 아름다운 분수를 지나 사이먼 앤드 가펑클, 마일즈 데이비스, 레너드 번스타인, 엄청나게 재능 있는 클래식 연주자 몇 천 명이 공연했던 공간에 천천히 걸어 들어가는 자신을 상상하기가 정말 어려웠다. 게다가 전국 각지에서 찾아온, 엄청나게 존경하는 동료 셰프들과 담소를 나누고 싶지도 않았다. 하지만 모두가 제임스 비어드상 시상식에 참가했다.

그렇다고 참가하지 않는 건 더 한심할 테니 나는 불안감을 모모푸쿠 팀이 잊지 못할 밤을 계획하는 데 썼다. 제임스 비어드상 시상식에 참가하느라 다른 지역에서 찾아오는 이들은 뉴욕에서 가상 잘 나가는 레스토랑을 찾아가거나 각 지역에서 존경받는 셰프들에게 경의를 표한다. 시상식의 가장 멋진 전통이다. 시상식 전후에는 레스토랑 그룹이나 주류 회사, 잡지 등이 주최하는 파티가 엄청나게 많이 열린다. 우리는 최대한 자질구레한 대화에 참여하지 않는 게 목표였다. 시상식에 휘둘리지 않기 위한 방어적인 행동 수칙이었다.

나는 디스코 조명과 스모그머신, 그리고 아주 조잡한 가죽 의자가 딸린 파티 버스를 예약했다. 버스에는 스트리퍼가 매달려 춤추는 봉도 달려 있었다. 아마도 발정 난 총각들 외의 인간은 처음으로 태운 듯했다. 버스는 어떤 리무진보다도 대여비가 쌌다. 나는 졸업 무도회에 가지 않아 모르지만 이런 분위기였으리라 짐작했다.

5월의 그날 저녁, 모모푸쿠 직원 전부와 파트너 몇 명이 최고로 격식을 갖춘 옷을 입고 모모버스를 탄 채 북서쪽으로 향했다. 나는 헬스키친에 자리 잡은, 애덤 페리 랭의 훈제육 맛집 데이지 메이스Daisy May's를 통째로 빌렸다. 우리는 바비큐를 먹을 계획이었다. 그래서 밥을 먹는 동안 의상이 더러워지지 않도록 앞치마를 두르고 고무장갑을 끼고 팔에는 쓰레기봉투를 둘렀다. 맥주와 리큐어는 빨간색 일회용 솔로 컵에 따라 마셨다. 그리고 은박접시에 풀드포크(돼지 어깻살을 통째로 구워 고깃결대로 찢어pulled 먹는 요리-옮긴이), 등갈비, 텍사스 토스트(보통 제품보다 두 배로 두꺼운 식빵에 버터를 발라 구운 요리-옮긴이), 콜슬로(마요네즈나 비니그레트로 버무린 양배추 샐러드-옮긴이)를 가득 채워 먹었다.

그렇게 들뜬 기분이 희미하게 기억나는 행사 내내 지속됐다. 쌈바는 상을 못 타고 나는 상을 타서 그날 밤 맨해튼 곳곳을 버스로 돌아다니며 더 꼴사납게 굴고 싶어졌다. 그날 저녁에 찍은 사진만으로도 신나는 분위기가 느껴진다. 그런데 시상식 이후 우리의 행동이 다른 이들에게 결례였다는 이야기를 들었다. 그렇게 볼 법하다. 하지만 사실 그날 밤이 모모푸쿠 가족에게는 최고의 시간이었다.

데우스 엑스 마키나

나는 친구들에게 내가 혹시 컴퓨터 시뮬레이션이나
우주급의 리얼리티 쇼에 사는 건지 법석을 떨며 물어보았다.
내가 겪었던 믿기 힘든 행운의 연속은 그래야 말이 된다.

지금까지의 이야기를 충실히 따르자면, 제임스 비어드상의 올해의
신인 셰프 부문을 수상하면서 우리는 레스토랑 그룹으로서 성숙해졌
다. 우리는 누들 바를 한 블록 위의 더 큰 공간으로 옮기기로 했다. 지
금의 자리에는 테이스팅 메뉴(한두 입 거리의 맛만 볼 수 있는 양의 요리
가 코스로 연달아 나오는 메뉴-옮긴이)를 내는 레스토랑인 코(아들 자
의 일본어 훈독-옮긴이)를 열 예정이었다. 코를 미국에서 가장 고급
스러운 레스토랑과 견줄 수준으로 만들 수 있을까? 내가 이렇게 말
할 때는 계획을 매우 견고하게 세워놓았다는 의미다.

하지만 나는 뉴욕시의 보건정신위생부가 끼친 기발한 영향력은 간과했다. 거듭 강조하자면 우리는 상황에 제대로 대처하지 못했다.

누들 바의 설비는 몇 년 전부터 삐걱거렸다. 우리는 배관, 환기, 배수, 그리고 1번가 163번지의 일반적인 설비 상황 탓에 끊임없이 터지는 고장과 소소한 비상사태에 너무나도 잘 대처해왔다. 하지만 더는 그 공간에서 많은 사람이 먹고 일하는 걸 감당하기가 어려웠다. 퀴노는 가끔 나에게 싱크대에서 '똥물'이 역류해 배관공을 불렀다는 메시지를 보냈다. 자질구레한 문제는 언제나 벌어졌고, 제대로 된 사업가라면 그냥 넘어갈 수 없는 큰 문제도 종종 벌어졌다.

당시 퀴노가 원탁회의에 보냈던 메일을 살펴보자.

_ ⤢ ✕

ㄴ, 오늘은 약간의 전기 문제와 심각한 배관 문제가 있었습니다. 일단 노출 싱크대가 배수구 바닥에서 터져 새로운 부속을 사와야 했고(네이선이 6시에 달려가 처리했습니다), 플라스틱 뚜껑이 접힌 채로 껴서 접시 싱크대도 넘쳐흘렀습니다(7시에 손가락을 쑤셔 넣어 대강 해결했습니다). 그리고 아래층의 오물 싱크대가 위층의 싱크를 막아서 넘치는 바람에 압축기 주변이 엉망이 됐습니다(10시에 조이고 테이프를 붙였습니다). 그리고 헐렁한 플러그 탓에 위층의 큰 로우보이(낮은 냉장고-옮긴이)가 서비스 동안 적어도 세 번은 멈췄습니다(콘센트를 교체하고 랩으로 전체를 감싸놓았습니다).

📎 🖼 😊　　　　　　　　　　　　　　　🗑

우리는 대부분의 문제에 침착하게 대처했다. 돈, 공간, 그리고 설비가 부족해도 불평하지 않으려 애썼다. 비관적으로 보자면 이런 문제들 때문에 일하기가 힘들었지만, 덕분에 창의적으로 일했다. 튀김기가 없는 누들 바에서 닭날개 튀김을 내려던 시도가 좋은 예다. 대안으로 넓적한 무쇠 팬에 구울 수 있을 것 같았다. 하지만 생 닭날개를 번철에 구울 수는 없지. 먼저 훈제와 콩피를 거쳐야 할 거야. 그럼 콩피에 쓸 지방은 어디에서 가져오지? 어, 삼겹살을 오븐에 구우면 비계가 엄청나게 녹아 나오니까 그걸 쓰면 되지. 음, 콩피를 하면 불향과 고기향이 밴, 젤리 같은 국물이 많이 나오지. 좋았어, 그건 라멘의 타레(간장 양념-옮긴이)에 쓰자. 우리의 메뉴에서 대담하거나 앞서가는 듯한 음식은 사실 궁여지책의 산물이었다. 이러한 접근 방식이 메뉴 구성 바깥에도 적용되었다.

2006년 말, 가장 심각한 문제가 닥쳤다. 누들 바의 인기가 급격히 높아지자 급탕기의 전기가 나가곤 했다. 전력회사 콘에드는 전력량을 늘려달라는 요청을 거부했다. 이 정도 규모의 음식점에 그렇게 많은 사람이 찾아온다는 사실을 믿지 않았다. 그래서 확실한 해결책으로 가스 전열기를 들여놓을 뻔했다. 하지만 주방에 자리도 없을뿐더러, 가스 배관을 건물의 옆구리로 끌어올 수도 없었다. 결국 우리는 가장 비과학적인 방식으로 전력을 확보했다. 서비스를 잘 마무리할 만큼 전력을 확보하기 위해, 시간을 정확히 파악해 몇몇 주방기기를 껐다 켜기를 반복했다. 우리는 좀비가 창궐해 창문을 널빤지로 막은 집에서 언제나 비상 발전기의 전력량에 신경 쓰며 숨어 버티는 가족 같았다.

우리는 좀비보다 더 고약한 전기 문제가 해결되길 기다리며 몇 달 동안 버텼다. 그동안 주택부를 상대하면서 겪은 절망은 말도 못할 만큼 끔찍했다. 심의는 이렇게 돌아갔다. 주무관이 예고도 하지 않고, 편의도 전혀 봐주지 않은 시각에 불쑥 찾아온다. 이를테면 손님이 문 앞에 줄을 서서 대기하는, 가장 번잡한 서비스 시간대에 갑자기 나타나는 식이다. 식품안전 자격증을 지닌 요리사는 하던 일을 멈추고 조사관을 따라 레스토랑의 구석구석을 점검해야 했다. 문제를 발견하면 그들은 절대 봐주지 않았다. 조사를 다 마치고 나서 곧바로 식당 한가운데에 앉아 랩톱을 꺼내서 보고서를 작성해 보냈다.

모든 위반 사항이 벌점으로 쌓인다. 레스토랑 운영자들은 조사관이 마음대로 매기는 벌점에 늘 황당해했다. 세면대에 휴지가 없으면 10점이지만 쥐똥은 고작 5점이다(조사관의 기분에 따라 쥐똥은 쥐똥이 될 수도, 안 될 수도 있다). 시대에 뒤떨어진 온수 규제를 살펴보자.

"항균에 쓰는 온수는 77℃ 이상으로 온도를 유지해야만 한다. 물의 온도는 수치가 새겨진 아날로그, 혹은 1.1℃의 오차로 보정된 디지털 온도계로 측정한다. 표면의 감염원을 제거하기 위해 대상 품목은 상기 온도의 물에 30초 이상 푹 담가두어야 한다."

온수가 안 나오면 설거지를 할 수도 없고 손을 제대로 씻거나 감염원을 죽일 수도 없다. 물론 틀린 말은 아니다. 1번가 171번지의 레스토랑 주인에게 바가지를 쓰고 임대 계약을 넘겨 받아 누들 바를 옮긴 이유도 온수 탓이었다(아쉬운 상황에서 협상하는 기분은 더럽다. 나는 삶을 걸고 애걸했으며 그에 걸맞게 엿을 먹었다). 그리고 그 탓에 1번가 163번지를 퀴노의 요리가 중심을 잡아줄 멕시코 레스토랑으로 바꾸지 못했다. 한참 동안 고민했음에도 급수 문제를 해결하지 못했다. 누들 바처럼 많은 손님을 받으려는 레스토랑은 똑같은 어려움을 겪을 것이다. 그래서 꽤 근사한 이야기가 됐겠지만 우리는 코를 열면서 미국의 테이스팅 메뉴에 도전하려는 생각을 버렸다. 짜증 나는 관료주의 때문에 궁지에 몰려 손님을 적게 받고도 돈을 벌 방법을 찾아야 했다. 모모푸쿠 코는 위대한 야망이나 사업 천재의 산물이 아니었다. 그저 유일한 선택일 뿐이었다.

새 공간이 준비될 때까지 누들 바는 몇 달 더 주택부의 분노를 피해 몸을 사려야 했다. 끝까지 무사히 넘길 것만 같은 실낱같은 자신감은 오로지 크리스티나 토시 덕분이었다. 그런데 그에 대해 이야기하려면 일단 와일리를 살펴보고 넘어가야 한다.

1990년대 말, 와일리 듀프렌Wylie Dufresne은 로어이스트사이드에 격식을 갖춘 레스토랑을 여는 전대미문의 업적을 남겼다. 당시에 그곳은 저녁을 먹으려면 조심해서 다녀야 하는 동네였다. 정말 문자 그대로 깨진 유리 조각이며 불쾌한 쓰레기가 널려 있었다. 젠트리피케이션 이전의 로어이스트사이드에 레스토랑을 열겠다는 그의 발상도 그렇지만, 그보다 눈치 보지 않고 앞서가는 그의 창의력이 더 급진적이었다. 와일리는 당시 뉴욕 레스토랑의 주방에서 거의 완전히 사라진 일종의 용기를 품고 있었다. 다른 사람들의 비위를 맞추려 들지 않았다. 요리학교 시절 그의 레스토랑인 71 클린턴 프레시 푸드[71] Clinton Fresh Food에서 경험했던 식사가 내 음식에 대한 사고를 바꿔놓았다. 그곳은 뉴욕에서 내가 가장 좋아하는 레스토랑이었다.

그는 71에서 2~3년간 일하고 나서 더 고급 레스토랑을 개업하려고 떠났다. 하지만 멀리 가지는 않았다. 와일리의 다음 레스토랑인 wd~50은 뭔가 좀 안다고 으스대는 대다수의 생각을 뛰어넘는 곳이었다. 그는 10년 이상 한 자리에서 버티면서 영리한 만큼이나 맛있는 요리를 만드는 수많은 조리법을 발명했다. 이상하게 들릴지도 모르겠지만, 그의 음식을 먹으면 바로 이런 생각을 하게 된다. *왜 이제서야 이런 음식을 먹게 된 걸까?* 튀긴 에그 베네딕트, 타이 바질과 초리소 페이스트, 공기로 부풀린 푸아그라와 비트 젤리 피클, 새우 카넬로니(새우로 면을 뽑았다), 넋을 홀딱 빼놓는 샘 메이슨과 알렉스 스투팩의 디저트를 먹으면 소름이 돋았다. 이제는 wd~50에서 먹을 수 없다니 너무 안타깝다.

와일리는 자신이 유명해지거나 사업을 번창시키려고 타협하지 않았다. 그런 고집 덕분에 더 좋은 평가를 받았지만, wd~50이 지닌 의미만큼 더 오래 끌고 나가지 못했다. 그는 뉴욕 요리 세계의 프로메테우스였다. 사람들—음식 매체 인간들, 내가 지켜보고 있다고요—이 시간을 들여 그의 요리 세계를 이해했다면 뉴욕은 완전히 다른 음식 세계가 됐을 것이다. 개인적으로 알기 전부터 와일리는 본받고 싶은 셰프였다. 멀리서 통념과 싸우는 걸 두려워하지 말라는 교훈을 주었으며, 오랜 세월에 걸쳐 친해지며 나에게 많은 선물을 주었다. 그 가운데 최고가 바로 크리스티나 실비아 토시였다.

와일리와 점점 더 친해지면서 나는 더 맛있는 요리를 하는 데 방해가 되는 설비에 대해 불평을 늘어놓았다. 침수, 누수, 화재, 그리고 점검—에 무지해서 이 모든 문제를 제대로 다룰 줄 모르는 우리 자신까지—에 모모푸쿠의 의욕이 상당 부분 꺾였다. 나는 와일리에게 진공포장한 음식을 문제 삼은 주택부 점검에 대해 이야기했다. 나는 냉장창고 전체를 정리하면서 피클부터 생삼겹살, 앨런 벤튼에게 받은 엄청난 양의 시골 햄과 베이컨—아마도 1만 달러어치는 될 최고의 훈제 돼지고기 식재료—을 진공포장해 보관했다. 차곡차곡 깔끔하게 정리해놓고 나니 너무 뿌듯했다.

하지만 조사관은 그렇게 보지 않았다. 어떤 업소라도 진공포장 팩을 쓰려면 식품 생산에서 벌어질 수 있는 문제에 단계별로 대처하도록 세부 계획을 개발, 적용 및 유지해야만 했다. 식품위해요소 중점관리기준, 바로 해썹HACCP이었는데 우리는 인증을 받아놓지 않았다.

조사관은 진공포장을 전부 뜯고는 상온에 보관 가능한 식재료에까지 전부 락스를 부으라고 지시했다. 마치 내 새끼들에게 총을 쏘라는 지시를 받은 기분이었다. 나는 조사관을 나치라 불렀다.

와일리는 같이 일하는 페이스트리 요리사 가운데 가장 똑똑한 친구가 wd~50를 비롯한 여러 레스토랑의 해썹 인증을 맡았노라며, 그를 고용하라고 권했다. 토시는 바보들의 피난처인 모모푸쿠에서 바로 일을 시작했다. 그가 삼겹살 보관법을 비롯해 많은 문제점을 해결하는 걸 보고 좋은 직원임을 곧바로 깨달았다. 그는 처음으로 모모푸쿠에 사무실 공간을 마련했다. 그리고 영어를 못하는 직원들을 위한 수업도 기획했다(히스패닉 및 라티노 요리사들과 나 사이의 차이를 극복하려고 노력하면서 모모푸쿠의 문화와 가치를 세웠다). 토시는 누구보다 앞서 문젯거리를 파악해 주저 없이 지적했다. 일단 누들 바에 쓸 새 전화기를 주문해서 다음과 같은 메시지를 녹음했다.

"여러분, 자신의 빌어먹을 엉덩이보다 전화기를 더 아껴 쓰세요."

토시는 말보다 행동이 앞서는, 몸으로 일하는 이들이 모인 모모푸쿠에서 정말 훌륭한 자산이었다. 아, 잊을까 봐 덧붙이자면 토시는 세계에서 가장 훌륭한 페이스트리 셰프이기도 하다.

나는 두 군데의 모모푸쿠에서 정신없이 일하며 세 번째를 준비했다. 문제는 내 승리 공식이 간단하고 절망적이었다는 사실이다. 모든 게 의미 없다면 잃을 것도 없다. 잃을 게 없다면 언제나 모든 걸 걸 수 있다. 이런 태도 덕분에 우리는 성공할 수 있었다. 그렇게 코를 위해 세 배의 노력을 들였다.

나는 더 신경질적으로 엉망진창이 되었다. 일을 하면 조증이 찾아왔지만 갖은 애를 써서 직원들에게 감췄다. 악몽 같은 대상포진과 심신의 고통에 시달렸다. 마사지와 이발처럼 언제나 마음을 가라앉히는 데 도움이 되던 것들을 해도 일을 못할 정도로 불안했다. 심리치료사의 사무실에서 그러듯 가만히 앉아 있을 때마다 나는 가슴이 무거워졌다. 아무리 심호흡을 해도 산소가 충분하지 못한 느낌이었다.

"모든 게 너무 미쳐 돌아가고 있어요." 어느 날 다시 찾아간 엘리엇 박사에게 운을 띄웠다. "이번엔 진짜 그래요, 정말 환장하게 미쳐 돌아가고 있어서 저는 그냥 터져버릴 것 같아요." 그는 불안할 때를 위해 클로노핀을, 가라앉을 때를 위해 프로프라놀을 처방해주었다. 감각이 없어지는 게 싫어서 프로프라놀은 안 먹고 싶었지만 그냥 먹었다. 적어도 초기에는 클로노핀이 더 좋았다.

이론적으로는 약 없이 감정을 다스릴 수 있었다. 사실 말하기도 뻔한 식이 조절, 운동, 의미 있는 관계 찾기, 조급하게 굴지 않기, 물보다 맥주를 더 많이 마시기 등이었다(그리고 물론 이 모든 것들을 시도해보았다. 예를 들어 요가를 배우기 시작했지만 여전히 떡이 되도록 술을 마셨다). 그래도 돌아보면 3년 동안 정말 많이 노력했노라고 자부한다. 안심하기 위한 이상으로 많은 정보를 모았다. *세상만사를 봐. 10억*

분의 1 확률이야.

하지만 일은 그렇게 돌아가지 않았다. 모모푸쿠는 내 우울증에서 비롯된 나 자신이었다. 크든 작든 주방에서 벌어지는 실패를 받아들일 수 없었다. 그게 곧 바로 나 자신의 실패였으니까. 나는 결국 감정과 정신적인 불안정에 기대게 되었다. 실은 병에서 벗어나려고 노력조차 하지 않았다. 그저 병에서 생기는 에너지를 일하는 데 썼다. 나와 내 병은 굳게 뒤엉킨 두 유도 선수 같았다. 언제나 나에게 얽혀 나를 쓰러트리려고, 내 힘이 빠지기만을 기다리고 있었다.

그래서 일을 절대 줄이지 않았다. 테이스팅 메뉴 레스토랑의 개업은 일생의 꿈이었지만 일단 코를 열기로 결정하면 나도 소진될 것이었다. 그저 잠을 좀 덜 자면 그만이었다. 환장하도록 아팠지만, 그저 운동 후 느끼는 근육통이나 다름없다고 받아들였다. 좋은 고통이었다.

2007년, 코를 열기 위해 어떻게 자금을 구할지 알아보면서 나는 은행의 아는 직원에게 기획안을 보냈다. 코를 '동시대 유럽 요리를 내는 고급 레스토랑'이라고 묘사했다.

세부적인 계획을 세우지도 않았지만, 음식에 무관심한 이들에게는 이렇게만 소통하면 그만이었다. 모모푸쿠의 음식을 무엇이라 규정할 수 없었지만, 답이 굳이 필요한 상황에서는 '미국식'이라고 불렀다. 그나마 우리 음식에 가장 잘 들어맞는 형용사였다. 차선은 영 안 내켰지만 '아시아식'이었다.

미국과 아시아를 빌려 온다고 해서 유럽식을 무시한 적은 없다. 그렇다, 모모푸쿠를 시작하기 위해 나는 유럽식 계보에 속한 레스토랑에서 등을 돌렸다. 하지만 마음속으로는 고전주의자였다. 유럽의 주방에서 일할 기회가 없었음에도 굉장히 집착했다. 유럽에서는 모든 요리사가 분야에 상관없이 진지하므로 우리도 고전 프랑스 요리의 기반을 갖춰야 한다고 강하게 이야기했다. 특히 마르크 베이라, 알랭 파사르, 미셸 브라, 그리고 마르코 피에르 화이트를 동경한다는 말도 했다. 요리 세계의 전설인 그들의 사진을 누들 바와 쌈 바의 주방 벽에 붙여두었다. 혹시라도 그 셰프들이 모모푸쿠에 찾아온다면 얼굴을 알아보고 무료로 음식을 대접하고 싶었다. 공짜 음식 금지의 원칙을 깬대도 상관없었다.

누구나 파인다이닝 하면 떠올릴 테이스팅 메뉴에 맞춰 코의 음식을 고안했다. 또한 보통의 아시아 레스토랑보다 푸아그라, 캐비아, 그리고 많은 양의 버터를 쓸 계획이었다. 누들 바나 쌈 바처럼 열린 주방 형태로 손님들이 보는 곳에서 요리할 예정이었지만 이번에는 끓는 냄비와 부산한 움직임은 덜 보여주고 싶었다. 또한 헤스톤 블루멘탈이나 아드리아 형제, 와일리와 같은 선구자들의 아이디어를 더 많이 끌어들이고 싶었다. 누구도 '국수가락'이라 폄하하지 않는 음식을 내고 싶었다.

하지만 코에서도 모모푸쿠에서만 존재하는, 논리 정연하고도 폭발적인 영향력의 조합을 손님이 맛봐 주었으면 했다. 장 조지나 퍼세, 또는 지구상의 어느 레스토랑과 똑같은 요리를 낸다면 코는 실패였다. 그래서 누들 바와 쌈 바에 기반을 두고 '이게 대체 뭐지?'라는 생각이 드는 음식을 좀 더 매끈하게 다듬어 내고 싶었다.

이런 콘셉트에 딱 맞는 셰프로는 피터 서피코를 점찍었다. 그는 트라이베카에서 프랑스식과 일식을 미묘하게 아우른 음식을 내는 데이비드 불리 밑에서 일했다. 서피코와 나는 코를 어떻게 구성할지 머리를 맞댔다. 쌈 바와 누들 바에서는 손님이 통상적인 애피타이저-메인 요리-디저트의 구성을 따르지 않는 메뉴를 보고 빠르게 음식을 골라야만 했다. 딱히 안내받지 않은 상태에서 이것저것 시키고 조리되는 순서대로 받아먹었다. 손님이 주문을, 우리가 요리를 잘한다면 식사 전체가 그럴싸해졌지만, 코에서는 그곳들보다 더 섬세하게 코스가 흘러가도록 오케스트라처럼 조율해야 했다. 우리가 손님을 이끌고 멈춰야 할 지점을 정해주며, 차분하고 대담한 맛의 차례를 정해주어야 했다. 대부분의 특별한 식사처럼 질질 끌다 못해 축하의 자리보다 실험 같은 느낌이 들지 않아야 했다. 모든 요리가 각각 완결성을 지니되 더 큰 목표의 일부여야 했다. 공연의 좋은 연주곡 목록처럼 쾌락의 경계선이 흐려지며 손님은 일부가 아닌, 전체를 끊김 없이 경험해야 했다.

시공과 디자인을 맡은 스위 푸아와 히로미 츠루타는 일상적인 라멘집을 더 정제된 경험을 하기 위한 공간으로 확장할 계획이었다. 다만 등받이 없는 의자와 별것 없는 실내 장식은 유지하기로 했다. 163번지에는 샹들리에 같은 걸 달 생각을 한 번도 안 했다. 나는 우리가 염두에 둔 디자인을 '나무 상자'라고 불렀다. 우리는 셰프가 중심인 접근 방식을 이어 나가 웨이터를 최소한으로 두고, 요리사에게 요리를 내고 설명하는 일을 맡길 계획이었다(처음에는 아예 웨이터를 두지 않을까 생각했지만 멍청하고 불가능한 일이라는 걸 깨달았다). 요리사들이 손님 바로 코앞에서 일할 것이므로 양쪽 모두 화로의 열기를 느낄 것이었다. 때로는 손님이 불편할 정도로 온도가 올라갈 수도 있다. 언제나처럼 드레스코드는 두지 않기로 했다.

불필요한 요소는 최대한 솎아내 음식에 가치를 두는 한편 선언하고 싶었다. 코에서는 아무것도 감추지 않는 요리를 냅니다.

늦여름에 두 가지 심각한 일이 벌어졌다. 새 누들 바의 개업이 지연됐고 보건국과 환경보호국이 진짜 건수를 잡았다. 온수 부족이 심각한 규정 위반으로 적발되었다. 다음 점검에서도 개선되지 않는다면 우리는 폐업할 수도 있었다.

일자 2007년 8월 15일 수요일, 5:35 PM

주제 엄청 중요한 보건국 건

└ 누들 바 여러분에게:

누들 바 점검의 핵심은 위층의 온수입니다. 재점검이 나올 때까지 온수를 아껴야 합니다. 요리사들이나 밑준비 요리사들은 온수를 쓰지 마세요. 온수를 쓰려면 물탱크를 꽉 채워야 합니다. 설거지 담당에게 접시에 온수를 뿌리지 말라고 말해주세요.

온수 때문에 또 적발되면 폐업해야 합니다. 이미 적발된 적이 있으니까요. 위반이 심각하다고 판단하면 보건국이 강제로 폐업할 수도 있습니다.

제가 미치지 않도록 제발 도와주세요.

우리가 너무 오랫동안 방치해두었다는 생각에 편집증이 찾아와 정신을 차릴 수가 없었다. 조사관이 틀림없이 재점검을 나올 테니 마지막으로 큰 도박을 하기로 마음먹었다.

보건 규정에 따르면 싱크대에서 온수가 적어도 30초 동안 계속 나와야 한다. 안전한 방식은 요리사들이 온수를 아껴 쓰는 것이겠지만, 나는 조사관이 수도꼭지를 틀었을 때 온수가 콸콸 쏟아져 나오는 걸 보길 바랐다. 그런 엄청난 수도꼭지는 생전 처음 보는 것처럼. 어떤 싱크대를 점검할지 감이 잡혔으므로 스위에게 용접공을 불러 온수를 그쪽으로 집중시키라고 말했다. 그리고 나는 떠났다.

애틀랜틱시티의 카지노에 방을 잡았다. 퀴노도 함께 가기로 했다. 솔직히 기억이 잘 안 난다. 엄청나게 무책임한 행동처럼 보일 것이다. 왜 이다지도 결정적인 순간에 레스토랑을 떠나 있는가?

어쨌든 그렇게 계획을 세웠다. 온수를 하나의 수도꼭지에 몰아주기로 했다. 그밖에는 다른 수가 없었으므로 우리는 행운의 여신에게 운명을 맡겼다. 정면 대결하기로 한 것이다. 뉴저지주에 채 닿지도 못했는데 토시에게 전화가 걸려왔다.

어떻게 됐나요?

"올드 페이스풀 간헐천처럼 뜨거운 물이 쏟아졌어요"라고 그가 대답했다. 조사관이 우리가 예상한 수도꼭지를 고른 것이다. 펄펄 끓는 듯한 온수가 콸콸 쏟아져 나왔다. 그는 모모푸쿠가 온수를 몇 주 동안 끝없이 쓸 수 있는 상태라고 파악했다. 나는 애틀랜틱시티에서 며칠 동안 술을 마시고 블랙잭을 치다가 집에 가서 코를 마저 기획하려고 예상보다 일찍 돌아왔다.

조사관이 그저 다른 수도를 고르기만 했어도 보건국은 누들 바를 폐업시켰을 것이다. 하지만 코를 공사하려면 누들 바에서 돈을 벌어야 했다. 누들 바가 폐업한다면 코도 개업할 수 없었다. 그럼 많은 직원을 정리해고해야만 했을 것이다. 물론 쌈 바에서 돈을 많이 벌었을지도 모른다. 하지만 쌈 바의 이익으로는 대출을 갚아야 했다. 모든 게 제대로 돌아가려면 한 치의 오차 없이 다 맞아떨어져야만 했다. 내 아파트와 아버지의 사업도 걸려 있었다. 게다가 우리는 더럽고 프로답지 못하다는 평판에 시달릴 것이었다. 나는 에이스를 건 딜러에게 열여섯으로 이겼는데, 그저 그게 유일한 패였기 때문이었다. 나는 단 하나의 싱크에 모든 걸 걸었고 딜러는 대패했다.

이런 데우스 엑스 마키나 deus ex machina (연극에서 도저히 해결될 수 없을 만큼 파국으로 치달은 문제가 기계 장치로 만든 신이 개입하며 초자연적으로 해결되는 기법-옮긴이)의 순간이 익숙하게 들릴 것이다. 모모푸쿠의 역사에서 이런 상황이 대체 얼마나 많이 벌어졌는지 기억하기도 어렵다. 일이 알아서 잘되는 경우가 얼마나 많을까? 이렇게 상황을 모면할 확률이 너무 적은지라 운이라고 하기도 어려웠지만, 그렇다고 불경스러운 인간인 내가 신의 도움을 받았다고 생각하기도 어려웠다. 그리고 이 이야기를 할 때마다 너무 모든 게 깔끔하게 잘 맞아떨어져서 거짓말처럼 들린다. 마법 같은 리얼리즘처럼 보인다. 나는 친구들에게 내가 혹시 컴퓨터 시뮬레이션이나 우주급의 리얼리티 쇼에 사는 건지 법석을 떨며 물어보았다. 내가 겪었던 믿기 힘든 행운의 연속은 그래야 말이 된다. 아마 미치지 말라고 난장판인 삶의 순간들을 기억에서 걷어내서 그런지도 모르겠다. 아니면 이 모든 게 그저 내가 지어낸 거짓말이거나.

코의 탄생과 블로거

청찬에 귀를 기울이지 않거나 긍정적인 반응에
오랫동안 빠져 있지 않기로 했다.
대신 나는 망할지도 모르는 수많은 가능성을 매일 생각했다.

"블로거를 조심합시다."

요식업계 베테랑들은 대체로 이렇게 생각했다. 처음에는 대부분의 셰프가 일단 인터넷에 흥미를 보였다. 새로우면서도 열정적인 인터넷 소비층이 보여주는 관심에 우쭐해졌기 때문이다. 하지만 블로거가 식당들을 비판하기 시작하자 우쭐함은 곧 극단적인 의심으로 돌변했다. 오랫동안 평판 게임에 놀아나던 셰프들은 블로그를 전혀 믿지 않았다. 그들은 오직 오랜 역사와 저널리즘 정신을 가진 주요 인쇄 매체만을 존중할 가치가 있는 창구라 여겼다. 그런 셰프들은

《뉴욕 타임스》,《뉴욕》,《구르메》,《푸드 앤드 와인》이 권력을 과점하던 시절에 명성을 얻었다. 호평은 고사하고 이들 매체에서 다뤄지는 것만으로도 대단한 일이었다.

뉴욕 레스토랑 세계에서 화요일은 신성한 날이었다.《뉴욕 타임스》사옥에 직접 가서 음식 면이 실린 신문을 받아 오는 날이었기 때문이다. 내가 크래프트와 카페 불뤼에서 일했던 시절, 요식업계는 매주《뉴욕 타임스》에 맞춰 움직였다. 음식 면을 보고 누가 좋은 셰프인지 무엇이 떠오르는 음식인지 알아차렸다.

《뉴욕 타임스》에 누들 바의 리뷰가 처음 실렸던 날 밤, 나는 카사모노Casa Mono에서 저녁을 먹었다. 당시 그곳에서 요리했던 리즈 채프먼(지금은 베노)이 "이제 데이브의 삶이 바뀌겠구나"라고 말했다. 피터 미한이 쓰는 '25달러 미만 맛집' 코너-소수민족의 저렴한 음식점을 소개하는-에 실린 리뷰였지만 그래도《뉴욕 타임스》였다.

이런 매체의 반대쪽 끝에는 대부분의 구세대 셰프가 싫어하는 웹사이트가 있었다. 인터넷이 세계적으로 대폭발하자 더 많은 의견이 치고 올라와 논쟁에 끼어들었다. 인터넷 구석구석에 레스토랑을 평가하는 커뮤니티가 생겨났고, 자질구레하거나 멍청하다 싶은 세부 사항까지도 미친 게 아닐까 싶을 만큼 아랑곳하지 않고 상세하게 의견을 나눴다. 커뮤니티에 참여하는 이들은 코스프레나 코믹콘 참가자만큼 열정적으로 집착했다.

새로운 매체도 여러 갈래로 나뉘었다. 뉴스와 소문을 다루는 블로그인 '이터'가 있는가 하면 자비로 온 세상의 레스토랑을 돌아다니는 독립적이고 돈 많은 푸디의 홈페이지도 있었다. 그리고 광팬들이 셰프와 음식에 대한 의견을 나누는 '이걸렛', '마우스풀스', '오피니어네이트 어바웃 다이닝' 같은 전자게시판도 있었다.

이전 세대의 셰프들은 이런 현상을 썩 좋아하지 않았지만 나는 신이 났다. 그동안 나처럼 호기심이 많은 셰프는 살기가 엄청나게 힘들었다. 뉴욕시 너머의 요리 예술에 대한 정보를 모으려면 외국에서 일했거나 여행을 많이 한 사람과 대화를 나눠야만 했다. 나는 스페인이나 프랑스에서 연수하는 친구들에게 경험을 담은 편지를 보내달라고 부탁했다. 아날로그 시대의 완전한 끝자락에서 그런 시도를 낭만적이라 여기는 이들도 있었다. 어쨌든 그렇게 간절히 원해야 겨우 정보를 얻었다. 하지만 한편으로 뒤처지는 것도 너무나 싫었다. 유럽의 현실을 파악하려면 미국의 요리사는 책에 기대는 수밖에 없었다(아시아나 아프리카, 남아메리카 요리에 관심이 많다면 가망이 없다). 슬프게도 나는 요리책만으로는 완전한 그림을 보지 못한다고 확실히 말할 수 있다.

그랬는데 갑자기 집에서 속옷 차림으로 누군가의 블로그에서 파

• 그리고 셰프들은 조스 휘던 감독의 〈세레니티〉의 등장인물들 같은 유명인사가 됐다. 이 영화는 폭스의 단명한 드라마 〈파이어플라이〉의 영화판으로, 등장인물들은 마니아들 사이에서는 인기가 높지만, 대부분에게는 완전히 무명이다. 정말이다. 여러분은 주연인 네이선 필론을 아는가? 그의 트위터 팔로워는 350만 명이다.

리에 있는 피에르 가니에르 레스토랑의 최신 메뉴 사진을 빠짐없이 볼 수 있게 됐다. 모든 블로거가 지식이 뛰어나진 않았지만, 몇몇은 뉴욕에서 안주하는 필자들보다 더 많이 알았다. 하지만 블로그에는 대체로 "글을 너무 못 쓴다"는 혹평이 따라붙었다. 하지만 나는 음식 사진만 있다면야 괜찮다고 생각했다.[**] 인터넷 이전 시대에 비하면 엄청난 발전이니까.

이걸렛은 속속들이 놀라운 사이트였다. 나는 이곳에서 《뉴욕 타임스》에서는 받아들여지지 않은 음식에 대해 몇 시간이고 읽었다. 여러 필자의 의견과 유행을 읽고 레시피의 아이디어를 검색했으며 주방기기에 대한 평가도 둘러보았다. 이 모든 지식과 정보가 하나의 사이트에 각각의 범주로 정리되어 담겨 있었다.

모모푸쿠에 블로거들이 찾아왔을 때도 나는 눈곱만큼도 신경 쓰지 않았다.[***] 1세대 푸디들은 지금껏 대부분이 하찮다고 여긴 우리 음식에 엄청난 관심을 보였다. 나는 아직도 이걸렛에서 누들 바, 쌈바, 코에 대한 모든 글을 찾아 읽는다. 매우 괴상한 유물이다.

누들 바 개업 후 한 달 뒤에 '스노세지스2000'이라는 사용자가 올린 글을 소개한다.

***

[**] 나만 그런 게 아니다. 톰 콜리키오도 인터넷과 블로그 문화를 일찍이 받아들였다. 아무도 관심을 주지 않을 때, 그는 블로거들을 위해 요리했다.

[***] 하지만 실은 이미 그들 몇몇과 척을 졌다.

모모푸쿠 누들 바에서는 모든 요리를 바로 코앞에서 만든다. 주방이 어떻게 운영되는지 지켜보는 구조다. 하지만 어젯밤의 경험은 엄청나게 불쾌했다. 문제의 장본인은 누들 바의 주인인 데이비드 장이었다.

자리에 앉은 지 대략 2분 만에, 나는 메뉴를 읽다 말고 신경이 흩어졌다. 데이비드 장이 설거지 담당에게 주방을 지나갈 때는 목소리를 높이라고 꾸짖었기 때문이다. "뒤로 지나갑니다!"라는 말을 더 크게 하라는 이야기였다. 나는 영어에 서투르고, 목소리를 높이기는커녕 자신감도 떨어져 보이는 설거지 담당에게 마음이 쓰였다. 하지만 입장을 바꿔 생각해보면 직원이 크게 말해야 좁은 조리 공간에서 서로 부딪히지 않는다.

주문을 넣자 유일한 라인 쿡이 라멘을 조리하기 시작했다. 그러자 곧바로 덩치가 무섭도록 큰 데이비드 장이 그의 등 뒤에서 또 화를 냈다. 지금까지 모든 걸 잘못하고 있으니 알아서 효율적으로 일하라는 이야기였다. 소리를 지르지는 않았지만, 공간이 너무 좁다 보니 모든 말이 속속들이 다 들렸다. 드러내놓고 비난받자 요리사는 점점 더 주눅이 들었고, 그럴수록 데이비드 장은 더 화를 냈다. 그의 비판이 맞고 틀리고를 떠나 (음식은 5분 만에 나왔고 요리사가 잘못한 티는 안 났다) 요리사의 눈에 눈물이 글썽글썽했고, 데이비드 장은 요리사를 잘라버릴 거라고 말했다. 그래서 나와 여자친구는 음식에 즐겁게 집중할 수 없었다. 데이비드 장은 음식의 완성도에 너무나도 신경을 쓰는 듯 보였지만, 역설적으로 그 행동 때문에 입맛이 떨어졌다.

나는 그가 음식에 품는 집착을 존중하며, 미국 요리학교와 크래프트의 경험을 바탕으로 세부 사항에 신경을 쓴다는 사실도 안다. 언제나 준비를 완벽하게 해두라는 요리 철학은 이해하지만, 그는 요리 세계의 한 가지 요소를 완벽하게 무시했다. 손님의 경험 말이다.

주방에서는 솜씨가 달리는 요리사를 꾸짖을 수 있다. 하지만 주인이 바로 코앞에 있는 손님을 의식도 하지 않고 이런 상황에 대해 사과도 하지 않는다면 존중받지 못한다는 느낌이 든다. 우리는 누들 바에서 마음이 상했고, 나는 장 씨에게 아무런 말도 하지 못한 자신에게 화가 났다. 하지만 여러분들이 누들 바를 찾아갈 때 참고하라고 글을 남긴다.

이 손님을 기억하진 못하지만, 한 가지는 분명히 짚고 넘어가자. 나는 미국 요리학교가 아닌 프랑스 요리학교 출신이다. 그 점을 뺀다면 그의 기록은 정확했다. 나는 서비스를 맡는 밤이면 거의 언제나 요리사들을 그렇게 대했다.

옛 누들 바의 자리이자 코가 들어서는 163번지에서는 식당과 주방의 공간을 분리하지 않았다. 손님은 우리가 벌이는 모든 상황이며 행동을 봤다. 결국 메가폰 같은 인터넷에서 모든 실수가 낱낱이 공개됐다.

모모푸쿠의 초기에 나는 우리의 이상에 들어맞지 않는 손님을 향한 '엿이나 먹어라'라는 태도에 자부심을 느꼈다. 그에 대해 으스대기도 했고 덕분에 유명세도 누렸다. 오랫동안 스노세지스의 비판을 거부했다. 내가 느낄 부담이나 레스토랑에 품는 의미에 대해 그가

오르막길

뭘 안다는 말인가?

하지만 얼마 전부터 나는 이 사건을 교훈으로 삼았다. 불안감이나 우울, 양극성 성격장애 등 무엇이든지 핑계로 삼을 수 있다. 하지만 사실 단순히 나는 스스로의 믿음에 모순되게 행동해왔다. 손님이 식사를 마치고 모모푸쿠를 나서면서 느낄 기분을 전혀 고려하지 않은 것이다. 공간이 너무나도 좁았으므로 모모푸쿠에 찾아오는 손님은 나와 같이 식사하는 셈이었다. 그리고 짜증 내는 인간과 같이 밥을 먹고 싶은 사람은 없다.

'데스워치'만 빼면 나는 이터가 좋았다. 이곳에서는 요식업의 세세한 부분을 스포츠처럼 다루고 이야기했다. 대부분의 스포츠 팬이 그렇듯 자기가 좋아하는 선수의 옆구리도 쿡쿡 찔렀다. 셰프만큼이나 다른 매체도 이터를 증오했으니 그만하면 일가를 이룬 셈이었다. 소문을 다룬다면서 발표되지 않은 뉴스도 공개했다. 완전히 틀리더라도 상관없었다. 다음 날이면 스무 개 이상의 글이 올라와 가짜 뉴스를 묻어버렸다. 하지만 정보가 맞는다면 몇 주 동안 취재를 해온

* 이터의 초창기 특집이었던 데스워치는 많은 업계 사람에게 욕을 먹었다. 이터는 상황이 좋지 않은 레스토랑을 데스워치에 올려놓고는 고통스럽게 몰락하는 상황을 좇아 기사를 썼다. 종사자들은 삶과 꿈이 스러지는 한복판에서 조롱당했다.

《뉴욕 타임스》의 음식 면보다 앞서 특종을 내보낸 셈이었다. 깜짝 발표를 준비해왔던 투자자나 홍보 담당도 손해를 보았다.

나는 이터에 한참 동안 글을 쓰기도 했다. 물론『뉴욕의 맛 모모푸쿠』의 공동 저자인 피터 미한보다 많이 쓰지는 않았다. 미한은《뉴욕 타임스》에 리뷰를 쓴 뒤 누들 바에 계속 찾아왔고 결국 모모푸쿠에 여러모로 활발하게 몸담았다. 그는 나의 불평에 귀를 기울이고는 요점만 정확히 파악했다(때로는 그가 나의 이야기를 나에게 더 잘 설명해주었다). 나는 이야기를 괜찮게 만들어냈지만 글쓰기는 어려웠다. 생각을 이렇게 저렇게 두서없이 한 다음 나중에 한데 꿰어맞추느라 고생했다.

하지만 피터의 글에는 엉뚱함도 지식도 잔뜩 담겨 있었다. 그의 리뷰를 읽고 있으면 우리 둘 다 좋아하는 로파이 밴드의 음악을 듣는 것 같았다. 그는 내 이름을 걸고 칼럼이나 사설을 쓸 때마다 도움을 주었다. 또한 저널리스트들에게 보내는 내 의견을 미리 읽고 고쳐주었으며 직원들과 공유할 메모도 봐주었다. 그는 일상의 나에 비해 더 분명하고 일관적인 목소리를 내 글에 심어주었다. 피터 덕분에 근거 없는 자신감도 생겼다. '데이비드 장'은 우리의 요리 세계에 존재하는 토니 클리프턴(미국의 코미디언인 앤디 카우프먼의 일대기를 그린 1999년작 〈맨 온 더 문〉의 등장인물. 짐 캐리가 앤디 카우프먼과 그가 그린 가공의 인물 토니 클리프턴을 1인 2역으로 연기했다-옮긴이)이었다. 그의 글이 매체에 실릴 때마다 사람들은 앤디 카우프먼이나 밥 즈무다

(미국의 작가. 카우프먼과 즈무다는 절친한 동료 사이였다-옮긴이)가 필명으로 쓴 건 아닌지 의심했다.

많은 레스토랑이 개업할 때 그랬듯 이터는 '질보다 양으로 승부'하는 전략으로 코를 취재해, 모든 이야기를 웹사이트에 올렸다. 우리의 공동체 이사회 모임에 대한 이야기도, 크리스토 앤드 장클로드의 설치 미술 같은 갈색 종이로 완전히 덮어버린 코의 전면부 사진도 갤러리에 올렸다. 물론 메뉴에 대해서 떠도는 이야기도 올렸다.

나는 거절하면 후환이 생길까 봐 미디어의 요청에도 열심히 응했다. 모모푸쿠에는 홍보 전문가나 소셜 미디어 계정도, 사람들이 돈을 써도 좋을 거라 확신을 줄 수단도 없었다. 나는 음식 자체가 모모푸쿠에게 최고의 광고라고 생각하고 싶었지만, 사람들이 나에게 관심을 품는 한 최대로 활용해 장사에 써먹고 싶었다.

2008년 여름, 라리사 맥파쿠아가 《뉴요커》지에 내 프로필 기사를 썼다. 코를 개업할 때 서피코와 내가 일했던 내막은 물론 메뉴를 어떻게 기획하고 결정했는지 자세히 다뤘다. 당시만 해도 세프의 프로필 기사가 《뉴요커》지에 실리는 건 흔한 일이 아니었다. 이터가 이

『뉴욕의 맛 모모푸쿠』를 쓸 때 피터 말고 다른 저자는 고려하지도 않았다. 나는 우리 둘이 훌륭하고 새로운 책을 써낼 수 있다고 굳게 믿었지만, 출판사인 클락슨 포터는 우리를 가만히 내버려 두지 않으려 했다. 그들은 가정의 요리사들을 위해 귀여운 손 글씨나 요리를 넣고 싶어 했다. 반면 우리는 야드 파운드법과 미터법 도량형을 자유로이 오가며 세상에서 가장 자세하게 묘사한 닭 날개 레시피 기록을 깨려고 했다. 이 책도 클락슨 포터에서 내는 걸 보면 그들도 이제 나를 이해한 모양이다.

기사를 웹사이트에 소개하자 아래와 같은 댓글이 달렸다.

      └, 진짜 우습지도 않네. 하루에 고작 몇 백 끼를 내는 인간을 영웅이라

         고 떠받드냐? 그러지 말고 사람들이 가서 직접 먹어보고 판단하도

         록 몇 달 동안 휴간하는 건 어때?

초창기 이터의 댓글란은 다른 웹사이트가 너무 얌전하다고 생각하는 이들을 위한 놀이터였다. 익명으로 접속해서 살해 위협에 가까운 글을 써도 문제가 되지 않았다. 나는 모모푸쿠에 대한 기사가 결국 나에 대한 평가 기준이 될 거라는 사실을 깨달았다.

      └, 으음, 이터는 이제 장을 그만 좀 우려먹는 게 어떨까. 조금 있으면

         장이 "이터가 모모푸쿠의 파트너가 됐습니다"라고 할 것 같다.

      └, 29번 댓글은 정말 멍청하다. D-장이 뉴욕의 최고 셰프라면 아드리

         아나 가니에르와 똑같다는 말인데 미친 거지.

모모푸쿠가 매체를 쥐락펴락한다는 인식이 갈수록 커지는 것 같았다. 그렇다면 좋아, 코에서 최대한 인간적으로 평등하게 식사할 기

회를 주지. 코는 매일 딱 스물네 명-열두 명씩 2회전-만 받았다. 코로 관심이 쏠리자 일반 손님, 친구, 가족, 매체에서 감당이 안 될 만큼 예약 요청이 들어왔다. 누구라도 특혜를 봐주었다가는 잘난 체한다거나 가까운 이들만 챙겨준다는 말을 들을 게 뻔했다.

그래서 나는 일찍이 모모푸쿠의 웹사이트에 코의 예약 포털을 열었다. 매일 오전 10시에 일주일 뒤 저녁 식사의 예약이 열렸다. 예약을 원한다면 접속해서 시간표에 녹색으로 표시된 빈자리, 빨간색 X로 표시된 예약 완료 자리를 확인하면 됐다. 이렇게 특별 요청도, 꼼수도 거부했다. 먹고 싶으면 각자 알아서 예약해야만 했다.

그 덕분에 예약 과정이 단순해졌고 빌어먹을 모호함을 없앴다. 나는 언제나 예약 담당을 따로 고용하는 게 이치에 안 맞는다고 생각했다. 기억하겠지만 나는 예약 담당으로 크래프트에 처음 발을 들였다. 손님과 즐겁게 이야기를 나누는 게 아니라 그저 바쁜 레스토랑에서 "안 됩니다, 죄송합니다"를 연달아 말하는 일이었다. 예약 담당이 깜짝 VIP를 위한 자리를 남겨두어야 하는 것도 끔찍했다(레스토랑에서 "오늘 예약이 다 찼어요"라고 말한다면, 사실 자리가 남아 있지만 당신을 위한 것은 아니라는 뜻이다). 하지만 코에서는 자리가 없다면 정말 없는 것이었다. 대화도, 특별 대접도 없이 그저 빨간색 X만 띄웠다.

이터는 우리의 새 예약 시스템을 전부 대문자로 표기해 '코-붐'이라는 제목의 기사를 띄웠다. 예약 신청에 사람이 몰려 서버가 터졌다거나, 드물게 빈자리가 뜬다거나, 사람들이 웃돈을 주고 자리를 판다거나, 여성 둘이 네 명 자리를 예약해서 크레이그리스트에서 블라인드 데이트 상대를 모집한 이야기 등을 썼다.

모모푸쿠에는 언제나 기대는 낮추고 결과는 높인다는 비결이 있었다. 반면 코는 기대가 너무 높아질까 봐 걱정했다. 예약을 잡기가 너무나 어려운 나머지 운 좋게 자리를 잡은 이들은 실망할지도 몰랐다. 아니면 정반대로 실제보다 더 낫다고 여길 수도 있었는데, 그건 실망하는 상황보다 더 나빴다. 사람들은 돈을 엄청 많이 들이거나 아주 어렵게 물건을 사면, 반드시 돈값을 해야 한다는 생각에 온갖 정당한 구실을 갖다 붙인다. 그렇게 하지 않으면 돈을 쓰고도 후회에 사로잡혀 기분이 가라앉고 친구들에게 자랑도 못 한다.

비평가들은 메뉴를 다루지도 못하고, 수습사원을 대거 동원했지만 그래도 예약을 못 따냈다는 이야기만 썼다. 어떤 공격 전략도 먹히지 않았다. 비평가들이 코의 예약을 편하게 잡지 못한다면 평가도 공정하게 하지 않을 위험이 있었다. 그들은 대체로 세 번은 먹고 난 다음 평가한다. 하지만 항상 구시렁대는 《뉴욕》지의 음식 평론가 애덤 플랫은 원칙을 깨고 코에서 단 한 번 먹은 뒤 리뷰를 썼다. 《뉴욕 타임스》의 프랭크 브루니는 세 번 다 먹은 뒤에 썼다.

그들은 우리가 짜놓은 틀을 따라 먹었다.

제임스 비어드상 선정 위원회는 코를 최고의 새 레스토랑 후보로 꼽았고 결국 상도 탔다. 자, 이제 책이 웬만큼 깊이 들어왔다. 내가 너무 스스로를 칭찬만 한 것 같지 않은가? 나의 성취를 이야기할 때 충분히 데비 다우너(코미디쇼 〈SNL〉의 등장인물-옮긴이) 같은 내레이터 역할을 한 것 같다. 하지만 들어보시라. 나는 주저하지 않고 코의 최고 레스토랑 부문 수상을 자랑스럽다고 말할 수 있다. 리뷰나 상이 아닌, 반골적인 접근 방식이 그렇다는 말이다. 모두가 우리를 매체의 단골이라 낙인찍으려 들 때, 그 상황을 뒤집어 우리에게 이롭게 써먹었다는 사실이 기뻤다. 일에 정체성과 행복, 안녕, 자존감을 엮어놓으면 언제나 무슨 일이 생기지는 않을까 걱정하며 살아야 한다. 문자 그대로 생존의 문제였으므로 변하는 레스토랑의 지평에 재빨리 적응해야 했다. 쉽게 가려고도, 성공하면 앞으로 편해질 거라는 생각도 절대 하지 않았다.

그럴 때 자만심이 찾아온다. 프로 골퍼의 자질을 지녔다고 여겼던 십 대의 나는 최악의 데이비드 장이었다. 나에 대한 과대평가를 믿다 못해 오만하게 굴었다. 모든 것을 가졌다가 잃었을 때의 굴욕과 고통을 다시 느끼고 싶지 않았다. 그래서 칭찬에 귀를 기울이지 않거나 긍정적인 반응에 오랫동안 빠져 있지 않기로 했다. 대신 나는 망할지도 모르는 수많은 가능성을 매일 생각했다. 이 책은 그렇게 내가 거의 늘 안고 사는 불편함의 기록이다. 나는 주변 사람들과 레스토랑과 내가 일궈낸 성과가 이 책을 낼 때쯤 전부 사라질까 봐 두렵다. 가진 것에 너무 집착하면 잃을 때 너무 고통스럽고, 어렸을 때부터 나는 모든 걸 빼앗길까 봐 두려워했다. 저기 저 너머에 또 다른 위협이 있기라도 한 것처럼.

잡아서는 안 될 기회

왜 다들 갑자기 나와 사업을 같이하고 싶어
몸이 달았을까? 나를 이용해먹고 혼란에 빠트린 뒤
이해할 수 없는 계약으로 뒤통수를 쳐 쫓아내려고 한다.

그동안 받아온 위협에 대해서 말하려면 권력을 지닌 억만장자님으로
운을 떼어야 한다. 그는 우리 누들 바에서 식사를 하시겠다고 몸소
다운타운까지 내려오셨다.

나는 그가 음식이 궁금해서 찾아왔다고 생각하지 않았다. 억만
장자님은 언제나 투자 기회를 찾아 나선다. 나는 그가 우리를 좋게
봐줘서 직접 확인하러 왔다고 느껴 돈을 받지 않겠다고 말했다.

억만장자님은 "자네, 사업은 그렇게 하는 게 아닐세"라며 카운터
에 백 달러짜리 지폐를 놓고 나갔다. 대규모 투자를 받는다는 생각

오르막길

은 언제나 머릿속 저 멀리에 두고 있었는데, 모모푸쿠가 커질수록 점점 더 가까이 다가왔다. 나는 그때까지 모든 걸 망칠까 봐 투자를 점치는 사람들을 거부했다. 심지어 좋은 거래에도 예측하지 못한 번거로움이 딸려온다. 그래서 나는 아버지의 조언과 롱아일랜드의 회계사에게 최대한 기댔다. 그러고도 자유방임주의의 영향으로 끊임없이 걱정하며 내가 직접 매출액을 집계했다. 주저 없이 퀴노를 모모푸쿠의 파트너로 삼았으며, 엄청난 수준은 아니었지만 요리사들에게 각자 일하는 레스토랑의 지분을 주었다. 이익은 한 푼도 빠짐없이 모모푸쿠에 재투자했다.

물론 돈에 관심이 없었다는 말은 아니다. 돈이 있어야 장기적인 계획을 세우고 더 많은 레스토랑을 개업하고 직원들을 더 잘 보살필 수 있었다. 나는 뉴욕의 양복쟁이들에게 모모푸쿠를 넘겨줄 준비가 안 되어 있었지만, 다른 셰프들이 어느 정도 성공을 거두는 한 지역은 굉장히 관심 있게 보았다. 바로 라스베이거스였다.

라스베이거스는 이상하게도 순수한 것 같았다. 모두가 돈을 벌고 쾌락을 찾으면 떠난다는 욕망을 솔직히 드러내는 도시였다. 그런 맥락에서 아무도 찾지 못할 거라 예상했던, 흥미진진한 식사 경험을 제공한다는 도전에 흥미를 느꼈다. 한편 라스베이거스는 치열한 뉴욕에서 잠깐씩 벗어나기 좋은 도피처 노릇도 했다. 이렇게 일하게 될 줄 알았나? 나는 언제나 징징거렸다. 그래서 그곳의 사막에서는 행복할 것 같았다. 매일 스포츠 도박을 하고 포커도 치면서 말이다. 영화

〈대부〉의 마이클 코를리오네처럼 모모푸쿠의 사업 본거지를 네바다 주로 옮길 수도 있었다.

퀴노와 나는 라스베이거스를 몇 차례 찾아가 스트립(카지노가 모여 있는 라스베이거스의 큰 거리-옮긴이) 안팎에서 일하는 이들에게 제안을 받았다. 그들은 언제나 잘 대접해주었고 우리도 사업 제의를 듣기는 했지만 진지하게 받아들이지는 않았다.

그러던 어느 날 카지노 보스가 찾아왔다.

그는 웨인 뉴턴, 시그프리드와 로이 및 각자의 백호(뉴턴은 가수, 시그프리드와 로이는 2인조 마술사로 라스베이거스에서 붙박이로 공연했다. 그들은 늘 백호를 무대에 데리고 나왔다-옮긴이)보다 더 많은 이들을 라스베이거스로 끌어들였다. 그런 인물이 우리와 새 리조트를 놓고 이야기하고 싶어 했다. 카지노 보스의 위상과 명성을 감안해 나는 그의 제안에 대해 좀 더 고민했다.

그는 자신의 전용기로 우리를 라스베이거스에 데려와, 기대했던 수준만큼 호화스러운 휴양시설을 견학시켜주었다(하지만 솔직히 말하자면 바닥부터 천장까지 유리를 씌운 거대한 스위트룸이나 거울 사이에 설치한 텔레비전이 전부였다). 집사가 어디든 우리를 따라다녔다. 누군가 분명히 보고 있을 거라는 생각에 화장실에서도 오줌을 참아야만 했다. 우리가 만난 모든 사람이 카지노 보스와 그의 사업 방식에 대해 쉴 새 없이 말했다.

한번은 카지노 보스와 마주쳐 손을 흔들었더니 수하 중 한 명이 우리를 데려가 그의 페라리 컬렉션을 구경시켜주었다.

주말 동안 우리는 카지노 보스의 자문단과 식사하며 라스베이거스에 누들 바를 열고 싶다는 속마음을 들었다. 대화를 나누며 그들은 자신들의 과거 기업이나 사업에 대해 타인의 일인 양 극찬했다. 그런 이야기를 들으니 나는 소를 도축 전에 비육시키는 것과 같은 느낌을 받았다.

카지노 보스와 이미 일하고 있는 셰프도 합류해 우리를 수행했다. 라스베이거스에 머무는 동안 나는 이 셰프와 레스토랑 개업 조건에 대한 소문을 들었다. 그는 사업 제안을 듣고 보스의 전용기로 이곳까지 날아왔다. 그런데 비행기가 착륙하자 계약서에 서명할 때까지 내리지도 못하게 했다는 이야기였다.

라스베이거스에 오면 상어가 없는 물에서 노닐 거라 생각했는데, 대신 사상 최대 초상위 포식자로 향하는 흐름을 따라 헤엄치고 있었다.

여정의 마지막 밤, 카지노 보스가 우리를 위해 나이트클럽 절반을 비우고 함께 시간을 보냈다. 정말 놀랍도록 불필요한 일이었지만 그 지나친 모습을 전부 받아들였다.

소파에 혼자 앉아 있었는데 우리를 수행했던 셰프가 다가왔다. 그러고는 귀에 무엇인가 속삭였다. 음악이 커서 제대로 알아듣지 못했지만, 머릿속으로는 메시지를 아주 분명하게 받아들였다.

"계약하지 마세요."

거대 패스트푸드 체인에 모모푸쿠를 거의 팔 뻔했던 적도 있었다. 기밀 유지 협약을 했지만, 최선을 다해 이야기해보자.

엄청나게 큰 회사였다. 우리는 커지고 싶은 작은 회사였다. 나는 굉장히 행복했다. 하지만 어떤 이유에서인지 일이 계획대로 굴러가지 않았다. 그래서 나는 그 회사를 ○○하게 ○○했다.

거의 망할 뻔한 이야기가 하나 더 있다.

한번은 요란한 일식당에서 시공업자와 저녁을 먹었다. 식사하는 동안 여성 세 명이 돌아가며 자리에 합류했다. 다들 음료를 주문했지만 먹지도 않고 자리를 떴다. 겹쳐서 앉지도 않았다.

시공업자는 "불편을 끼쳐서 죄송합니다"라고 말했다. "하지만 제가 세 명 모두와 자거든요."

그는 몇 년 동안 죄책감을 느꼈다고 말했다. 바람을 피워서가 아니라 사업 때문에 아이들을 못 보기 때문이라고 했다. 나는 말을 섞어보고자 "그래서는 좋은 부모가 될 것 같지 않네요"라고 말했다.

"저는 일과 결혼했어요. 하지만 데이브, 제가 어떻게 했는지 아십니까? 어떻게 됐는지 알아요?"

그는 극적인 효과를 위해 잠시 뜸을 들였다.

"어느 날 이제는 죄책감을 느끼지 말자고 마음먹었어요. 그랬더니 어떻게 됐는지 알아요? 더 이상 행복할 수가 없었어요."

나는 그를 만나기 전에 그가 소시오패스는 아닐까 의심했다. 이제는 분명하다고 확신한다.

시공업자는 미국에서 가장 뜨고 있는 지역의 정말 특별한 부동산에 있는 작은 공간을 나더러 맡아달라고 했다.

"당신이 뭘 하든 상관없어요, 데이브. 믿으니까요. 메뉴에 버거와 에그 베네딕트만 있으면 돼요"라고 시공업자가 말했다. "그리고 하루 종일 팔아야 해요. 섹스하고 난 뒤 사람들이 먹고 싶어 하는 음식이거든요."

성격 때문에 동업을 주저했지만, 시공업자는 매력적인 공간을 창조하는 훌륭하고도 초자연적인 재주를 보여줬다. 우리는 그와 동업하기로 결정하고 내가 존경하는 부부 셰프를 데려왔다. 그들은 세계 각지에서 온 부유하고 유명한 이들을 위해 친밀한 공간에 레스토랑을 꾸릴 기회를 붙잡았다. 우리는 몇 달에 걸쳐 시공업자와 협상했다.

그사이에 나는 북캘리포니아의 미국 요리학교 그레이스톤 교정에서 일했다. 털리 와인 셀러스의 주인이자 응급의학과 의사이며 코의 첫 소믈리에인 크리스티나 털리의 아버지 래리 털리의 집에 머물렀다. 그는 나를 만날 때마다 포도밭으로 와서 일을 놓고 좀 쉬라고 권했다. 나도 그의 말대로 쉬고 싶었다.

여느 날 아침, 밖에 서서 나파 밸리의 푸르고 광활한 골짜기를 내려다보고 있다가 변호사의 전화를 받았다.

"다른 음식점에 대한 약관도 덧붙여야 한다는데요."

합의에 따라 나는 시공업자가 소유한 다른 공간의 식음료 운영도 떠맡기로 했다. 놀라운 공간이었지만 1990년대 이후 별 변화가 없었다. 건물에서는 수영장 탈의실 냄새가 났다. 그래도 나는 프로젝트를 맡아보기로 했다.

변호사는 거의 놓칠 뻔했던 마지막 수정안을 설명해주었다.

"레스토랑이 건물에 손해를 끼치면 당신이 보상해야 한다는 조항이에요."

내 실수로 건물에 손해를 끼쳤다면 당연히 책임질 용의가 있었다. 하지만 그 레스토랑이 법규를 제대로 준수했던 적이 있었는지 심히 의심스러웠다. 천장의 노출된 목재 구조체는 '화재 위험'이라 외치고 있었다. 무너지면 전부 내 책임이라는 말을 들으면서 판지로 만든 집을 인수하려 들다니. 시공업자 또한 나를 엿 먹이려 들고 있었다. 그래서 최대한 빨리 도망쳤다.

내가 편집증 환자라고는 생각하지 않는다. 오늘날까지도 나는 이 사례를 놓고 젊은 셰프들과 이야기한다. 생각해보시라. 내가 성공하기 전에 사람들은 대체 어디에서 무엇을 하고 있었을까? 왜 다들 갑자기 나와 사업을 같이하고 싶어 몸이 달았을까? 나를 이용해먹고 혼란에 빠트린 뒤 이해할 수 없는 계약으로 뒤통수를 쳐 쫓아내려고 한다. 내가 경험해봐서 안다.

미쉐린 별 두 개

요식업계에서 성공하려면 목적에 의미가 깃들어 있어야 한다.
아침마다 손질한 식재료 목록을 확인하고
새롭고 빼어난 요리를 만들어낼 이유 말이다.

2008년 가을, 나는 버락 오바마 당시 상원의원의 정치 자금 모금 행사에서 요리를 맡았다.

소호의 어느 로프트에서 열리는, 소수만이 참석하는 거액의 행사였다. 오바마 상원의원은 나타나지 않을 예정이었지만, 그래도 나는 굉장히 흥분했다. 잊었을까 봐 말해주자면 오바마의 첫 번째 대통령 선거는 장관이었다. 그가 후보로 지명될 거라는 생각만으로도 나는 가장 낙천적인 사람이 되었다.

미국의 정치는 인권이나 환경 문제, 세계의 일반적인 책임감과 맞물려 있었다. 하지만 무엇보다 오바마가 제안하는 공약에 정말 설득당했다. 중산층의 세금 감면이나 선거 개혁, 모든 국민을 위한 의료보험 공약뿐만이 아니었다. 우리가 나서서 희망과 변화라는 구호를 좇기만 하면 사회가 나아질 거라는 약속이 담겨 있었다. 캐비아와 양파 수비스를 곁들인 달걀-코의 간판 요리-이 선거의 향방에 변화를 줄지 의심했지만, 내가 할 수 있는 일은 그게 전부였다.

다가올 선거의 열기가 끓어오르는 동안 그보다 의미 없는 경쟁이 벌어지고 있었다. 다들 2009년 미쉐린 가이드에서 어떤 레스토랑이 별 두 개를 받을지 이야기했다. 미쉐린 가이드는 이미 몇 년 전부터 뉴욕의 식당들에 별을 주고 있었지만 매체에서는 결코 호의적으로 받아들이지 않았다. 그들은 미쉐린이 뉴욕의 미식 문화를 따르지도, 투명하지도 않다고 주장했다. 아무도 익명의 평가원이 누군지, 그들이 어떤 원칙으로 레스토랑을 평가하는지 몰랐다. 미쉐린을 비판하는 이들은 레스토랑을 마구잡이로 선정한다고 흠을 잡았다.《뉴욕 타임스》에서 높은 점수를 받은 레스토랑이 미쉐린에서는 완전히

• 10년이 지났지만 셰프들은 우리의 신념을 뒷받침하기 위해 우리가 플랫폼을 어떻게 써야 할지 아직도 고민하고 있다. 레스토랑은 여러 갈래로 공익에 보탬이 될 수 있는데, 무엇보다 사람들을 한데 모아주는 역할이 가장 중요하고 어렵다. 나의 가장 큰 꿈은 아시아에서 경험한, 계층을 초월한 식사 경험을 모모푸쿠에서 재현하는 것이다. 온갖 사람들과 복작거리면서 식사해야 하는 그런 음식점 말이다. 레스토랑 사업가로서 나는 여기에 동의하지 않는 이들마저도 먹이고 싶다. 물론 온당한 범위 내에서 그렇다는 말이다.

빠지는 일도 있었다. 아니면 동네에서조차 맛집이라고 꼽지도 않는 곳이 별을 하나, 심지어 두 개까지도 받았다. 이 타이어 회사는 거의 모든 뉴욕의 음식 평론가에게 음식에 대한 완성도를 제대로 모르는 외부인 취급을 받았다.

하지만 나는 미쉐린이 너무 유서가 깊은지라 무시할 수가 없었다. 실수며 교활함이 문제가 되더라도 미쉐린이라는 조직과 별은 지난 세기 내내 유럽의 레스토랑 주방들 사이에서 탁월함의 기준이었다. 미쉐린의 별은 요리사, 심지어 손님조차도 존경과 선망의 대상으로 생각하는 첫 번째 상이다. 내가 만약 미쉐린 별이 엄청난 영예가 아니라고 말한다면 거짓이리라.

하지만 그렇다고 해서 우리가 후보가 된다고는 생각하지 않았다. 모모푸쿠의 레스토랑은 빕 구르망(미쉐린 가이드가 선정하는 식당으로, 별을 받을 만큼은 아니지만 합리적인 가격과 훌륭한 맛을 두루 갖춘 곳에 부여하는 등급)에 딱 들어맞는 후보였다. '좋은 음식을 적절한 가격에 내는 친숙한 음식점'에게 별 대신 주는 아차상 말이다.** 물론

•• 　미쉐린 가이드를 영화 〈더 셰프〉에서 처음 본 사람들을 위해 간단히 보충 설명해보자면, 미쉐린 가이드는 원래 프랑스에서 시골에 놀러 다니는 운전자들을 위해 발간됐다 (그렇지 않고서야 타이어 제조업체가 음식에 발을 들일 이유가 없다). 공식 지침에 따르면 별 하나짜리 레스토랑은 "완성도 높은 요리를 내는, 들러볼 만한 곳"이다. 별 두 개짜리는 "빼어난 요리를 내는, 돌아가서라도 찾아볼 만한 곳"이다. 마지막으로 세 개짜리는 "견줄 데 없이 훌륭한 요리를 내는, 방문 자체를 여행의 목적으로 삼을 만한 곳"이다.

미쉐린은 웹사이트에서 빕 구르망이 "절대 아차상은 아니다"라고 설명했다. '싼 음식'과 '고급 소수민족 음식점' 사이 어딘가가 빕 구르망 레스토랑의 자리였다. 불평이 아니다. 나에게는 그 정도가 가장 친숙하다. 쌈 바는 2008년 판에도 빕 구르망으로 올랐고 좋은 일이었다.

코를 개업한 지 채 7개월이 되지 않았다. 나는 미쉐린이 코의 좁은 공간과 투박한 분위기를 그냥 지나치지 못해서 제대로 된 평가가 어렵다고 생각했다. 평가원들은 오로지 음식에만 집중한다고 주장했지만 말이다. 운이 좋다면 몇 년 뒤에는 별 하나쯤을 받을지도 모르지. 발표가 다가오자 요리사들과 친구들은 기대가 되느냐고 물었다. 나는 사실 마음이 평온했다.

오바마를 위한 저녁 행사는 매끄럽게 마무리했다. 손님들은 여전히 예약하기가 짜증 날 정도로 어려운 코에서 내는 음식을 즐겼다. 타인을 위해 좋은 일을 하는 이들과 친해진 덕분에 편협한 음식 세계에서 잠시 벗어나 의미 있는 시간을 보냈다. 우리 모두 형편없다고 여기는 가이드의 별점 선정에 대해서도 몇 백 시간 동안 결과를 짐작하는 세계의 편협함 말이다.

행사가 끝나고 요리사들이 마감할 때, 나는 넓은 청소도구함으로 숨어 들어가서 양동이를 뒤집어 앉고는 이메일을 확인했다. 그리고 이터의 공동 창립자 벤 레벤탈이 보낸 문자 메시지를 넘겨보았다.

야, 너 별 두 개 받았어, 라는 내용이었다.

무슨 소리야?

미쉐린 말이야. 미리 확인했거든. 축하합니다, 셰프님.

코를 포함해 뉴욕의 레스토랑 가운데서 일곱 군데가 별 두 개를 받았다. 고작 네 곳-퍼 세, 마사, 장 조지, 르 베르나댕-만이 별 셋을 꽉 채워 받았다.

나는 몇 분 동안 벽장에 더 앉아 있었다. 내가 지금 무슨 기분인지도 모르겠다.

돌아보면, 사실은 알고 있었다.

두려움이었다.

"있잖아요, 제가 직접 안 가보고 별 두 개를 준 경우는 이번이 처음입니다."

"믿기지 않네요. 큰 영예입니다, 지사장님."

"레스토랑 개업 첫해에 별 두 개를 받은 경우도 처음이고요."

당시 미쉐린 가이드의 지사장이었던 장 뤽 나레가 코를 직접 찾아왔다. 가이드 발표 이후 몇 달 뒤였고, 우리는 그를 맞을 준비가 돼 있었다. 그는 가명으로 예약하지 않았다. 미쉐린과 무기명의 평가원들을 대표하는 게 그의 일이었으니까. 유럽에서는 셰프들이 미쉐린 지역 지사장과 점심을 같이 먹고 친분을 쌓으면서 정기적으로 소식을 듣는다는 이야기를 들었다. 하지만 나는 형식적인 인사말 외의 이야기를 나누는 데 소질이 없었다.

"셰프님" 그는 말을 이었다. "꼭 물어봐야겠습니다. 세 번째 별을 받고 싶으신가요?"

나는 어떻게 대답해야 할지도 모르겠고 별 두 개도 엄청나다는 생각이 들어 얼버무렸다. 그래서 다시 주방으로 숨어 들어갔다.

나는 나레와 일행이 식사하는 모습을 끊임없이 훔쳐보았다. 그들은 음식을 평가하고 있었는데, 좋아했지만 엄청나다고 여기지는 않는 것 같았다. 서피코의 장기인 모둠 허브, 버터, 바삭한 닭 껍질 쪼가리를 얹은 닭고기와 달팽이 파르스를 곁들인 수제 파스타를 열심히 먹지 않았다. 미쉐린 지사장이 접시를 깨끗하게 핥아먹을 수준이 아니라면 우리가 어떻게 별 두 개를 받을 수 있었을까?

너무나도 훌륭한 요리였던지라 그가 좋아하기를 정말 간절히 바랐다. 나는 화가 났다. 우리가 요리를 제대로 못 내서가 아니라 그에게 인정받는 게 나에게 얼마나 큰 의미인지 알기 때문이었다. 그게 바로 미쉐린이나 월드 베스트 레스토랑 50 같은 기관의 권력이었다. 셰프들이 뒷전에서 증오하고 욕하는 데는 다 이유가 있었다.

미쉐린 별을 받은 많은 셰프가 흔히 "엄청난 영예입니다만 상을 받으려고 요리하는 건 아닙니다"라고 말한다. 별을 잃을까 봐, 그리고 상이 가진 권력을 두려워하기에 그런다. 미쉐린은 사업의 성패를 쥐고 요리나 사업까지도 뒤흔들었다. 그래서 세 번째 별을 원하느냐고? 당연히 그렇다. 모모푸쿠 팀이 세계 최정상에 오르는 기쁨을 맛보기 원하느냐고? 당연히 그렇다.

하지만 그만큼 나는 두려웠다.

정상에 오르면 내리막길이 기다리고 있다. 하지만 그보다 직업 세계에서 정상에 올랐을 때 사람들이 어떻게 볼지 더 두려웠다. 더 나아지기 위해 노력하지 않고 그저 현상 유지만 해야 한다면 요리사는 무엇을 위해 열심히 일할 것인가?

별 세 개를 받는다면 여태까지 유지했던 섬세한 균형은 깨지게 된다. 죽도록 일하거나 사람들과 반목하지 않아도 된다. 자부심의 틀에 빠져서 대중에게 먹히는 안전한 길을 가려고 한다.

모두가 끝없는 어려움을 겪어야 무엇을 얻는다고는 생각하지 않지만, 요리 세계에서는 적어도 그렇다. 어떻게 노마Noma가 계속해서 세계 최정상 레스토랑의 지위를 유지할 수 있을까? 별 세 개를 받지 못했기 때문이다. 나에게 그건 축복이었다.

요식업계에서 성공하려면 목적에 의미가 깃들어 있어야 한다. 아침마다 손질한 식재료 목록을 확인하고 새롭고 빼어난 요리를 만들어낼 이유 말이다.

우리에게는 희망이 필요하다.

셰프 클럽

우리는 위대한 셰프와 음식 문화가
점점 더 벌어지는 세대를 사는 동시에 혜택을 받은
마지막 세대였다. 이후 음식은 좀 더 민주화됐다.

덴마크에서 온 남자들이 주말 내내 노르망디의 얼어붙은 해변에서
조개껍데기를 줍고 있었다.

"저 사람들 대체 뭐 하는 거예요, 토시?"

"직접 가서 물어봐요."

"아, 음, 방해하기 싫어서 그래요. 돌에 발이라도 걸려 넘어지면
소중한 조개껍데기가 박살 날 테니까요."

2008년 2월, 토시와 나는 프랑스의 해변 마을 도빌에서 열리는
옴니보어 컨퍼런스에 참가했다. 옴니보어는 셰프들이 새 요리를 선

보이고 아이디어를 이야기하는 행사였다. 엘불리가 급부상한 이후 이런 행사가 흔해졌다.

엘불리는 1년 중에 6개월만 레스토랑 문을 열었다. 나머지 6개월 동안에는 연구 개발을 하는 요리 연구소에 집중했다. 엘불리의 페란과 알베르트 아드리아 형제는 레스토랑을 닫는 기간 동안 바르셀로나의 워크숍에서 다음 시즌을 위한, 완전히 새로운 요리를 고안했다. 많은 사람이 엘불리가 분자요리를 만든다고 폄하했지만, 그건 이들의 접근 방식이 부자연스럽다고 트집을 잡으려 만들어낸 말이라고 생각한다. 또한 그렇게 깎아내리면 핵심을 놓치기도 한다.

엘불리에서 페란과 알베르트는 요리의 어떤 통념도 당연하게 받아들이지 않았다. 다른 셰프들은 요리 세상에 더는 새로운 게 없다고 믿었지만, 아드리아 형제는 매년 새로운 조리법과 음식을 발견해냈다. 과학을 도구로 훨씬 더 훌륭한 요리 예술을 창조한 것이다.

아드리아 형제의 카리스마에 영향을 받아, 동시대의 모든 셰프는 청중 앞에서 요리할 무대를 찾았다. 곧 패션위크와 비슷한 음식광들을 위한 각종 축제가 열렸다.* 셰프들은 원한다면 1년 내내 레스토랑을 떠나 행사에 참석하고 단체 요리 저녁 식사에 참석할 수도 있다. 비용은 대개 지역 관광청이 부담했다. 스페인에서는 마드리드 퓨전과 가스트로노미카가 열렸다. 이탈리아에는 이덴티타 골로세가, 프랑스에는 옴니보어가 있었다. 기업에서 후원을 받아 이익을 내는 것이 모든 행사의 핵심이었다. 셰프들이 상황을 좀 더 잘 파악하게 되면서 수하 요리사들에게 모든 책임을 맡기는 일이 벌어졌다. 갈수록 참가 요리사의 수준이 떨어졌고, 셰프들은 규모는 더 작으면서도 지적인 행사를 찾았다. 그래서 쿡 잇 로우, MAD, 겔리나즈! 같은 모임이 생겼다. 요즘에는 그저 넷플릭스 쇼면 장땡이다. 지친 것처럼 들린다고? 맞다, 나는 지쳤다.

하지만 옴니보어는 나의 첫 행사였고, 유럽은 내게 여전히 수수께끼였다. 가장 멋진 일들이 그곳에서 벌어지고 있었다. 셰프들이 풍기는 반항적인 지성에는 빈틈이 없어 보였다. 그들은 저녁 서비스 후에 데카르트를 논의하지 않을까? 한 손에는 담배를, 다른 손에는 탁한 뱅 존vin Jaune(프랑스 쥐라 지방의 와인으로 노란색을 띤다. 그래서 '노란 와인'이라는 별명이 붙었다. 단맛이 적고 도수가 높다-옮긴이)을 들고 말이다.

해변의 두 남자는 노마의 르네 레드제피와 부주방장인 크리스티앙 풀리시였다. 노마는 월드 베스트 레스토랑 50의 순위를 야금야금

* 행사에 참여해도 고생이다. 행사 요리를 위한 나만의 비결을 밝히자면, 70퍼센트의 완성도를 목표로 삼는다. 사실인지는 모르지만 한 대형 금융기업이 경제분석가를 뽑는 데 썼던 방식에서 착안한 기준이다. 그 기업은 일반 증권 대리인을 위한 시리즈-7 면허 시험에서 백 점을 받은 사람을 뽑지 않는다. 자신만만하게 C-를 목표로 삼아 점수를 따내는 사람들을 쓰고 싶어 한다는 것이다. 행사에서 요리할 때도 70점을 목표로 삼아야 한다. 최악도 최선도 아닌 70점 말이다. 요리 시연이든 단체 조리 식사든, 행사에서 사람들에게 감동을 주려는 시도는 헛수고다. 처참하게 실패하거나 성공하더라도 사람들의 기대만 키운다. 현명해져서 단발성 행사에서 헛고생하지 말자.

올라가고 있었다. 노마가 2008년, 누들 바와 같은 해에 문을 열자 르네에 관한 이야기가 뉴욕까지 건너왔다. 그가 쌈 바에 들렀을 때 잠깐 만난 적이 있었지만, 이미 그전에 소문을 들어 알고 있었다. 그는 십 대 후반에 요리를 시작했고, 프렌치 런드리와 엘불리에서 수제자로 일했다. 첫 요리책인『노마: 노르딕 요리 세계』를 읽어봤으므로 그의 음식은 조금이나마 익숙했다. 나는 그의 음식에서 핵심은 채집이라 이해했다. 자연에서 재료를 구해 요리한다는 말이다.

그런 명성에 걸맞게, 르네는 이파리를 주워 씹어 먹으며 조개껍데기를 주웠다. 샴페인 잔의 지문이라도 점검하는 양 조개껍데기를 들어서는 햇빛에 비춰보고는 내려놓았다.

다음 날 나는 무대에서 김치를 담갔다. 실시간 조리 시연을 아주 잘하는 편은 아니지만, 이런 경우라면 전혀 문제없었다. 김치의 역사와 그럴듯한 단순함에 대해서도 이야기했다. 또한 아시아와 미국을 넘나드는 내 문화적 배경이며 미국에서 살며 일하는 사정, 나의 독특한 시각도 화제로 삼았다.

내 차례를 넘겼으므로 나는 관람객이 되어 나머지 프로그램을 돌아봤다. 똥 밭에서 뒹구는 돼지처럼 신이 나서 난생처음 보는 피에르 가니에르, 미셸 브라, 장 프랑수아 피에게, 안도니 루이스 아두리츠와 다른 셰프 영웅들에게 주의를 집중했다.

레드제피와 풀리시는 검은색의 큰 스티로폼 상자를 들고 무대에 올라가 행사장의 불을 끄고 영상을 보여주었다. 쌀쌀한 코펜하겐항과 노마가 자리 잡은 몇 세기는 된 물가의 창고가 등장했다. 옴니보어는 와인도 협찬을 받았는데, 엄청나게 산화돼 누군가 으스대며 '멍청이jackass' 같은 냄새가 난다고 묘사하는 화이트와인이었다. 레드제피는 시연하는 동안 벡의 〈잭-애스〉를 배경음악으로 틀어놓았다.

기억을 더듬어보자. 레드제피는 "바로 뒷마당에서 요리의 모든 영감을 찾을 수 있다면 어떨까요?"라고 운을 뗐다. 그는 온화하지만 자신감 있는 말투로 이야기를 이어나갔다.

"노마를 처음 열었을 때, 아무도 우리의 접근 방식을 이해하지 못했습니다. 그래서 '물개 놈팽이'라고 욕을 먹었죠."

영상에서 레드제피는 도시 밖의 성에서 만난 농부와 땅에서 바로 채소를 캐냈다.

"쇠렌 뷔우프를 소개합니다. 그의 당근은 정말 말도 안 되게 맛있어요. 하지만 좀 더 숙성해달라고 맡겼죠. 맛을 보면 충격받으실 거예요. 버터에 익히면 어떤 스테이크보다 더 맛있답니다."

영상에서 레드제피는 채소가 자라는 땅에서 깨진 조개껍데기를 발견한다. 화각이 넓어지며 영상이 먼 곳의 해변을 보여주었다.

"코펜하겐에는 숨겨진 규칙이 있습니다. 고급 레스토랑이 인정을 받으려면 캐비아와 푸아그라, 보르도산 와인을 내야 한다는 거죠. 하지만 왜 손님들에게 훨씬 나은 지역 식재료를 내지 않는 걸까요?"

과채류가 검은색의 커다란 스티로폼 상자에 담겨 노마의 주방으로 배달되는 장면이 나왔다. 그렇게 레드제피는 미리 준비한 발표를 마무리했다.

"최대한 깊이 파고 들어가 테루아^{terroir} (원래는 와인용 포도가 자라는 데 영향을 주는 요소를 일컬었으나 쓰임새가 차츰 넓어지며 다른 식재료에도 쓰인다. 일반적으로 토질부터 기후에 이르기까지, 각각의 지역이 가진 특징이 식재료의 개성에 반영된다는 논리에서 테루아라는 개념을 쓴다-옮긴이)의 장점을 발견하기, 그것이 노마의 사명입니다. 이제 시작일 뿐이라고 말씀드리고 싶네요."

당나귀가 히히힝거리는 소리를 끝으로 강단에 조명이 다시 들어왔다. 화면이 영상에서 무대로 넘어가 화로와 검은 상자를 머리 위에서 보여줬다. 풀리시가 상자의 뚜껑을 열자 방금 영상에서 보았던 채소가 똑같은 배열로 담겨 있었다. 역시 그들은 보통내기가 아니었다.

두 사람이 요리를 시작했다. 풀리시는 수북이 쌓인 채소를 손질했고 레드제피는 뵈르 몽테^{beurre monte} (녹여서 물을 약간 더한 뒤 거품기로 저어 유화시킨 버터. 걸쭉하고 매끈한 지방으로 프랑스 요리에서 소스의 주재료로 쓰인다-옮긴이)를 만들었다. 풀리시가 해변에서 주워온 조개껍데기를 꺼내 조금씩 나눠 절구에 빻아 가루를 내 레드제피에게 건넸다. 그는 조개껍데기 가루를 버터에 섞고 체로 내려 용기에 담았다.

조개껍데기 버터로 레드제피는 다섯 가지의 채소 요리를 준비했다. 제한 시간이 다 되면서 시연도 끝이 났다. 딱 15분 만에 벌어진 일이었다. 그들만이 유일하게 행사에서 기립박수를 받았다.

"저렇게 요리를 안 해도 된다니 참 다행이에요"라고 나는 박수를 치며 토시에게 말했다.

"자신을 과소평가하지 말아요"라고 그가 면박을 주었다. "김치 항아리를 연 것도 굉장히 멋졌는걸요."

뒤풀이 파티에서 나는 사람들을 밀치고 앞으로 나가 레드제피와 악수했다. 그러느라 두 사람이 거의 자빠질 뻔했다.

"안녕하세요, 르네. 뉴욕 모모푸쿠의 데이브입니다. 작년에 쌈 바에 들른 적이 있지요. 오늘의 시연이 생애 최고의 경험이었다고 말씀 드리고 싶어요."

"데이비드 장 셰프군요. 알고 있습니다."

그는 웃으며 말했다.

"코펜하겐에 한번 안 오시겠어요? 여름엔 정말 좋아요."

"아, 그래요?"

내 질문은 거기에서 그쳤다. 레드제피는 시간을 들여 나에게 레스토랑과 성장 환경, 뉴욕, 연애 상황 등을 꼬치꼬치 캐물었다. 그는 굉장히 느긋해 보였지만 내가 말하는 모든 것을 소화해서 흡수하고 있었다. 순진한 저널리스트들은 차분하고 행복한 덴마크인이 어떻게 주방에서 살아남을 수 있었는지 종종 궁금해했지만, 그는 평범한 덴마크인이 아니었다. 사실 그는 옛 유고슬라비아(마케도니아)에서 태어났다. 전쟁통에 모국을 떠나 코펜하겐으로 이주해 아버지는 택시를 운전했고 어머니는 청소부로 일했다. 레드제피는 열다섯 살 때부터 쉼 없이 주방에서 일해왔다.

"오늘 밤에 뭐 하세요?"라고 레드제피가 물었다.

나는 별일 없다는 식으로 답했다.

"11시 반에 요기하러 오세요. 운영자에게 뒤쪽 주방을 보여달라고 하시면 됩니다."

나는 잠깐 자고 일어나 거의 다 해체한 홀로 나가서 자원봉사자에게 주방을 보여줄 수 있느냐고 물었다.

"선생님, 축제는 끝났습니다."

"음, 르네 레드제피가 주방에서 만나자고 했거든요."

"아, 일행이세요? 알겠습니다!"

그는 나를 지하 주방으로 데려갔다. 계단을 걸어 내려오는 나를 보고 레드제피가 문밖으로 나왔다. 그의 뒤에 펼쳐진 광경에 정신이 팔려, 나는 레드제피와 한참 동안 악수했다. 겸손한 장인이자 대가인 미셸 브라가 청바지를 입고는 라귀올 주머니칼로 당근을 둥글게 돌려 깎고 있었다. 오랫동안 알랭 뒤카스의 오른팔이었던 프랭크 세루티는 생선을 포 뜨고 있었다. 곱슬곱슬한 검은 머리에 덩치가 큰 데다가 비싼 슬리퍼, 주름 하나 없는 파란색 정장 셔츠에 스카프 차림이어서 앞치마를 입지 않았더라면 요리사로 보이지도 않았다. 세 번째 남자는 이탈리아어로 소리를 질렀다.

"풀비오예요. 누군지 아실 거예요. 아루굴라를 잃어버려서 화가 났어요."

나는 풀비오 피에란젤리니를 잘 몰랐지만 바로 호감을 느꼈다. 주방 식구 식사를 놓고 성질을 내는 사람은 내 기준에서 훌륭한 인물이었다.

"르네, 무엇을 도울까요?"

"아니에요, 셰프. 신경 쓰지 마세요. 와인이나 드세요."

곧 세계 최고의 셰프들이 스테인리스 조리대를 둘러싸고 서서 함께 저녁을 먹었다.

나는 프랑스어도 이탈리아어도 할 줄 몰랐고 자막도 당연히 없었다. 리소토, 샐러드, 와인과 치즈를 먹었다. 프랑스 남부 브리타니의 버터 대가인, 장밋빛 뺨의 장 이브 보르디에르가 버터 10킬로그램을 가져왔다. 한 끼에 그렇게 많은 버터를 먹어본 적이 없었다.

나는 셰프들과 어울려 식사하며 모든 감정을 뼛속까지 흡수했다.

나는 1년 뒤 코펜하겐을 방문했다. 르네가 약속을 지켜 나를 쿡 잇 로에 초대했다. 쿡 잇 로는 즉흥 요리 세션과 보이스카우트 캠프의 중간 성격을 띤 행사였다. 세계 여러 지역의 셰프 열 명쯤이 함께 모여 서로 배우고 너스레를 떨고 나누고 요리했다. 그리고 마지막으로 개최지에서 영감을 얻어 만든 메뉴를 다 함께 만들었다. 출범 초기, 쿡 잇 로는 셰프 참여 행사 가운데 가장 순수했다. 참가자들 또한 엄청났다. 일단 인류 역사상 가장 혁신적인 페이스트리 셰프이자 엘불리의 연구 개발을 맡은 알베르트 아드리아를 초대했다. 그와 형인 페란은 당시 엘불리를 막 폐업했고, 알베르트는 은퇴를 반쯤은 번복하고서 행사에 참가했다. 코를 개업할 때 직접 영향을 받았던 파리 라스트랑스l'Astrance의 셰프 파스칼 바르보도 참가했다. 샌프란시스코에서 가장 앞서가는 대니얼 피터슨, 고전 이탈리아 요리를 재해석해서 온 나라를 뒤흔들어 놓은 마시모 보투라 등에 주최자인 르네도 합세했다.

우리는 물 위에 항해를 주제로 꾸며놓은 애드머럴 호텔에 함께 묵었다. 나는 아침마다 자전거를 타고 도시를 가로질러 노마에 갔다. 봄이었고 코펜하겐은 완벽한 도시였다. 아름다운 덴마크인들 모두가 행복해 보였다.

하지만 노마에서 요리하는 상황은 썩 행복하지 않았다.

저녁 식사의 주제는 계속되는 기후 변화였으니, 전기를 최소한으로 써서 요리해야만 했다. 나는 지시를 충실히 따라 요리한 몇 안 되는 셰프였다. 내 코스는 사과 다시와 허브로 둘러싸인, 짠맛 중심의 해체된 버터밀크 판나코타였다. 자부심을 느꼈지만 다른 이들의 요리를 보자 생각이 바뀌었다.

나는 우상인 바르보에게 시선을 고정했다. 그는 세계에서 손꼽히는 세련된 셰프였지만 임기응변에도 탁월했다. 라스트랑스에서는 미쉐린 별 셋을 걸고 매일 밤 다른 요리를 고안해냈다. 노마에서는 고상한 에스프레소 잔에 뱀장어, 프란젤리코 frangelico (이탈리아 피에몬테 지방의 헤이즐넛 리큐어-옮긴이), 버섯 퓌레와 함께 고등어 절임을 켜켜이 담아냈다.

모두가 요리에 열중하는 사이 르네는 돌아다니며 모두에게 똑같은 질문을 던졌다.

"이냐키는 대체 어디 있답니까? 아는 사람 있어요?" 이냐키 아이츠피타르테는 으리으리한 레스토랑의 셰프가 아니었다. 요리학교에도 다니지 않았다. 미쉐린의 별이 인증하는 미식의 전당에서 일해본 적도 없다. 그는 설거지 담당으로 일하면서 요리를 독학한 뒤 파리에 비스트로를 열어 온 유럽을 흥분시켰다.

"빌어먹을, 맨날 이래요." 르네가 한숨을 쉬었다. "매번 이런다니까."

어젯밤에 누군가 이냐키를 보았다고 했다. 우리는 하루 종일 교외에서 채집하고 시내에서 함께 술을 마셨다. 모두 새벽 1시쯤 자러 호텔로 돌아갔지만 이냐키만이 남아 1.5리터들이 매그넘 와인을 두 병째 땄다.

"나한테 화내지 말아요, 르네. 사랑해요."

드디어 이냐키가 나타나서는 르네의 양 볼에 뽀뽀를 했다.

"아, 다-비드 장? 다시 만나서 반가워요. 코펜-하겐 너무 좋지 않아요? 안 그래요?"

이냐키는 바르보 바로 옆에 자리를 잡았다. 무엇을 요리할 거냐고 묻자 "어디 봅시다"라고만 대답했다. 그러고는 바르보가 쓰고 남은 재료 무더기에서 버섯과 장어 자투리를 꺼내 콩소메를 만들었다. 비닐에 콩소메와 생 바닷가잿살을 함께 담아 진공 포장기로 여러 차례 압축했다. 덕분에 콩소메의 맛이 가잿살에 배었다. 그리고 간 피스타치오와 오렌지 겉껍질, 바닷소금 한 줌을 섞어서 환각적인 후리가케(밥이나 채소, 생선 등에 뿌려 먹는 일본 양념-옮긴이)를 만들었다. 비둘기 간을 퓌레로 만들고 가잿살을 둥글넓적하게 썰었다. 마지막으로 콩소메에 레몬즙을 약간 섞어 모든 요소를 한데 아울렀다.

그렇게 말도 안 되게 맛있는 요리는 처음 먹어보았다. 장담하건대 이냐키 자신도 아무 생각 없이 요리했으리라. 사람들은 때로 위대한 셰프는 타고 나느냐고 묻곤 한다. 이냐키가 없었다면 말도 안 된다고 답했겠지만, 그는 바로 산 증인이었다.

마지막 코스까지 먹고 나자 식당에 즉흥적인 콩가 멜로디가 울려 퍼졌고, 모두가 흥을 냈다. 우리는 르네의 아내인 나딘이 빌린 공간으로 나와 함께 축하했다. 셰프들을 위한 조촐한 행사라고 했지만, 식사를 같이한 모든 사람이 어울렸다. 행사 소식을 들은 외부 사람들도 어울렸다. 나는 마시모가 신용카드를 숟가락 삼아 칵테일을 만드는 광경을 지켜보았다. 이냐키도 그의 옆에서 거들었다. 아일랜드인처럼 빨리 사라지는 데 능한 르네도 거의 마지막까지 자리를 지켰다.

호텔로 돌아갈 때쯤 해가 밝아오고 있었다. 머리와 몸이 집으로 갈 시간이라고 말하고 있었다. 세계 최고의 음식 평론가와 셰프 들이 길가에 자고 있었다. 하지만 내버려 둘 수 없었다. 이냐키는 엘리베이터에서 곯아떨어졌다. 아니, 좀 더 정확하게 말하자면 상체는 엘리베이터에, 다리는 로비에 늘어진 상태였다. 몇 초마다 문이 여닫히며 그를 끌어 올렸다. 회전 통닭구이 취급을 받아도, 엘리베이터의 경보음이 울려도 이냐키는 아랑곳하지 않았다.

쿡 잇 로 행사는 셰프에게 최고의 주말이었다. 몇 년 동안 분기마다 조금씩 다른 셰프가 참가했지만 같은 무리와 계속 어울렸다. 새로운 이들도 합류했다. 이를테면 퀴케 다코스타, 마그누스 닐슨, 알렉스 아탈라 같은 셰프들이었다. 레스토랑 공동체 안팎의 사람들이 부러움과 원망이 섞인 목소리로 멋진 셰프 클럽에 대해 물어보았다. 준비된 대답은 '그런 것 없다'였다.

하지만 사실을 말하자면 클럽이 있었다.

핀란드 라플란드에서 벌어진 쿡 잇 로 행사의 단상을 소개해보자. 마시모 보투라의 욕조에서는 순환식 항온기 여러 대로 순록의 혀를 익히고 있었다. 요시히로 나리사와와 기모노를 입은 아내 유코는 곰을 통째로 발골하고 정형했다. 나는 장작 사우나에서 서서히 익힌 생선에 곁들일 순록 젖 다시를 만들고 있었다. 생선의 상태를 확인하러 사우나에 가니 내 짝 셰프인 다비데 스카빈이 아내와 알몸에 곰 가죽만 덮고 누워 있었다. 그가 불지옥 수준으로 장작을 때서 내 생선이 정말 불에 타고 있었다. 환장할 지경으로 엄청난 엉망진창이었다.

그리고 오랫동안 남자들만의 클럽으로 운영했던 것도 사실이다. 부정할 명분도 없다. 우리는 여성 셰프를 찾아보지도, 어디에 있는지도 묻지 않았다. 사람들이 왜 우리 무리를 싫어했는지 아주 분명했다. 돌아보면 나도 싫어했다. 우리도 남성 위주로 돌아가는 오래된 현대 셰프 문화의 일부였을 뿐이다. 더군다나 그런 모임에서 우리가 발표했던 자료들은 쓰레기였다. 새로운 세기가 시작되자 셰프들은 스스로를 전도사라 여겼다. 질문을 받으면 과학, 창의력, 환경, 정치, 예술에 대한 생각을 스스럼없이 말했다. 동시에 고등학교 중퇴자가 『음식과 요리』의 저자 해럴드 맥기의 강연을 듣거나, 요리학교 학생이 자신의 분야를 문화의 작은 일부라고 폄하당하지 않거나, 페루에서 온 셰프가 스웨덴의 북동부 끝에서 영혼의 형제를 찾는 것도 나쁘지 않았다.

우리는 각자의 자리에서 같은 문제와 씨름하고 있었다. 우리 앞에 놓인, 어마어마한 괴상한 기회를 아무도 이해하지 못했다. 우리는 위대한 셰프와 음식 문화가 점점 더 벌어지는 세대를 사는 동시에 혜택을 받은 마지막 세대였다. 이후 음식은 좀 더 민주화됐다. 레스토랑도 지식도 늘었지만 관심 주기는 짧아졌다. 그래서 셰프가 독보적으로 두각을 나타내기가 더 어려워졌다.

물론 이 모든 건 이제 어디에서 파티가 벌어지고 있는지 모르는 나 자신에게만 하는 말일 수도 있다.

momofuku

2부

내리막길, 그리고
다시 오르막길

유명세를 치르다

《타임》지는 나를 가장 영향력 있는 100인으로 뽑았다.
이런 사람들 사이에 끼다니 내가 초라하게 느껴졌다.
대부분의 시간 동안 나는 간신히 버티고 있었다.

지금부터는 『뉴욕의 맛 모모푸쿠』 이후의 이야기를 이어서 해야겠
다. 2009년 첫 책을 출간하자 토니 보뎅이 나를 '뉴욕 와인과 음식 축
제'에 대담자로 초대했다. 나는 강연을 싫어했지만, 출판사는 홍보
행사가 중요하다고 눈치를 주었다. 우리 대담의 제목은 "이런 빌어먹
을"이었다. 주최 측에서는 우리가 쎕고 까발리기를 원했다.

토니와 내가 무대에 함께 오른 건 처음이었다. 사실 나는 우리
둘 모두의 출판대리인인 킴 위더스푼이 토니에게 『뉴욕의 맛 모모푸
쿠』를 홍보해달라고 했을 때, 그를 만난 적이 있는지도 몰랐었다. 그

는 이미 요식업계에서 신비로운 존재로 대접받았지만, 사실 나조차도 토니를 좋아하는 데 시간이 걸렸다. 그의 『레스토랑 주방의 비밀』이 출간됐을 때 나는 크래프트에서 일하고 있었다. 요리사들을 멋있다고 생각하기는커녕 일반인 취급조차 하지 않았던 시기였다. 그래서 썩 좋아하지도 않는 뉴욕 레스토랑의 셰프가 요식업계를 폭로하는 책을 쓴다고 들었을 때 회의를 품었다.

토니는 고급 레스토랑에서 일했던 적이 없다. 그 사실만으로도 우리는 그를 높이 쳐주지 않았지만, 그래서 훌륭했다. 그는 일생을 으리으리한 레스토랑은 생각도 하지 않고 라인 쿡으로 일해왔다. 하지만 요리사 대부분의 대표로 활약하는 한편 우리의 세계에 대해 엄청나게 지적이면서도 공감하는 눈길로 글을 써주었다.

그가 〈쿡스 투어〉에서 나파 밸리에 있는 프렌치 런드리를 방문했을 때 나는 처음으로 토니의 천재성을 이해했다. 주방에서는 토머스 켈러 같은 셰프를 못 따라갈지 몰라도 그는 특별했고 청중과 능수능란하게 소통했다. 무엇보다 음식과 레스토랑의 팬이었으므로 토니와 어울리고 싶었다. 그는 글과 텔레비전 쇼에서 셰프들이 소중하게 여기는 동료 의식, 정직함, 창조력, 그리고 요식업계 전체를 떠받치고 있는 라틴 아메리카계 요리사들을 소개했다. 우리가 자질이 없다며 얕본 토니가 요식업이 인정받는 데 가장 크게 공헌했다.

함께 시간을 보내면 보낼수록 나는 토니를 더 좋아하게 됐다. 우리는 모든 것을 공유했으며 각자 부족했던 시각을 서로 메워주었다.

공허하게 들리겠지만 그가 내 삶에 미친 영향을 꼭 집어낼 수가 없다. 형제자매를 사랑하는 이유를 설명하려는 것과 같다. 그저 그가 거기에 늘 있으니까 그랬다고밖에.

행사 직전 대기실에서 그는 맥주캔을 따놓고 거의 입을 대지 않았다. 나는 얼음 양동이에 담긴 마지막 캔맥주를 마시고 버번에 손대려던 참이었다.

"정말 안 마셔요?"라고 물었다.

"괜찮아, 하지만 대담은 정말 잘하자."

무대는 이케아 쇼룸의 응접실처럼 꾸며져 있었고 나가 보니 맥주가 더 놓여 있었다.

토니는 가벼운 질문을 던지며 대담을 시작했다.

"언제부터 모모푸쿠의 인기를 실감했죠?"

나는 우리가 과대평가받고 있다고 이야기했고, 이런 자아비판이 잘 먹혔다. 대담이 계속되면서 우리는 공통으로 싫어하는 대상에 초점을 맞췄다. 가이 피에리의 머리 모양이나 컵케이크, 폴라 딘(가이 피에리와 폴라 딘은 〈푸드 네트워크〉 쇼를 진행하는 요리사로 완성도 낮은 음식이나 인종차별 발언 등으로 비판받는다-옮긴이) 등 건드려도 되는 대상이었다. 물론 우리가 좋아하는 타코 트럭, 그레이 쿤츠나 크리스티앙 드루브리에르처럼 과소평가받는 셰프들에 대해서도 이야기를 나눴다. 대담하기 더 쉬운 대상들이었다.

그러다가 토니가 앨리스 워터스의 음식을 "네 맛도 내 맛도 아니다"라고 말했을 때부터 대담이 위험한 방향으로 흘렀다. 나는 그의 시각에 동의하지 않았다. 나는 앨리스와 그가 셰 파니즈 ^{Chez Panisse}에 창조한 요리 세계를 사랑한다. 게다가 몇 번 만났던 자리에서 그는 따뜻하고 친절하게, 나를 자식처럼 대해주었다. 딱히 선택받은 요리사는 아니었지만 그렇다고 욕을 먹을 일도 아니었다.

"좋은 의도에서 그런 거겠죠"라고 얼버무렸다.

하지만 청중들은 뭔가 더 원했다. 그들을 실망시키고 싶지 않았으므로 나는 나름의 타협안을 내놓았다.

"하지만 샌프란시스코는 개판이라고 말해두죠."

"좋아요. 뭐가 문제죠?"

"몇몇 레스토랑이 음식을 쥐락펴락하고 있어요."

"그게 무슨 말이에요?"

"샌프란시스코의 빌어먹을 모든 레스토랑이 접시에 무화과만 덜렁 올려서 내놓아요. 요리라면 뭔가 더 해야 하는 것 아닐까요?"

베이 에어리어 지역, 즉 샌프란시스코와 오클랜드 인근의 식재료가 미국 최고 수준이다 보니 요리 세계도 재료를 앞세워 접근한다. 샌프란시스코에서 활동하는 셰프는 시장이나 텃밭에서 찾은 재료 본연의 완성도만 다듬어 내면 됐다.

물론 훌륭하지만, 생각 좀 해보시라. 상황이 갈수록 우스워졌다. 농장에서 식탁까지 ^{farm-to-table} (레스토랑이 직접 농장을 꾸려 재배한 식재료를 식탁에 올리는 요리 장르-옮긴이) 요리를 맹신하다 보니 베이 에리어 레스토랑들이 망가지고 있었다. 식재료를 물에 씻기만 해서 요리라고 내놨다. 언젠가는 샌프란시스코에 있는 레스토랑에서 감을 디저트로 주문했더니 그냥 감이 나왔다. 썰지도 않은 감 한 개가 통째로 접시에 담겨 나온 것이다. 꿀로도, 소금으로도, 아무것으로도 맛을 내지 않았다. 뉴욕을 떠나 북캘리포니아로 온 셰프들만이 제대로 된 음식을 냈다.

진짜 요리는 뉴욕에서나 맛볼 수 있었다. 식재료의 수준은 북캘리포니아보다 떨어졌지만, 우리는 가진 걸 최대한 활용하고 몇 단계에 걸쳐 발전시켜 요리로 냈다. 그에 비하면 베이 에어리어의 셰프들은 재료에 지나치게 의존했다. 물론 나만 이런 주장을 하는 것도 아니었다. 몇 년 전 대니얼 패터슨-샌프란시스코에서 제대로 요리를 하는 몇 안 되는 셰프-이 《뉴욕 타임스》에 칼럼을 썼다가 욕을 먹었다. 사랑의 여름summer of love (1967년 샌프란시스코에서 벌어진 문화 현상. 10만 명에 이르는 젊은이들이 히피의 옷차림과 행동 양식을 따르며 전쟁을 반대하고 약물 사용을 장려했다. 사랑의 여름은 곧 동부에 있는 뉴욕까지 퍼져서 거대한 사회적 움직임으로 자리 잡았다-옮긴이), 록밴드 비트닉스나 그레이트풀 데드, 미국 최초의 게이 선출직 공무원인 하비 밀크에서 IT 기업의 폭발적인 성공까지, 수없이 많은 선구자를 포용한 샌프란시스코가 지루한 식생활을 고집했다.

나는 무대에서 논리를 충분히 풀어냈다고 믿었다. 오해할까 봐 맥락도 함께 설명했다. 청중도 내 평가에 만족하는 것 같았다. 나는 더 이상 곱씹지 않았다.

다음 달에 나는 샌프란시스코로 책 홍보 여행을 떠날 계획이었다. 출판사가 낭독, 질의응답, 집단 토의, 사인회, 시연 등의 일정을 잔뜩 잡았다. 나의 샌프란시스코에 대한 발언이 인터넷에서 공포의 포자류처럼 퍼져나가는 걸 본 홍보부가 어떤 분위기였을까 아직도 궁금하다.

샌프란시스코의 동료 요리사들은 내 발언을 가볍게 받아들이지 않았다. 그들은 분노로 부들부들 떨었다. 나는 그들이 뉴욕 셰프의 말에 왜 그렇게 신경을 쓰는지 이해하지 못했다. 샌프란시스코 지역의 블로그에서 변론을 요청해서 문제가 더 커졌다. 나는 화답한답시고 그들은 대마초를 더 많이 피워야 한다고 이야기했다.

무기명의 셰프가 불평하자 주최 측인 아시아 소사이어티가 대규모 책 홍보 행사를 취소했다. 대변인은 다음과 같이 성명을 발표했다.

"행사는 술자리에서 벌이는 시시껄렁한 잡담이 아닙니다. 몇 백명 앞에서 남기는 공공 기록입니다. 위악을 떨고 싶은 마음은 이해하지만, 청중 앞에서 그렇게 행동해서는 안 됩니다."

공공 기록이라니. 맙소사.

우리는 남은 행사를 무겁게 치러나갔다. 샌프란시스코의 마지막

날 밤, 우리는 노스 비치의 바에서 행사를 열기로 했다. 나는 지인은 물론 행사에서 만난 이들 모두를 초대했다. 구글 캠퍼스에서 열린 책 사인회에서 모두에게 저녁 파티에 와서 함께 마시자고 말했다. 술값은 내가 낸다고 했다.

그날 밤, 나는 구석에 자리를 잡았다. 바에서는 내가 처음 보는 맥주를 팔고 있었다. 210밀리리터들이 밀러 하이라이프 꼬마병이었다. 귀엽고 기발하다고 생각했다. 워낙 작은 데다가 밍밍한 맥주인지라 손의 온기가 채 옮겨가기도 전에 다 마셔버릴 것 같았다. 나는 바에 남은 밀러 꼬마병-120병-을 모두 주문해놓고 사람들이 오기만을 기다렸다.

그러나 오로지 한 사람만이 찾아왔다. 요리사였다가 편집자가 된 크리스 잉이었다. 샌프란시스코의 음식 바닥에서 그만이 내가 유일하게 따돌리지 않은 모양이었다. 그가 친구 서너 명과 함께 찾아오지 않았더라면 나는 혼자서 맥주를 다 마시고 응급실에 실려 갔을 것이다. 예상했듯 우리는 120캔을 전부 마셨다. 밤의 끝자락에 나는 2층 창가에서 바람을 쐬다가 1층 보도로 고꾸라져 떨어졌다. 잉이 밖에 서 있다가 도와주러 달려왔지만 내가 이미 한국의 특대형 시몬 바일스(미국의 체조선수-옮긴이)처럼 고꾸라져 있자 멈추었다. 나중에 말하기를, 내가 툭툭 털고 일어나더니 아무 일도 없었던 것처럼 신발 끈을 맸다고 한다.

나는 그런 사람이었다. 책 홍보 행사가 계속되며 사람들의 시각이 바뀌고 있음을 감지했다. 다들 내 말에 더 주의를 기울이고 곱씹었다. 모모푸쿠가 잘되고 있기도 했지만, 음식 매체 또한 확장하고 있었다. 이터는 이제 완연한 전국구 매체로 바뀌었다. 그들은 24시간 음식 뉴스를 제공한다는 모토 아래 내가 소속 기자 근처에서 생각 없이 꺼낸 모든 말을 보도했다. 거기에서 그치지 않고 요리 세계와 크게 상관이 없는 일에 의견이 필요할 때도 나에게 연락했다. 페루 옥수수의 품종에 대해 취재를 하다가도 '데이비드 장의 의견을 받아야지'라고 생각하는 꼴이었다. 접시에 담은 무화과 이야기 또한 잦아들지 않았다. 거의 1년 뒤 한 웹사이트는 샌프란시스코의 여러 레스토랑들이 선보인 무화과 한 접시를 특집으로 다뤘다. 셰프들이 나를 모욕하고 있었다.

이 시기에 나는 세간의 관심에 큰 부담을 느꼈다. 나에 대해 쓰고 내게 말을 거는 많은 사람 탓에 불안해졌다. 관심을 즐기지 않았다면 거짓말이겠지만 셰프들이 유명세를 감당해내는 능력은 어린이 수준이다. 말하자면 전혀 준비가 안 돼 있다는 말이다. 나는 진지한 질문만을 해달라고 강조했다. 이런 상황이 계속되자 나는 엘리엇 박사에게 내가 정신분열증일 가능성에 대해 물었다. 그는 아닐 거라고 답했다. 실망스러웠다. 그렇다면 정말 이 모든 상황에 딱 들어맞는 변명이 됐을 텐데.

말의 파장은 금세 잦아들지 않았다. 나는 데이비드 사이먼의 드라마 시리즈 〈더 와이어〉의 속편인 〈트레메〉에 깜짝 출연했다. 지미 물론과 데이비드 레터맨의 토크쇼에도 출연했다. 《타임》지는 나를 버락 오바마, 벤 스틸러, 자하 하디드, 세레나 윌리엄스, 스티브 잡스, 앨리스 먼로 등 아흔세 명과 함께 2010년의 가장 영향력 있는 100인으로 뽑았다. 이런 사람들 사이에 끼다니 내가 초라하게 느껴졌다.

이후에 나는 텔레비전 쇼를 두 개나 맡았다. 팟캐스트 섭외도 들어왔다. 또 다른 책을 쓰라는 요청도 받았다.

대부분의 시간 동안 나는 간신히 버티고 있었다.

퀴노와의 결별

한 사람씩 떠날 때마다 상처로 쓰렸지만,
밖으로는 늘 똑같이 반응했다.
빌어먹을 우리는 더 잘될 거야.

누들 바에는 단 한 점의 액자만이 걸려 있었다. 엘리엇 랜디가 찍은 더 밴드의 사진으로, 1968년《뮤직 프롬 빅 핑크》녹음 당시의 기록이었다. 지배인 앞에 서서 차례를 기다리면서, 사람들은 들락날락하는 사람들에게 길을 비켜주느라 사진에 어깨를 문지르곤 했다.

나는 똑같은 사진을 집에도 걸어두었다. 그만큼 너무 좋아하는 사진이다. 머리 긴 다섯 명의 남자들이 우드스탁의 안개 낀 언덕에 서 있는 것만큼이나 겸손함을 완벽하게 포착한 사진은 없다. 나는 더 밴드가 그룹의 플라톤적인 이상이라 믿어왔다. 그들에게는 분명한 간판 멤버가 없었다. 모두가 돌아가며 노래했다. 썩 잘생기지도 않았지만 그렇다고 너무 못생기지도 않았다. 멤버 몇 명은 하나 이상의 악기를 다룰 줄 알았다. 더 밴드의 음악은 솔직했다. 어떤 앨범은 막 출발하려는 기차 같은 에너지를 품고 있었다. 내가 알기로 그들은 음악을 연주하고 웃는 데만 신경을 썼다. '더 밴드'라는 이름에 걸맞는 밴드였다.

나는 모모푸쿠 또한 비슷한 종류의 불완전한 집합 유기체가 되기를 바랐다. 아무에게도 규정된 역할을 맡기고 싶지 않았다. 그랬다가는 모모푸쿠의 기운을 빼앗길 것이다. 퀴노와 페물리에는 누들 바, 티엔 호는 쌈 바, 서피코는 코와 같은 본거지가 있었지만 명시해놓지는 않았다. 나는 특정한 기간에는 매일 요리를 했는데, 코가 본궤도에 오를 때도 그랬다. 그렇지 않을 때는 주방에서 나와 경영에 초점을 맞춘다거나 팀과 새로운 요리에 대해 의견을 주고받았다.

오랫동안 더 밴드가 좋은 관계에서 해체를 결정했다고 알려졌다. 고별 공연을 성공적으로 마무리했고 영상으로도 남겼다. 마틴 스코세이지가 감독한 〈라스트 왈츠〉는 역사에 남을 최고의 공연 영상이었다. 이보다 더 나은 고별 공연이란 없다. 물론 나중에 더 밴드의 속사정이 그보다 복잡했다는 사실이 밝혀졌다. 다들 상처를 받았고 자아가 충돌했다. 깔끔한 이별이란 없다.

2009년 봄, 나는 '월드 베스트 레스토랑 50'에서 연락을 받았다. 그들은 쌈 바가 순위에 포함될 거라고 알려줬다. 그래서 런던의 시상식에도 초대받았다. 쌈 바 핵심 일원을 위한 표를 받아 4월, 잉글랜드로 날아갔다. 쌈 바는 31위에 올랐다. '레스토랑 산업계의 리더들'이라는 까탈스러운 선정 위원회에 따르면, 쌈 바-하나도 아니고 두 점의 존 매켄로 사진이 걸려 있는-가 모나코에 있는 알랭 뒤카스의 르 루이 XV(43위)보다 낮다는 것이다. 월드 베스트 레스토랑 50에 대해 할 말이 많지만, 핵심은 여정 내내 모두가 한 호텔 빙에서 잤다는 사실이었다. 하지만 퀴노는 없었다. 그는 한 달 뒤에 자신의 레스토랑을 개업할 계획이었다.

우리는 이미 오래전부터 거리를 두고 있었지만, 몇 주 전에 갈라서기로 공식 결정했다.

퀴노는 코를 별로 좋아하지 않았다. 나는 결국 마음을 바꾸었지만, 퀴노는 으리으리한 레스토랑을 차리고 싶어 하지 않았다. 그에게는 그만의 스타일과 관심사가 있었고, 거기에 알랭 파사르를 참고해 리즐링 젤리를 만드는 일은 포함되지 않았다. 퀴노는 장작 오븐 조리 같은 기술을 숙련하는 데 초점을 맞췄다.

우리는 전혀 다른 전통에서 자랐지만, 퀴노의 취향이 내 취향을 보완해준 덕분에 누들 바가 잘 돌아갔다. 2007년 앨런 리치맨은 우리가 주방에서 함께 나누었던 농담을 칼럼에 실었다. 모모푸쿠가 퀴노의 멕시칸 레스토랑을 차린다면 매체의 헤드라인은 분명 '데이비드 장이 멕시코의 뿌리를 찾았다'라고 나올 거라고.

퀴노는 레스토랑에서 항상 요리하고 있었다. 앞에서 말한 것처럼 다른 이들이 성장하고 성공할 수 있는 환경을 만들어주는 게 내 최고의 장점이었다. 입에 발린 말 같지만 나는 정말 '모모푸쿠=데이비드 장'이라는 편견을 깨려 노력했다. 그럼에도 모두가 내 그늘에서 고생하고 있었다. 모모푸쿠를 말할 때는 그저 내 이름만 언급되었다. 손님들은 내가 식사의 모든 요소를 손수 완벽히 다듬어낸다고 상상했다. 내가 아예 레스토랑에 없더라도 사람들은 나에게만 주의를 기울였다.

분명히 씁쓸한 일이었겠지만 퀴노는 절대, 적어도 티 나게 문제 삼지 않았다. 그리고 나도 말이 안 나온 문제를 화제로 삼고 싶지 않았다. 그렇게 우리는 문제를 회피했다.

그가 떠난다는 소식이 새어 나오자 나는 공황에 빠졌다. 모모푸쿠가 개업하기도 전에 나를 구해준 사람과 인연을 끊고 싶지 않았다. 그는 모모푸쿠 유전자의 일부였다. 퀴노는 성공 가능성이 전혀 없을 때도 내 옆을 지켜주었다. 엄청난 솜씨를 지닌 요리사이자, 내 치명적인 실패를 만회해준 가족 같은 사람이었다.

원인이 무엇이든 나는 작별에 서투르다. 나는 언제나 (너무 많이) 소리 지르고 잔소리를 해댔지만, 해고는 잘 못했다. 모두가 가까이 있다는 데 안도감을 느꼈다. 나는 친구와 가족의 편안함을 받아들이길 갈망했다. 누군가 나를 떠난다는 생각을 증오했다. 그런 생각을 할 때마다 옛 상처가 전부 떠올랐다. 모두가 나나 모모푸쿠를 언제나 신경 쓸 거라고 믿어온 나 자신이 한심했다.

하지만 적어도 퀴노와는 분위기 좋게 작별했다. 나는 최선을 다해 그가 윌리엄스버그에 브루클린 스타Brooklyn star를 개업하는 걸 도와줬다.

우리가 발전했기 때문에 자연스럽게 퀴노가 떠났다고 믿었지만 나는 그를 너무 당연하게 여기거나 이용해먹었다는 느낌을 떨칠 수 없었다. 그가 마땅히 주목받도록 나는 최선을 다했을까? 왜 우리는 타코 가게를 열지 않았을까? 어쩌면 낙오하는 이들을 쉽게 버리고 나아가면서 나 자신을 명예로운 사람이라 여기도록 속이는 것일 수도 있다. 직원들이 나에게 잘하는 만큼만 나도 그들에게 잘해주는 걸까? 그렇게 믿고 싶지 않았다. 나는 모두가 충분히 성공할 만하다고 생각했지만, 그 또한 거짓말일 수 있었다.

모두 언젠가는 더 좋은 여건을 찾거나 모모푸쿠에 데어 이곳을 떠날 것이었다. 성공을 거두기는 어렵고 의사소통은 원활하지 않았다. 나는 배관 테이프와 철사로 최선을 다해 팀을 얼기설기 기워놓았다. 한 사람씩 떠날 때마다 상처로 쓰렸지만, 밖으로는 늘 똑같이 반응했다. 빌어먹을 우리는 더 잘될 거야.

"언제 요리사들이 이제 모모푸쿠를 떠날 때라고 말할 것 같아요?"

가게 오픈 전 동네를 한 바퀴 산책하는데 토시가 물었다. 우리는 다가올 끝에 대해 자주 이야기했다. 둘 다 행운 따위는 믿지 않았다. 짧은 몇 년 동안 토시는 마지못해 맡은 코의 페이스트리 셰프에서 급성장하는 자신의 사업체인 밀크 바Milk Bar를 운영하는 자리까지 올랐다. 여러모로 그는 나보다 성공에 잘 적응했다.

나를 보잘것없게 여겼던 이들이 슬슬 모습을 드러냈다. 어느 날 나는 고등학교 동창에게 전화를 받았다. 그는 말도 없이 나를 계단에서 밀치던 녀석이었다. 학교에서 아시아계 여자애와 놀고는 "마늘 냄새가 나는데 샤워해야겠다"라고 말하던 놈이었다. 코앞으로 다가온 동창회에 나를 초대한다는 연락이었다. 머리가 복잡해졌다. 나는 잘생기거나 운동을 잘하거나 음악에 재능이 있어서 유명해지지 않았다. 그저 요리사일 뿐이었다.

겉보기와 다른 사람이라면 토시 이야기를 하지 않을 수 없다. 그는 단골들에게 손뜨개 머플러를 주는 시트콤 〈브래디 번치〉의 등장인물 같았지만, 속으로는 엄청나게 창의적인 요리사였다. 실력이 뛰

•　　아니면 '너희들 엿이나 처먹어라'라고 자주 그랬다.

　　　　　　　　　　　　내리막길 그리고 다시 오르막길

어났지만 스스로를 너무 몰아붙이지도 않았다. 모모푸쿠의 나머지 요리사들이 분노에 울부짖는 짐승이라면, 토시는 조용하고 냉정하게 일을 처리하는 암살자였다.

토시는 코에서 상승세를 타기 시작했다. 나는 언제나 디저트를 코스 전체에서 가장 쓸데없고 어울리지 않는 시시한 순간이라고 생각했다. 페이스트리 셰프는 요리사가 짠맛 중심으로 메뉴를 구성해 전달하려는 이야기 중간에 어쩔 수 없이 끼어드는 방해꾼이라 여겼다. 하지만 토시의 디저트 덕분에 코의 메뉴 전체가 훨씬 좋아졌다. 코의 개업 메뉴는 햄버글러(맥도널드의 예전 마스코트로 햄버거와 강도 burglar의 조어-옮긴이)도 무릎을 꿇게 한 맥도날드식 디저트로 마무리했다. 튀긴 사과파이와 콘프로스트를 먹고 남은 우유와 맛이 똑같은 판나코타였다. '시리얼 우유'가 오늘날 진부한 맛처럼 느껴진다면, 우리 토시가 진작 발명했기 때문이다.

토시의 요리는 매력적이면서도 영리하다는 평가를 받았다. 그의 디저트는 미국 외식사에서 가장 전복적인 창조물이었다. 토시는 버지니아의 교외에서 태어나 데어리 퀸을 비롯한 다양한 정크푸드를 먹으며 에너지를 충전했다. 다른 페이스트리 셰프들이 유럽의 기준으로 자신을 숙련할 때 토시는 자신의 근본대로 움직였다. 덕분에 그는 두각을 나타낼 수 있었다. 토시는 자신에게 익숙한 아메리카나의 요리 세계를 반항적인 밀크 바에 쾌활하게 불어넣었다. 밀크 바는 쌈바의 뒷방에서 생일 케이크 트러플이나 '쓰레기 쿠키' 같은 단 음식을 팔며 시작했다. 카넬레나 마카롱, 밀푀유 같은 건 팔지 않았다. 프랑스식 훈련을 받은 자식들만이 훌륭한 페이스트리가 될 수 있는 편견에 도전한다는 게 밀크 바의 핵심이었다. 토시의 영리함은 금세 인정받았다.

산책 후 레스토랑으로 돌아오는 길에 우리는 요리사 한 명이 복통으로 병원에 실려 가서 A형 간염을 진단받았다고 들었다. A형 간염은 환자에게는 심각하지 않지만, 레스토랑 주인에게는 치명적이다. 감염자의 배설물로 음식이나 음료가 오염되면 전염될 수 있기 때문이다. 손이 떨려 'A형 간염'이라는 네 음절을 치는 데 한참 걸렸다.

모모푸쿠, 더 나아가 토시의 밀크 바에도 위기였다. 잠복기가 있으므로 대체 몇 명에게 A형 간염이 전파되었을지 가늠하기 어려웠다. 증상이 나타나지 않는 이상 감염자를 파악할 수가 없었다. 나는 두려워서 정신을 못 차렸지만, 토시는 꿋꿋하게 사태를 해결해갔다. 우리는 보건부에 발병 사실을 즉각 보고했다. 일주일 동안 상황을 파악했다가 휴업시키는 게 보건부의 방침이었다. 나는 마냥 앉아서 전전긍긍하고 싶지 않아서 쌈 바를 하루 닫고 모두에게 백신을 맞혔다.

하루 만에 우리는 다시 영업을 재개했다.

나는 끔찍한 생각이 들었다. 사람들 때문에 망할 수 있구나. 예측 불가능하고 아프고 주의를 기울이지 않는 사람들 때문에.

내리막길 그리고 다시 오르막길

호주로 간 모모푸쿠

아폴로니안은 질서와 미, 진실, 완벽을 상징한다.
디오니시안은 예측과 통제가 불가한 것들, 극단적 쾌락과 고통이다.
둘 다 상대방이 있어야 더 잘 즐길 수 있다.

직원들이 모모푸쿠를 떠나고 매체의 관심이 집중되면서 이 모든 게 무너져 내릴 거라는 내 편집증 또한 점점 나빠졌다. 나는 가능한 한 멀리 도망치기로 했다.

그러기 위해 마침내 동업자 계약을 맺었다. 맨해튼 밖의 첫 모모푸쿠 레스토랑은 1만 6천 킬로미터 떨어진 카지노에 자리 잡을 예정이었다. 모모푸쿠 본사에서 내 출퇴근 계획을 물으면 나는 구글 맵을 열어 뉴욕과 시드니 사이의 거리가 단 한 뼘이라고 알려주었다.

"보세요, 별로 안 멀죠?"

거리를 빼면 그다지 무리인 계획은 아닌 것 같았다. 대부분의 레스토랑 관리 계약은 일시적이었다. 예를 들어 호텔이나 새 쇼핑센터 같은 곳에 입점해 유명한 셰프를 불러와 인기 메뉴를 고르고 상호를 정해 레스토랑을 열게 한다. 셰프는 날아와 개업식에서 흰 가운을 입고 요리를 나눠주고는 며칠 뒤 수하 요리사를 남기고 돌아간다.

대부분의 세계 규모 레스토랑이 이런 관리 계약을 맺었다. 확장의 대가들은 성공의 비결을 병에 담아서는 세계 곳곳에 같은 분위기로 레스토랑을 열어 광활한 제국을 건설한다. 마츠히사 노부는 전용기를 타고 세계를 돌아다니며 주말 동안 세 곳에 스시 레스토랑을 열었다. 조엘 호뷔숑도 라스베이거스의 MGM 그랜드에서 미쉐린 별 셋을 받았다.

우리가 계약을 맺은 레스토랑은 20년 묵은 카지노를 재개발하는 계획에 포함되었다. 나는 라스베이거스에 새 레스토랑을 열까 검토하던 중 개발팀을 만났다. 그들은 호주의 호텔-카지노를 다루고 있었는데, 내게 원하는 공간을 골라 마음껏 디자인해도 좋다고 약속했다. 뭐든 원하는 대로 해도 좋다고 했으며, 심지어 가장 비싼 주방기기를 사라고 말했다. 나는 깊이 생각하지 않고 레스토랑을 내기로 결정했다.

겉보기에 이 프로젝트는 지금껏 찾아왔던 기회들 가운데서 그다지 좋은 편은 아니었다. 호텔의 원래 건축가는 자신의 회사가 맡은 프로젝트 중에서 이게 가장 꼴사납다고 말했다. 낮에는 공항 근처의

래디슨 호텔 세 채가 강가의 쇼핑몰과 섹스를 하는 것처럼 보였다. 지역 주민들도 싫어했다. 돈을 들여도 더 스타의 문제를 해결할 수 없었다. 그렇기에 나는 라스베이거스와 비슷한 기분으로 이 프로젝트를 맡고 싶었다. 사람들이 절대 기대하지 않는 장소에 그럴싸한 레스토랑을 차려 음식을 내야지.

모모푸쿠 세이보Seiōbo는 딱히 새롭지 않았지만 데이비드 장의 라멘과 포크번을 내는 수준에서 그치지는 않기로 했다. 나는 표면적으로는 한계가 있는 관리 계약에 따라 공간을 개보수하기로 했다. 성공할 가능성이 엄청나게 낮았지만 우리는 그럴 때야말로 최선을 다했다. 개발업체가 어떤 공간이든 골라도 된다고 했지만 나는 보지도 않은 자리를 선택했다. 거의 아는 게 없는 나라에서도 욕을 먹는 카지노의 주 게임장에서 어색하게 동떨어진 검은 상자였다. 어느 날 화장실을 찾다가 발견한 공간이었다.

요식업계에서는 새로운 영역을 개척할 때 동료들과 정보를 공유해 예의를 차린다. 손님은 어떤가? 해산물 도매상은? 좋은 요리사는 찾을 수 있을까? 비평가들은 어떻고? 시드니에서는 쉽게 도움받기가 어려웠다. 호주는 성공해서 젠체하는 사람을 싫어하는 나라였으니, 미국 뉴욕에서 찾아온 떠버리를 보는 시각이 어땠겠는가? 나는 유명한 셰프들이 운영하는 레스토랑에는 가지 않았고 주로 밤늦게 광동식 해산물 전문 중식당인 골든 센추리Golden Century를 찾아갔다. 나머지 시간에는 카지노공사장에서 지내며 소리 질러 이런저런 지시를 내리거나 잰걸음으로 움직이며 일하다가 남는 시간에는 도박을 했다.

미국인 카우보이가 낙하산을 타고 호주에 떨어져 호텔에 레스토랑을 연다니, 아무래도 좋게 받아들여질 수가 없었다. 그래서 미국의 누구에게도 알리지 않고 나 혼자 스타로 옮겨가 일하기로 마음먹었다. 처음에는 뉴욕을 오가며 일할 계획이었지만 그러지 않기로 했다. 동네 사람들과 가까워질 필요가 있었다.

우리는 유럽의 이상향에 기대기보다 호주의 장점을 최대한 살렸다(벤 슈리가 이런 접근 방식의 선구자지만, 대체로 호주 셰프들은 자기 나라가 얼마나 근사한지 아직도 인정을 안 하고 있다). 우리는 전 세계에서 수급하는 고급 재료 대신 지역의 토산물로 조리하기로 했다. 파인다이닝의 진실이라 믿는 모든 요리, 특히 테이스팅 메뉴에 올릴 법한 것들을 내서 호주인들이 즐기게 해주고 싶었다. 호주는 중국, 태국, 말레이시아, 베트남 요리를 제대로 구현하는 곳이며 대중들도 이를 즐길 만큼 지식수준이 높았다. 그렇다면 파인다이닝에 대한 편견에 도전하기에 여기보다 더 좋은 곳이 어디 있겠는가? 레스토랑은 가운뎃손가락을 곁들인 따뜻한 마음으로 호주에 쓴 연서가 되겠지. 나는 도시와 상상 속에서 대화를 나누었다. 스스로를 호주 사람이라 생각하세요? 제가 가장 호주다운 레스토랑을 열어 보이죠.

세이보를 위해 어느 식당에도 지지 않을 주방팀을 꾸렸다. 서피코가 아직 모모푸쿠에 몸담고 있었고, 최대한 빨리 팀으로 부르고 싶은 요리사가 셋 더 있었다. 체이스 로베키는 장 조지를 거쳐 코의 부서장으로 일하고 있었는데, 서피코는 그의 잠재력이 엄청나다고 보았다. 유일한 호주 사람인 클레이턴 웰스는 지역의 전설인 와쿠다 테츠야 밑에서 일했다. 노마에서 일할 때부터 친분을 쌓은 벤 그리노도 만났다. 그는 총괄주방장 후보였다.

훌륭한 요리사도, 반짝반짝 빛나는 새 주방도, 훌륭한 식재료도, 호텔의 전폭적인 지원도 받았다. 요리로 모두를 완전히 압도할 준비가 돼 있었는데…. 그 요리를 못했다. 레스토랑이 자리를 잡으려면 시간이 걸린다. 개업하자마자 모든 게 잘 돌아가지는 않는다. 결국 그리노가 자리를 잡을 때까지 몇 달 동안 우리가 돌아가며 주방을 책임졌다. 앞에서 코에는 웨이터를 두지 않을 생각이었다고 이야기했다. 나는 요리사와 달리 웨이터가 팁으로 돈을 많이 버는 게 공정하지 않다고 보았다. 진짜 일은 주방의 요리사가 한다고 믿었다. 와인 목록과 웨이터는 서양 외식의 가식이었다. 나는 음식만 좋다면 나머지는 어떻대도 손님이 올 거라 온전히 믿었다.

시드니에서는 운 좋게 올스타 고객 서비스팀을 꾸렸다. 소믈리에인 리처드 하그리브는 영국인으로, 시드니의 유명한 레스토랑에서 일하며 몇몇 상을 받았다. 나는 소믈리에의 일을 여전히 정확하게 이해하지 못했지만, 그와 대화를 나눈 손님이 추천받은 와인을 주문하는 광경을 보고 있노라면 '대체 어떻게 저럴 수 있지?'라고 생각하게 된다. 와인 프로그램을 짜는 데 도움을 준 찰스 레옹은 인간으로 태어난 부처 같았다. 그가 발을 들인 공간은 어디든 차분하고 고요해졌다. 시드니 토박이인 수 옹 루이즈는 뉴욕의 여러 레스토랑에서 요리를 하다가 고객 서비스로 전환했다. 그는 수밀레라는 레스토랑에서 일했을 때 서피코와 인연을 맺었다. 지금까지 여러 훌륭한 고객 서비스팀과 같이 일을 해보았지만 수처럼 샘솟는 강직함을 지닌 사람은 없었다.

수는 일을 시작하자마자 요리팀과 손발을 잘 맞췄다. 시드니에서는 매일 아침 수와 그리노가 커피를 마시며 전날의 상황을 분석하고 아이디어를 교환했다. 둘의 우호적인 관계 덕분에 요리팀과 고객 서비스팀이 레스토랑 세계에서는 드물게 사이가 좋았다. 대체로 두 팀은 같은 목표를 놓고 경쟁하지만 세이보에서는 달랐다. 웨이터는 요리사를 믿고 요리에 얽힌 이야기를 홀로 전달했다. 그리고 요리사는 손님과 더 관계를 맺고 싶어 하는 한편 웨이터 동료들과도 친해지고 싶어 했다.

수 덕분에 세이보-비평가들에게 돈이나 벌기 위해 관리 계약으로 열었다고 의심받은 카지노 레스토랑-이 호주에서 가장 권위 있는 다이닝 가이드에서 최고의 새 레스토랑 상을 받았다.

호주에서 보냈던 1~2년 동안 엄청나게 힘들었지만, 분명 성과가 있었다. 요리사와 웨이터 사이의 끈끈한 관계를 이해했으며, 서비스를 무시했던 내가 정말 멍청했음도 깨달았다.

⟶

그리노는 결국 주방을 안정시킬 것이었다. 그와 요리팀은 그냥 손으로 집어 먹는 음식을 냈다. 엄청나게 수준 높은 기술을 사용했지만, 그러느라 맛을 등한시하지도 않았다. 예를 들어, 셰프 조엘 호뷔숑의 고전 요리인 페이스트리 반죽으로 감싼 닭새우가 있다. 우리는 이 요리를 참고해 브릭 페이스트리(밀가루와 세물리나로 만든 아주 얇은 페이스트리 반죽-옮긴이) 반죽을 세심하게 원통으로 말아 훈제 장어를 채우고 동결건조한 사과를 고명으로 얹었다. 맛은 놀라웠다. 우리는 인기 없는 요리를 재조명했고 식재료를 원래의 맥락에서 끄집어내 새롭고도 즐거운 방식으로 요리했다.

사실 세이보의 테이스팅 코스에서 두 가지만 빼놓고는 전부 새로 고안한 요리였다. 일단 포크번은 뺄 수가 없었다. 레스토랑을 다룬 모든 빌어먹을 매체가 포크번을 화제로 삼았기 때문이다. 두 번째

수가 잘 닦아놓은 세이보의 기초는 몇 세대 동안 이어져 내려갔다. 세월이 흘러 그와 개업팀이 떠난 뒤 카일 자비에 애시턴이 고객 서비스팀을, 폴 카마이클이 주방을 맡았다. 폴과 카일리는 새로운 메뉴와 접객 철학을 도입하면서도 두 팀 사이의 깊은 관계를 유지해 세이보에 두 번째 최고 레스토랑 상을 안겼다. 솔직히 예전보다 요즘의 세이보가 더 식사하기 즐거운 레스토랑이 됐는데, 아마 내가 생각한 이상향에 가장 근접한 레스토랑일 것이다

요리는 보쌈이었다. 우리는 이미 쌈 바를 운영하며 통돼지 목살 구이가 손님들의 시선을 홀리듯 빨아들이는 장면을 목격했다. 세이보에서는 여기에 새로운 변화를 주었다. 식사 시간 동안 나는 오로지 보쌈에만 신경 썼다. 통돼지 목살을 콤비(증기와 대류 기능을 조합해서 쓰는) 오븐에서 익혀 겉을 높인다. 5분에서 10분마다 한 번씩 흑설탕과 돼지에서 배어 나온 육즙을 표면에 골고루 발라준다. 지방과 온도, 설탕, 조리법이 적절히 어우러지면 통돼지 목살 오븐 구이는 완벽하게 구워낸 북경오리보다 더 아름답게 빛났다. 테이스팅 코스의 3분의 2 지점, 그러니까 생선 요리가 나올 때 나는 통돼지 목살 구이를 식당 어디에서나 보이는 카운터로 옮겼다. 천장의 조명을 받은 이 요리는 훔쳐 가달라고 애걸하는 박물관의 보물 같았다.

"저게 대체 뭔가요?" 셰프의 카운터에 앉아 식사하는 거의 모든 사람 구이에 대해 물어보았다.

하지만 웨이터는 답변을 회피했다.

"아, 저건 직원 식사예요. 나중에 먹을 돼지고기죠."

디저트가 나오고 손님이 계산서를 요청할 차례다.

"사실은 코스가 하나 더 남았습니다. 괜찮으시죠?"

그러고는 달콤하고 바삭한 껍질에 출렁일 정도로 야들야들한 돼지 목살 구이가 등장한다. 우리는 조리용 집게로 덩이를 잡아 뜯어 그대로 냈다. 곁들이 양념도 요리도 없었다.

"셰프는 손님께서 손으로 드시기를 추천합니다"라고 웨이터가 웃으며 말한다.

"더 드시고 싶으면 말씀해주세요."

매일 밤 마감마다 우리는 팬 바닥에 고인 돼지기름을 모아 작은 캐러멜을 만들었다. 그리고 라 메종 세이보의 미냐디즈mignardise(식사 끝에 커피와 함께 나오는 한입 크기의 쿠키나 케이크-옮긴이)로 냈다.

모모푸쿠의 요리는 대체로 반항적이거나 외식의 명소가 품고 있는 딱딱하고 세련된 분위기와 대조된다. 하지만 나는 우리의 요리가 그보다는 더 섬세하다고 반박한다. 당시에는 그렇게 생각하지 않았는데 이후 대학 때 읽었던 책들에서 모모푸쿠를 이해하게 됐다. 아마추어의 철학 분석을 구구절절 늘어놓고 싶지는 않지만, 니체의 예를 들어보자. 『비극의 탄생』에서 그는 모든 위대한 예술이 아폴로니안과 디오니시안(그리스 신화의 아폴론과 디오니소스에서 콘셉트를 가져온 말로 아폴로니안은 합리와 이성, 디오니시안은 쾌락과 감성을 의미한다-옮긴이)의 짝짓기를 바탕으로 창조된다고 했다.

아폴로니안은 질서와 미, 진실, 완벽을 상징한다. 요리 세계에서는 테이스팅 메뉴다. 반면 디오니시안은 예측과 통제가 불가한 것들, 극단적 쾌락과 고통이다. 돼지 통구이나 삶은 가재가 여기에 속한다. 둘 다 상대방이 있어야 더 잘 즐길 수 있다. 세계에 혼돈이 깔려 있으므로 질서는 아름답다. 뒤집어 살펴보면 거칠고 예측이 어려운 자연의 결과물이 경이롭거나 끔찍한 건 인간의 질서 체계에 반하기 때문이다. 카지노 레스토랑인 세이보에서 맛보는 질편한 돼지고기는 잇

달아 나오는 테이스팅 메뉴의 끝자락에 등장하므로 더 의미 있다. 요리 세계의 아폴로니안과 디오니시안의 세계를 동시에 보여주려는 우리의 시도다.

　물론 세이보를 다룬 어떤 리뷰에서도 그런 개념을 빌려 쓰지는 않았지만 나는 평가에 만족했다. 호주에서 가장 중요한 음식 비평가인 팻 누스가 세이보를 좋게 평가했다. 리뷰에서 그는 내가 바란 대로 정확히 썼다. 세이보는 카지노에서 가장 예상하기 어려운 존재이자 음식점이라는 것이다. 앞서 말한 것처럼 매년 발행되는 '굿 푸드 가이드'에서 우리는 올해 최고의 새 레스토랑으로 선정됐다. 그곳에서는 모자를 한 개에서 세 개까지 주어 평가하는데, 개업한 해에 모자 셋을 받은 건 세이보가 처음이었다.

　세이보가 본격적으로 굴러가는 몇 달 동안 나는 미국 생활에서 멀어졌다. 되도록 적게 다녀왔지만 그래도 시차에 시달렸다. 미국에서 호주는 정말 멀었다. 그리고 저 너머 세계인 미국에서 나는 누구의 시각과도 상관없이 최악의 충동에 따라 행동할 위험이 있었다.

　니체를 제대로 공부한 학자들이라면 나의 아폴론, 디오니소스 식 양분법에 눈알을 굴릴 것이다. 이 개념은 대체로 음악이나 시각 예술에서 논의되니까.

서른다섯 살의 위기

나는 서른다섯 살이 됐고 아직 살아 있다.
그러니 이제 생각해볼 때가 됐다.
남은 삶은 대체 어떻게 살아야 할까?

세이보를 개업한 첫해에 나는 서른다섯 살이 되었다. 그해에 나는 믿기지 않을 만큼 계속해서 개인적인, 직업적인 두려움에 사로잡혀 최악의 데이브가 돼버렸다. 당시를 돌아보면 슬픔과 후회, 공포만이 남아 있다. 이 책에서 당시의 이야기를 다뤄도 좋겠지만, 옛이야기를 다시 해야 한다는 사실에 화가 난다. 이러지도 저러지도 못하겠다. 당시의 생각을 여과 없이 담는다면 아무도 공감하지 못할 것이다. 그렇다고 다른 이야기를 쓴다면 거짓말을 하는 셈이다. 나는 여러분뿐만 아니라 나 자신을 위해서도 그 시기를 그저 내 기억에서 들어내버리고 싶다. 내가 좀 다르게 행동했더라면 얼마나 좋았을까. 이 장을 다시 쓸 수 있으면 얼마나 좋을까. 나는 이 장 전체를 다시 썼다.

모모푸쿠 세이보의 개업일이 다가오면서 일을 더 잘하는 라인 요리사 한 명이 더 필요했다. 첫 번째 후보는 면접에서 정확한 퇴근 시각을 물어보았다. 그래서 지금 당장 꺼지라고 답해주었다. 다른 후보 요리사는 면접을 시작하자마자, 일을 한다면 일정이 서핑 시간과 겹치지 않았으면 좋겠다고 말했다. 월, 금요일에는 쉬어야 한다는 이야기였다. 나는 그에게 어차피 고용하지 않을 테니까 푹 쉬라고 말해줬다.

내가 그들의 사생활을 알아야 할 이유가 없었다. 그런 게 있을 만큼 유약한 사람은 모모푸쿠에 쓸모가 없었다. 그게 내 철학이었다. 인간은 이기적이라서 기본적인 요건을 따진다고 굳게 믿었으므로, 일 외의 다른 것을 원한다면 빌어먹을 인간이다. 그렇게 나는 자신의 이기심과 타인의 이기심을 얼버무렸다. 당시의 나는 비참할 정도로 같이 일하기 힘든 인간이었다.

세 번째 요리사는 우리를 먼저 기다리고 있었는데, 알고 보니 가장 훌륭한 후보였다. 일의 흐름도 좋았고 마무리도 늘 깔끔했다. 그는 모든 걸 주의 깊게 보고 맞는 질문만 한 뒤 공책에 기록했다. 칼도 언제나 날카롭게 벼려놓았다. 내가 레스토랑을 나서려던 새벽 2시쯤에도 그는 여전히 조리대를 닦고 있었다. 나는 그에게 같이 일하자고 제안했다. 그는 고려해줘서 고맙지만 모모푸쿠와 잘 맞지 않는 것 같다고 답했다. 최근에 결혼했고 일과 삶의 균형을 찾는다고 했다. 그는 정중하게 나의 제안을 반려했다.

나는 반대 방향으로 발걸음을 옮겼다.

"빌어먹을 새끼."

"요리사들에게 거절당하면 죽고 싶어져. 말도 안 된다는 건 알아. 나는 오랫동안 이해해보려고 했거든. 물론 그가 가족과 시간을 보내고 싶어 한다는 사실이 못마땅하지는 않아. 미워할 이유도 없고. 그냥 질투하는 것뿐이지."

나는 앞치마를 바구니로 던지며 나머지 셰프들에게 말했다.

ᵔ

수리공이 『반지의 제왕』의 놈팡이 빌보 배긴스처럼 휘파람을 불며 레스토랑에 어슬렁어슬렁 들어왔다. 심각한 우리나 중요하게 여기는 요리 세계의 분위기를 그의 즐거움으로 넋아 나간이 깨고 있었다. 나는 수리공에게 군사 교관처럼 달려들었다.

그리고 무슨 일이 벌어졌는지 전혀 기억을 못 한다. 나는 정말 정신이 나가 버렸다. 직원들은 내가 그에게 소리를 질렀다고 말해주었다. 도마에서 무엇인가를 썰고 있다가 칼을 미친 듯이 흔들어댔다고 했다. 그래서 무기로 위협한 혐의를 받을 수도 있다는 것이었다. 변명처럼 들리겠지만 정말 전혀 기억이 나지 않는다. 어쨌든 상관없다. 수리공은 위협받는 기분을 느꼈을 테니까. 겁을 주겠다고 그렇게 가까이 다가가서는 안 됐다.

사과문을 썼으며 덕분에 호주에서 거의 추방당할 뻔했다. 그가 카지노를 통틀어 가장 사랑받고 인기 있는 직원이라는 점도 한몫했다. 나는 사과의 편지를 썼지만 진심은 아니었다 어떻게 사과해야 할지 몰랐다. 아무도 이 일을 가볍게 받아들이지 않았고 나는 심각한 대가를 치렀다. 하지만 어쨌든 상관없다. 나는 오랫동안 통제력을 잃고 타인을 위협했다. 이런 나락으로 떨어질 때마다 얼마나 나를 바꿔 문제를 해결하고 싶은지, 내가 이런 나를 얼마나 싫어하는지 아무리 설명해도 부족하다.

실제 세계, 모모푸쿠, 엘리엇 박사와 거리를 두고 시드니의 호텔 구석에 처박힌 채로 마음껏 두려워했다. 일을 안 할 때는 다른 이들을 웃기고 집적대거나 술을 마시고 도박을 했다. 카지노를 방문하는 유명인사들과 어울리며 딴생각을 했다. 그들은 내 삶에서 최악의 음악만을 틀어대는 호텔 안쪽의 클럽을 가장 좋아했다. 나는 거기에 갈 때마다 기억이 끊길 때까지 술을 마셨다.

"빌어먹을 환장하겠어요."

나는 클럽에서 쿵, 쿵, 쿵 울려 퍼지는 비트에 맞춰, 인기 많은 전직 연예인에게 소리를 질렀다.

"당신은 내 또래 같은데요, 쳐다만 봐도 피곤해요. 이렇게 놀고 어떻게 아침에 일어나 출근하죠? 피곤하지 않아요?"

내 말을 제대로 들었는지도 몰랐지만, 그는 내게 고개를 돌리고 담배 연기를 내뿜었다.

"여기에 피곤해질 구석이 뭐가 있죠?"

다음 날 아침, 정신을 차리고 보니 나는 본디에 있는 레스토랑의 청소도구방에 널브러져 있었다. 아니, 쓰레기통이었던가?

🍊

레스토랑이 성공하면서 많은 여성이 유명 셰프 데이비드 장과 데이트하고 싶어 했다. 나는 모두에게 끔찍한 상대였다. 나는 갑자기 인기를 끌었다. 미성숙하고 이기적이며 자아도취에 빠져 있고 자격도 없는 개자식이었다.

하지만 나는 웬만하면 가벼운 연애를 피했다. 마음속으로는 진지한 관계를 원했으며, 영리하고 사회적이며 엄청나게 야심찬 여성에게 끌렸다. 하지만 아무와도 6개월을 넘기지 못했다. 깊은 관계를 원했지만, 누군가와 함께 있어도 괜찮을 만큼 자신을 성장시킬 수 없었다. 굉장히 마음 아프게 끝난 연애가 있었는데, 나는 별로 괴로워하지도 않고 바로 다른 사람을 만나 사귀었다. 우리는 약혼했다. 이기적이고 그에게 결례였으므로 청혼하지 않은 게 천만다행이었다.

나는 우리가 서로 잘 맞지 않는다는 걸 알고 있었다. 내 만족을 위해 상대방이 엄청난 고통을 겪을 것임을 알고 있었지만 나는 그냥 생각 없이 행동했다.

최악의 지점에서 우리의 짧은 관계는 극단적으로 고통스럽고 극적이었으며 대참사인 데다가 너무 무서웠다. 어쨌든 그 관계도 끝이 나고야 말았다.

기내에서 누나의 메일을 열어보았다. 어머니가 정기검진에서 뇌 종양 판정을 받았다는 소식이었다. 어머니는 이미 골암과 유방암으로 고생하고 있었다.

바로 같은 날 아버지는 간암 판정을 받았다.

바로 같은 달 에이스 호텔의 창립자인 친구 알렉스 칼더우드가 약물 과다복용으로 세상을 떠났다.

얼마 후 필라델피아의 친구 페기도 출산 도중 숨졌다.

그리고 모모푸쿠의 핵심 인물들이 떠나기 시작했다. 좀 더 신경 써야 했지만, 나는 여전히 뉴욕을 견뎌낼 자신이 없었다. 그 어떤 일도 견뎌낼 자신이 없었다.

　　　　　　　　　　　🍑

　　그는 열일곱 살에 마치 고아처럼 우리 집 문 앞에 버려졌다. 나는 그를 고아 같다 여겼지만 사실이 아니다. 어떤 레스토랑에서는 위계질서와 비좁은 공간, 그리고 요리사들이 전통적인 아웃사이더 무리라는 사실까지 더해져 가족과 흡사한 소속감을 느낄 수 있다. 젊은이들은 지도와 규율을 찾아 주방에 발을 들이고 셰프는 너무나도 기꺼이 대리 부모의 역할을 맡는다. 나도 그에게 그런 역할을 해주었다. 모난 데 없이 똑똑한 친구였다.

　　나는 그를 큰 계획을 함께 이뤄갈 멘티로 삼았다. 잘 성장해 누들 바의 주방을 맡길 바랐다.

　　능력이 좋았고 예의가 발라서 나는 바로 그에게 관심을 쏟아부었다. 그는 절대 변명하지 않았다. 때로 스스로에게 해로울 정도로 주변에 신경을 썼다. 그는 재미있고 영리하고 충실한 십 대였다.

　　나는 그가 남부에서 가장 잘나가는 레스토랑인 션 브록의 맥크레이디스McCrady's에서 연수하도록 자리를 마련했다. 특별한 음식을 직접 보고 체험하도록 무가리츠Mugaritz의 안도니 루이스 아두리츠에게 일주일 동안 맡기기로 했다. 새로운 경험을 한 뒤 그는 더더욱 활기 넘치고 감사하는 마음으로 돌아왔다.

하지만 그러고 나니 아무리 애를 써도 다른 요리사들이 그에 대해 하는 불평을 이해할 수 없었다. 그는 변했는데 아무도 이유를 몰랐다. 내가 그를 키웠고 팀도 내가 그에게 어떤 마음인지 알고 있었다. 요리사들은 내가 그를 특별 대접한다고 생각했다.

토론토에 있을 때 그가 사고를 쳤다는 전화를 받았다. 나는 그에게 전화를 걸어 꾸짖고는 뉴욕에 돌아가서 이야기하자고 했다. 그리고 주말에 또 다른 전화를 받았다. 자신의 아파트에서 죽은 그를 경찰이 발견했다는 소식이었다.

토요일에 그의 부모가 비행기로 뉴욕에 왔고 우리는 미드타운에 있는 마 페셰Má Pêche의 사무실에서 만났다. 그의 사인과 우리가 느끼는 책임에 대해 말하는 게 정말 내 삶에서 가장 힘든 일이었다.

그의 어머니는 아들이 나와 일하는 걸 즐겼다고 말했다. 그는 나를 사랑했다고.

나도 그를 진심으로 사랑했다고 말했다. 나는 그들에게, 모모푸쿠가 아들과 내가 서로에게 품은 마음이 가치 있도록 몸 바쳐 일하겠노라고 말했다. 아빠가 된 지금에서야 당시 내가 건넸던 말들이 얼마나 의미 없었는지 깨달았다.

나는 요리사들의 개인적인 어려움을 언제나 잘 파악했다. 약물을 하는지도 금세 눈치챘지만 문제 삼지는 않았다. 그걸 이유로 해고한 적도 없었다. 나는 그저 그들이 무엇을 하는지, 그래서 자신들의 삶에 어떤 영향을 미치는지 알기를 바랐다.

그의 사인은 약물 과다였다.˙ 오랫동안 나는 모모푸쿠 팀을 탓했다. 그들에게 너무 화가 났었다. 서로를 돌봐야 하는 것은 물론, 동생에게 문제가 생긴 것 같으면 좀 더 캐봐야 했다. 우리는 동료가 힘들어하면 알아차릴 수 있는 사려 깊은 집단이었다. 하지만 그걸로는 부족했다. 사실 그는 내가 손수 돌봤음에도 세상을 떠났다.

요리하는 내내 스스로의 유한함에 집착했고, 자살에 대한 생각이 모모푸쿠라는 돌파구로 이어졌다. 나는 사업을 늘 삶과 죽음에 빗대어 이야기해왔다. 그 모두가 아무런 의미도 없었다. 그의 죽음에 대해 더는 이야기하지 않겠다. 그에 대한 기억에 결례를 저지르는 꼴이니까. 대신 그가 모모푸쿠와 함께 일궈낸 업적을 이야기하는 데 온 힘을 쓰겠다.

그가 세상을 떠난 뒤 몸무게가 20킬로그램이나 늘었다. 나는 술과 대마초를 끊었지만, 새벽 3시에 피자를 배달시켜 한 판을 다 먹었다. 배가 아파서 잠도 못 자고 등이 아파서 운동도 못 했다. 나는 불구가 되어가고 있었다. 그가 죽기 전, 나는 상담에서 대체로 감정을 표

˙ 요즘은 주방에서 폭음이 예전만큼 심각하지 않아 다행이지만 대신 의약품을 오남용해서 걱정이 크다.

인생의 맛 모모푸쿠

출하기만 했다. 하지만 이제 미친 듯이 돌파구를 찾았다. 우리는 가진 시간 전부를 들여 그의 죽음에 대해 이야기했다. 나는 머릿속으로 확실하게 결론을 내려놓았다. 나는 그의 상관이자 큰형이었는데 그가 날 실망시켰다고 말했다.

오랫동안 엘리엇 박사는 나에게 그건 독선적인 시각이라고 말했다. 그는 내가 그의 죽음을 바라보는 시선이 불쾌하고 공격적이며 비생산적이라 여겼지만, 그게 나의 탓은 아니라고 말했다. 나에게 그를 죽일 능력이 있다면 살릴 능력 또한 있을 텐데 그렇지는 않다는 것이었다. 그는 나 때문에 죽지도 않았지만 나를 위해 죽은 것도 아니라고 말했다. 나와의 관계 바깥에 있었던 그의 삶에 대해서도 더 생각해야 한다고 했다. 멘티는 내가 그에게 품고 있는 것보다 나머지 세상에 더 큰 의미였다고.

그의 말대로 스스로를 탓하고 싶지는 않았지만 나는 하루도 빠짐없이 그에 대해 생각했다. 만약 내가 좀 더 일찍 뉴욕으로 건너와서 그를 찾아갔더라면 어땠을까?

죽어야 할 사람은 나였다. 첫 레스토랑인 누들 바를 10년간 임대하는 계약을 맺었을 때 나는 스물여섯 살이었다. 중개인은 같은 월세로 5년 연장 옵션을 제안했지만 나는 거절했다. 10년 안에 죽을 게 확실하다고 믿었기 때문이다. 하지만 나는 서른다섯 살이 됐고 아직 살아 있다. 그러니 이제 생각해볼 때가 됐다. 남은 삶은 대체 어떻게 살아야 할까?

《럭키 피치》

잡지 만들기는 너무나도 재미있었다.
《럭키 피치》는 출간과 동시에 대박을 쳤다.

└ 좋아요, 이런 제안을 드리죠.

우리는 미국 전역을 돌아다니며 레스토랑에 납품하는 작은 농장들을 방문합니다. 그럼 온갖 잘못된 모습이 다 보일 거예요. 땅을 제대로 활용하지도 못해서 농작물은 엉망진창이죠. 당신이 농장주에게 소리를 지르기 시작하면…

이것은 어느 프로듀서가 나에게 함께 만들자고 제안한 어떤 쇼의 진짜 기획안이다. 데이브 장이 농부들에게 지랄한다.

온갖 곳에서 온갖 사람들이 나를 텔레비전에 출연시키려고 별수를 다 썼다. 친구가 얽혀 있는 쇼라면 가끔 초대 손님으로는 출연했다. 예를 들어, 마샤 스튜어트는 모모푸쿠의 초창기부터 단골이었다(그 역시 처음 왔을 때, 다른 사람들처럼 줄을 서서 차례를 기다렸다). 나중에 그의 쇼에 초대받았고 우리는 정말 즐겁게 촬영했다. 〈탑 셰프〉에도 잠깐 출연했다. 카메라 앞에서 내가 "톰, 다들 잘하고 있는 것 같나요?"라고 한마디 하는 걸 담기 위해 그들은 여덟 번에서 열 번가량 촬영한 뒤 음절 하나하나를 잘라 붙였을 것이다.

나는 텔레비전에 고정으로 출연할 몰골은 아니라고 생각했다. '호갱님'을 레스토랑으로 더 끌어오기 위해 결국 수락은 했지만 말이다. 사업이 잘된다면 뭐라도 할 수 있다. 그래서 나는 푸드 네트워크를 비롯해서 요리 쇼를 꿈꾸는 모든 프로덕션과 대화를 나눴다. 물론 내가 푸드 네트워크의 쇼를 얼마나 싫어하는지 감추려 들지도 않았다. 나는 그들의 쇼가 정말 형편없다고 말했고 그들은 나에게 다시 연락하지 않았다.

나는 명성을 더럽히지 않고도 텔레비전에 성공적으로 진출한 셰프들을 생각해보았다. 주변 사람들에게 재주 부리는 원숭이가 되지 않는 요령을 물어도 보았다. 그들의 답을 아울러 매체 프로젝트를 고려하기 위한 세 가지 조건을 끌어냈다.

내리막길 그리고 다시 오르막길

1. 반드시 교육적 가치를 품어야 한다.

2. 반드시 레스토랑의 창의적인 노력에 초점을 맞춰야 한다.

3. 반드시 나의 가치를 반영하고 요식업계를 공정하게 다뤄야 한다.

나는 아직도 이 세 가지 조건에 따라 방송 출연을 결정한다.

『뉴욕의 맛 모모푸쿠』를 출간한 후, 피터 미한과 나는 계속 같이 프로젝트를 진행했다. 우리가 보고 싶은 텔레비전 쇼를 만들 만한 사람을 찾아 나섰는데, 토니 보뎅의 회사이자 〈노 리저베이션〉을 제작한 제로 포인트 제로ZPZ가 관심을 보였다. 그들은 전통적인 쇼가 아니라 비디오, 사진, 에세이, 인터랙티브 극영화를 따라 음식 세계를 찾아 나설 수 있는 모바일 앱을 제작하자고 제안했다. 아이패드가 갓 나온 2010년이었으므로 세상 사람 모두가 모바일 앱 시장에서 한 건 하고 싶어 했다. 물론 아무도 그게 무슨 의미인지, 자신들이 무엇을 하고 있는지 몰랐다.

나와 미한은 제로 포인트 제로와 함께 내가 생각해낸 아이디어를 놓고 개념을 잡았다. 아이디어나 레시피를 짤 때 나는 화이트보드에 끄적이기를 좋아한다. 하나를 생각해내면 생각이 꼬리에 꼬리를 물고 곧 새로운 아이디어가 떠오른다. 그러다 보면 핵심 주제를 둘러싸고 표류하는 여러 아이디어에서 서로 연결된 주제를 이끌어낼 수 있다. 앱을 위해 우리는 사용자가 마인드맵으로 혼자서도 맛집 기행을 다니는 상황을 생각해냈다. 마인드맵의 줄기마다 다른 비디오와 글이 딸리는 것이다. 각각의 '에피소드'는 새로운 주제를 다룰 것이다.

제로 포인트 제로는 라멘과 디저트 맛집 같은 처음 몇몇 소재의 영상 제작에 투자했고, 피터와 나는 남아메리카, 스페인, 캘리포니아에서 촬영할 계획을 세웠다.

편집된 영상과 초기 앱 개발이 너무나도 좋아 보였고, 프로젝트는 앞에서 이야기한 세 조건 또한 전부 만족했다. 정말 잘될 것 같았는지 애플은 다음번에 아이패드를 발매할 때 광고에 우리의 앱을 쓰겠다고 약속했다.

하지만 문제가 하나 있었다. 앱으로는 우리가 쌓아온 몇 백 시간의 영상이나 긴 글을 제대로 써먹을 수 없었다. 그럼 나머지 콘텐츠는 어떻게 하지? 피터는 잡지를 창간하자고 했다. 나는 단 한 가지 이유만으로도 좋은 아이디어라 여겼다. 독자가 온전한 경험을 얻기 위해 한 손에는 잡지, 다른 손에는 아이패드를 들고 양쪽을 정신없이 오가며 내용을 살피는 것이다. 웃기는 광경이지만 상상만으로도 너무나 행복했다.

우리는 출판사를 차리려고 크리스 잉에게 연락했다. 그는 부업으로 주방에서 요리하며 독립 출판사인 맥스위니스에서 수습사원으로 일하고 있었다. 크리스는 재능도 많고 야심도 넘쳤지만 나와 계속해서 의견이 충돌했다. 그는 나보다 위기를 회피하려는 성향이 더 강했기 때문이다. 모든 것을 쏟아부으려 하지 않는 그에게 나는 끝없이 실망했다. 하지만 함께 잡지를 만들자고 연락하자 크리스는 바로 승낙했다. 나는 그 사실만으로 기분이 좋았다. 그는 피터와 함께 바로 창간 절차를 밟아나갔다.

서드파티 소프트웨어 개발 업체도 노력의 결실을 납품했다. 하지만 문제가 있었다. 내 기억이 맞다면 당시 대부분의 앱은 크기가 2~4메가바이트였다. 하지만 우리 앱의 1화는 4··· 기가바이트였다. 애플에 앱을 보냈더니 엔지니어는 다음과 같이 해석할 수 있는 답을 보냈다.

"애플은 앱에서 단 하나의 메모리 누출도 용납하지 않습니다. 그런데 이 앱의 메모리 누출은 135건이네요."

어쨌든 앱의 이름을 '럭키 피치'라 지었다. 그 앱은 아직까지도 공식적으로 베타 버전이다.

계간지 《럭키 피치》를 2~3호쯤 발간한 뒤 우리는 앱을 종료하기로 결정했다. 나는 ZPZ의 프로듀서와 회의를 했다. 그는 질겁했다. 앱이나 영상에 들인 자금을 회수할 방법이 없었기 때문이다. 프로듀서는 우리가 찍은 영상을 재가공하게 해달라고 애걸했다. 그래서 영상의 권한을 분배했다. 나도 엄청난 지적 및 육체적 노력을 들인 영상이 빛을 보기를 누구보다 원했다. 몇 달 뒤, 넷플릭스와 PBS에 우리의 쇼가 방영됐다. 토니가 내레이션을 맡은 쇼의 제목은 〈셰프의 정신〉이었다. 쇼는 놀랍게도 제임스 비어드상을 받았고 다른 사람이 참여한 두 번째 시즌도 제작했다. 솔직히 말하자면 우리 없이 쇼와 아이디어가 텔레비전에서 생명을 연장하는 걸 보는 기분은 썩 좋지 않았다. 글에 대한 저작권을 영상 및 텔레비전 저작권과 맞바꾸면 그렇게 되는 것이리라.

하지만 잡지 만들기는 너무나도 재미있었다.

《럭키 피치》는 출간과 동시에 대박을 쳤다. 지금은 세상을 떠난 매체 평론가 데이비드 카는 《뉴욕 타임스》에서 《럭키 피치》의 창간호가 구텐베르크의 재림이라도 되는 양 극찬했다. 창간호는 중쇄를 제때 찍어낼 수 없을 만큼 잘 팔렸다. 이처럼 잘될 거라고는 전혀 기대하지 않았지만, 그랬더라도 제대로 계획을 세웠을 것 같지는 않다. 내가 언제나 말해왔듯, 자연스러운 성장을 추구한다는 것은 아무런 전략이 없다는 소리다.

《럭키 피치》는 당시에 무모하리만큼 창의력이 넘쳤던 나에게 완벽한 배출구 역할을 해주었다. "여러분, 토머스 베른하르트의 '옛 거장들' 인용구를 실읍시다"처럼 아무렇게나 낸 기획도 잡지에 실렸다. 우리는 그저 원하는 대로 무엇이든 할 수 있었다. 한번은 내가 좋아하는 무명 작가인 러셀 채텀의 제물낚시에 대한 짧은, 명상적인 글을 신기도 했다. 매일매일 제정신이 아닌 것 같은 아이디어를 새롭게 내고는 거의 언제나 실행에 옮겨 《럭키 피치》에 담았다.

《럭키 피치》3호에서는 돼지 부위 그림을 몸에 문신으로 새긴 진부한 요리사들을 비웃기로 했다. 잉이 돼지 뒷다리를 구해서는 동네 문신 전문점에 가져가 인체도를 새겼다. "짠, 표지 어때?" 4호는 '미국 음식'을 주제로 기획했다. 나는 소가 핫도그를 먹는 사진을 표지에 쓰자고 제안했다(채식 핫도그를 쓸 예정이었다). 5호는 '차이나타운' 특집이었는데, 필진은 조지 플림튼의 유명한 만우절 장난인 '시드 핀치의 신기한 사례'를 바탕으로 상세한 거짓 뉴스를 썼다. 《스포츠 일러스트레이티드》지의 필자인 플림튼은 아직 발굴되지 않은 티벳인 투수 시타르다 '시드' 핀치에 대한 가짜 이야기를 쓴 적이 있다. 그는 시속 270킬로미터의 강속구로 무장한 투수였는데, 우리는 이 이야기를 용감무쌍한 기자이자 은둔 고수인 중국인 셰프로 바꿔버렸다. 그는 비밀스러운 아시아의 뿌리가 깃든 이탈리아 요리를 한다. 외딴곳에 있는 이 레스토랑은 너무나도 창조적이라, 비교하면 오스테리아 프란체스카나가 프랜차이즈인 올리브 가든처럼 보일 지경이다.

우리는 《럭키 피치》에 종종 깜짝 부록을 담았다. 인간의 위처럼 생긴 주머니에 소책자를 담기도 했고, 알려진 적 없는 미국 요리의 동성애적 근원에 대한 이야기도 실었다. 퓰리처상을 받은 책 두 권의 발췌본도, 미쉐린 별 셋의 레스토랑인 베누Benu가 테이스팅 요리에 무한리필 볶음밥을 제공한다는 기사도 실었다. 아니면 이름 없는 영웅인 알렉스 리나 클라우디아 플레밍 같은 셰프를 기린다거나 셰프들이 개인적으로 나누었던 대화를 조명하기도 했다.

잉은 캘리포니아에서 젊은 픽션 작가인 레이철 콩을 고용했다. 그는 곧《럭키 피치》의 영적 지주가 되었다. 한편 뉴욕에서는 프리야 크리슈나, 라이언 힐리, 브렛 워쇼 등 갓 대학을 졸업한 똑똑한 친구들이 우리의 오합지졸 팀에 합류했다. 발행인으로 고용한 애덤 크레프먼은 크리스 잉처럼 맥스위니스 출신이면서 시카고에서 일했다. 무심코 들여다보니《럭키 피치》로 사업 기획안을 쓴 적도 없는데 우리는 이미 샌프란시스코, 시카고, 뉴욕에 '지사'를 두고 있었다. 웃겨서 믿기지도 않았다.

사실《럭키 피치》덕분에 정말 행복했던 이유는 이 잡지가 다른 사람을 피곤하게 했기 때문이었다. 텔레비전 쇼에 출연하거나 요리책을 내는 것으로도 모자라, 이제 셰프가 잡지도 내야 자신의 이야기를 제대로 할 수 있었다.《본 아페티》나《푸드 앤드 와인》같은 기존의 저명한 음식 잡지만큼《럭키 피치》를 팔지는 못했지만, 그들이 좀 더 머리를 굴리고 열심히 일하게 자극했다고 여긴다.《럭키 피치》는 발간 두 번째 해에 제임스 비어드상의 매체 부문을 싹쓸이했다. 우리 팀원들이 연이어 메달을 받는 광경을 보면서 샤덴프로이데(남의 불행이나 고통을 보면서 느끼는 기쁨-옮긴이)를 느꼈다.

《럭키 피치》가 성공하는 데 나는 별로 한 일이 없다. 처음 몇 호를 발간한 뒤 곧바로 뒤로 빠졌다. 내 인생이 구렁텅이로 빠져 들어가는 시기에《럭키 피치》가 잘나가기 시작했다. 물론 팀원들이 영향을 받지는 않았을 것이다. 그들은《월간 모모푸쿠》가 아닌《럭키 피치》라는 별개의 잡지를 만들고 싶어 했기 때문이다.

피터와 내가『뉴욕의 맛 모모푸쿠』를 쓰는 동안, 나는 이미 경력을 쌓은 직원들에게 나에 대한 선입견이 얼마나 거슬릴지 그저 짐작만 했다. 누군가 피터더러 "데이비드 장 밑에서 일하는 녀석"이라 부르는 걸 들은 적이 있다. 피터는 나나 모모푸쿠의 앞잡이 노릇이나 하려고 같이 일하지는 않았다. 나는《럭키 피치》가 왜 2호부터 모모푸쿠의 이름을 떼어냈는지 아주 잘 이해했다. 물론 이 일을 문제 삼지는 않았지만, 피터와 나 사이의 감정이 점점 나빠진다고 느꼈다.

내가 없어도《럭키 피치》는 잘 굴러가다 못해 점점 더 잘나갔다. 편집팀은 이야기에만 맞는다면 길이를 억지로 조절하지 않는 수준 높은 글을 만들어냈으며, 음식 바닥 안팎에서 새로운 의견을 들어 반영하고 가끔 하고 있던 걸 뒤집어엎었으며 정통적이지 않으면서도 아름다운 디자인 미학을 추구했다. 잉은 열여덟 살인 월터 그린을 미술 감독으로 채용했다. 4호마다《럭키 피치》는 맥스위니스가 했던 대로 디자인을 완전히 갈아엎었다. 2011년부터 2017년까지 음식 잡지의 표지가 거친 변화를 훑어보면 월터가 미친 영향이 잘 드러난다.

이 모든 일에 아무 계획이 없었다. 자발적이면서도 무모하고도 방종한 DIY 임기응변 정신이《럭키 피치》의 염색체에 깃들어 있었다.『뉴욕의 맛 모모푸쿠』의 사진을 찍은 가브리엘레 스타빌-'이탈리아인 사진가'라고 이름이 나가던-이 처음 몇 호에 들어간 사진의 75퍼센트를 찍었다. 그리고 나머지는 피터 집의 응접실에서 촬영했다. 맥스위니스는 처음부터 우리의 출판을 맡았지만 10호를 발행할 때까지 계약서를 쓰지 않았다. 《럭키 피치》가 1년에 네 번 나오는 계간지였으니 계산해보면 2년 반 동안 허송세월한 셈이다. 그러다가 계약서를 쓰자마자 모 아니면 도인 잡지 사업의 본질 탓에 맥스위니스에게 너무 큰 부담을 안기게 됐다. 엄청난 돈을 끌어와 발행하고 몇 달을 기다려 겨우 회수했다. 그들에게는 너무 벅찬 일이었다. 결국 더 잘하지도 못하면서 모모푸쿠가 발행사 역할을 맡았다.

하지만 자유롭게 잡지를 낼 수 있는데 무슨 계획이 필요하겠나?

믿을지는 모르지만 모모푸쿠로 부자가 될 생각은 해본 적이 없다. 모모푸쿠가 비영리단체라는 의미가 아니다. 모든 것을 잃을 위기나 그저 돈을 벌고 싶은 욕심에 내가 옳다고 생각하는 일을 하지 않은 적이 없어서 자랑스럽다는 말이다. 나는 사업에 모든 것을 걸었다. 모모푸쿠를 위해 일한 모든 사람이 평안한 삶을 유지하고 창의력을 펼치도록 자유로운 분위기를 만들고 싶었다. 그러기 위해 나는 엄청나게 무책임한 결정을 내렸다. 우리가 팀으로 성공하도록 나만을 위해 돈을 벌거나 따로 떼어 저축하지 않은 것이다.

하지만 설명도 없이《럭키 피치》가 폐간됐으므로 나는 언제나 책임감 없는 이기적인 개자식이라는 멍에를 쓰고 살 것이다. 나도 어떤 모양새일지 잘 안다. 사람들은 모모푸쿠가 쇼핑몰이나 경기장에도 입점하는 걸 탐욕으로 받아들였다. 나의 넷플릭스 출연은 허영이라 여겨졌다. 2016년에 모모푸쿠는 거의 망했다. 뒤에서 자세히 이야기하겠지만 사업은 내리막길이었고 우리의 매력도 사그라들고 있었다. 나는 외부 투자를 원하지 않았다. 과거에도 나는 사모펀드 회사의 막대한 투자 제안을 반려해왔다. 9백만 달러를 개인 명의로 대출받기 위해 신체검사를 받고 싶지도 않았다. 하지만 그렇게 했어야만 했다. 가족을 꾸렸고 아파트를 샀는데, 은행에서는 돈을 너무 많이 벌었으니 더 대출해줄 수 없다고 말했다. 내가 번 돈은 전부 모모푸쿠로 들어갔다.

이 같은 모모푸쿠와 개인적인 재정의 현실과 이상 사이의 간극 탓에《럭키 피치》팀과의 관계가 매우 나빠졌다. 그들은 성장을 원했다. 젠장, 나도 그래야 한다고 말했다.《럭키 피치》는 재정이 안정될수록 더 자유롭게 한계를 뛰어넘을 수 있었다. 그리고 한발 더 나아가 두각을 나타내는 똑똑한 필자 전부를 함께 끌고 갈 수 있었다.

물론 문제가 있었다. 창의적인 세계에서 돈을 벌려면 위기를 감수하고 타협도 해야 하며 운도 정말 엄청나게 좋아야 한다. 나는 진심으로 조건만 맞았다면《럭키 피치》가 계속 성장할 수 있다고 믿었다. 하지만《럭키 피치》는 발행 중에도 수익을 내지 못했으며 그 탓에 모모푸쿠가 어려움을 겪었다.

두 곳이 완전히 얽혀 있는 게 문제였다. 서로의 성공은 물론 약점마저 공유했다. 《럭키 피치》팀에 급여를 주지 못하면 모모푸쿠에서 지원했다. 만약 《럭키 피치》가 판매량 감소나 경영 미숙으로 엄청나게 실패하면 모모푸쿠까지 망할지도 몰랐다. 물론 그 반대도 마찬가지였다. 모모푸쿠 그룹의 레스토랑이나 별 다를 바가 없었으므로 우리는 《럭키 피치》를 하나의 음식점처럼 운영했다. 우리가 잘 아는 방식을 적용한 것이었다. 하지만 《럭키 피치》는 레스토랑이 아니었으니 잘못되면 엄청나게 더 큰 재정 위기가 닥칠 수 있었다.

오랫동안 모모푸쿠는 외부 투자를 받지 않고 꾸려나갔지만, 운이 좋아서 적자를 내지 않았다. 우리는 《럭키 피치》및 실험적인 바와 장비 사업체인 부커 앤드 댁스의 재정 지원에 유연하게 대처했다. 하지만 모모푸쿠의 레스토랑들은 언젠가부터 예전처럼 수익을 내지 못했다. 현금이 없는 건 심각한 문제였다.

이런 상황이 직원들과 공유됐는지 모르겠다. 그들이 내가 얼마나 《럭키 피치》를 소중히 여겼는지, 유지하기 위해 얼마나 노력을 기울였는지도 알았는지 모르겠다. 전부 내 잘못이었다. 나는 그들과 상황을 충분히 공유하지 않았다. 우리는 서부 개척 시대의 조랑말 속달 우편으로 소식을 주고받는 양 동서부 양쪽에서 《럭키 피치》를 운영했다. 막바지에는 레이철과 잉 두 사람 모두 《럭키 피치》를 떠나야 했으므로 특히 미안했다.

모모푸쿠와 《럭키 피치》는 밤마다 잠자리에서 싸우면서도 상대방에게 불만을 토로하지 않는 부부처럼 돼버렸다. 이 모든 게 2017년에 결국 터져버렸다. 우리는 《럭키 피치》를 살릴 수 있는 모든 방안을 검토했다. 어쩌면 큰 출판사에 매각할 수도 있었다. 〈셰프의 정신〉으로 기분이 여전히 상해 있었지만 나는 텔레비전 방송에 더 출연하기로 합의했다. 음식과 문화를 다루는 우리의 넷플릭스 오리지널 쇼 〈어글리 딜리셔스〉(원제는 '럭키 피치')가 《럭키 피치》를 살리고 기업 가치를 올릴 수도 있었다. 〈어글리 딜리셔스〉는 보뎅과 아카데미상 수상 프로듀서 모건 네빌이 제작했다. 나는 《럭키 피치》에 들어간 모모푸쿠의 지분을 대부분 포기하고 남은 미래의 부채도 청산해주기로 했다. 하지만 합의를 이끌어내지는 못했다.

앞서 이야기했듯 《럭키 피치》의 폐간 소식이 알려지자 원인에 대한 억측이 넘쳐났다. 나는 어떤 것도 받아들이기 어려웠다. 성난 필자와 독자 들이 나에게 생각도 없이 많은 사람을 실직으로 몰아넣었다고 메시지를 보냈다. 내가 살아남으려고 《럭키 피치》가 세운 공동체를 죽였다고 말했다. 조너선 골드가 죽기 전 마지막으로 가졌던 왕

레이철은 소설가로 엄청난 성공을 거두었으니 너무 안타까워하지 마시기를. 라이언 힐리는 모모푸쿠에서 일하고 있으며, 프리야 크리슈나와도 큰 프로젝트를 함께하고 있다. 잉과는 작년에 다시 일을 시작했는데, 사실 이 책에 많은 도움을 주고 있다. 그를 절대 뺏기지 않도록 표지에도 그의 이름을 싣지 않았다. 나는 그를 다시 잃고 싶지 않다. 같이 할 일이 너무 많으니까.

래-그것을 정녕 왕래라 부를 수 있는지 모르겠지만-는 로스앤젤레스의 레스토랑 메이저도모Majordomo에 대한 그의 악평이었다. 그는 《럭키 피치》를 폐간시켜서 나에게 화가 났다고 말했다. 심지어 나를 시저라고 일컬었다. 조너선은 피터와 엄청나게 친했으며 나에게도 친구이자 많은 영향을 미친 사람이었다. 친구가 나를 얼마나 초라하게 여기는지 신문을 보고 알게 됐지만 바로 잡을 기회마저 없다면 얼마나 좌절스러운지 아는가?

이런 진창에 스스로를 빠뜨렸다는 데 환멸을 느꼈지만,《럭키 피치》를 창간할 때는 엄청나게 즐겁고 들떴었다. 그런 프로젝트가 골칫거리가 되다 못해 폐간되고 다들 나에게 책임을 추궁하니 한결 더 괴로워졌다. 빌어먹을 종자들은 나의 상태도, 상처도 헤아리지 못했다. 엄청난 상실감을 겪고 모두 나를 악당이라 낙인찍고 침 뱉는 기분을 모를 것이다. 다른 선택이 없다고 믿었기에《럭키 피치》의 폐간에 말을 보태지 않았다. 물론 폄하 방지 합의서를 작성했다는 사실까지 말해서 무엇하랴. 나는 인생을 옹졸하게 살았고 품위를 지키려 노력했다. 품위를 지키려는 노력? 그거 엄청나게 더럽고 치사하다.

《럭키 피치》에 내가 책임을 다하지 않았다고 여기는 인간들, 또는《럭키 피치》가 내 정체성의 핵심과 상관없다고 여기는 인간들에게 설명해주겠다. 오늘날까지도 기자들이 물어본다. '모모푸쿠'는 무슨 뜻인가요?

바로 '럭키 피치福桃'다.

멘토와 형, 그리고 코칭

돌아보니 형과 누나 같은 이들이 많았다.
그들에게 아직도 충분히 감사하지 않았다면
이 책을 빌려 한 번 더 말한다. 모두 감사합니다.

한국말을 배워보자. 한국 문화에서는 가족은 물론, 타인에게까지도 나이에 따라 적절한 존칭을 써야 한다. 대표적으로 '형'과 '누나'라는 호칭이 있다. 각각 남성과 여성 연장자를 일컫는 단어다. 다만 형은 동성의 연장자-멘토 같은 이-를 부를 때처럼 넓은 범위로 쓰인다.

어린 시절, 나는 형들과 잘 어울리기는 했지만, 그들이 나를 잘 보살펴주지는 않았다. 지훈이 형이나 용이 형 모두 나보다 나이가 훨씬 많은 데다가 주로 골프장에서 시간을 같이 보낸 탓이다. 둘 다 나를 챙기려 하지 않았으므로 별문제는 없었다. 주방에서 직업적인 멘토를 만나기는 했지만 어느 누구도 형이라 여겨본 적은 없었다.

그렇게 살다가 짐 용 김 박사를 만났다. 우리는 이명박 전 대통령의 국빈 방미를 기리는 정찬에서 만났다. 오바마 정부가 주목할 만한 한국계 미국인들을 초대한 자리였다. 나는 시드니 공항에서 비행기가 뜨기를 기다리다가 만찬에 초대받았다. 또 한 차례 난장판 속으로 몸을 던지려고 미국으로 돌아가는 길이었다. 이번에는 하버드대학교 졸업식의 연설과 뉴올리언스를 배경으로 하는 HBO 드라마 〈트레메〉의 홍보 영상 촬영이 잡혀 있었다. 미국에 도착하자마자 짐도 못 풀고 워싱턴 D.C.로 가서 준비된 턱시도를 입었다. 모모푸쿠 팀이 뉴욕에서 페덱스로 부쳐준 것이었다.

참석하길 잘했다는 생각이 들었다. 나는 2020년에 세상을 떠난 루스 베이더 긴즈버그 대법관의 옆자리에 앉았다.* 함께 모시고 간 엄마도 기뻐했다. 무엇보다 가장 잘나가는 한국계 미국인과 자리를 같이한다는 사실에 흥분한 것 같았다. 김 박사는 다트머스대학교 학장을 역임한 뒤 세계은행장으로 취임했다. 그는 브라운대학교와 하버드대학교 대학원을 졸업한 뒤 파트너스 인 헬스를 설립해 후천성 면역 결핍증(AIDS)을 연구하고 제3세계의 전염병을 치료하는 데 지대한 공을 세웠다. 하지만 무엇보다 가장 흥미로운 이야기는 그가

---

* 대법관에게는 어떤 호칭을 써야 할까? 나는 잘 몰랐다. 그래서 "판사님"이라고 불렀는데, 무려 46대 대통령의 영부인인 질 바이든이 바로 잡아주었다. "존경하는 재판관님이라 불러야죠."

1960년대에 미국으로 건너와 아이오와주 머스커틴의 고등학교에서 미식축구팀의 쿼터백과 농구팀의 포인트가드를 맡았다는 것이다. 체구가 작았음에도 말이다.

우리는 백악관 만찬에서 만난 이후 계속 연락을 주고받았다. 그가 음식을 좋아한 덕분이기도 했다. 그와 대화를 나눌 때마다 나는 나의 문제를 적나라하게 드러냈다. 그의 부친이 내 아버지와 가까운 지역에서 자랐으므로 그는 내 거지 같은 인생 이야기에 잘 공감해주었다. 그리고 단 0.5초 만에 내 직업적인 문제까지 이해했다. 관료주의의 영향을 받았으면서도 수천 명의 삶을 눈에 띄게 개선한 경험 덕이었다. 반면 나는? 단 몇 군데의 레스토랑을 일주일에 두 번씩 말아먹을 위기에 처박지 않으면 다행이었다.

김 박사는 나에게 건강을 위해 트레이너를 고용하듯 회사 일을 돌봐줄 트레이너가 있어야 한다고 말했다. 나에게 경영자 코치가 필요하다는 것이었다. 김 박사는 친구에게 나를 무료로 맡아줄 수 있는지 물어보았다.

경영자 코치라니, 토니 로빈스처럼 커다란 치아를 드러내는 유명인이 떠올랐다. 코치가 회사를 더 잘 굴러가게 도와줄지도 모른다. 하지만 내가 정신적 지주나 자기계발서에서 조언을 얻는다면 모모푸쿠는 대체 어떤 회사가 되는 걸까?

김 박사는 내게 인터넷에서 마셜 골드스미스라는 사람을 검색해보고 연락하라고 말했다.

그의 홈페이지는 열정이 끓어올라 곧 폭발할 것 같았다.* 홈페이지 대문에는 나이가 지긋한 골드스미스가 대머리에 웃음을 띤 얼굴로 팔을 활짝 벌린 채 "해냈군요! 나를 찾아냈어요!"라고 말하고 있었다. 사진 사이트에서 파는 이미지 같았지만 진짜 마셜 골드스미스였다. 홈페이지에는 베푸는 삶의 개념을 설명하는 차트가 잔뜩 있었고, 그가 웃는 사진도 많이 보였다. 『일은 사랑이다』나 『일 잘하는 당신이 성공을 못하는 20가지 비밀』을 비롯한 여러 권의 저서, 그가 싱커스 50 매니지먼트의 명예의 전당에 올랐음을 광고하는 배너도 달려 있었다.

9·11 사태 탓에 나락으로 떨어졌던 시기, 보잉은 골드스미스를 최고 경영자인 앨런 멀럴리의 코치로 고용했다. 같은 2000년대에 멀럴리는 또 다른 미국의 상징인 포드사를 자동차 위기에서 되살려냈다. 이 모두를 한데 아울러 생각해보면 골드스미스는 임원 코치계의 마이클 조던이었다. 나는 '인물 소개'란에서 다음의 구절을 인상 깊게 읽었다.

"나는 사람들이 어떤 믿음과 환경으로 인해 부정적인 행동을 하는지 깨닫게 해줍니다."

나는 심리치료를 주저했던 것과 같은 이유로 김 박사의 제안을 받아들이기 어려웠다. 내가 단점을 지녔거나 약한 사람이라는 사실

---

* 기다릴 테니 직접 가서 확인해보시라.

내리막길 그리고 다시 오르막길

을 인정하기 싫었다. 하지만 나는 타고난 지도자인 김 박사보다 더 나은 인간이 아니었으므로, 코치의 이점을 개인적인 차원에서 설명해주는 그를 믿어야 했다. 그동안 힘을 가진 이들을 만나면서 사업 능력과 지도력을 교육받지 못한 내가 종종 불리하다고 느꼈음을 떠올렸다.

골드스미스는 김 박사가 추천해준 인물이었다. 그는 아무에게나 골드스미스를 소개해주지 않았다. 나를 콕 집어 권해주었다.

좋아, 까짓것 해보지 뭐.

대부분의 경영자 코치는 리더의 결점만을 지적하지만, 마셜 골드스미스는 더 개인적인 차원에서 접근했다. 그는 상대방의 됨됨이를 보고 가치와 기질을 파악한 뒤에야 실천 방안을 처방해준다. 이렇게 이야기하니 심리치료 같다.

하지만 엘리엇 박사와 달리 골드스미스는 내 이야기에만 관심을 기울이지 않았다. 그의 팀은 나의 가족과 직원, 친구 들 서른 명을 인터뷰했다. 인터뷰에서 무슨 말을 하더라도 보복은 없다고 미리 말해두었다. 어떤 상황에서도 골드스미스는 의견의 출처를 밝히지 않는다. 오랫동안 코치로 일한 경험으로 그는 인터뷰 녹취록에서 자연스럽게 개인적인 자취를 들어냈다. '전방위 의견 구하기'라 일컫는 과정이었다.

나는 세상을 떠난 멘티의 부모님과 이야기를 나눴던 마 페셰의 회의실에서 마셜을 처음 만났다. 그는 차분하고 분명하고 예의 바르고 주의 깊었다. 모든 무기를 쥐고 협상에 들어선 사람의 자신감이 느껴졌다. 나의 주된 성향을 알려주고자 그와 그의 팀은 며칠 동안 내 주변 사람들을 만나 이야기를 나누고 정리해 준비했다.

우리는 일단 긍정적인 측면부터 이야기했다. 그는 종이가 잔뜩 든 아이보리색 서류철을 내밀고는 사무실에서 나갔다. 나는 내용물을 하나씩 곱씹으며 읽었다. 마음의 온천욕 같은 느낌이었다. 끝까지 거의 다 읽자 마셜이 혹시 내가 스스로에게 너무 가혹한 사람이라 결론 내린 건 아닐까 궁금해졌다. 자부심을 느낄 만한 내용이 너무 많았다. 마셜은 질문이 있느냐고 물었다. 물론 없었다. 그는 지금까지 읽은 걸 마음에 잘 품으라고 말해주었다. 그리고 내일 아침에 비판적인 반응을 살펴보자고 했다.

다음 날 마셜은 조수와 함께 산더미 같은 서류를 들고 찾아왔다. 보고서를 전부 읽는 데 꼬박 하루가 걸렸다. 나는 모든 글을 한 줄도 빠짐없이 전부 읽었다. 다 읽었을 때, 내가 지도자로서 자격이 엄청나게 부족하다는 이야기를 하려고 마셜이 팀원들과 함께 찾아왔다.

그는 상처에서 반창고를 바로 떼어버렸다.

"초장부터 공유하기에 너무 가혹할 수도 있지만, 당신은 귀를 기울여야 합니다. 이렇게 많은 사람이 당신을 못 견디면서도 오랫동안 버티고 있었다는 사실이 너무 놀라워요."

고든의 낚시꾼 Gordon's Fisherman (냉동 해산물 기업의 마스코트인 낚시
꾼-옮긴이)처럼 인자하게 생긴 신사가 내가 그동안 세운 시스템을 너
무나 쉽게 비판했다. 사람들은 좋아하지도 않는 나를 위해 자신을 희
생해왔다. 내가 난리를 쳐서 걸림돌이 되었는데도 성공해왔다.

"빌어먹을." 나는 마침내 입을 열었다.

"그동안 타인에게 정말 엄청나게 상처를 줬군요. 저에게 가능성
이 있기는 합니까? 어디에서부터 다시 시작할지도 모르겠어요. 모든
게 엉망진창이네요."

"일단 인정할 수 있다니 시작이 좋네요, 데이브."

나는 마셜의 코칭 철학을 세세하게 이해해갔다. 그는 개차반이
스스로를 개차반이라 인정하게 만든다는 차원에서 누구보다 좋은 코
치였다. 그는 다음과 같은 명언으로 무장하고 개차반을 공략했다.

"성공적인 사람은 자신보다 타인에게 초점을 맞춰 위대한 리더가 됩니
다."

"그렇다면 오랫동안 지금 하는 일을 하겠지만, 스스로 원했던 사람은
되지 못할 것입니다."

"자신을 망치는 것보다 망친 걸 해결하기가 더 어렵습니다."

그가 내린 이런 진단에 반박할 수 없었다. 욕은 실컷 해도 됐지만, 반박하거나 변명하면 그는 자선 기부금 항아리를 내밀고 돈을 넣으라고 했다. 그렇다, 그는 놀랄 만큼 긍정적인 견해를 지닌 경영자 코치인 동시에 매우 정직한 사람이었다. 언제나 사실과 데이터를 바탕으로 진단했다. 코칭을 갓 받아들인 나에게 그의 격언은 부처의 가르침 같았다.

"똥을 먹어야 합니다!"

그는 처음 코칭 자리에서 이 말을 되풀이했다. 권투 트레이너의 말투처럼 열정적으로 "똥은 맛있습니다!"라고 말했다.

"대체 무슨 뜻으로 말씀하시는 겁니까?" 나는 껄껄대고 웃었다.

"웃지 마세요"라고 그는 단호하게 받아쳤다. 마셜은 내가 이제 요리를 그만해야 한다고 말했다. 숫자를 들여다보거나 사람들을 다루는 일도 손에서 놓아야 했다. 모모푸쿠는 내가 똥을 얼마나 먹고 즐기는지에 따라 죽고 살 것이라고 했다. 그는 "당신이 얼마나 많은 똥을 먹어치우는지 시간이 되는 한 지켜볼 것입니다"라고 말했다. 우리에게 시간은 충분했다.

똥 먹기란 귀 기울이기를 의미했다. 똥 먹기란 나의 실수와 결함을 인정한다는 것을 의미했다. 똥 먹기란 나에게 불편함을 끼치는 갈등을 대면하는 것을 의미했다. 똥 먹기란 누군가 나에게 말할 때 스마트폰을 치워놓는 것을 의미했다. 똥 먹기란 도망치지 않고 맞서는 것을 의미했다. 똥 먹기란 감사하는 마음을 의미했다. 똥 먹기란 타인이 내 기대만큼 해내지 못하더라도 감정을 억누르는 것을 의미했다. 똥 먹기란 나보다 타인을 배려하는 것을 의미했다.

마지막 사항이 가장 중요했다. 엘리엇 박사와 상담을 하며 나는 내 장점이 자기파괴라고 이야기했다. 하지만 내 경영 방식은 나뿐만 아니라 다른 이들에게도 해로웠다. 마셜은 이제 내가 약점을 감추는 데 그런 성향을 쓴다고 했다. 나는 모모푸쿠를 떠난 사람들이 나를 버렸다고 여겼다. 그들이 일을 못하면 나를 배신하는 것이었다. 마셜은 그 속에 담긴 추악한 진실을 지적했다. 내가 다들 나를 떠받들기 위해 모모푸쿠에서 일한다고 믿는다는 것이었다.

나는 언제나 엄청나게 거만한 태도로 모모푸쿠에 헌신했다. 우정이 허물어지고 상처받고 요리사들도 무릎을 꿇고 울어도 된다고 생각했다. 이 모든 상처를 더 많은 이들에게 좋은 음식을 내자는 고귀한 목표를 위한 희생이라 생각했다. 나 자신이 모모푸쿠였고 그래서 모든 것을 모모푸쿠에 바쳤다고 믿었다. 따라서 나에게 좋은 게 모모푸쿠에 좋은 것이었다.

코칭을 받는 첫해에 마셜은 나를 엄격하게 관리했다. 그는 내 감정의 가석방 담당관이었다. 직접 만나지 못할 때는 내게 전화를 걸었다. 그는 지금껏 코치해준 다른 임원들의 세미나나 저녁 식사 자리에 나를 데려갔다. 책도 추천해줬다. 모모푸쿠의 동료들에게 내가 잘하고 있는지 물어보고 마음에 안 드는 이야기를 들으면 나에게 해명해 보라고 다그쳤다.

나는 이 모든 과정을 열정적으로 받아들였다.

"마셜, 나아지고 있는 것 같아요."

하지만 그는 나의 말을 믿지 않았다. 마셜은 칠흑처럼 껌껌한 현실 속에서 빛나는 한 줄기 밝은 빛이었다. 물론 그 말고 다른 사람들도 도움을 주었다. 적어도 열 명은 넘는 사람이 내 삶에 길을 비춰주었다. 엄청난 지지와 사랑을 보여준 짐 용 김 같은 이들 말이다. 토니 보뎅도 그런 이들 가운데 하나였다. 그는 나를 보살펴주었고 나 또한 그를 엄청나게 감쌌다. 마치 친형제처럼 말이다. 돌아보니 형과 누나 같은 이들이 많았다. 그들에게 아직도 충분히 감사하지 않았다면 이 책을 빌려 한 번 더 말한다. 모두 감사합니다.

나는 엘리엇 박사에게 새로운 일을 시도해보고 싶다고 말했다. 일단 약을 끊기로 마음먹었다.

모든 일이 그렇듯 엘리엇 박사는 철저함을 강조했다. 우리는 언제나 한참 이야기를 나눈 뒤에야 프로그램을 조정했다. 그즈음 마셜에게 코칭을 받은 덕분에 내 상태는 아주 또렷해졌다. 그래서 이제 편안함에서 벗어나 보고 싶었다. 건강해지기 위해 애쓰고 싶었다.

그는 약이 나를 망가뜨리진 않았다고 했다.

"그래요, 하지만 일단 약을 끊어보죠. 그러면 어떤 증상이 나타나는지 보고 싶네요."

그는 의도를 이해하면서도 내가 아주 스트레스가 큰, 고통스러운 시기의 막바지에 있다고 이야기했다. 꼭 집어 말하긴 어렵지만 약은 도움이 되었다. 새로운 전략 덕분에 자신감이 늘었지만, 곧 압박을 받을 상황이었다. 엘리엇 박사를 존경하는 것과 별개로 의사들은 늘 그렇게 말하지 않던가? 자기가 제공하는 치료 덕분에 나아진다고? 바닥을 모르는데 약이 도움이 되는지 아닌지 어떻게 알 수 있을까?

"약을 끊으면 위험할 거라 보세요?"라고 나는 물었다.

그는 딱히 그렇지는 않겠지만 정해놓은 목표에 이르는 데 방해가 될 수 있다고 말했다. 나는 근 10년 동안 약을 먹어왔고 지금은 시험 삼아 끊어볼 만한 때가 아니었다. 증세가 악화되고 내 기분이 곤두박질칠 수 있었다. 나는 경계에 서 있었다. 성장할 때가 됐지만 약을 먹는 한 최선의 상태는 포기해야 했다. 나는 변화하고 싶었다. 돌아보면 우울증은 또 나를 속여 넘기고 있었다. 이번에는 내가 괜찮다고 믿게 만들었다. 엘리엇 박사는 내가 조증을 겪을지 모른다고 경고했다. 그는 다시 한번, 내가 맞는 결정을 내렸느냐고 묻고는 천천히 약을 줄여서 끊는 법을 알려주었다.

중독된 삶

나는 그저 정상적으로 생각하는 정상인이 되고 싶었다.
내가 되고 싶지 않기 때문에 약이 좋았다.
일이 나를 바꿔놓았다. 일이 나를 살렸다.

고등학교 시절, 나는 술도 마시고 대마초도 피웠다. 다만 엄청나게 집착하지는 않았다. 열네 살 때 반 친구가 가져온 싸구려 와인 썬더버드를 마시고 처음 취한 이후 엄청나게 많은 사고를 쳤다. 열여덟에는 체서피크 베이의 친구네 집 옥상에서 실수로 동물 마취약인 펜시클리딘을 피웠다. 헛것이 보일 때까지 나는 대마초라 착각하고 있었다. 대학에서는 과제를 제때 내기 위해 리탈린과 덱사드린을 남용했다. 먹으면 초능력이 생기는 느낌이었다.

둘째 용이 형이 코카인과 헤로인을 멀리하라고 했지만, 대학교

4학년 때 결국 못 참고 코카인 몇 봉지를 샀다. 이걸 들고 있었더니 재채기를 하는 온갖 인간들이 숲과 나무에서 튀어나왔다. 흡입해보니 입맛도 망가졌다. 코카인은 나에게 맞지 않는 약이었다.

LSD도 몇 번 시도해보았는데 엄청 지저분한 환각에 시달린 뒤 간신히 끊었다. 기회가 닿을 때마다 머시룸(실로시빈)도 해보곤 했다. 환각이 딸려 오지도 않았고, 단 한 알로 엄청난 에너지를 얻는 게 좋았다.

지금은 엑스터시, 몰리, MDMA의 차이를 잊어버렸지만, 무엇이든 수중에 있고 다음 날 특별한 일이 없다면 늘 약을 한다고 봐도 무방했다. 항우울제를 먹었더니 마약이 잘 들지는 않았다. 하지만 그 정도 작은 대가는 치러야 했다.

한동안은 발륨과 근육 이완제를 엄청나게 먹었다. 퍼코셋. 클로노핀에 와인 한 잔. 비코딘과 맥주 한 잔. 그렇게 약과 짝지으면 술 스물다섯 잔을 한꺼번에 마시는 효과가 나타났다. 과장도 미화도 전혀 없이 말하겠다. 정말 몇 번은 죽었어야 할 만큼 많이 먹었다.

휴가를 갔다가 머시룸과 대마초가 든 군것질거리를 잔뜩 받은 적이 있다. 다른 행성으로 가고 싶어서 먹고 또 먹었다. 호수에 파도가 치고 하늘에 두 개의 달이 떠 있는 환각에 빠졌다.

때로 나는 약을 너무 많이 먹고 완전히 망가져서 엄청나게 시끄럽고 활발하게 굴었다. 완전히 다른 사람이 되어 웃고 사람들과 어울렸다. 아마 가장 재미있는 버전의 데이비드 장이었을 것이다. 하지만 대체로는 엄청나게 슬펐고 편집증에 시달렸다. 나는 내가 원하면 언제든 약을 끊을 수 있다고 생각해 멈추지 않았다. 약을 하면 현실감각이 사라졌고, 어느 순간 환각을 내 마음대로 다룰 수 있다고 믿게 되었다.

대마초와 머시룸으로 얻은 편집증은 제대로 다루기만 한다면 쓸모가 있었다. 약에 취해 소파에 앉아 모두가 나를 평가하고 있다고 믿으면 그들의 생각이 정확하게 들렸다. 공감의 환상으로 빠져드는 기분이었다. 계속 밀어붙인다면 약의 힘도 통제할 수 있을 것 같았다.

술도 마찬가지였다. 이제는 별로 안 마시지만, 한동안은 문제였다. 스트레스를 떨치려고 감각이 완전히 없어질 때까지 술을 마셨다. 가끔 아침에 수액을 맞으러 병원에 갔지만, 한편으로는 숙취도 즐겼다. 모든 게 계속 변하는 현실에서 숙취만은 꾸준히 믿을 만했다. 나는 매일 일을 마치고 나면 과음하면서 졸피뎀이나 클로노핀을 먹었다. 성장을 막는 나의 안전장치였다.

1년 반 동안 항우울제를 끊었다. 그 전후로 엘리엇 박사와 나는

 나를 약물 중독자라 낙인찍기 전에 마이클 폴란의 『마음을 바꾸는 방법』을 읽어보시라. 그리고 나보다 더 나은 저자의 설명이 말이 되는지 확인해보시라(공정하게 말하자면, 폴란은 내가 말하는 바로 그런 오남용을 피하라고 권한다).

분노 조절과 우울증 완화를 위해 여러 약을 다양하게 조합해 시도했다. 엘리엇 박사 혼자 결정을 내렸다면 리튬을 처방했을 테지만 나는 두려웠다. 렉사프로는 성욕을 완전히 앗아갔다. 웰부트린으로 바꿔보았는데 끊을 때까지 감각이 없어졌고 종종 조증에 시달렸다. 마지막으로 라믹탈을 시도해보았는데 불면증이 생겼다. 모든 약은 적응기를 거쳐야 효과가 나타났다. 오늘날까지도 나는 항우울제가 나에게 어떤 영향을 미쳤는지 정확하게 알지 못한다.

어떤 약도 자살 충동을 떨쳐주지는 못했다. 되레 약은 내 머릿속에 몰아닥치는 파도 사이의 한 점 공기였다.

밤에 잠을 못 잔다고 호소하자 엘리엇 박사는 항불안제로 클로노핀을 처방해주었다. 먹었더니 엄청난 분노에 휩싸였다. 그대로 잠에 빠졌다가 똑같은 상태로 깨어났다. 처음에는 클로노핀이 급성 불안을 다스려주었지만 정작 약을 안 먹는 날에 기분이 좋아졌다. 하지만 시간이 흐르면서 약을 먹으면 차분해야 할 순간에 공황이 닥쳤다. 이런 불편함이 일상이 되었다.

나는 그저 정상적으로 생각하는 정상인이 되고 싶었다. 나는 애초에 떠버리가 아니다. 사교적이지도 않고 지도자감도 아니다. 어릴 때부터 그랬다. 삶의 대부분에서 나는 한국계임을 부끄러워하거나 두려워했다. 나라는 사람이 되고 싶지 않았기 때문에 약-불법, 합법으로 구한 모든 것-이 좋았다. 레스토랑이 그 모든 걸 바꿔놓았다. 모모푸쿠 누들 바를 개업했을 때 나는 도전 정신이 없는 나를 지워버렸다. 레스토랑보다 이론에 가까웠던 태동기에도 모모푸쿠는 나의 정체성을 세워주었다. 나에게 딸려온 찻잎점을 거부하려고 그랬을 것이다. 일이 나를 바꿔놓았다. 일이 나를 살렸다.

나와 엘리엇 박사는 몇 년 동안 상담 시간의 절반을 주방에서 분노를 다스리는 요령에 초점을 맞췄다. 누군가 사소한 실수를 저질러도 나는 엄청나게 화를 냈다. 그냥 소리 지르고 고함치는 수준이 아니었다. 구세대 셰프들도 소리를 지르기는 했다. 그게 그들의 경영전략이었으니, 수돗물이라도 틀듯 분노를 발산했다가 멀쩡해지곤 했다. 하지만 나는? 전략 따위는 없었고 다 내려놓았다면 정말 다 내려놓은 것이었다. 평정심을 내려놓고 통제를 내려놓고 의식도 내려놓았다.

여러 차원에서 약에 취한 것과 별로 다르지 않았다.

나는 칼로 자해했다는 사람들의 이야기를 읽었고 안타깝게 생각한다. 당장의 감정 말고 다른 걸 느끼고 싶은 마음을 분명히 이해한다. 나 역시 매번 레스토랑 밖으로 나가 마음을 가다듬었지만, 편두통이 왔고 이후 오랫동안 심장이 벌렁벌렁 뛰었다.

나는 덩치가 크므로 이런 일이 있을 때마다 사람들이 무서워했는데, 화의 원천이 되는 건 더 무서운 일이었다. 나는 부끄러웠다. 폭주할 때마다 차에서 굴러떨어지는 기분이었다. 죄책감에 박살이 나서 다시 성질을 내지 않도록 스스로를 더 세게 압박했다. 엘리엇 박사는 성질을 다스릴 방법이 있을 거라 말했다. 주방에서 잠시 나가 있기를 비롯해 모든 방안을 다 시도해보았다.

엘리엇 박사에게 설명해달라고 간절히 부탁했다. 대체 뭐가 잘못되었는지 알아야 했다. 까놓고 혹시 양극성 장애가 아니냐고 물어보면 그는 "데이비드, 뭐 때문에 그런 질문을 하는 거죠?"라고 반문했다. 엘리엇 박사는 나에게 정확한 진단을 내리지 않았다. 병명을 말했다가는 내가 거기에 완전히 집착해서 관련된 글을 모두 읽으려 드는 건강염려증 환자라는 걸 알고 있었기 때문이다. 나는 같은 증상을 가진 이들과 자신을 끊임없이 비교했다. 내가 정말로 양극성 장애라고, 엘리엇 박사는 불과 몇 년 전에 확인해주었다. 그는 내가 '정서 조절 장애'를 겪고 있다고 말했다.

• 내가 전문가가 아니라는 사실을 다시 한번 강조하지만, 그래도 의사들의 글을 읽고 알게 된 바를 옮겨보자. 정서 조절 장애(혹은 감정 조절 장애)는 대개 외상후 스트레스 장애나 경계성 인격장애처럼 다른 정신질환에 딸려 온다. 또한 정서 조절 장애는 상황을 되돌릴 수 없는 지점-폭언이나 자해, 기물 파손 등-까지 악화시키는, 통제 불가능한 원동력으로 작용한다. 그리고 거의 언제나 성장기의 경험과 상관이 있다.

풀어서 말하자면, 주방에서 긴급한 일이 벌어지면 내 정신은 제대로 해결을 못한다. 예를 들어, 평론가가 찾아온다고 가정해보자. 나는 직원들에게 중요한 상황이니 잘해달라고 설명할 것이다. 하지만 그렇게 애를 써도 어차피 말아먹게 돼 있다. 요리가 제대로 진행되지 않거나 멍청한 결정을 내려버린다. 인간이니까 그럴 수 있다. 하지만 그 순간 나는 실수를 태업이라고 인식한다.

나는 그런 행동이 무관심이며, 무관심은 나와 내 가치에 대한 공격이라 여긴다. 그리고 위협받고 있다고 느낀다. 본능적으로 방어하기 위해 사람들을 몰아붙인다. 비명을 지르고 소리를 치고 욕을 할 것이다. 그들을 박살 내버리고 싶지만 그러면 안 된다는 걸 아니까 대신 자해를 한다. 벽을 주먹으로 치고 캐비닛을 발로 차고 자살하겠다고 협박한다.

많은 사람이 이런 이야기를 읽으면 직장에서 화를 내려는 핑계라고만 생각할 것이다. 내 앞에서 벌어진 일을 다른 사람들과 다르게 보는 것뿐이다. 너무나도 똑같이 보고 싶지만 그럴 수가 없다.

엘리엇 박사는 나의 증상이 일시적인 정신병이라고 진단했다. 나는 친구와 적을 구분할 수 없었다. 세계를 다른 색으로 이루어진 것처럼 보고 원래대로 돌릴 수도 없었다. 일터에서만 이런 일이 벌어지는 것도 아니었다. 집에서도 평정심을 잃어서 너무 무서웠다. 현실 감각을 완전히 잃고 나를 가장 사랑해주는 사람들에게 최악의 일들이 벌어지기를 바랐다. 아내인 그레이스는 내가 화를 내면 너무 심하게 분노로 끓어올라서 단순히 감정적이라고 할 수 없다고 했다. 나는 곧 사람을 해칠 동물 같았다. 그레이스는 나와 말싸움을 하다가 때로 "여보, 나는 당신의 편이야. 당신의 편이라고" 하며 나를 달랬다. 그런 말도 몇 시간은 지나고 나서야 귀에 들어왔다.

분노가 내 전가의 보도가 되어버린 현실이 너무 싫었다. 친구, 가족, 동료, 매체 사이에서 나는 분노의 화신이었다. 절대 자랑스럽지 않았으며, 내가 그런 상태에서 벗어나기 위해 얼마나 애를 썼는지 알아줬으면 좋겠다. 나는 오랜 세월 자신의 분노와 전쟁을 벌여왔다.

몇 년 전, 유럽의 한 행사에서 요리를 했다. 저녁 식사가 여섯 시간째 이어지고 있었고 모모푸쿠가 마지막 코스를 준비했다. 우리가 준비한 간단한 밥과 굴라쉬를 접시에 담고 나니 이미 자정이 넘어 있었다. 술에 취한 기자들은 주방에서 멋대로 노닥거렸다. 대부분의 셰프들은 자기 차례를 마치고 떠났으며 주문도 마감됐다.

르네는 내가 곧 터질 것 같다고 모두에게 알렸다. 그는 표정으로 "친구들, 팝콘 튀깁시다"라고 말했다. 너무나도 부끄러웠지만, 도저히 감정이 가라앉지 않았다. 한 기자가 스튜 냄비 뚜껑을 열더니 한 숟가락 맛을 보았다. 드디어 나는 폭발했다.

"빌어먹을 요리사가 아니면 당장 꺼져버려, 내가 내던져 버리기 전에!"

나는 소리를 질러 모두의 주의를 집중시키고야 말았다. 사방이 적막해졌고 이후 분위기가 확 바뀌었다. 완전히 박살 난 기분이었다.

🍎

"도대체 어떻게 된 거야?"

나는 늘 친구들에게 전화를 걸어 이렇게 물어보았다. 그들은 나의 불평을 끝없이 들어주다가 현실을 받아들이라고 말했다. 안 그러면 더는 운으로만 버티지 못한다면서 말이다. 나는 그걸 가면 증후군이라고 불렀지만, 이제는 생존자의 죄책감이라고 이해하게 됐다. 주변 사람들 다수가 문자 그대로 혹은 상징적으로 죽었지만 나는 아직 살아 있다. 진심으로 비행기 추락 사고에서 살아남은 이의 기분을 느꼈다.

셰프로 유명해질 확률은 정말 천문학적으로 낮다. 동의하지 않을 수도 있지만, 나의 확률은 다른 이들보다 더 낮다고 생각했다. 레스토랑 경영에 대해 아무것도 모르면서 모모푸쿠 누들 바를 개업했다. 남의 레스토랑에서 더 나은 요리사가 될 때까지 일한 뒤 능숙하게 내 주방을 꾸려나갔다면 나는 이만큼 잘되지 못했을 것이다. 백 퍼센트 확신한다. 셰프로서 엄청나게 늦깎이로 시작했지만 때가 너무나도 잘 맞아떨어졌다. 정말 너무 완벽하게 맞아떨어졌다. 고대 그리스의 신이 내 삶을 리얼리티쇼처럼 들여다보았다는 게 더 말이 될 것 같다. 나 편하자고 하는 이야기가 아니다.

극단적인 의심이 들 때 나는 친숙한 감정으로는 설명하기 어려운 기억을 떠올려 나를 그 한가운데에 데려다 놓았다. 처음 면허를 따서 미끼 낚시를 갔던 날을 떠올렸다. 처음 생 오렌지주스를 짤 때를 떠올렸다. 아들의 탄생을 떠올렸다. 마음이 아프거나 기분이 처질 때를 떠올렸다. 현실이 아닐 수 없는 어떤 기억이든 떠올렸다.

나도, 엘리엇 박사도 약을 끊을 준비가 되었다고 받아들였다. 이후 모모푸쿠의 첫 로스앤젤레스 레스토랑인 메이저도모를 열 때까지 나는 항우울제를 먹지 않았다. 새 레스토랑에서 잘 해낼 수 있을까 두려웠고 모든 수단을 동원해 해결 불가능한 상황이 벌어지는 걸 막고 싶었다.

그러려면 나는 약을 먹지 않는 나 자신을 더 잘 알아야만 했다.

패스트푸드 레스토랑 '푸쿠'

상호도 '푸쿠'라고 아주 쉽게 지었다.
푸쿠는 우리를 무시하고 놀리고 음식으로 차별하는
이들에게 치켜드는 가운뎃손가락도 의미했다.

누들 바는 놀랍게도 개업 10주년을 맞았다. 이제는 나의 레스토랑이 아닌 것 같았다. 종종 기록을 뒤져 개업 당시의 요리를 2004년의 가격으로 팔았다.

나는 이런 상황을 즐기지 못했다. 회고는 막판에나 돌아보는 행동이다. 그리고 이건 모모푸쿠에 익숙한 일이 아니었다. 우리는 언제나 모두가 바짝 긴장하도록 빠르게 앞으로 나아가기만 했다. 이제 제임스 비어드 재단은 내 이름을 미국 식음료 부문의 대표 인물 명단에 올렸다. 말하자면 공로상으로, 이제는 전성기가 지나갔음을 알리는 영예로운 자리였다.

　상황을 좀 더 너그럽게 받아들이자면 이제 각 레스토랑의 운영을 셰프들에게 마음 놓고 맡겨도 됐다. 모모푸쿠만의 목소리와 미학이 자리를 잡았다는 의미로, 아무나 이룰 수 없는 업적이었다. 창의적인 일을 하고 싶은 이들은 남들과 다르게 보거나 듣거나 접근하는 데 젊은 시절을 보낸다. 위대한 시각 예술가를 떠올려보라. 작은 예술적 성취에도 각자만의 스타일이 있다. 앤디 워홀과 실크스크린, 프랜시스 베이컨과 세 폭 제단화, 조지 오키프와 꽃, 제프 쿤스와 풍선 모양 동물, 프리다 칼로와 자화상 말이다.

　우리는 여전히 우리만의 모습으로 내 마음에 드는 창의적 성과를 내고 있었다. 폴 카마이클은 미드타운에서 문을 연 마 페셰를 맡았다. 원래 마 페셰는 티엔 호의 베트남 요리를 선보이려 계획한 레스토랑이었다. 폴은 그 대신 일본 갓포요리(이자카야와 가이세키 요리의 중간쯤에 해당하는 고급 즉석요리-옮긴이)와 자신의 바베이도스 뿌리에서 착안한 95달러짜리 테이스팅 메뉴를 냈다.* 한편 코는 더 넓고 우아한 공간으로 이전했다.

　진짜 문제는 대중이 확실히 모모푸쿠에 피로감을 느끼고 있다는

---

* 바베이도스에 뿌리를 둔 폴의 요리는 고상하고 맛있었지만 별로 주목을 받지는 못했다. 폴은 결국 자신만의 시각을 좀 더 분명히 구현하기 위해 시드니로 옮겨 세이보의 주방을 맡았지만, 여전히 세계에서 손꼽히는 훌륭한 셰프라는 마땅한 대접을 받지는 못하고 있다.

것이었다. 그들은 아주 쉽게 우리의 영향을 폄하했다. 미국 전역에서 음식에 점점 더 돼지고기를 많이 썼고, 맛은 화끈하고 밝고 나아졌다. 모두가 영향을 받지는 않았겠지만, 그 문을 여는 데 공헌한 모모푸쿠는 이제는 최신 레스토랑이 아니었다. 세상은 모모푸쿠의 복사판으로 넘쳐났다. 기쁘다고 말하고 싶지만 베끼는 이들이 있다면 우리가 베낄 만한 음식을 내야 한다는 뜻이었다.

나는 자부심이나 야심과 상관없이 변화를 주어야 했다. 현명하게 사업과 관련한 결정을 내리면서 요리에 대한 사람들의 기대를 뒤집어야 했다. 이윤과 손님의 관심은 어떤 지점에서 교차할 수 있을까?

대체 내가 뭘 해야 할지 알 수가 없었다. 이제는 모모푸쿠 레스토랑 직원들의 이름도 다 모른다. 나는 많은 시간, 셰프로서 내가 더 무엇을 할 수 있는지 머리를 굴렸다. 그리고 광범위한 변화를 이끌기 위해 주방으로 돌아간다고 하더라도 아직 감이 남아 있는지, 더 나은 요리를 만들 수 있는지 누가 장담할까? 더군다나 거의 10년 동안, 나는 분노를 밑거름 삼아 창의력을 키웠다. 마셜 골드스미스에게서 가장 공감했던 교훈은, 지금까지 먹혔던 게 앞으로는 먹히지 않으리라는 말이었다. 최선의 능력 없이 내가 어떤 직업인이 될지 두려웠다. 내가 또 기회를 잡아도 되는지조차 의심스러웠다.

이 빌어먹을 고민과 끝없이 엎치락뒤치락하다가 마침내 결론을 냈다. 이렇게 말하다니 나도 믿을 수가 없지만, 미식축구 경기에서 동기를 얻었다.

《럭키 피치》의 창간 3주년이 곧 다가왔지만 나는 잡지팀과 연락을 주고받지 않았다. 편집자에게 아주 가끔 아이디어를 내는 일마저 그만뒀다. 그들에게는 정말 내가 필요하지 않았다.

그런 상황에서 잡지팀의 누군가가 기획안을 하나 냈다. 앨라배마주의 오번대학교 졸업생이자 학교 미식축구팀의 엄청난 팬인 캣 크로스비였다. 그는 나에게 아이언 볼을 참관한 적이 있느냐고 물었다. 없다고 답하자 그가 기회를 만들어주었다. 《럭키 피치》에서 '세상의 모든 음식' 특집을 준비하고 있었으니 대학 미식축구팀의 질펀한 테일게이팅tailgating(원래는 자동차의 꼬리 물기를 의미하지만 지금은 빼곡하게 차를 세워놓은 주차장에서 벌이는 파티를 일컫는다. 주로 스포츠 경기에서 일종의 의식처럼 벌인다-옮긴이) 대잔치는 아주 잘 들어맞는 글감이었다.

아이언 볼은 앨라배마 최대의 스포츠 행사로서, 오번대학교와 앨라배마주립대가 맞붙는 미식축구 경기였다. 대학 스포츠의 연례행사인 라이벌전 가운데서도 고전이었다. 졸업생들은 참관을 위해 세계 각지에서 찾아왔다. 캣에게는 오로지 미식축구를 보기 위해 오번에 집을 사둔 친구가 있었다. 그 친구는 당연히 좋은 자리의 표도 가지고 있었다. 그래서 추수감사절 연휴에 앨라배마의 대학가에 찾아가게 됐다. 단 사흘 동안 우리는 생맥주 케그를 박살 내고 학부생 여러 명을 괴롭혔으며 테일게이팅 파티에 최대한 많이 참석했다. 오레오 팝스, 피칸 프렌치토스트, 새우와 그리츠, 다른 소시지 여덟아홉 종류를 먹었다. 물론 대학 미식축구 사상 두세 손가락 안에 꼽는 경기*에 참관한 뒤 경기장에 난입도 했다.

테일게이팅 파티에서 먹은 음식은 나름의 뒤틀린 조잡함이 즐거웠지만, 딱히 더 맛있지는 않았다. 우리는 눈에 보이는 칙필레Chick-Fil-A(미국 패스트푸드 전문점-옮긴이)마다 들어가 치킨 비스킷 샌드위치 등을 먹었는데, 잉이 쓴 글을 인용해보자.

아직 못 먹어본 이들을 위해 칙필레가 상호에 쓴 '필레'의 맛을 설명해보자. 짭찔하면서도 살짝 달콤하고, 겉에 입힌 빵가루는 지나치게 바삭거리지 않는다. 향신료는 꼭 집어 묘사할 수 없을 정도로 짠맛에 묻혀 자극적인 느낌이 거의 없었다. 이 모든 요소가 어우러져 필레는 대체로 만족스럽다. 비스킷으로 샌드위치를 만들어 먹는 게 최선이지만 햄버거 번에 끼워도, 물렁물렁하고 부드러운 필레만 그냥 먹어도 좋다. 진실을 말하자면 칙필레 샌드위치의 모든 요소, 즉

---

* 유명한 킥식스kick six 경기다. 마지막 4쿼터 종료 1초를 남겨두고 앨라배마와 오번이 28:28로 동점인 상황에서 앨라배마가 56야드 필드골을 시도했다. 공이 골대까지 채 닿지도 못하고 떨어졌는데, 이를 오번의 코너백인 크리스 데이비스가 받아 앨라배마의 진영까지 109야드를 전진해서 승리했다. 이렇게 말해줘도 어떤 경기인지 감이 안 잡힌다면, 내가 이걸 직접 보았다는 사실에는 더 열받을 것이다.

빵과 비스킷과 닭고기는 사실 질감이 같다. 그래서 매체에서 자세히 다룬 칙필레 본사의 반동성애 정책과 궤를 같이한다. 칙필레 샌드위치는 수치스러운 즐거움이다.

칙필레라는 기업을 증오하지만, 관심을 안 줄 수가 없었다. 한번은 이 반동성애 프랜차이즈에 들렀는데 안타깝게도 우리가 마지막 손님이라는 말을 들었다. 우리 몫의 샌드위치가 온열기 불빛 아래 죽어가고 있었다. 분명 몇 시간 동안 방치되어 있었으리라. 나는 직원에게 사정했다.

"저기요, 그러니까 새로 치킨커틀릿을 튀겨줄 수 없다는 말씀인가요? 저희 동네에는 칙필레가 없는데 이번 한 번만 새로 튀겨주실 수 없을까요? 이렇게 예쁘게 부탁드려요."

이미 신성한 명소가 돼버린 칙필레인지라, 점원은 규칙을 깨고 새로 튀겨줄 수는 없다고 정중하게 말했다. 그는 샌드위치의 맛이 몇 시간 동안은 변하지 않으므로 차이를 못 느낄 거라고 했다. 어쩔 수 없이 점원에게 남은 거라도 그냥 달라고 했다. 칙필레 샌드위치는 따뜻한 상태로 종이봉지에 담겨 맛이 바뀌어버렸다. 반나절 동안 짜고 기름진 채로 사우나를 한 뒤라 바삭함이 털끝만큼도 남아 있지 않았다. 누르면 짜부라들 것처럼 물렁물렁하고 부드럽고 짭짤하며 모난 구석이 없었다.

묵혔더니 샌드위치가 더 맛있어졌다.

젠장. 나는 속으로 생각했다. *지금까지 잔머리에 속았던 거네.*

해리 포터의 호그와트가 요리학교였다면 잔머리 굴리기는 요리 암흑 미술 수업에서 가르칠 것이다. 잔머리는 완성도를 타협하지 않고 일을 쉽게 하는 요령이다. 닭을 튀기기 전에 삶는 게 잔머리의 대표적인 예다. 감자와 옥수수를 전자레인지에 미리 익히는 것도 잔머리다. 한 냄비 요리도 마찬가지다. 자선 행사에서 낼 요리를 미리 접시에 담는 것도 그렇다. 나는 잔머리 굴리는 걸 좋아한다.

한국식 부리토로 프랜차이즈 사업을 해보려다 실패했던지라 칙 필레를 향해 품은, 상충하는 애정이 한층 더 뼈저리게 다가왔다. 이 악당 놈들은 나는 익숙하지 못한 일을 잘했다. 사업체로서는 증오하지만, 그만큼 칙필레 덕분에 오랜만에 좋은 경험을 했다.

누들 바는 퍼 세, 마사, 셰이크섁, 프래니스, 블루 힐 앳 스톤 반즈 등 지난 10여 년 동안 뉴욕 요식업계의 방향을 제시한 레스토랑들과 같은 시기에 개업했다. 새로운 게 나와도 나는 별 느낌이 없었다. 물론 기가 죽지도 않았다. 우리는 중간 단계에 접어들었다. 요리 세계의 경쟁에서 결승점에 이르렀다. 뉴욕의 모든 셰프가 난이도가 높은 요리로 나머지를 꺾으려 드는 경쟁 말이다.

멍청한 짓이나 하며 경쟁하던 시기는 끝났다. 미래는 특정 장소

및 시간에 속하지도 않을 것이었다. 노마에서 식사한 유럽인들이 꽤 많으므로 이제 가짜들은 진짜와 비교도 안 된다는 걸 안다.

오번에서 테일게이팅 파티를 마치고 뉴욕으로 돌아와, 나는 모두에게 프라이드치킨 샌드위치를 만들고 싶다고 말했다. 우리가 마침내 패스트푸드 경쟁에 발을 들여놓으면서 지금까지 실패한 음식 배달의 요령도 익힐 계획이었다. 계획을 조금씩 진행하면서 내 생각은 점점 더 복잡해지고 엉뚱해졌다. 하루하루 지날 때마다 우리가 엄청난 걸 이루어내리라 점점 더 확신했다. 약을 끊은 버전의 내가 최고라고 믿고 싶었으므로, 실제보다 머리가 더 맑다고 과장해 생각했을지도 모른다.

상황이 어쨌든 나는 모모푸쿠가 요식업의 반환점을 넘어섰다고 굳게 믿었다. 누들 바로 시작해 코가 거쳐갔던 1번가 163번지를 모모푸쿠의 뿌리였던 프라이드치킨 전문점으로 꾸몄다. 그러는 한편 다른 생각도 하고 있었지만, 팀에게는 이야기하지 않았다. 프라이드치킨 사업은 사람들을 엿 먹이는 수단이 될 예정이었다.

칙필레를 마지못해 애용하는 사람이 나 혼자만은 아니었다. 점잖은 척하는 많은 사람이 튀긴 닭이 맛있다는 진실을 애써 외면했다. 나는 그런 현상을 뒤집고 싶었다. 우리의 프라이드치킨 전문점을 예술 프로젝트라 묘사한 적은 없지만, 세월이 흐른 뒤 기본적으로 그랬다는 것을 태국의 예술가인 리크리트 티라바니자를 만나고서야 깨달았다.

인터랙티브 행위 예술로 잘 알려진 그는 미술관에서 커리나 팟타이를 요리했고, 그 때문에 종종 출장요리사로 오해를 받았다. 리르크리트는 나에게 유일하게 중국이 아니라 태국에서 비롯된 국수 요리라서 팟타이를 골랐다고 말해주었다. 조리에는 전기 웍을 썼다. 진짜의 싸구려 복제판이었고, 아시아 문화의 상업화에 대해서도 문제를 제기하려는 의도였다. 그는 어떤 의사결정도 무심코 내리지 않았다. 사람들이 너무 쉽게 평범하다거나 가치 없다 치부하는 것에 생명을 불어넣기 위해 진지하게 고민했다.

우리의 목표는 맛있는 치킨샌드위치를 파는 패스트푸드 레스토랑이었지만, 자세히 들여다보면 해체된 미국의 아시아계 문화도 경험할 수 있었다. 리크리트처럼 전시회에 출품하지 않았을 뿐 모든 결정은 심사숙고해서 내렸다. 상호도 '푸쿠'라고 아주 쉽게 지었다. '모모푸쿠'에서 따오기도 했지만 발음해보면 바로 눈치챌 것이다. 푸쿠는 우리를 무시하고 놀리고 음식으로 차별하는 이들에게 치켜드는 가운뎃손가락도 의미했다.

모모푸쿠의 레스토랑은 언제나 장식을 절제하고 몇몇 요소에만 의미를 부여했는데, 푸쿠는 특히 더 그랬다. 〈007 골드핑거〉의 오드잡, 〈킬 빌〉의 고고 유바리, 〈다이하드〉의 울리, 〈빅 트러블〉의 로 판, 〈블러드스포트〉의 총 키, 〈티파니에서 아침을〉의 뻐드렁니 미스터 유니오시 역인 미키 루니의 포스터를 액자에 담아 걸었다. 모두 영화에 등장하는 인물로, 한결같이 못생긴 아시아계의 정형이자 악한이었다. 미국 문화에서 별생각 없이 계속 쓰이는, 고통스럽고 모욕스러운 이미지였다.

이후 우리는 서부의 보수적인 패스트푸드 프랜차이즈인 인앤아웃 버거In-N-Out Burger의 아이디어도 베꼈다. 인앤아웃의 모든 컵이나 햄버거 포장지에는 성경 문구가 써 있다. 그곳에서 마지막으로 먹고 버린 쓰레기에는 나훔서 1장 7절이 쓰여 있었다. "여호와는 선하시며 환난 날에 산성이시라 그는 자기에게 피하는 자들을 아시느니라."

푸쿠에는 에스겔서 25장 17절이 이상적이라고 생각했다. 신학자가 아니더라도 들어보았을 법한 구절이었다. 눈을 감고 〈펄프 픽션〉의 줄스(새뮤얼 L. 잭슨)가 입을 떡 벌리고 패스트푸드 햄버거를 먹는 애송이 패거리들에게 설교하는 장면을 상상해보라. "분노의 책벌로 내 원수를 그들에게 크게 갚으리라. 내가 그들에게 원수를 갚은즉 내가 여호와인 줄을 그들이 알리라 하시니라."

나는 이런 속내를 단 한 사람, 마르게리테 마리스칼에게만 털어놓았다. 마지는 2011년에 수습사원으로 입사해서 결국 최고경영자 자리까지 올랐다. 그에게는 나의 미친 속내를 여과 없이 털어놓을 수 있었다.

신을 두려워하는 경쟁자인 칙필레와 달리 우리는 일요일에도 문을 열기로 했다.

그리고 '딜리셔스delicious'에서 L을 R로 바꾸기로 했다(동양인이 R과 L의 발음을 잘 구분하지 못한다는 서양인의 편견을 반영한 것이다. 소피아 코폴라의 〈사랑도 통역이 되나요〉에 이 내용이 나온다-옮긴이).

"이렇게 해봅시다. 샌드위치 포장지 전체에 '디리셔스DERICIOUS!' 라고 찍어요. 백인들이 와서 먹어보고 차마 맛있다는 말을 입에 담지 못했으면 좋겠어요. 빌어먹을 문화의 주도권을 우리가 되찾을 겁니다."

마지는 푸쿠를 열기 전에 내가 이런 이야기를 전부 고백했으면 좋겠다고 했다. 나는 점점 더 진지하게 푸쿠를 밀어붙였다.

나는 사우스 바이 사우스 웨스트 페스티벌(미국 텍사스주 오스틴에서 매년 봄에 개최되는 IT, 영화, 음악 페스티벌이자 컨퍼런스-옮긴이)에서 실리콘밸리 스타트업처럼 푸쿠의 개업을 발표했다. 청중에게 칙필레를 뛰어넘는 프랜차이즈의 베타 버전 레스토랑을 낸다고 말했다. 모바일 앱을 만들 계획이며 IT 업계 사람들과 논의하고, 누들 바 이전에 163번지에서 운영되던 치킨집을 기리기도 할 거라 덧붙였다. 인종차별에 대해서는 한마디도 하지 않았다.

2015년 6월 푸쿠가 개업하자 건물을 둘러싸고 사람들이 줄을 섰다. 몇 달 동안 매체에서는 몰리는 손님과 배달 시스템의 성공, 추가 메뉴, 긴 영업 시간, 매디슨 스퀘어 가든 경기장의 판매대에 대해서도 이야기했다. 아무도 내가 쳐놓은 덫에 걸리지 않는다면 나는 능글맞은 만족감을 느낄 것 같았다. 그런데 정말 아무도 덫에 걸리지 않자 머리통이 터져버릴 듯 화가 났다. 계획을 더 잘 짰어야 했는데. 굳이 변명하자면 내슈빌식 매운 치킨이 인기를 끌기 전의 일이었다.

여러분도 알다시피 칙필레는 많고 많은 곳 가운데 치킨과 관련된 문화적 정의를 제대로 구현하지 않은 유일한 업체였다. 일단 미국에서 치킨은 원래 남부의 해방된 흑인 노예-여성이 대부분-에 의해 대중화되었다. 하지만 그들의 공은 제대로 인정받지 못했다. 푸쿠의 치킨은 아시아의 전통을 상당 부분 참고했지만, 미국 내의 문화사 또한 언급해야 했다. 참고로 우리는 대만의 핫스타 지파이 치킨의 레시피를 가장 많이 참조했다.

푸쿠를 열었을 때, 5년 뒤 미 전역에서 내슈빌식 매운 치킨이 유행을 탈지 내가 알 수 있었을까? 역시 아프리카계 미국식 치킨이었지만 문화적 근본은 이해하지 않은 채로 소비가 됐다면 미국인들이 푸쿠에서 미국의 아시아계 식문화에 관심을 품을 리 없지 않은가?

딱 한 명의 저널리스트가 푸쿠 브랜딩의 원래 아이디어에 대해 물고 늘어졌다. 개업 초기의 인기가 가시고 난 뒤, 매우 영민한 중국계 미국인 기자인 세레나 데이가 뜬금없이 이메일을 보냈다. 포장지에 쓰인 '디리셔스!'의 의미를 물어보아서 대답해주었더니 공감하는 것 같았다.

푸쿠를 개업하고 1년 뒤, 마지와 나는 주요 스포츠 행사에서 가판대를 열었다. 그러자 드디어 여태껏 기다렸던 상황이 벌어졌다. 저명인사 둘이 치킨샌드위치를 먹었는데, 한 사람이 포장지의 오자를 발견하고 상대방에게 보여주었다. 둘은 서로에게 "디리셔스!"라고 말하며 꼬마들처럼 웃었다. 그들은 목소리를 격투기 사범처럼 낮춰서 "너무. 디-리-셔스"라고 계속 말하며 즐거워했다.

나는 등골이 오싹해졌다. 아시아계 미국인으로 겪어왔던 인종주의를 무기화하고 싶었다. 비아시아 미국인들이 의미를 깨닫고 무서워하며 포장지에 쓰인 말을 입에 담지 못하거나 벽에 걸어놓은 영화 등장인물 포스터를 보고 웃기를 바랐다. 하지만 그들은 전혀 개의치 않았다.

"마지, 실수했어요. 완전 망했네요. 이거 접어야 할 것 같아요."
5년 동안 푸쿠는 천천히 조금씩 경기장이나 다른 도시로 확장해나갔다. 나는 푸쿠의 운영권을 경영학 학위를 가진 똑똑한 이들에게 대부분 넘겼다. 우리는 '디리셔스'와 성경 구절을 포장지에서 들어내고 영화 포스터도 걷어냈다. 이런 결정을 후회하지는 않는다. 나는 그저 더 많은 사람이 알아주기만을 바랐다.

그레이스

나는 나이트클럽을 싫어한다.

하지만 가지 않을 변명을 꾸며대지 못해 문제였다. 그날도 거실
소파에 혼자 앉아 있는데 놀러 나오라는 전화를 받았다. 나이트클럽은
아파트에서 걸어갈 만한 거리였고 나는 할 일이 없었다. 약도 술도
끊고 몇 달 동안 승려처럼 살았다. 친구들은 여자인 친구들이 많이 놀러
왔다고 말했다. 나는 셔츠를 걸쳐 입고 나갔다.

베이스 음이 쿵쾅대며 새어 나오고 사람들이 잔뜩 대기하고 있는 걸
보자 바로 후회했다. 하지만 입장해서 물을 마셨다. 나를 초대한 친구와
이야기를 나누고 서서 두리번거리다가 한 시간 안에 자리를 떴다.

다음 날 아침, 친구가 또 문자를 보냈다. 클럽에서 보았던, 친구에게
누구인지 물어는 보았지만 대화는 나누지 못했던 여성이 친구들과
바비큐 파티를 연다는 소식이었다. 그날, 그레이스와 친구들은
이스트 빌리지의 건물 옥상에서 박살이 났다. 사람들이 너무 많이

왔는데 그릴이 너무 작았다. 그들은 음식도 제대로 나눠주지 못했다. 좋은 인상을 남기기 위해 딱 나에게 주어진 기회였다. 승객이 가득 찬 비행기에서 "탑승객 가운데 의사 안 계신가요?"라는 부름을 받은 기분이었다.

여기 마침 장 박사가 탑승했습니다.

나는 그들의 체면을 살려주고 뒷정리도 도왔다. 그레이스와 친구들은 기뻐했지만 정작 자신들은 뭔가 먹을 시간이 없었다며 아쉬워했다. 엄청나게 배가 고프다고 했다.

"몇 블록 밑에 제 레스토랑이 있는데요…."

바비큐 파티가 끝나고 나는 와이오밍주에 가서 몇 주 동안 느긋하게 쉬었다. 그레이스에게 연락하고 싶은 마음을 간신히 참았는데 뉴욕으로 돌아오자 그가 먼저 만나자고 했다.

나는 절대 결혼하지 않기로 결심했었다. 그동안의 관계가 대체로 나 때문에 깨졌기 때문이다. 나는 결혼이 불가능한 사람이라 생각했고 그레이스에게도 그렇게 말했다. 늘 그래왔듯 "진지한 관계를 생각하는 건 아니고요, 주절주절". 하지만 시간이 흐르며 나는 그레이스에게 그동안의 깨진 관계에 대해 자세히 털어놓았다. 그는 불편한 내색을 보이지도, 나를 평가하지도 않았다.

우리가 연애를 시작한 뒤의 어느 날 밤, 데이비드 최가 아사 아키라와 저녁을 먹은 뒤 내 아파트로 놀러 왔다. 아사는 세계에서 가장 유명한 포르노 스타였다. 최는 다른 사람의 성질을 건드리길 좋아하는, 더럽게 부유한 예술가였다. 하지만 그날 밤 내내 그레이스는 눈 한 번 꿈쩍하지 않았다. 금세 함께 웃고 농담해서 친구들의 환심을 샀다. 우리는 함께 만화영화 〈보잭 홀스맨〉을 보았다. 좋은 시간이었다.

서로를 더 알아가면서 나는 차분해졌다. 이성으로 진지하게 교제해서는 안 된다는 것을 알았지만 직감은 다른 얘기를 하고 있었다. 그는 자신감과 평정심으로 가득 찬 사람이었다(옥상 바비큐 파티에서 처음이자 마지막으로 그레이스가 쩔쩔매는 걸 보았다). 그는 나처럼 클럽도 싫어했다. 처음 보았던 날 밤은 친구가 부추겨서 갔다고 했다. 그리고 나처럼 두 문화권 사이에 발을 걸치고 있었다.

나는 여러 인종과 민족의 여성과 연애했지만, 아시아계를 만났을 때만 의미 있는 관계를 맺었다. 아무리 노력해도 한국계가 아닌 여성과 결혼할 수 없다는 문화적 압박을 떨쳐내지는 못했다. 머릿속에서 언제나 한국인이 아니면 가족이 절대 허락하지 않으리라 걱정했다.

그레이스는 한국인이었지만, 그 사실 때문에 우리가 잘 어울린다는 생각은 안 했다. 다정함, 너그러운 마음, 침착함이 무엇보다 가장 큰 매력이었다. 덕분에 나는 우리의 문화적인 연결 고리를 더더욱 끈끈하게 느꼈다. 그레이스는 백인 위주의 시애틀 교외로 이민 와 자리를 잡으려 했던 한국계 가정의 딸이었다.

나는 소울메이트나 천생연분 같은 개념을 믿지 않지만, 평생을 함께 살 사람이라고는 그레이스밖에 떠오르지 않았다. 앞으로 몇 십 년 동안 사랑할 수 있는 사람이라고는 그레이스밖에 떠오르지 않았다.

그는 의지도 강하고 침착한 사람이었다. 패션업계에서 열심히 일하지만 진짜 열망은 훨씬 더 이루기 어려운 것이었다. 그레이스는 너그러웠고 건실하고 건강하고 진실하게 살면서 타인도 그러기를 원하는 사람이었다. 주변에 좋은 사람이 많았으며 그들에게 친절했다.

나는 그레이스의 세계관을 가장 먼저 나누게 돼서 운이 좋았다고 생각했다. 그는 내가 다시 항우울제를 먹고 싶다고 말했을 때도 큰 도움이 되어주었다. 조증, 레스토랑 개업, 기분 좋은 날, 나쁜 리뷰, 그리고 그 사이의 모든 부침에서도 나를 이끌고 지지했다.

우리는 본능적으로 서로를 보듬고 보호해주었다. 하지만 사실대로 말하자면 우리 관계는 부끄러울 정도로 치우쳐 있었다. 나는 받는 만큼 나눠주려 애썼고, 더는 사랑하는 사람을 직장 동료처럼 대하지 않았다. 그럼에도 다른 사람의 사랑을 순수하게 받아들이지 못했고 버림받을지도 모른다고 두려워했다. 한 인간이 관계에서 겪을 수 있는 가장 절망스럽고 속상한 장애물일 것이다. 배우자에게 매일매일 사랑을 확인해줘야 한다고 상상해보라. 그저 "사랑해"라고 말하는 것뿐만 아니라 그들이 벼랑 끝에서 발을 빼도록 애걸하고 잡아끄는 상황 말이다. 나는 더 나은 사람이 되어야 했다. 그레이스는 내가 애쓴다는 걸 알았다. 나에게 기회를 주는 그를 사랑했다.

우리는 결혼했고 아들을 낳아서 휴고라는 이름을 붙였다. 오랫동안 나는 아빠가 될 수 없다고 생각해왔다. 왜냐면 그때는 그레이스를 만나기 전이었다.

처참한 실패

'감사합니다, 신이시여.
모모푸쿠의 시대가 마침내 막을 내렸군요.'
니시는 총체적인 실패였다.

푸쿠를 개업하면서 미국적인 정체성에 대한 대중의 생각을 비틀고 싶
은 욕구가 더더욱 강해졌다. 조증 덕분에 욕구를 실행으로 옮겼다.

　2015년, 워싱턴 D.C.에 모모푸쿠를 막 개업한 뒤 나는《워싱토니
언》의 토드 클리먼과 인터뷰를 했다. 헤드라인-데이비드 장과의 길
고 기묘한 대화-이 모든 걸 말해주지만 '조증을 겪는 사람은 어떨까?
궁금하다면 읽어보시라'가 더 나을 뻔했다.《워싱토니언》은 예정보
다 45분 늘어난 인터뷰 녹취록을 게재했다. 특별한 인터뷰였다. 조증
이 너무 심한 나머지 인터뷰를 읽은 친구가 전화를 걸어 괜찮냐고 물

을 정도였지만 자제할 수 없었다.

나는 삶의 업적을 남길 시점에 가까이 다가가고 있었다. 나의 두 뇌는 우주 탐사에서 숨겨진 태양계를 발견하는 임무를 마치고 결과물을 식당으로 가지고 돌아왔다. 나는 진짜 그렇게 생각했다. 아이디어가 흘러넘쳤고 심지어 눈으로도 보았다. 조증을 겪었다고 틀린 건 아니다. 당시에 나는 《와이어드》지에 '데이비드 장의 미식 통합론'이라는 고약한 제목으로 글을 연재하고 있었다.

모두 똑같지는 않지만, 내가 아는 한 요리 세계에서 표현되지 않은 아이디어에 대한 깨달음을 얻었다. 조금씩 겹치는 아이디어였는데, M.C 에셔의 무한의 공간을 생각해보자. 출발점도 도착점도 없다. 아니면 르네 마그리트의 〈이미지의 배반〉은 어떤가. 그림에는 담배 파이프 그림이 다음 문장과 함께 담겨 있다. '이것은 파이프가 아니다.' 맞다, 그건 파이프가 아니다.

주방에서는 요리를 싱겁지도 짜지도 않게, 딱 맞게 소금으로 간하라고 가르친다. 나는 말도 안 된다고 생각했다. 최고의 요리는 양극단을 동시에 보여준다. 너무 짰다가도 바로 간이 딱 맞고 그 뒤로 심지어 싱겁기까지 한 요리를 원한다. 참된 균형이란 평균이 아니다. 양극단에 놓인 같은 두 힘이 균형을 이룬다. 밥은 간이 안 돼 있어 밍밍하다. 차가운 김치는 따로 먹기에는 너무 짜고 맵다. 둘을 같이 먹으면 완벽하게 균형이 맞는다. 강렬함과 순함이 끊임없이 서로를 밀고 당긴다. 우리는 이런 아이디어를 바탕으로 우주를 이해한다. 음과 양의 상징을 떠올려보라. 흰색과 검은색은 균형을 이루는 상태지만 회색 원이 아니다. 두 반구가 서로를 휘감으며 영원히 소용돌이친다.

소금의 비유로 돌아가서, 유리컵 여러 개에 농도가 점점 짙은 순서대로 소금물이 담겨 있다고 상상해보자. 가장 덜 짠 컵부터 맛을 보면 변화를 느낄 수 있다. 하지만 중간에서 시작해 덜 짠 쪽으로 맛을 보면 짠맛이 느껴지지 않는다. 우리가 여기는 감각의 기준은 언제나 움직이는 기준의 틀과 연결되어 있다.

이렇게 계속 바뀌는 시각을 생각하다 보면 어린 시절 기억이 떠오른다.

언젠가 부모님이 드랜스포머 장난감을 사주셔서 나는 잠깐 동안 친구들 사이에서 최고의 인기를 누렸다. 몇몇 애들은 집에 놀러 오기도 했다. 어머니가 저녁을 차리시는데 한 명이 킁킁대며 김치 냄새를 맡았다. 어머니가 부엌에 있는 동안 그 아이는 "그러니까 한국인들이 개를 먹는 거지"라고 말했고, 친구들은 컹컹대며 짖어댔다. 그 아이가 지금 어디에서 무엇을 하며 사는지 모르겠지만 김치를 사랑한다고 들어도 놀랄 것 같지 않다. 이제 김치는 세계적으로 인기를 누린다. 동네 보데가에 가서 10분 동안 어떤 브랜드의 김치를 말도 안 되게 비싼 값에 살지 논쟁을 벌일 수도 있다.

인간은 생물학적인 편향을 지니고 태어나지만, 취향은 상당 부분 사회에서 결정된다. 문화적으로 길든 인간은 자기 문화권에서 먹는 것과 똑같은 음식에도 뒷걸음질칠 수 있다. 과학의 눈으로 보면 사우어크라우트와 김치는 기본적으로 똑같다. 문화적 길들이기 덕분에 우리는 맛있음(과 사회)의 발전을 막는 개념에 집착한다. 내가 굳이 '우리'라고 주어를 쓴 이유는, 나 또한 죄책감을 느끼기 때문이다. 한동안 백인 셰프가 김치 만드는 걸 보며 미칠 것 같았지만 그럴 이유가 없다. 대안이 무엇일까? 새로운 것을 보기 위해 노력하기보다 하던 거나 계속해야 할까? 나는 백인 셰프가 김치를 얕보지 않고 좋아해서 담가보는 게 훨씬 더 반갑다.

요리 세계는 우리가 인식을 못 하는 사이에도 충돌하면 발전해 왔다. 잘난 체를 좀 해볼까? 나는 평생 타코 알 패스토르taco al pastor ('알 패스토르'는 '양치기식'이라는 뜻으로, 수직으로 꿰어 구운 돼지고기로 만든 타코다-옮긴이)를 수백 번은 먹었다. 그러면서 언제나 이것이 멕시코시티의 상징 음식이라고 생각했다. 그러다가 최근에 알 패스토르를 조리하는 수직 회전 구이 트롬포가 레바논에서 유래했음을 알게 됐다. 샤와르마shawarma, 되네르 케밥doner kebab, 이로gyro도 만드는 바로 그 똑같은 조리기기 말이다. 레바논 이민자들이 아메리카 대륙에 수직 꼬챙이를 가져왔고, 조리 기술이 새로운 재료와 사람을 만나 환상적인 결과를 낳은 것이다. 놀랄 이유가 전혀 없었다. 맛있음이란 밈meme(비유전적 문화 요소)이다. 수직 꼬챙이는 세계 어디에서나 사랑받기에 매력이 충분하니 국경과 선입견 없이 퍼져나갈 것이다.

나는 다양한 문화적 진실이 믿을 만한지 궁금해졌다. 누가 음식에 그런 가치를 부여하는 걸까? 어떻게 받아들이거나 거부하게 되는 걸까? 어떤 이유로 MSG는 중국 음식에서 오명을 썼지만 파르미지아노 레지아노에 자연적으로 생길 때는 괜찮다고 여기는 걸까?

다른 시각에서도 접근해보자. 2010년 LA 레이커스 경기에서 유명진 장면이다. 맷 반스와 코비 브라이언트는 그날 경기 내내 서로에게 구시렁거렸다. 3쿼터에서 반스는 코비의 면전에 대고 패스하는 시늉을 했다. 인간이라면 누구나 움찔하겠지만 코비는 눈 하나 꿈쩍하지 않았다. 이 영상만으로 사상 최고의 냉혈한 농구선수에 대한 논쟁을 끝냈다.

몇 년 뒤 인터넷에 같은 플레이를 다른 각도에서 본 영상이 돌았다. 머리 위에서 내려다보는 카메라로 보니, 몇 백 만의 사람들이 생각했던 것처럼 공이 코비의 얼굴에 가까이 가지 않았다. 우리는 한정된 시각으로 그저 원하는 이야기만을 받아들였을 뿐이었다. 새로운 각도의 영상이 코비의 대담함을 깎아내리지는 않았지만, 적어도 우리의 확신이 얼마나 깨지기 쉬운 것인지는 알려주었다.

나는 모모푸쿠의 음식이 두 번째 영상처럼 다른 각도에서 보는 역할을 하기를 바랐다. 우리의 믿음이 사실은 그저 시각의 차이이므로 진실에는 여러 얼굴이 한꺼번에 담겨 있다는 걸 드러내는 계기 말이다. 당시 조증 덕분에 이런 아이디어를 생각해냈지만 초기 단계였다. 누군가에게는 바보처럼 들렸을 게 뻔했지만 내 확신은 점점 더 커졌다. 모든 건 뉴욕 다운타운에 5년 만에 새로 개업하는 레스토랑에 달려 있었다.

외부 투자를 받았으므로 싫어도 확장을 해야 했다. 내가 왜 외부 투자나 개인 융자-갚기 전에 죽지 않는다는 걸 보장하기 위해 검진도 받았다는 이야기, 기억하는가?-를 받았는지 간략히 설명할 수가 없다. 그저 필요해서 받았다고밖에. 나는 아직도 사업이 어떻게 돌아가야만 하는지 제대로 이해를 못 했다.

하지만 외부 투자를 받았다고 돈이 많은 것도 아니었다. 우리는 바워리 근처에 찾은 코의 새 공간에 돈을 꽤 들였다. 워싱턴 D.C.의 레스토랑 또한 엄청나게 돈이 많이 들기는 마찬가지였다. 나머지 돈은 당시에 계속 발행하던 《럭키 피치》와 같은, 좋아서 하는 프로젝트를 지원하는 데 썼다.

현금 흐름을 위해 나는 첼시에 두 번째 누들 바를 열기로 했다. 무모한 지식을 활용해 시도하는 확장의 첫 단계였다. 브루클린의 선셋 파크에 통합 주방을 마련해 조리의 대부분을 해결한다. 그럼 버스가 뉴욕 전역을 돌며, 딱 마지막 단계만 조리하면 되는 음식을 누들 바 주방의 각 팀에 배달한다. 말하자면 숫자에 맞춰 색을 칠하듯 미리 조리된 요소를 조합하기만 하면 된다. 누구라도 아무 누들 바에서나 쉽게 일을 배우도록 수련 과정을 표준화했다. 코에서 열심히 일하는 조시 핀스키에게 통합 주방을 맡겼다. 그는 창의력만큼 주방의 조직화가 중요하다고 이해하는 요리사였다. 에두르지 않고 말하는 소통 능력도 갖추고 있었다.

개업 몇 달 전, 나는 그에게 재미있게 일하고 있느냐고 물었다.

그는 그렇지 않다고 대답했다.

모모푸쿠의 모든 구성원에게 나는 정직함과 투명함을 강조해왔다. 그들이 나를 곤란한 상황에 몰아넣었으면 좋겠다고 몰아붙였다. 지금은 팀에게 사실대로 이야기해달라고 하면 "노코멘트"라는 답만 돌아올 것이다. 나는 내키지 않는 답을 듣더라도 나아지려 애썼지만, 핀스키의 답은 내가 듣고 싶었던 말이면서도 진실이었다.

누들 바를 그런 식으로 확장하려니 우리를 싼값에 넘기는 것 같아 부담스러웠다. 감에 기대자면 계약을 깨고 싶었다. 나는 핀스키가 번듯한 레스토랑에서 진짜 요리를 하는 셰프가 되고 싶어 한다는 걸 알고 있었다. 그래서 여러 누들 바를 총괄하는 셰프가 되고 싶지 않다는 대답을 듣고 안심했다.

핀스키는 코에서 파스타 전문 요리사로 일하면서 자부심을 느꼈다고 말했다. 그는 파스타를 요리하고 싶었던 것이다. 그러자 즉각 아이디어가 떠올랐다. *이탈리안 모모푸쿠? 진심이야?* 나는 철학적 고민을 시험해보기에 이보다 더 나은 장소가 없다고 생각했다. 대부분은 이탈리아 음식이 얼마 전까지만 해도 열등한 외국 요리로 폄하됐다는 사실을 이미 잊었다. 이제는 뉴욕의 평균적인 외식 층이라면 누구나 자신이 좋아하는 올리브오일에 대해 의견을 나누고 이탈리아의 다양한 지역 요리를 경험했다. 나는 누구만큼이나 이탈리아 요리를 좋아했지만 무자비하게 망가트릴 기회 또한 갈망했다.

나는 이런 의견을 투표에 붙였다. 다른 누들 바를 열어야 할까요, 아니면 완전히 다른 걸 시도해볼까요? 답은 분명했다. 그들은 새로운 것에 도전해보고 싶어 했다. 나는 홈 디포에 가서 면을 밀 나무 봉을 사 왔다. 대부분이 치킨 앤드 덤플링chicken and Dumplings(닭고기와 비스킷 반죽을 넣어 끓인 수프-옮긴이)이라고 생각할 요리를 만들었지만 실은 수제비였다. 조금만 다르게 썰어도 면은 마팔디네mafaldine(길고 넓적한 파스타로 가장자리에 주름이 져 있다-옮긴이)처럼 보였다. 맛을 보니 딱히 한 가지 재료가 두드러지지 않았다. 그저 시각에 따라 달라질 뿐이었다.

이탈리아 레스토랑에서 포모도르 파스타를 25달러에 판다고 가정해보자. 푸디 대부분이 별 반감 없이 받아들일 것이다. 그런 레스토랑이라면 파스티치오가 논나, 즉 할머니에게 배운 대로 파스타 반죽을 밀어 면을 만든다. 또한 이탈리아에서 재배해 통조림으로 가공한 토마토에도 높은 가치가 매겨진다. 솜씨 좋은 요리사가 알 덴테로 삶은 스파게티 및 소스에 파스타 삶은 물 약간을 최적의 순간에 더하고 팬을 뒤적여 한데 아우른다. 그렇게 낸 돈에 걸맞은 음식이 완성된다.

한편 중국인 셰프가 네 배 많은 재료와 세 배 많은 시간을 들여 국수 한 대접을 만든다고 가정해보자. 문화를 이해하는 푸디조차 8~10달러면 제값이라고 여길 것이다. 문화적 편견 탓에 우리는 파스타는 비싸더라도 국수는 싸야 한다고 믿는다. 이 같은 이분법은 아시아(아프리카 혹은 라틴 아메리카) 요리와 서양 요리에도 적용된다. 나는 정말 인종차별 말고 다른 답을 생각할 수가 없다. 서비스와 실내 장식이 음식 가격에 반영되었다는 말은 아예 꺼내지도 말자. 그건 돈을 안전한 '비소수인종' 음식에 쓰려는 이들을 위한 것이다.

니시^{Nishi}에서 우리는 파스타와 국수 사이의 보이지 않는 경계를 지우고 싶었다.˚ 손님은 이미 수백 번 먹어왔던 이탈리아 요리를 주문한다. 계획대로라면 그들은 우리의 버전을 좋아할뿐더러 아마트리치아나보다 로 메인$^{lo mein}$(채소와 고기를 넣고 기름에 볶은 중국식 면 요리-옮긴이)에 가까운 식재료로 만들었다는 사실도 배울 것이다. 니시는 사람들이 좋아하는 음식과 그 이유에 관한 편견을 공격하는 트로이 목마가 될지도 몰랐다. 사실 니시를 이탈리안 레스토랑이라고 홍보하지도 않을 생각이었다.

우리는 요리를 억지로 합치지 않았다. 그것은 퓨전이다. 우리는 요리가 결과로 말할 수 있도록 자연스럽게 통합했다. 나는 상파울루의 시장에서 팔리는 파스테이스^{pasteis}(브라질식 튀긴 만두-옮긴이)를 생각했다. 파스테이스는 엠파나다와 만두를 합친 요리로, 유럽, 아시아, 남아메리카가 서로 영향을 주고받으면서 탄생했다. 나는 아시아와 로스앤젤레스의 라틴계 영향을 한데 아우르는 생각을 했다. 너무

˚ 니시는 '서쪽'이라는 뜻의 일본어다. 첼시의 자리가 우리에게는 서쪽이었으며 모모푸쿠가 드러내놓고 처음으로 시도하는 서양 요리였으므로 지리 및 개념 면에서 이치에 맞는 상호였다.

논리적이어서 필연적이지 않은 아이디어였다.

니시에서 선보일 요리는 누들 바에서 나와 퀴노가 오랫동안 해온 것들과도 다르지 않았다. 다만 이번에는 퀴노의 멕시코인 선조들 대신 내 한국의 가족이 자리를 차지했다. 그런 생각으로 나는 이탈리아 토리노의 가정이 서울의 다른 가정과 자리를 맞바꾸는 상황을 그려보았다. 간장이 떨어졌다면 한국인은 어떻게 대처할까? 정말 급하다면 레시피에 간장 대신 파르미지아노 치즈를 쓰게 될까?

이탈리아 북부에는 질긴 고기를 육수에 서서히 보글보글 끓인 뒤 저며 접시에 담아내는 전통 요리인 볼리토 미스토 bolito misto가 있다. 한국에서도 역시 질긴 고기를 육수에 삶아 저며 접시에 담아내는 수육이 있다. 볼리토 미스토와 수육의 본질적인 차이는 무엇일까? 각 요리를 먹는 문화권 양쪽 모두에 호소할 수 있는 지점은 과연 어디쯤일까?

고민하면 할수록 나는 가장 인기를 끌었던 모모푸쿠의 요리가 이처럼 사이의 차원에 존재했던 것임을 깨달았다. 지난 10년 동안 쌈 바에서 판매한 매콤 소시지 떡볶이의 기원을 소개해보자. 모모푸쿠 초기 셰프였던 조슈아 맥패든이 하루는 볼로냐식 라구를 만들어도 되냐고 물었다. 나는 한국 식재료만 쓰는 조건으로 좋다고 승낙했다. 그는 다른 쌈 바의 셰프들과 함께 말도 안 되게 맛있는 요리를 만들어냈다. 볼로냐식 라구를 참고했지만 가래떡 전분의 끈끈함과 넉넉히 쓴 고추기름이 맞물려 마파두부도 떠올랐다. 요리는 각 문화권의 조합 이상으로 거듭났다. 익숙함과 낯섦 사이의 긴장감에서 자기만의 매력을 뽐냈다. 손님은 익숙함도 낯섦도 선택할 수 있지만 어떤쪽이든 확실히 열광했다.

니시의 돌파구 역할을 한, 즉 우리의 시각이 가장 잘 드러난 요리는 카초 에 페페cacio e pepe 파스타였다. 이탈리아 요리의 개념은 따르되 이탈리아 식재료는 쓰지 않고 만들었다. 몇 년 동안 우리는 연구주방*에서 병아리콩을 발효한 호존hozon이라는 미소, 즉 일본 된장을담가왔다. 호존은 언제나 치즈를 떠올릴 맛을 냈다. 페코리노 치즈대신 호존을 써 카초 에 페페를 만드니 맛이 기가 막혔다. 이탈리아에서는 병아리콩을 '세시ceci'라 부르므로 말맛이 좋은 이름도 지어줄수 있었다. 바로 '세시 에 페페'였다.

개업용 최종 메뉴판은 내가 직접 썼다. '재료 X, 재료 Y, 재료 Z'와 같은 식으로 식재료를 늘어놓으면서 설명해, 첫눈에는 전형적인모모푸쿠식으로 읽힌다. 하지만 니시의 메뉴에는 미묘한 차이가 있었다. 메뉴마다 한국어 번역을 함께 썼다. 그리고 메뉴 아래에는 예술가의 선언처럼 읽히는 작은 실마리 열 개를 각주로 달았다.**

---

* 발효 실험을 위해 설립한 연구소였지만 니시처럼 가려운 곳을 긁어주기도 했다. 우리는 사람들의 가치뿐만 아니라 음식에 대한 선입견도 뒤엎는 제품을 만들고 싶었다. 그래서 돼지고기 가츠오부시를 개발했다. 일본 요리의 기초 재료 중 하나인, 말려 훈제한 뒤 발효시킨 가다랑어 말이다.

** 지금 다시 니시의 메뉴를 읽어보면 나는 배가 고파지는 한편 내 얼굴에 주먹을 갈기고 싶어진다. 니시를 개업하며 행동은 더 많이 옮기고 말은 적게 해야 한다는 교훈을 얻었다.

1. 건식 숙성 해피 밸리 아이 라운드: 크루도 × 카르파치오

2. 물냉면 (−) 쇠고기면 (+) 모모푸쿠 피클

3. 바냐 카우다 × 시저 × 호치민

4. 대가리와 껍데기도 드실 것을 권합니다.

5. 파르메산 대신 병아리콩 호촌을 썼습니다. 치즈를 쓰지 않았습니다.

6. 수제비 × 말파티 × 크래커 배럴^{Cracker Barrel}(미국 남부 시골 분위기의 프랜차이즈 음식점 및 기념품 판매점−옮긴이)

7. 골든 센추리스 피피스 앤 XO × 피데오스 × 봉골레

8. 마파두부 × 칠리 반미 × 양고기와 민트

9. 짬뽕 × 라드너의 할라피뇨 게 스파게티 × 우 할아버지

10. 캐시 핀스키의 번트 케이크 v 2.0

2016년의 첫 번째 주에 니시를 개업했을 때, 우리는 예약을 받지 않았다. 내부는 북적이면서 활기찼다. 벽에는 에셔의 판화를 걸어두었다. 핀스키와 나는 몇 날 며칠 동안 최선을 다해 요리를 다듬었다. 요리사로서 처음으로 식탁마다 하나씩 돌아가며 손님들에게 인사하고 음식에 대한 반응을 듣고 다 팔린 메뉴에 대해 사과했다. 조증 덕분에 나는 확실히 사교적인 사람이 됐다.

나는 우리의 약점이 될 만한 문제들을 알아보고자 모모푸쿠 전

체를 대상으로 메일을 돌렸다. 평론가, 특히《뉴욕 타임스》의 피트 웰스를 미리 대비할 심산이었다.

─ ⟋ ✕

발신: 데이비드 장

일자   2016년 1월 31일 일요일, 10:43 AM

주제   피트 웰스 편집증

┗ 미리 조심하려고 메일을 돌립니다.

피트 웰스는 니시를 평가하기 위해 누들 바와 쌈 바에서도 음식을 먹을 것입니다. 아무래도 니시를 쌈 바나 누들 바, 마 페셰 가운데 한 군데와 묶어서 비평할 것 같지만, 확신할 수는 없죠.

우리는 그가 올 때를 알아차릴 수 없습니다. 그저 한 사람에게 초점을 맞추기보다 전체적으로 잘하도록 시간과 에너지를 다하는 게 최선입니다. 그가 왔는데 못 알아챘다면 어쩔 수 없죠. 그도 다른 손님과 똑같은 음식을 먹을 테니까요.

따라서 다시 한번 요리와 서비스에서 겸손했으면 합니다. 느슨한 곳을 바짝 조여주세요. 시간을 핑계로 손을 못 댔던 기존 요리들을 다듬어주세요. 그를 위해 준비해둔 비평용 식재료를 매일 밤마다 요리합시다. 요리사가 몇 초를 아끼면 평론가의 식탁에 요리를 낼 때 서비스에 도움이 될 수 있습니다. 각자 조금씩 더 부담을 안고 움직입시다. 그를 어떻게 대접할지 미리 잘 계획해서 정말 피트 웰스가 찾아왔을 때 실수하지 맙시다.

이번 주에는 위에서 언급한 모든 모모푸쿠 레스토랑이 피트 웰스 공격 계획에 참여합니다.

- 각 레스토랑의 잠재적인 비판 목록(메뉴, 시설, 음악, 서비스, 특정 요리…) 뭐든 좋습니다.
- 잠재적 약점의 개선 방안
- 레스토랑마다 맞춤 확인 목록을 세웁시다(그래야 그를 발견했을 때 준비대로 움직일 수 있습니다). 비평용 요리와 최고의 웨이터는 이미 준비해두었습니다. 비평용 요리는 소스든 면이든 미리미리 따로 빼두어야 합니다.

피트 웰스 주변 식탁의 손님들도 행복해지도록 잘 대접하는 걸 잊지 맙시다. 시설도 잘 점검합시다. 그 외에 그가 왔을 때 재빨리 확인할 수 있는, 문자 그대로 종이에 쓴 점검 목록을 만들자는 말이에요. 그래야 실수하지 않습니다.

피트 웰스가 니시의 미래를 좌지우지하게 내버려두지 맙시다. 우리의 미래는 우리가 결정하는 거예요. 그의 주관적인 기대를 뛰어넘을 수 없을지도 모르지만, 우리가 자신에게 가장 엄격한 비평가라면 피트 웰스 문제에 잘 대처할 수 있을 겁니다. 가장 맛있는 음식과 서비스로 그를 보내버립시다. 여러분 고마워요. 질문 있으면 이메일 주세요.

데이브

내리막길 그리고 다시 오르막길

마지는 니시의 공간이 빈약하다고 지적했다. 의자에는 등받이도 쿠션도 없었고 빵도 내오지 않았다. 하지만 그게 언제나 모모푸쿠의 스타일이었다. 사람들은 가격이 비싼 것 같다고 생각했다. 우리는 모든 직원에게 공정한 보상이 돌아가도록 팁을 없앴다. 하지만 팁 대신 책정한 봉사료를 포함하지 않은 가격조차 누들 바와 비교하면 비싸 보였다. 그게 핵심이라고. 나는 스스로에게 말했다. 니시는 이탈리아 레스토랑이니까 이탈리아 음식에 맞는 가격을 매겨야지.

웰스가 평론을 내기 전에 이미 이터의 라이언 서튼과 《뉴욕》지의 애덤 플랫이 니시를 혹평했다. 혹평 말이다. 둘은 각각 니시에 별 한 개를 주었다. 다음 주에는 《블룸버그》의 테알 라오가 똑같은 평가를 내렸다. 별 한 개 말이다. 그들은 레스토랑의 환경이 불편한 수준을 넘어 의도적으로 불친절하며, 음식의 완성도에 기복이 심하다고 평가했다.

                                                    — ⤢ ✕

발신: 데이비드 장

수신   원탁회의

일자   2016년 3월 15일, 화요일 10:43 AM

주제   니시 리뷰: 이터

    ↳ 짧게 쓸게요… 먼저 모두를 실망시켜 미안합니다. 니시가 이런 상태로 개

업한 건 내 책임입니다. 확실히 다듬어지지 않는데 서둘러 문을 열었죠. 어쨌든 니시는 훌륭한 음식과 서비스를 책임지는 레스토랑이지만 분위기, 가격, 편안함에 문제가 있습니다. 나 때문에 모두가 열심히 일한 결과를 제대로 보여주지 못해 너무 안타깝습니다.

그렇더라도 허둥지둥하지 말고 일단 가격부터 재점검하겠습니다. 여러 요소를 고려해야 하고요, 라이언 서튼이 여러모로 의미 있는 지적을 했습니다만, 하루아침에 개선할 수는 없습니다. 너무 빠르게 개업을 결정해 니시가 이렇게 됐으니 시간을 들여서 제대로 고쳐나갈 것입니다.

· 식당의 안락함과 소음을 손볼 계획입니다.
· 팁 안 받는 운영 방침 및 가격도 재고하겠습니다.

조시와 캐리, 사라가 엄청나게 잘해주었음은 짚고 넘어가야죠. 특히 푸쿠/누들 바를 열기로 한 계획을 바꾼 지 단 석 달 만에 이루어냈으니까요. 모두의 헌신을 높이 삽니다. 음식과 서비스가 나쁘다는 평가는 받지 않았어요. 사실 둘 다 훌륭합니다. 비평가들은 니시의 괴상함이 제정신이 아닐 정도로 멍청하다고 지적했는데 그건 오롯이 제 탓이에요. 어쨌든 이터의 서튼이 내린 평가에 대해서 이렇게 짚고 넘어갑니다.

우리는 매일 조금씩 나아질 겁니다. 어떤 제안이라도 주세요. 이해해주어 고맙습니다.

데이브

내리막길, 그리고 다시 오르막길

정확히 말하자면, 내가 니시의 나쁜 결정을 전부 혼자 내리지는 않았다. 하지만 누가 무엇을 어떻게 했든 모모푸쿠의 실패는 내 책임이었다. 뉴욕에 레스토랑을 연 지 오래되다 보니 내 아이디어를 전달할 자신감을 잃었다.

"비평을 건설적으로 받아들일 수 있어요"라고 나는 한 사람 한 사람씩 모두에게 말했다. "하지만 가장 중요한 피트 웰스의 비평은 아직 나오지 않았다는 걸 기억합시다. 목표에 시선을 고정하자고요." 웰스의 평가에 따라 니시의 운명이 바뀔 수도 있었다. 그는 우리의 마지막 희망이었다.

사실 나는 《뉴욕 타임스》의 긍정적인 평가 덕분에 어떤 셰프보다 이익을 많이 보았다. 하지만 《뉴욕 타임스》 음식 평론가의 삶과 생각을 이해하기 위해 들인 시간을 생각하면 기가 막혔다. 특히 손님들이 그들의 권위를 의심하지 않을 때 요리사로서 좌절했다. 평론가는 틀릴 수 없거나 최소한 비평을 유리하게 해석해줬다. 어떤 이유에서든 셰프는 《뉴욕 타임스》의 음식 평론가를 한 번은 만나는 게 의무였다.

웰스의 방문과 평가를 기다리며 나는 모든 각도에서 상상해보려 애썼다. 최고의 비평가는 단순히 음식의 좋고 나쁨만을 전달하지 않는다. 그들은 중요한 문화적 비평을 제공한다. 그래서 뭐가 문제였을까? 그는 모모푸쿠의 부상에 대해서 쓴 뒤 앞선 비평가들의 평가가 틀렸음을 암묵적으로 내비쳤다. 웰스가 처음으로 주요 잡지에서 모모푸쿠를 다룬 덕분에, 맹렬하게 독립적인 짐승인 우리가 클럽 분위기를 풍기며 기업적으로 운영되는 아시아풍 레스토랑과 같은 반열에 올랐다. 메구^{Megu}나 10미터짜리 불상을 들어 앉힌 타오^{Tao} 같은, 모모푸쿠와 비슷한 시기에 개업한 곳들 말이다.

아니면 시대정신을 품고 접근할 수도 있었다. 당시 피트 웰스는 선례 없이 혹독하게 퍼 세의 리뷰를 써서 토머스 켈러를 박살 냈다. 그는 켈러의 자리에 다른 셰프를 앉히거나 다른 유명한 레스토랑을 더 박살 내고 싶은 것 같았다. 나는《뉴요커》가 연락했을 때부터 더 초조해졌다. 피트 웰스에 대해 긴 프로필 기사를 준비 중인데, 내가 니시의 리뷰를 읽을 때 기자를 동석하고 싶다고 했다. 나는 거절했다.

HBO의 사무실에 있을 때 스마트폰이 깜빡였다. 우리는《럭키 피치》로 텔레비전 쇼를 만들어서 현금 흐름을 원활히 할 계획이었다. 나는 웰스가 전날 밤 니시를 방문했으며,《뉴욕 타임스》의 사실 확인 절차를 거쳤으므로 비평이 실릴 거라 예상하고 있었다. 탁자 밑으로 전화기를 꺼내 헤드라인을 슬쩍 들여다보았다. 모모푸쿠 니시에서 데이비드 장의 마법이 약간 닳아 보인다. '약간 닳아 보인다'니 대체 그게 무슨 뜻인가? 나는 리뷰를 죽 훑어내려가며 되는 대로 읽었다. 그러다가 별점을 보았을 때 자리에서 일어나 슥 빠져나갈 수밖에 없었다. 그도 니시에 별 한 개를 주었다.

다른 평론가들이 이미 지적했듯 웰스는 불편한 분위기를 정당화할 만큼 음식이 좋지는 않다고 평가했다. 메뉴가 짜증 날 정도로 자기 지시적이라고 말해서 마음이 아팠다. 그는 큰 그림을 보자면 모두가 모모푸쿠가 전성기를 거쳤으며 이제 제 역할을 다했다고 깨달을 때라고 썼다.

나는 그가 한 가지는 크고 분명히 말했다고 느꼈다.

'감사합니다, 신이시여. 모모푸쿠의 시대가 마침내 막을 내렸군 요.'

니시는 총체적인 실패였다. 그레이스는《뉴욕 타임스》의 비평이 게재된 날 밤, 내가 자해라도 할까 봐 잠을 못 잤다. 나는 슬럼프에서 벗어나기 위해 열심히 일했다고 생각했다. 마셜 골드스미스가 '점진적인 뒷수습'이라 부르던 개념이었다. 나는 니시에서 화를 덜 내고 더 친절하게 굴었다. 노력은 했지만 어떤 지도자가 될지는 확신을 못했다. 나는 우리가 자리를 잡을 때까지 모두가 기회를 줄 거라 여겼다. 서튼과 웰스에게 소음과 다른 문제를 개선했다고 말했을 때 투명하게 니시를 운영한다고 생각했다. 하지만 나는 그저 그들의 혹평을 지레짐작했을 뿐이었다. 이리저리 쫓기다 못해 나는 모모푸쿠의 재정 문제를 좀 더 공개적으로 이야기할까 생각했다. 돈만 있으면 최대한 빨리 개선할 수 있는데 예산이 없다고 말이다. 개인적으로 대출을 받았고 그래서 하루 벌어 하루 먹고사는 신세가 되었노라고.

하지만 누가 그런 말을 믿겠는가? 그리고 누가 신경이나 쓰겠는가? 누군가 포수 미트를 집에 두고 왔다고 양키스가 아웃 카운트 하나를 더 얻는 세상도 아니다. 우리는 그저 잘 못했을 뿐이다. 나는 훌륭하게 해내지 않은 스스로에게 화가 났다. 그리고 평론가들에게도 화가 났다. '닮아 보인다'고? 대체 모모푸쿠 보고 어쩌란 말인가? 우리도 대단한 음식을 내려고 애썼다. 닮았다니, 얼토당토않은 말이었다.

오랫동안 나는 레스토랑 사업을 프랜시스 코폴라 감독이 〈지옥의 묵시록〉을 만든 것과 같은 태도로 운영했다. 그는 진짜 참전한 사람 같은 강렬함으로 베트남 전쟁 영화를 찍었다. 그게 얼마나 해로운지 알고 있었다. 하지만 이번에 나는 충분히 노력하지 않았고, 죽을 각오가 된 사람처럼 살지 않았다. 그리고 큰 그림을 보자마자 사업을 말아먹기 시작했다. 아주 안 좋았던 때를 막 회복하려는 시기에 니시의 평가로 나는 다시 실의에 빠졌다. 인정하기가 쉽지 않지만 《뉴요커》가 피트 웰스의 프로필 기사를 낸다는 생각을 다시 하니 기분이 더 나빠졌다. 나는 비판에 너무 신경을 썼다는 사실에 부끄러웠고 오랫동안 품어왔던 자살에 대한 생각도 더 자주 했다.

나는 모든 공을 한꺼번에 누리고 싶었지만 그들은 입을 모아 니시가 레스토랑으로 충분치 않다고 말했다. 그럴 만한 자격이 있든 없든 아무도 노력했다는 사실에는 점수를 주지 않았다. 그리고 우리는 너무 오랫동안 너무 애써왔다. 이게 우리의 전부인데, 그들은 알아채지 못하는 걸까?

주방에서의 미투 운동

나는 여전히 요식업계가
치유의 산업이 될 수 있다고 믿는다.
하지만 그렇게 만들려고 애써야만 가능하다.

모모푸쿠에서 놓친 점을 두고 평론가들을 욕하려면 일단 나부터 스스로의 맹점을 살펴봐야 한다. 크고 눈에 거슬리며 추하면서도 아주 명백한, 요식업계의 여성 대우 문제 말이다.

속 편히 앉아서 #미투운동이 나에게 정의를 일깨웠다고 말하지는 않겠다. 아니면 시국에 영합해서 이런 일이 벌어질 줄 진작부터 알았다고 말하지도 않겠다. 진실은 적어도 나에게는 중간 어딘가에 놓여 있다.

브렛 앤더슨이 《더 타임스-피카윤》에 천지가 개벽할 기사를 실었다. 뉴올리언스의 존 베시와 그가 운영하는 레스토랑들에 성희롱 및 폭력적인 분위기가 만연하다는 내용이었다. 그 결과 내가 존경하는 존 베시의 레스토랑 그룹에서 셰프가 해고당했다.

그의 이름을 딴 베시 레스토랑 그룹(BRG)의 총괄 셰프로서, 베시는 여러 레스토랑의 운영을 두루 살폈다. 그중 한 곳에서 직원이 여성 동료에게 부적절한 사진을 보여주었다. 셰프는 사실을 알았지만 보고하지 않았다. 피해자가 인사과에 직접 찾아가 보고해 조사가 이루어졌고, 결국 베시와 성희롱이 벌어진 레스토랑의 지배인이 해고됐다. 성희롱 가해자는 이미 다른 사유로 해고된 이후였다.

처음에 나는 해고가 지나치다고 생각했다. 징계 정도라면 모를까, 요리사가 찍은 알몸 사진 때문에 셰프를 해고한다고? 내가 알기로 베시는 늘 엄청나게 바빴다. 그가 라인에서 요리하는데 해고된 피해자가 휴대폰을 꺼내 사진을 보여주는 상황을 떠올렸다. 그는 아마 질겁하거나 "이봐, 그런 쓰레기 같은 사진 얼른 치우라고"라고 말했을 것이다. 가해자를 나중에 처리해야겠다고 일단 머릿속에 담아두었다가 사소하지만 급한 일이 벌어져 까먹었을 수도 있다. 그랬다가 시간이 지나서 결국 잊었을 수도 있다. 모모푸쿠에서도 비슷한 상황이 충분히 벌어질 수 있다.

그는 정말로 해고돼야만 했을까? 나는 계속 생각하고 또 생각했다. 내가 무엇을 놓치고 있는 걸까?

결국에는 나 자신에게 질문을 던져보았다. 과연 내가 하던 일을 전부 멈추고 셰프를 해고하고 경영팀 전체에 상황을 알릴 만한 사진은 무엇이 있을까? 나 위주로만 생각하는 것이겠지만, 내가 놓치고 있는 사항을 이해하는 데 도움이 됐다. 가해자가 아시아계 동료를 소재로 만든 인종차별적 밈을 퍼트리고 다녔으면 어땠을까? 셰프가 대응하지 않았고 나는 이 상황을 나중에서야 알았다면? 그렇다면 불안과 모욕감에 휩쓸리면서 직원이 바로 적절히 대응하지 않았다는 데 배신감을 느꼈으리라. 그렇다면 나의 반응은 뻔했다. 평정심을 잃고 날뛰었겠지.

남성 셰프의 시각을 상상하기란 너무 쉬운 반면, 여성에게 공감하려면 더 많이 노력해야 한다. 나는 레스토랑의 주방을 오랫동안 생각했고, 특히 다른 요리사와 셰프의 일이라면 내 공감력에 자부심마저 있다. 그리고 나 또한 레스토랑 사업의 전문가라고 쳐줄 수 있다. 그런데도, 모든 정황이 밝혀졌고 베시가 틀렸음에도 레스토랑 그룹이 적절하고 책임감 있게 대처했다는 생각을 바로 못 했다.

뭐가 전문가라는 건지. (이해를 돕기 위해 설명을 덧붙이자면, 존 베시 또한 자신의 레스토랑 그룹의 여성 직원들과 부적절한 관계를 가졌음이 뒤늦게 밝혀졌다-옮긴이)

나는 문자 그대로 주방 가부장제의 상징이었다. 2013년,《타임》

지는 나와 르네 레드제피, 알렉스 아탈라가 흰색 조리복을 입고 만족스럽게 히죽거리는 사진을 표지에 실었다. 제목은 '음식의 신들'이었다. 나는 왜 세상에서 가장 중요한 셰프에 여성은 없는지 묻지 않았다. 솔직히 그런 생각조차 못 했다.° #미투운동이 본격적으로 벌어지기 몇 년 전부터 남성 위주의 셰프 문화에 반발하는 움직임이 있었다. 그럴 만한 일이었다.

당시 나는 대표성이 관건이라 생각했다. 음식 매체에서 유색인종만큼이나 여성 셰프를 더 많이 다뤄야 한다. 아니, 나는 좀 더 잔인한 이야기를 하고 있다. 유리천장이나 평등한 기회 같은 수준이 아니다. 사람들이 직장에서 위협받고 소모되고 학대받고 무안을 당하는 상황들 말이다. 내가 얼마나 많은 시간이 걸려 그런 현실을 이해했는지 말하기조차 민망하다.

나는 마리오 바탈리와 켄 프리드먼을 친구라 여긴다. 좋은 이야기를 읽고 싶다고?『앗 뜨거워』에 전부 담겨 있다. 빌 버포드가 마리오의 발치에서 수련하면서 겪은 전부를 흰 종이에 검은 글씨로 담아 명작을 만들어냈다. 책 전체에 마리오가 웨이트리스의 치마를 들여다보거나 식재료를 생식기에 비유하는 광경이 담겨 있다. 셀 수 없이 많은 시선이 마리오를 향하고 있어서 우리가 보고 있는 게 괜찮은지

° '음식의 신'이라는 구절을 들었을 때 쓰지 말라고 요청하지 않았다니 믿을 수가 없다. 아마 유명 셰프라고 불리지 않았다는 사실만으로 행복해서 사실은 더 지독한 명칭이라는 생각도 못 했던 것 같디.

고민할 정도다.

하지만 물밑에서 끔찍한 일이 정말로 벌어지고 있었는데 나는 충분히 의심하지 않았다. 마리오는 자신이 어떤 사람인지 서슴없이 드러냈지만 나만 해도 너무 무지해서 묻지조차 못했다.

#미투운동 관련 이야기는 빼놓고 책을 쓸까 고민했다. 사실 동료들에게 그런 압력도 받았다. 다들 "제대로 쓸 것 같지가 않아서 그래"라고 말했다. "그냥 묻어가는 게 낫지 않아?" 조금 옹졸하게 들릴지도 모르지만 #미투운동이 힘을 받으면서 미국의 모든 셰프가 과거의 잘못을 지우려 들었다. 이해는 간다. 설사 '깨끗'하더라도 두려움에 떨 수 있다. 물론 나라고 예외는 아니었다. 나는 직원들에게 모모푸쿠의 역사를 조사하는 한편, 우리의 인사 정책이 다른 레스토랑과 비교해 더 나은 기준을 적용하는지 살펴보라고 했다. 그리고 어느 정도 위안을 얻었다. 나는 모모푸쿠에 만족했고 잘 대처할 수 있으리라 생각했다. 하지만 어떤 문제가 제기되더라도 진실하고 만족스럽게 대처하기 위해 계속 파고들어 갔다.

그러던 어느 날, 나는 모모푸쿠 인사팀 모두에게 전화해 내가 틀렸다고 말했다. 다른 이들이 계속 고통받고 있는데 편안함을 느낀다니, 이보다 더 추악한 만족감은 없었다. 옳음에 너무 집착해 내가 취한 조치가 틀렸음을 깨닫지 못했다. 모모푸쿠에서는 "문제가 안 될 정도로만 잘하면 된다"는 수준에서 적당히 타협하지 않았다. 그걸 어떻게 표준으로 삼겠는가? 왜 직원들을 고작 그렇게 대해야 하는가?

이후 인사팀은 과거에서 현재에, 기업으로서 모모푸쿠의 목표에 초점을 맞췄다. 모모푸쿠라면 달을 향해 갈 만큼 큰 야심을 품어야 했다. 설사 불가능해서 절대 이루지 못할 것 같더라도. 우리 자신과 요식업계를 뛰어넘어야 했고, 딱히 나와는 상관없는 해법을 인사팀이 찾아내 기뻤다. 모모푸쿠의 인사 부사장인 레슬리 페리에는 제삼자가 운영하는 고충 신고 직통 전화를 설치했다는 사실을 전체에게 메일로 알렸다. 차별이나 성희롱을 당하면 바로 신고하고 조사할 여건을 갖춘 것이다. 그게 시작이었다.

하지만 갈 길이 멀었다. 나도 알고 있었다. 또한 내가 한때의 내 생각과 정반대로, 레스토랑 산업 전체를 꿰뚫어 보지 못한다는 것도 알았다. 그래서 매일 요리사나 셰프나 저널리스트와 요리, 요식업계 종사에 대한 시각을 바꿔줄 이야기를 나눴다. 이 문구를 쓰는 순간 나는 알았다고 생각한 모든 걸 재평가하고 있다. 나는 과거의 잘못을 정직하게 드러내고 싶었지만 뒤늦게 깨닫는 것만으로는 부족했다. 나는 스스로가 원하는 만큼 공감 및 인지 능력이 좋지는 않았다. 내가 만족할 만한 지점에 이를지, 아니면 모모푸쿠가 목표에 이르는 기업이 될지 기약할 수는 없다. 실수와 불통은 언제나 벌어지니 괜찮다고 치자. 노력을 멈춘다면 우리는 치명적 오류를 일으킬 것이다.

내리막길, 그리고 다시 오르막길

1990년대에 유행했던 『매직 아이』를 기억하는가? 처음 몇 쪽은 추한 벽지처럼 의미 없는 문양처럼 보인다. 하지만 누군가 "눈의 초점을 흐려라"라고 조언해준다. 그렇게 다시 들여다보면 갑자기 삼차원 이미지가 떠오른다. 요령을 익혀 그냥 넘겼던 쪽들을 다시 펼쳐보면 공룡, 해적선, 달을 향해 울부짖는 늑대가 나타난다. 한 번만 익숙해지면 언제나 되풀이할 수 있다. 이렇게 말하는 게 고통스러울 정도로 단순하게 들리겠지만 내가 내놓을 수 있는 최선의 은유다. 한 번 알아차리고 나면 지금까지 헤아리지 못했던 단점이 드러난다.

심지어 이 책마저도 엄청난 지식과 더 나은 시각으로 썼지만, 여전히 문제가 많다. 실패가 배움의 도구로써 얼마나 중요한지 강조했음에도 사실 실패하고 다시 일어날 수 있는 여건마저도 특권이다. 내 이야기에는 너무 많은 사내자식이 등장하고 과거의 경험은 형제애가 섞인 무용담처럼 들릴 것이다. 이 책에서 언급한 거의 모든 예술가와 작가가 남성이고 이 책에서 참고랍시고 언급한 영화들 역시 미국 대학의 남학생 동아리방에 쌓여 있는 것들이다. 그게 내가 이 책에 남겨버리고 싶은 진실이지만 조금 달랐다면 얼마나 좋았을까?

단점을 깨달았다고 내가 '치료'되지는 않는다. 좀 더 다르게 대처했으면 좋았겠다는 생각도 별 소용이 없다. 여전히 나는 예전의 실수를 종종 되풀이하지만, 적어도 내가 되고 싶은 사람이 되려 애쓴다.

나는 다음 세대가 나보다 낫고 우리가 직면한 물음에 더 나은 답을 찾는 기업을 운영하길 원한다. 레스토랑에서 일하면 정신과 육체가 모두 닳는다. 언제쯤 업계가 상처를 극복하고 모든 성별, 인종, 민족, 성적 지향, 신념과 상관없이 모두에게 평등하게 거듭날지 모르겠다. 일단 서로에게 책임감을 품는 게 시작일 것이다. 타인은 물론 나 자신을 존중하자. 더 나은 교육과 소통이 핵심임을 나도 알고 있다.

더 만족스러운 의견을 내놓는다면 정말 좋겠지만, 지금 막 그마저도 우악스러운 충동이라는 걸 깨달았다. 지금 당장 해결책을 내놓을 수는 없을까? 누구의 잘못이며 그들은 어떤 대가를 치러야 할까? 대개 빨리 잊고자 해결책도 빨리 내는데, 사실 그런 사안은 대체로 최대한 오래 품고 있으면서 불편함을 깨닫는 게 유일한 해법이다. 태생적인 편견을 없애도록 오랫동안 주변 사람들에게서 배우겠다고 다짐한다. 우리는 인간으로 성장한다고 생각하니 마음이 다소 누그러졌다. 질문을 던지고 시각을 바꾸고 공감 능력을 키워야 인간이다. 어쨌거나 그래야 희망이 있다.

예를 하나 들어보자. 『레스토랑 주방의 비밀』에서 토니는 레스토랑에서 일하며 얻는 외설스러운 매력을 다음과 같이 썼다.

주방에서 요리사들은 신이나 마찬가지다. 옷은 해적처럼 입고 눈에 보이는 건 다 들이켜 버리고 못에 고정되어 있지 않은 건 훔치고 웨이터, 바의 손님, 종종 찾아오는 이들을 내가 보거나 상상했던 적 없는 방식으로 괴롭힌다. 프로빈스타운에서 일했던 첫해 정말 못된 행동을 많이 목격했다. 요리사들은 숙달된 범죄자이며 섹스를 운동처럼 하는 선수들이다. 요리사의 삶은 모든 통상적인 도덕관념을 속 편하게 무시하는 모험, 도둑질과 약탈, 로큰롤이다. 밖에서 들여다보니 나에게는 너무나도 훌륭해 보였다.

그를 포함한 다른 많은 사람-대부분이 남성-의 이야기를 읽는 걸 얼마나 좋아했는지 생각해보면 머쓱하다. 주방의 거친 야만성을 미화한 글들 말이다. 하지만 그땐 그랬다.

요리는 나의 최선과 최악을 끌어냈고, 토니도 똑같았을 것이라 생각한다. 나는 성장한 다음 나의 추악한 습관을 다스리려고 애썼다. 토니도 마찬가지였다. 나는 방송에서, 그리고 개인적인 차원에서 그의 성장을 보았다. 이런 셰프 문화를 미화하는 역할을 맡는 게 토니에게 정말 고통스러운 일이었다는 걸 안다. 하지만 그가 발전했으므로 용서할 수 있다. 요식업계 종사자들이 주방을 떠나지 않고도 이런 성장의 기회를 잡기를 희망한다. 레스토랑은 나를 살렸지만 동시에 많은 동료에게 상처를 입혔고 또 배신했다. 나는 여전히 요식업계가 치유의 산업이 될 수 있다고 믿는다. 우리가 육체 및 정신적으로 양육받는 피난처 말이다. 그리고 그렇게 만들려고 애써야만 가능하다.

모모푸쿠의 마스코트, 바닷가재

죽은 바닷가재를 구분하는 단 하나의 기준이 있다.
허물벗기를 멈춘 바닷가재는 죽은 바닷가재다.
우리는 고된 일에 굴하지 않을 것이며 쓰러져도 다시 일어나 일할 것이다.

변화는 그냥 벌어지지만, 성장은 그렇지 않다. 겪어보니 원해야 성장할 수 있다. 너무나도 성장하고 싶다면 지금의 자리까지 올라오는 데 들인 요령을 전부 버릴 줄도 알아야 한다.

　모모푸쿠에서 음악이 너무 크다는 불평을 들어본 적이 없다. 대체로는 음악을 틀지 않으니까. 틀어봐야 클래식이나 재즈, 아니면 전혀 거슬리지 않는 이탈리아 혹은 프랑스 영화 사운드트랙을 들릴락 말락 하게 틀어놓는다.

　주방도 마찬가지다. 누들 바를 처음 개업했을 때 퀴노와 나는 이

십 대였고 음악을 무척 소중히 여겼다. 그럼 음악을 틀어놔도 괜찮지 않을까? 그래서 아이팟과 시디플레이어를 들여놓고 이제는 망한 전자제품 전문점인 서킷 시티에서 가장 싼 스피커를 사서 꼭대기 선반에 올렸다. 열린 주방에서 일해본 적이 없으므로 주방에서 음악을 틀면 식당에도 다 들린다는 사실을 문을 열기 전까지도 몰랐다.

우리끼리 있을 때 들었던 음악을 누들 바에서도 틀었다. 페이브먼트, 실버 주스, 벨벳 언더그라운드, 요 라 텡고, GZA, 푸가지, 픽시즈, 메탈리카, 갤럭시 500, 윌코 등이었다. 한참 동안은 컨트리 음악도 엄청나게 틀어댔다. 특히 웨일런 제닝스를 많이 들었다. 램찹의 〈당신의 빌어먹도록 쨍쨍한 날〉은 나에게 정말 중요한 곡이었다. 위대하고 느긋하며 행복한 노래였지만 재생목록에 올려두면 욕이 너무 많이 나온다는 불평도 나왔다. 우리는 계속 스스로에게 "정말 이런 곡을 틀어도 될까?"라고 물었다.

주방에서 주문서를 받는 요리사가 그날의 디제이 역할도 맡았다. 이스트 빌리지에서 쿨하고 젊은 사람들과 일하며 새로운 문화를 접해서 좋았다. 우리는 대중적인 인기곡은 피한다는 규칙을 정했다. 영화 〈올모스트 페이머스〉에서 투어버스에 탄 사람들이 〈타이니 댄서〉를 따라 부르는 것 같은 상황이 벌어질까 정말 두려웠다. 라디오에는 나오지 않는 곡이나 앨범을 틀었더니 손님들도 좋아했다. 어느 날은 한 남자가 주방에 와서는 "지금 후의 비 사이드 곡을 튼 건가요? 저에게는 최고의 레스토랑이에요"라고 말했다. 음악은 자연스레 우리가 대접하고 싶은 손님만 걸러내는 여과지 역할을 했다. 물론 우리가 내는 음식에도 좋은 영적 보충제로 작용했다.

그렇게 음악을 틀면서 필요에 맞춰 음량을 조절하는 요령도 익혔다. 막 문을 연 시각이라 식당이 비어 있을 때는 음악을 크게 틀지 않는다. 하지만 흡음재 역할을 하는 손님들이 들어차면 음량을 엄청나게 올려야 음악이 들린다. 음악이 너무 크다는 불평이 들어오면 언제나 소리를 더 키워 화답했다. 그렇게 하자 손님이 오랫동안 죽치고 앉아 있는 일이 줄어들었다. 맥도날드가 오래 앉아 있으면 다리의 혈액순환이 떨어지는 의자를 들여놓았다는 데서 착안했다. 손님이 얼른 먹고 나가야 이득이 난다면, 그런 여건을 만들어야 했다.

이런 결정을 적대적이라고 받아들일지도 모르겠지만, 정말 어쩔 수 없었다. 모모푸쿠가 채식인들에게 불친절하다는 평판이 돌았고, 신께 맹세코 이에 대해 여러 번 논의했다. 하지만 솔직히 채식 메뉴를 내려고 해도 시간이나 공간, 밑준비를 할 여유가 전혀 없었다. 개업 당시 모모푸쿠의 음료라고는 캔맥주와 병당 1달러짜리 폴란드 스프링 생수가 전부였다. 디저트나 커피를 내려고도 하지 않았다. 우리는 최대한 빨리 회전을 시켜야만 했으므로, 손님이 식탁에 죽치고 앉아 20분 동안 친구에게 그럴싸한 이야기를 늘어놓는 상황을 원하지 않았다.

나쁜 평가를 받고 보니 니시를 꼭 뒤집어엎어야만 했다. 하지만 맥락을 살펴보면 모모푸쿠의 모든 레스토랑이 그런 상황이었다. 니시만 바로 잡는다고 될 일이 아니었다. 모든 레스토랑에서 우리가 발전할 수 있음을 보여줘야 했다.

여러모로 쌈 바는 힘차게 뛰는 모모푸쿠의 심장이었다. 대중과 평단 양쪽에서 모두 좋은 평가를 받았다. 레스토랑의 지평을 바꿔놓았으며 아무도 현재의 상태에 손대고 싶어 하지 않았다. 하지만 쌈 바의 음식이 만족스럽지 않은 시기가 있었다면 우리가 변화를 두려워한 탓이었다. 그때가 그랬다.

지금껏 쌓아온 업적을 허물다니, 모모푸쿠가 시험대에 오른 셈이었다. 나는 언제나 약자로 취급받기를 좋아했고 그 외에 다른 무엇이 되리라 상상해본 적이 없다. 하지만 이제 모모푸쿠는 미식축구 슈퍼볼에서 2연패에 도전하는 신세가 됐다. 매출이 줄지 않았으므로 오랫동안 지켜온 쌈 바의 특성을 의심해보지 않았다. 하지만 이익이 난다고 장땡은 아니었다.

마지가 모모푸쿠의 회장인 알렉스 무뇨즈-수아레스와 함께 변화를 지휘했다. 그들이 아니라면 아무도 못할 일이었다. 겪어보니 나는 이런 일을 주도해서는 안 될 사람이었다. 마지와 알렉스는 쌈 바를 완전히 탈바꿈했다.

똑같은 노래를 틀었지만 음량은 낮췄다. 우리는 방음 설비를 하고 새 접시와 식기를 들였으며 등받이가 있는 의자를 설치했다. 소파를 두고 벽지를 발랐으며 와인 창고도 만들었다. 메뉴판은 가죽으로 제본했다. 그리고 맥스 웅을 새 셰프로 임명했다. 맥스는 7년 전 싱가포르에서 건너와 모모푸쿠에 합류했다. 코와 쌈 바 양쪽에서 일했지만 셰프가 될 준비는 아직 안 돼 있었다. 그래서 그를 셰프로 점찍었다. 그는 모모푸쿠에 익숙했지만 오래되고 지루한 습관에 얽매일 만큼은 아니었다.

맥스는 미쉐린 별을 따고 싶어 했다. 월드 베스트 레스토랑 50의 1위도 차지하고 싶어 했다. 그는 영예와 상을 원했고, 특정 공간에 자신의 요리가 얽매이길 원하지 않았다. 맥스가 그 모든 걸 원한다는 사실에 나는 기뻤다. 레스토랑이 세계적인 명소처럼 보이지 않더라도 우리는 최고 중의 최고가 되도록 노력을 기울였다.

나는 주방팀에게 현재의 메뉴를 들어내고 원하는 요리를 하라고 말했다. 그리고 그들은 나를 실망시키지 않았다. 첫 번째 개편 메뉴는 경이로울 만큼 놀라웠다. 홍어 벨라칸(belacan)(말레이시아의 발효 새우젓-옮긴이) 주물럭을 바나나 잎에 싸 익혔다. 베이컨 랜치 드레싱을 곁들인 캐비아 빵도 고안했다. 일본식 붕어빵인 타이야키에 전통 소인 팥 대신 푸아그라를 채웠다. 쌈 바의 새로운 방향에 나는 신이 났다. 시간을 좀 더 들이면 엄청나게 좋은 음식이 나올 거라 생각했다.

피트 웰스는 《뉴욕 타임스》의 음식 평론가가 된 뒤 모모푸쿠의 레스토랑에는 몇 번만 찾아왔다. 그러던 어느 날, 내가 주방에서 주문을 교통정리하고 있을 때였다. 평소라면 거의 하지 않을 일이었다. 갑자기 웰스가 들어와서는 주방 쪽의 바로 내 앞자리에 앉았다. 나는 바뀐 메뉴에 아직 자신감이 없었다. 우리는 묵은 모모푸쿠를 죽이고 레스토랑의 정체성을 바꾸었다. 결과가 더 좋아질지 나빠질지 몰랐지만, 그것까지 헤아릴 시간은 없었다. 나는 웰스가 우리를 별 세 개에서 두 개로 강등시키리라 굳게 믿었다. 별일 아닌 듯 들리겠지만 니시의 혹평까지 감안하면 모모푸쿠의 전성기가 지났다는 선입견은 불을 보듯 뻔했다.

몇 달 뒤 다시 한번 쌈 바를 찾은 뒤 피트 웰스의 리뷰가 《뉴욕 타임스》에 게재됐다.

변함없이 별 셋이었다.

현 상태를 유지해서 그렇게 기뻤던 적은 처음이었다. 우리의 영향력에 의문을 품었던 비평가에게 평가를 받고 나니 지금까지의 노력이 아직 먹힌다는 걸 알았다. 나는 비평 전체를 향해 품은 앙심을 일단 제쳐두고 우리가 맞는 방향으로 가고 있음을 알리는 새 시대의 첫 승리를 축하했다.

마지에 대해서 좀 더 이야기하고 싶다. 니시가 처음 개업했을 때 그는 문제에 대해 말을 아끼지 않았던 소수의 직원 가운데 하나였다. 2011년 수습사원으로 모모푸쿠에 합류한 이후, 언제나 분명한 의견을 냈다. *서비스가 수준 이하인 이유가 있나요? 왜 의자에 등받이가 없죠? 음식, 서비스, 기업 비전에서 다른 레스토랑과 차별화를 할, 전체를 굽어보는 시선이 필요하지 않을까요?*

마지는 쌈 바의 변신뿐만 아니라 니시의 개선도 주도적으로 맡았다. 우리는 개보수하기 위해 니시를 닫았다가 쌈 바의 재평가가 나오기 직전인 2017년 10월에 재개장했다. 니시에서 마지는 신통력을 발휘했다. 사실 자원이 거의 없는 상태에서 변화를 이뤄냈으므로 정말 놀라웠다. 마지는 식당을 리모델링하고 손님과 소통하는 방식도 바꿨다. 일단은 니시가 이탈리안 레스토랑이라고 홍보했다. 마지 덕분에 더 이상 손님들은 메뉴판에서 수학 문제를 푸는 기분을 느끼지 않게 되었다. 핀스키에게 메뉴 변경을 채 요청하기도 전에 니시는 더 나아지고 또 바빠졌다.

이런 변화로 내가 원래 알고 있던 것에 더 확신을 품게 됐다. 나는 모모푸쿠를 꾸려나갈 인물이 아니었다. 우리가 기업체로 자라나다 보니 아이러니하게도 더 젊은 피가 필요했다. 공식 발표 이전에 나는 거의 모든 책임을 마지에게 위임했다. 그리고 2019년, 만 서른 살 생일 직전에 마지는 모모푸쿠의 최고 경영자가 됐다.

우리는 마지가 임원으로서 잘 적응하도록 경영자 코치를 붙여주었다. 첫 번째 만남 이후, 코치는 만 스물아홉 살짜리에게 기업의 경영을 맡기는 건 지나친 비약이라 말했다. 그는 마지가 소통에 능숙하지 않으며 그래서 지금껏 코칭해온 50~60대보다 말을 적게 한다고 평가했다. 나는 거의 폭발할 뻔했다.

이 작자가 누구라고 마지가 준비가 덜 됐다는 말을 함부로 뱉는 거지? 닳고 닳은, 틀에 박힌 인물이 아니었기 때문에 나는 마지에게 최고 경영자 자리를 맡겼다. 화가 나서 당장 코칭을 끝내고 싶었지만 참았다. 마지가 차라리 모든 과정을 겪고 앞으로 할 일을 스스로 파악하는 게 낫다고 보았다. 마지의 도덕 기준은 누구보다 높았다. 나는 마지가 잘못된 평가에 흔들리거나 주눅 들지 않으리라 믿었다.

물론 마지가 내일 당장 완벽한 최고 경영자가 되리라고 확신하지도 않았다. 실수할 수도 있다. 모든 걸 이미 보고 겪어버린 최고 경영자가 모모푸쿠를 이끄는 걸 원하지 않았다. 나는 잘못됐다는 평가를 받는 만큼이나 바로잡기를 원하는 인물을 원했다.

바닷가재는 불멸의 존재라는 묵은 신화가 있다.

랍스터가 노화의 증상을 보이지 않기 때문에 다들 그렇게 믿는다. 나이를 먹어도 바닷가재는 성장과 번식을 멈추지 않는다. 다리가 잘려 나가더라도 다시 돋아난다. 바닷가재는 크기의 한계 없이 계속 자란다. 요리해 먹는 순간까지 성장을 멈추지 않는다. 바닷가재는 허물을 벗어 성장한다. 묵은 껍데기를 벗으면 물렁한 새 껍질이 나지만, 시간이 흐르며 다시 단단해진다. 껍데기가 완전히 굳고 나면 새로운 바닷가재가 된다. 힘들고 위험한 과정이다. 엄청나게 기운을 소모하는 데다가 껍데기가 완전히 굳기 전까지는 공격받기도 쉽다.

죽은 바닷가재를 구분하는 단 하나의 기준이 있다.

허물벗기를 멈춘 바닷가재는 죽은 바닷가재다.

이 사실을 알기 전까지 나는 수많은 바닷가재를 기꺼이 죽였다. 그러다가 갑자기 바닷가재가 모모푸쿠의 비공식 마스코트가 되어버렸다. 우리는 고된 일에 굴하지 않을 것이며 쓰러져도 다시 일어나일할 것이다. 쓰러졌다 일어나는 과정은 이겨내야 하는 무언가도 아니었다. 바닷가재가 허물벗기를 거부하는 것처럼 쉽게 살려는 태도는 성장 혹은 자아 성찰을 거부하는 것과 마찬가지였다.

성장에 그토록 신경을 쓰는 게 건강하거나 정상인지는 모르겠지만 덕분에 모모푸쿠가 일하기 힘든 곳이 되었다는 사실만은 확실히 안다. 무엇보다 모모푸쿠에게 성장이란, 몇몇 재정 지표의 상승을 알리는 곧은 화살표에 국한되지 않기 때문이다. 더 배우고 나아지려는 우리의 집착이 때로 현실에는 해로울 수도 있다. 마지는 이런 내 생각에 공감한다. 물론 모두가 그렇다는 말은 아니다.

최근 참석한 푸쿠의 이사회에서 내가 여태껏 만나본 사람 가운데 최악의 사업가라는 이야기를 들었다. 푸쿠는 프랜차이즈 확장이 가능한 패스트푸트 콘셉트의 음식점이었지만, 나는 주문할 수 있는 음식 가짓수를 늘리고 메뉴도 다양화하자고 제안했다. 패스트푸드 사업을 천천히 진행하자는 요지였다. 멍청하게 들렸겠지만 빠른 서비스가 장점인 레스토랑의 성공은 서비스에 달렸다는 걸 체험했기 때문이었다. 소비자는 눈앞에서 음식이 만들어지는 걸 보고 싶어 한다. 수증기가 올라오는 식탁에서 재료를 퍼담아 그릇에 담자는 말이 아니다. 너무 냉소적으로 서비스를 하지는 말자는 뜻이었다.

아무도 내 아이디어를 좋아하지 않았다. 경영 학위와 증명된 경력을 지닌 똑똑한 이들이 잔뜩 있었으므로 나는 그들의 결정을 존중했다. 다만 우리가 타임워너센터 3층에 작은 입석 레스토랑을 열기로 했을 때, 나는 하버드대학교의 경영 연구소에서 제안할 만한 방향과 정반대로 가고 싶었다. 그 자리는 토머스 켈러의 부숑 베이커리에서 복도 맞은편이었는데, 일단 제대로 된 규모의 누들 바를 열어 주된 재원으로 삼았다. 그리고 옆에 우표만 한 공간을 마련해 우리가 여태껏 해보지 않은 시도를 마음껏 해보기로 했다.

당시 우리는 〈어글리 딜리셔스〉의 두 번째 시즌의 프리프로덕션으로 바빴다. 가능성을 따져본 주제 가운데는 앞에서 말했던, 세계에 널리 퍼진 회전 꼬치도 포함돼 있었다. 샤와르마부터 이로, 알 패스토르 말이다. 기발한 고기 조리 기구인 회전 꼬치가 등장할 때마다 요리 전통이 새롭게 자라는 것 같았다. 어느 지역에서든 회전 꼬치 기계로 구운 고기를 빵의 일종에 싸 먹었다. 그에 착안해 우리는 중국과 한국 전통을 느슨히 적용한 모모푸쿠만의 납작빵을 개발 중이었다. 이스트로 발효해 부풀린 반죽을 주문받는 대로 둥글게 만 뒤 번철에 구운 병   말이다. 즉석구이 납작빵이 쇼핑몰 나름의 전통 음 식이었으므로 나는 좋아했다. 빵 바에서 우리는 회전 꼬치에 구운 한 국식 불고기를 빵에 싸 먹는, 혼종의 음식을 낼 계획이었다.

하지만 주방에서는 곧바로 완강하게 반대했다.

"빵을 충분히 만들 일손이 없어요!"

"그렇다면 만들 수 있는 만큼만 팔면 되잖아요"라고 나는 말했다.

그러고는 이탈리아 소시지인 모르타델라를 꼬치에 꿰서 구우라 고 말했다.

"너무 멍청해 보일 거예요. 지방도 줄줄 녹아 나올 거고요!"

나는 그렇더라도 상관하지 않았다. 그리고 돼지기름은 레스토랑 에서 언제나 쓸모가 있다. 돼지비계를 소금에 절여 만든 라르도를 두 껍게 저며낸 모르타델라 사이에 끼우면 어떨까? 시도해봤더니 엄청 맛있었다. 나는 상식에 완전히 반하는 빵 바를 원했다. 그리고 이곳 이 상류층 쇼핑센터에서 일하는 직원들의 피난처가 되기를 바랐다. 음식은 모모푸쿠 직원 누구라도 잘 팔리겠다고 생각하는 수준보다 더 쌌다. 하지만 그렇게 팔아도 문제가 없다면 못 팔 이유가 없지 않 을까?

무엇보다 나는 모두가 먹을 수 있는 음식을 팔고 싶었다. 레스토 랑에서는 무엇보다 서비스를 강조한다. 빵 바에서 줄을 지어 기다리 는 동안 우리는 최선을 다해 주전부리를 내줄 심산이었다. 회전 꼬치

기계에서 구운 감자나 죽을 생각하고 있었다. 적절한 접시에 담겨 식기도 딸려 나오는, 약간의 격식을 갖춘 음식 말이다. 나는 팀에게 빵바 탓에 블루칼라 노동자들이 화려한 쇼핑센터에 너무 많이 들어온다는 항의를 받으면 기쁠 거라 말했다.

⟡

모모푸쿠는 최근 모든 레스토랑에 걸쳐 지도자 회의를 개최했다. 빠르게 확장한 뒤 모모푸쿠가 이리저리 나뉜 무리라기보다 하나의 개체처럼 느껴지도록 잠시 숨을 고르기 위한 자리였다. 그래서 우리는 지배인과 레스토랑의 지도자들을 뉴저지주의 애스베리 파크로 초대해, 이틀 동안 토의하며 팀을 재구축했다. 모모푸쿠 본사의 팀에서 아이디어를 내고 실행에 옮겼다. 나는 최선을 다해 자기계발 연사를 흉내 내보기로 했다.

축사에서 나는 완벽보다 약점에 가치를 두는 선택에 대해 이야기했다. 언제나 답을 알 수는 없으니 인정하는 자세가 더 바람직하다고 주장했다. 도움을 청해도 괜찮다. 나는 이전 성공에 집착하는 문제 또한 지적했다. 영업 시간에 끔찍하게 바쁘면 힘들겠지만, 생각을 바꿔 손님이 찾아와 얼마나 다행인지 생각해보면 어떨까요? 손님 한 명 한 명이 레스토랑의 성패를 좌우한다 생각하고 서비스하라고 말했던 것 기억하지요?

마지는 우리의 핵심 철학으로 자리 잡은, 무관심을 두려워하기와 공감 능력 향상에 대해 이야기했다. 그는 닐 영과 크레이지 호스가 발표한《러스트 네버 슬립스》를 인용했다. 이 앨범은 순회공연 동안 정체되지 않도록 닐이 밴드 멤버들에게 매일 밤 다른 걸 해보라고 요구해 나온 실황 앨범이었다. 그는 삶의 균형과 '되돌아갈 힘을 비축하는 일'*을 강조했다. 팀 문화의 중요성에 대해서는 위대한 미식축구 감독 빌 월시의 "이기면 그만이다"를 인용했다. 우리가 서로에게 투자한다면 저절로 성공할 것이라고 말했다. 모모푸쿠의 철학과 데이비드 포스터 월리스의 "이것은 물이다"를 담은 작은 유인물도 나눠주었다. "이것은 물이다"는 월리스가 각자의 타고난 편견을 인식하고 도전하는 내용을 다룬 학위 수여식 연설이었다.

이틀간의 수련회 동안 우리는 볼링을 치고 노래방도 가고 해변에서 모닥불도 피웠으며 슬로우쿠커 요리 대결을 벌이고 암벽 등반 다큐멘터리 〈던 월〉도 감상했다.

수련회에서 들은 걸 모모푸쿠의 임원진이 어떻게 받아들였을지는 모르겠다. 나는 그들이 그것을 내면화해 눈에 보이는, 지속 가능한 행동으로 풀어내기를 바랐다. 변화가 하룻밤 사이에 벌어지지 않는다는 걸 알기를 바랐다. 우리가 원하는 모모푸쿠는 아직 이론이었지만, 현실이 되려면 한 걸음이라도 내디뎌야 했다.

---

* 언제나 이야기하는 영화 〈가타카〉의 일화다. 부록의 33번 규칙을 보시라.

서부 진출

나의 사고방식과 팀원들이 생각해줬으면 하는 방향을 함께 나눴다.
문화를 세우는 게 엄청나게 중요했으니
계속해서 공부하면서 부정적으로 흐르지 않도록 시간을 들였다.

마흔 살이 되자 나와 그레이스는 서부로 이사 갈 계획을 세웠다. 일단 몇 달 동안 월세로 살며 적응한 뒤에 집을 구해 자리를 잡을 생각이었다. 나에게 서부 이사는 무엇보다 상징적인 의미가 컸다. 로스앤젤레스에서는 가족에게 집중하고 싶었다. 상처에서 도망가지 않고 새로운 도전을 받아들이는 한편 새 도시에서 건강한 생활 습관도 찾아보려는 노력이었다. 나는 최근의 실패에서 교훈을 얻어 새롭게 출발하고 싶었다.

물론 다른 사람의 성장도 돕고 싶었다. 셰프의 위대함은 얼마나 많은 부하 직원이 높은 지위에 오르고 성공했는지로 평가받는다. 나는 내 자리를 꿰찰 이들을 많이 키워내지 못했다. 다른 많은 셰프처럼 나 또한 갈수록 좋은 요리사를 찾기가 힘들며 젊은이들은 성공할 생각이 없다고 불평해온 책임이 있다. 사적인 자리에서 나는 그런 현상을 밀레니얼 전염병이라고 불렀다.

하지만 요즘 들어 나의 시각이 바뀌었다. 내 밑에서 일하는 사람 대부분이 성공하고 싶어도 방법을 몰랐다. 따라서 그들의 실패는 나의 책임이었다. 많이 나아졌지만 여전히 주방에서 마음에 안 드는 꼴을 보면 성질이 났다. 다만 정신이 멀쩡할 때는 더 나은 선생이 될 수 있을지도 몰랐다. 그래서 마음속으로 절반쯤은 사업을 그만두고 텔레비전 쇼에 신경을 쓰고 모모푸쿠를 매각하는 등 새 레스토랑을 개업하는 일만 빼고 뭐든지 하고 싶다고 생각했다. 하지만 결국은 새 레스토랑을 열기로 했다. 셰프의 흰 조리복을 입으면 또 두려움에 휩싸여 상태가 나빠질까 봐 항우울제도 다시 먹었다. 니시에서는 메뉴 개발을 맡았지만, 주방에서 매일 일한 지는 오래됐다. 하지만 이제 그런 책임을 맡아야 했다.

니시가 개업하자마자 실패한 탓인지, LA에서 모모푸쿠를 확장한다고 발표했는데도 매체는 별 관심이 없었다. 개업 6개월 전부터 나는 팀원들과 함께 코리아타운의 라인 호텔에 합숙했다. 한국계 셰프 로이 최가 막 닫은 레스토랑의 공간을 내어줘 우리는 군사 훈련 같은 연구 개발 과정을 거쳤다.

잘 모르는 로스앤젤레스에서 서로 안면이 없는 팀원들을 데리고 개업을 하려니 두려웠다. 셰프를 맡을 주드 파라-시켈스와는 2006년 이후 함께 일해본 적이 없었다. 조리 총괄 셰프인 마크 존슨과는 안면이 있었지만, 요리는 함께해본 적이 없다. 지배인인 크리스틴 라루코는 새로 모모푸쿠에 합류했다. 와인 총괄인 리처드 하그리브는 몇몇 모모푸쿠 레스토랑에서 일해본 적이 있다. 그게 전부였다.

첫 달에는 거의 요리를 하지 않았다. 우리는 거의 하루 종일 이야기만 했다. 이 레스토랑은 5년 뒤에 어떤 모습일까? 성공을 거둔다면 이유는 무엇일까? 실패를 한다면? 우리는 이런 대화를 되풀이했다. 역사 공부를 하고 과제도 내줬으며 요리 이론과 가치에 대해서도 토의했다. 어떤 이유로 무엇을 믿는가?

정말 돈을 주고도 살 수 없는 귀한 시간이었다. 나의 사고방식과 팀원들이 생각해줬으면 하는 방향을 함께 나눴다. 문화를 세우는 게 엄청나게 중요했으니 계속해서 공부하면서 부정적으로 흐르지 않도록 시간을 들였다. 말하자면 사워도우 자연 발효종 같았다. 주기적으로 양분을 먹이지 않으면 바로 죽는다는 점에서 말이다.

개업 1~2주 전쯤, 나는 새로 온 부주방장이 미장 플라스 용기에 테이프를 대강 붙이는 걸 알았다. 나는 그에게 설사 자신의 조리대라고 해도 그렇게 테이프를 많이 쓰면 안 되며, 글씨도 더 선명하게 써야 한다고 말했다. "알겠어요, 셰프. 우리가 아직 진지하게 요리하지 않는다고 생각해서 그랬어요." 나는 정말 역대급의 분노를 터트렸다. 개업을 했든 안 했든 상관없다고! 우리는 언제나 빌어먹도록 심각해! 조리대를 정성스럽게 정리 정돈하지 않는 건 자신과 동료들을 존중하지 않는 거야!

나는 분노로 몸을 부들부들 떨었다. 진정하고 평소대로 돌아오고 나서 나는 모두에게 일을 손에서 놓으라고 했다. 그리고 30분 동안 일에 주의를 기울이고 공유 재산을 신경 쓰라고 일장 연설을 늘어놓았다. 테이프 낭비를 막는 게 목적이었다면 성공했다. 대신 사기와 신뢰는 희생되었다. 발전적인 비평의 반대쪽 끝에는 바로 이런 파괴적인 비평이 있다. 나는 이런 순간을 두려워했다. 마셜 골드스미스나 엘리엇 박사와 일궈낸 진전은 현실에 존재하지 않았다. 더 나은 지도자가 되고 싶다면 나는 모두의 앞에서, 레스토랑을 개업하는 엄청난 압박을 받는 상황에서 분노를 다스릴 줄 알아야만 했다.

성질을 건드릴 거리는 어디에나 있었다. 레스토랑의 개업 첫해는 끝없는 혼란이다. 특히 직원 관리 면에서 그렇다. 들고 나는 사람들 틈에서 오래 가는 팀을 꾸려야만 했다. 모든 셰프는 시간과 돈을 들여 새 요리사를 교육했다가 제대로 일할 만할 때 그만두고 나가는 고통을 아주 잘 안다.

개업 후 어느 날, 한 요리사가 아내와의 대화를 이야기했다. 요리사의 급여만으로 가족을 부양할 수 없는 상황이 금방 바뀌지 않을 것 같다고 했다. 그래서 지역 대학에 진학해 평범한 직장을 찾을 계획이라고 말했다. 그는 30대 초반이었다. 나는 요리에 관심이 있는 젊은이들에게 일단 학사 학위를 따라고 수없이 말해주었다. 하지만 이 친구는 10년 가까이 미국 최고의 레스토랑에서 일했다. 큰 그림에서 모모푸쿠뿐만 아니라 요식업계의 자원이었다. 무엇보다 그는 요리를 사랑한다고 내게 말했다.

과거에는 "기회를 주셔서 감사합니다"라는 말을 채 다 듣기도 전에 이 친구를 죽여버렸을 것이다. 하지만 나는 세상을 다르게 보려고 애쓰고 있었다. 그는 나에게 계속 요리할 수 있도록 이제라도 여건을 개선해달라고 말하고 있었다. 그래서 나는, 원한다면 그의 멘토가 되어주겠다고 제안했다. 우리는 식당에 앉아 종이를 놓고 그의 목표를 써가며 정리했다. 또한 아직 젊으니까 안락함을 좇기보다 모험을 해볼 때라고 말해주었다. 그리고 그의 아내에게 직접 우리의 대화를 설명하겠다고도 제안했다. 물론 그렇다고 요식업계에서 반드시 성공하리라는 보장은 없다고 덧붙였다.

그는 다음 날 출근해 아내와 결정했다고 말해주었다. 아침에 레스토랑에서 일하고 밤에는 학교에 다니겠다고 했다. 결국 최선의 시나리오로 마무리됐으니 기준으로 삼기에는 별 의미가 없다. 차라리 리키와 맥스의 이야기를 예로 드는 게 더 낫겠다.

리키와 맥스는 메이저도모에서 일하기 전부터 친구였으며, 출근한 지 채 6개월도 안 됐는데 평생의 꿈을 좇기 위해 퇴사하겠다고 말했다.

"영업을 끝낸 요리사들을 겨냥한 심야 푸드 트럭을 열고 싶어요."

계획을 듣고 그들을 돕고 싶지 않았지만, 그 이유 때문에 지원해 주겠다고 말했다. 경기가 좋지 않다고 설명도 잘 해주었다. 하지만 그들은 물러서지 않았다. "들어봐요. 1년만 여기에서 버티면 지원해 줄게요"라고 말했다.

"메이저도모에서 계약직으로 일하면서 푸드 트럭을 준비해요. 내가 납품업체도 소개해주고, 식재료를 여기에서 손질하고 보관하도록 해줄게요. 레스토랑 바로 옆에서 트럭을 운영하면 내가 손님들도 그쪽으로 추천해주고. 이제 나는 체면 차릴 필요가 없으니까요."

그들이 고민하는 동안 나는 점점 더 성급해졌다. 이런 제안을 해 본 적이 없었으니까. 두 사람이 결국 떠날 것을 알면서 더 큰 지원을 약속했다. 그들이 내 제안의 가치를 알아차리지 못해 화가 났다.

그리고 몇 주 뒤, 그들은 퇴사를 결정했다. 내 제안을 거절한 것이다. 나는 작별의 인사말을 전했다.

"나도 푸드 트럭 사업을 해야겠네요."

과장이었지만 농담은 아니었다. 그들은 몇 백 명을 상대로 경쟁해야 한다는 사실을 몰랐다. 나는 두 사람에게 이제 나의 경쟁자이니 나보다 더 잘해야만 살아남을 수 있다고 말했다. "내게 1달러를 빼앗아 갈 때마다 두 사람이 망하도록 더 열심히 일할 겁니다." 옛날이었다면 정말 푸드 트럭을 차려서 그들보다 싸게 음식을 팔아 경쟁에서 이겼을 것이다. 안 그랬으므로 내가 더 나은 사람이 되었다 치자.

　　　　　　　　　　　　🍊

　　메뉴를 짜며 모두에게 메이저도모는 한국계 미국식 치즈케이크 팩토리(치즈케이크가 대표 메뉴인 패밀리 레스토랑-옮긴이)가 될 거라고 했다. 메뉴의 가짓수도 많고 음식의 양도 많다. 즐거운 분위기에서 족보를 잘 모르는 음식을 먹는다. 니시 때처럼 사고 과정을 구구절절 설명하고 싶은 욕구를 억눌렀다. 로스앤젤레스에 들어맞는 새로운 음식 철학을 고수하고 엄청나게 생각하고 또 계획해야 했지만, 잘만 한다면 그런 과정을 모두 감추고 음식만 낼 수 있었다.

　　몇몇 확실한 요리만으로 메뉴를 짰다. 푸짐하고 엄청난 소갈비요리 두 종류였다. 첫 번째는 선농단의 갈비찜을 재해석했다. 로스앤젤레스의 명소인 선농단의 대표 요리는 치즈를 수북이 쌓아 올려 녹인 매운 갈비찜이었다. 또 다른 소갈비 요리는 고기 전문가 애덤 페리 랭을 참고한 훈제 통갈비였다. 애페랭APL은 소풍용 접이식 식탁에 훈제 소갈비를 올려놓고 한 쪽씩 썰어서 손님에게 건넸다. 곁들이도 소스도 없었다. 그저 고기와 소금 약간이 전부였다. 한 입 먹어보니 가격이 얼마든 사 먹고 싶은 맛이었다. 기꺼이 이걸 먹기 위해 여행할 수 있는 그런 요리였다. 메이저도모에서는 애페랭의 갈비를 내 어머니의 갈비 양념에 재워 간을 했다.

나는 특별한 외식을 위한 레스토랑이라는 개념에 빠져 있었다. 로스앤젤레스 사람들이 교통 체증을 뚫고 와 식사할 만큼 메이저도 모는 특별해야 했다. 그래서 개업일에 뒷마당에서 통구이를 내자고 제안했다. 팀원들이 처음으로 200명을 위해 요리하는 자리였다. 이미 할 일이 너무 많았다. "외부 공간이 넉넉하며 손님들이 엄청나게 놀랄 것이라"고 이 멍청하고도 고통스러운 제안을 하는 이유를 댔다. 하지만 야외에서 동물을 요리하려면 어떤 허가가 필요한지도 몰랐다. 팀은 탄식했다.

개업일이 가까워질수록 모두가 점점 더 편안해졌고, 덕분에 효율이 올라가고 있었다. 그럴 만했다. 그들은 메뉴를 바로잡고 서비스를 손보며 우선순위를 정했다. 이로써 개업일에 손님들이 최대한 매끄럽게 식사하도록 준비했다. 나는 모두에게 손님들을 식탁에 앉히지 말고, 주방의 작업대에 쌈 바를 차려 대접하자고 말했다. 손님들이 줄을 서서 돼지 목살 통구이와 곁들이, 소스를 뷔페식으로 담아 먹는 것이었다. 실행에 옮기기 끔찍한 아이디어였다.

물론 내가 진짜로 염소 통구이나 돼지 목살 뷔페를 원한 건 아니었다. 다만 모두가 완전히 준비되었다고 느끼는 동시에 준비되지 않았다고 느끼는 역설적인 상황을 받아들이길 바랐다. 예상하지 못한

* 이런 요리는 흔치 않은데, 나는 북경오리를 최고로 꼽는다.

말도 안 되는 제안에도 팀이 흔들리지 않기를 바랐다. 그래야 힘을 빼면서도 바짝 긴장할 수 있었다.

이렇게 말하니 공익을 위해 혼돈을 조장하는 조커처럼 보이겠지만 정말이다. 식당에 활기가 넘치면 손님도 발을 들이자마자 눈치를 챈다. 때로 레스토랑에 가능한 한 최대로 활기를 불어넣어야만 한다. 나는 염소 통구이와 돼지 보쌈 뷔페 계획을 접었지만, 그 정신만은 그대로 가져갔다. 예를 들어, 내가 가장 좋아하는 메이저도모의 요리는 삶은 통닭이었다. 우리는 큰 냄비에 통닭을 담아 손님에게 보여준 뒤 다시 주방으로 가져가 살을 썰어 발라냈다. 그리고 아름다운 접시에 밥을 담고 위에 가슴살을 올린 뒤 두 종류의 양념장을 끼얹어 냈다. 손님이 다 먹은 뒤에는 남은 뼈와 살로 탕을 끓여 냈다. 정말 맛있는 요리였다.

메이저도모를 개업한 뒤 나는 뉴욕으로 돌아가 몇 주를 지냈다. 매일 밤 로스앤젤레스에서는 일일 보고서가 날아왔다. 도모 팀이 보낸 보고서 한 건을 예로 들어보자.

요즘은 진짜 닭을 더 빨리 내려고 '보여주기용 닭'을 준비했습니다. 그날의 첫 번째 닭 요리 주문이 들어오면 두 마리를 한꺼번에 조리해서 한 마리는 보여주기용으로 남겨둡니다. 그래서 식탁에서 보여주고 다시 가지고 들어오는 동안 다른 닭을 충분히 식혔다가 살을 썰어 발라냅니다. 그렇게 해서 밥을 준비하는 시간을 줄입니다. 보여주기용으로 쓴

닭은 서비스가 끝나고 마감할 때 해체해서 다음 날의 육수를 내는 데 쏩니다. 어차피 남은 뼈를 육수 우리는 데 쓰니까요.

메이저도모 팀은 충분히 경험을 쌓았으므로 흐름을 개선하고 약간의 속임수를 써서 좀 더 쉽게 요리할 수 있게 됐다. 현명한 결정이며 흔한 일 처리 방식이다. 손님은 식탁에 등장했던 닭과 먹는 닭이 다르다는 걸 전혀 알아차리지 못할 것이다.

나는 셰프 주드와 팀원 모두에게 메일을 써 로스앤젤레스에 돌아가면 보여주기용 닭에 대해 좀 더 논의하자고 말했다. 예상대로 팀은 예전처럼 손님이 먹을 닭을 그때마다 조리해 보여주는, 더 어려운 예전 방식으로 돌아가자는 말임을 알아챘다.

진정성과는 아무런 상관없는 결정이었다. 손님들을 속일 수도 있다. 다만 선례를 남긴다는 차원에서 못마땅했다. 나는 보여주기용 닭을 들고 식당을 한 바퀴 도는 웨이터의 태도를 생각했다. 주방의 문화가 침체된다는 생각에 두려웠다. 삶은 통닭은 주방팀과 서비스팀이 끊임없이 조화를 이루어야 하는, 어려운 요리였다. 그래서 훌륭해질 수 있었다. 만약 보여주기용 닭을 따로 쓰는 탓에 활기를 잃어버리면 어디에서 메워야 할지 생각해내야 했다.

휴고는 원래 로스앤젤레스에서 태어날 계획이었지만 결국 뉴욕의 아기가 됐다. 그레이스가 임신중독증을 겪다 보니 마음 편하게 뉴욕에 있는 주치의 가까이에 있고 싶어 했다. 그럴 의도는 없었지만 동부의 친구들과 공유하던 아파트로 돌아왔다. 이번에는 일만 생각하고 계획을 밀어붙일 수 없었다. 가족도 고려해야 하니까.

휴고는 나의 토템이었다. 그를 볼 때마다 나는 겸손해졌다. 나의 아들. 내가 아는 가장 순수한 사랑이자 나의 가장 큰 책임. 휴고를 강인하고 침착한 사람으로 키우기 위해 얼마만큼 부딪혀야 할까. 걱정이 됐다. 본능적으로는 고통을 눈곱만큼도 느끼지 않으며 자라도록 보호해야 한다고 생각했지만, 상심하고 거절당하고 상처받아야 한다는 걸 알았다. 재기하는 법을 배우려면 실패해야 했다. 휴고는 나보다는 덜 힘들게 자란다고 생각하자 신경이 쓰였다.

일터에서도 내내 휴고만 생각했다. 좋은 아버지가 되는 일과 좋은 지도자가 되는 일이 같을까 궁금했다. 나는 모모푸쿠에서 매일매일, 언제나 직원들에게 고통을 줄이는 요령을 알려주려는 유혹에 부딪힌다. 하지만 그래봐야 그들에게 좋을 게 없었다. 메이저도모가 개업하고 1년이 지나자 몇몇 직원들이 지쳐 나가떨어졌다. 메이저도모는 일하기 힘든 레스토랑이었다. 가장 바쁜 일터였고 창조적이면서 효율적으로 일하려면 엄청나게 힘들었다. 팀원들은 너무 재능도 많고 똑똑했다. 그게 문제였다.

예를 들어, 셰프들은 가족과 더 많은 시간을 보내고 싶어 했다.

나는 간단히 계산해서, 주문 정리할 사람을 키우면 일주일에 50시간은 덜 일할 수 있다고 말해줬다. 설명을 덧붙이자면 주문 정리는 주방의 항공 교통 통제나 마찬가지다. 들어오는 모든 주문표를 파악하고 분야별 요리팀의 진행도를 확인한다. 대개는 총괄 주방장이나 부주방장이 맡지만 나는 그게 완전한 시간 낭비라 여겼다. 물론 작은 규모의 테이스팅 메뉴 전문 레스토랑이라면야 셰프가 주방 한가운데 서서 모든 것을 굽어볼 수 있었다. 하지만 메이저도모처럼 큰 레스토랑에서는 셰프들이 주방을 돌며 젊은 요리사들을 가르치고 요리의 완성도를 높이는 게 교통정리 작업대에 죽치고 있는 것보다 나았다.

주문 정리는 진이 빠지고 티도 나지 않는 일이라 셰프들은 그저 할 줄 아는 일이라서 맡는 것뿐이었다. 아주 통상적인 행동이다. 지도자의 자리에 오르면 졸지에 가장 싫어하는 일을 해야 한다. 서류 작업이나 주문 정리, 재고 조사 등 말이다. 할 줄 아는 일이고 그런 일을 맡았을 때 자신감이 생기기 때문이다. 나는 셰프들에게 그런 걸 포기하고 큰 그림을 본다면 매일 저녁에 일찍 퇴근할 수 있다고 제안했다. 젊은 요리사를 뽑아 매일 몇 시간씩 훈련을 시키는 것이다. 아니면 서비스팀에서 후보를 찾을 수도 있다. 이도 저도 아니라면 주문 정리만 할 사람을 뽑아도 된다.

몇 주 뒤, 어떻게 되고 있냐고 물었다.

"시도해보았는데요, 잘 안 됐습니다."

몇 번이나 시도해보았냐고 묻자, 단 한 번이었다는 답이 돌아왔다.

단 한 번.

처음에는 엄청나게 화가 났다. 시간을 절약하는 최선의 방법을 알려주었는데 그들이 너무 빨리 포기한 것 같았다. 나는 셰프들이 일과 가정의 균형을 찾기를 원했고, 그래서 지름길을 알려주었다. 하지만 사실 그들의 유일한 잘못은 난관을 뚫고 제대로 요리하고 싶어 한 죄밖에 없었다. 굳이 책임을 묻자면 지도자인 나의 잘못이었다. 나는 그들에게 거의 불가능한 일을 해내라고 제안한 셈이다.

또 다른 예로 가위 이야기를 해보자. 메이저도모가 개업하기 전, 나는 박은조를 뉴욕 허드슨 야드의 프로젝트 가위의 셰프로 점찍었다. 허드슨 야드는 뉴욕의 모두가 불안해하는 초대규모 개발 계획이었다. 거대한 몰-분위기를 짐작할 수 있을 것이다-과 아무도 흥미로운 외식 경험을 기대하지 않을 것 같은 장소였다.

은조는 모모푸쿠를 거쳐 간 젊은 요리사 가운데서도 가장 강인하고 정직하며 세심한 인물이었다. 또한 미식가의 버킷 리스트로 읽힐 만큼 말도 안 되는 레스토랑들에서 경력도 쌓았다. 모든 모모푸쿠 가족이 그를 존경했다. 하지만 그는 셰프로서 자신의 레스토랑을 이끌어본 경험이 없었다. 심지어 부주방까지도 올라가 보지 않았다. 전통적으로 평가하자면 셰프가 되기엔 아직 애송이였다. 그럼에도 나는 그가 조건만 잘 맞는다면 혼자서도 미국에서 한국 음식의 의미를 바꾸는 중요한 셰프가 될 거라 확신했다.

나는 한국계 미국인이지만 모모푸쿠는 일본식 상호였고 명목상

한식보다 일식에 더 가까운 식당이었다. 거슬릴 정도로 아귀가 맞지 않았다(나는 언제나 미국인들은 아시아 각 나라의 문화를 구분할 관심조차 없으니 괜찮다는 핑계를 댔다). 어느 정도는 자신이 일본인이라 여기며 살아온 할아버지의 영향으로 일본을 좋아하게 됐다고 설명했다. 하지만 외부의 영향을 자유롭게 받아들이는 일본과 달리, 한국 문화는 외부의 해석을 극도로 경계한다. 나는 한국 문화에는 거의 문외한이나 다름없는 한국계 미국인이지만, 한국 전통을 보호하려는 충동을 끊임없이 떨쳐내야 했다.

몇 년 전 친구의 초대를 받아 한국인 셰프가 도쿄의 개인 클럽에서 요리하는 자리에 간 적이 있다. 셰프의 이름은 기억나지 않지만, 셀러리 김치만은 기억한다. 나는 셀러리 김치가 싫었다. 너무나 맛있었음에도 내 전통 감각과 맞지 않았다. 며칠 동안 나는 그 식사와 셰프가 자유롭게 접근한 한국 요리 세계를 생각했다. 한국에서는 절대 그렇게 할 수 없었겠지만, 일본이었으므로 자유로이 자신의 요리 세계를 탐구한 결과였다. 나는 요리의 발전을 막는 걸림돌을 이해하기 시작했다. 보전이라는 명목 아래 발전을 가로막는 문화적인 장애물이었다. '김치는 그렇게 담그는 게 아니다'라는 말과 같은 꽉 막힌 걸림돌 말이다.

오랫동안, 그러니까 모모푸쿠 개업 이전에도 나는 대부분의 외식 경험을 일기에 써서 남겨두었다. 기록 전체를 쌈 바의 지하실에 보관해두었는데 허리케인 샌디로 침수되는 바람에 희귀한 요리책들과 함께 전부 잃었다.

나는 요리 경력의 상당 부분을 한국 음식을 망친다는 선입견을 피하는 데 썼다. 우리는 모모푸쿠에서 오랫동안 한국적인 흔적을 다른 영향과 위장 아래 묻어두었다. 요리 덕분에 실생활에서 다루기 너무 두려웠던 싸움과 탐구를 했지만, 어릴 때부터 품어왔던 한국 음식에 대한 부끄러움과 불안은 극복하지 못했다.

이제 서서히 나의 유산을 탐구하기가 편해졌다. 미국 식품점에서 고추장맛 감자칩을 팔 정도인데 교포가 한식을 못 할 이유가 없었다. 지난 몇 년 동안 나는 모모푸쿠가 한식에 어떻게 접근하고 싶은지 절박하게 알고 싶었다. 반찬이나 비빔밥이나 두부찌개 같은 음식을 내지는 않았지만 메이저도모는 가장 한국적인 모모푸쿠 레스토랑이었다. 메뉴에도 한국 명칭을 많이 썼고 한국 전통주도 더 많이 냈으며, 실내 디자인에도 한국적인 요소를 많이 차용했다. 문화적인 진실 특히 한식당을 한식당이게 하는 요인을 진지하게 탐구하고 싶었다. 나는 모모푸쿠가 내는 음식이 일종의 문화적 도용이라 보았다. 한국계 미국인인 내가 나서서 훔친다.

나는 은조가 가위의 주방을 맡아 그 아이디어를 더 발전시키기를 원했다. 개업이 1년도 더 남은 시점에서 그를 로스앤젤레스로 불

•• 미국의 소수민족 셰프들이 문화적 도용에 그다지도 화를 내는 이유가 뭘까? 우리는 규칙을 지켜야 한다는 의무감을 느끼지만, 백인 셰프들은 하고 싶은 대로 하기 때문일 것이다. 그들은 규칙을 따르지 않는다. 대부분은 배울 생각조차 하지 않는다. 그래서 나도 똑같이 하기로 마음먹었다.

러, 몇 주 동안 우리 집에서 우리 가족과 함께 살게 했다. 은조가 로스앤젤레스에 올 때마다 그만의 한국 전통 요리를 만들어보라는 똑같은 과제를 줬다. 무엇을 요리하든 그의 음식은 너무 다듬어져 있었다. 너무 유럽식이었고 지나치게 기술에 초점을 맞췄다. 은조는 한국 전통 음식을 어떻게 조리해야 하는지 본능적으로 잘 알고 있었지만 오래 훈련한 습관대로 음식을 만들었다. 나는 그에게 요리의 목표가 무엇인지 물었다. 그는 사람들의 선입견을 바꾸고 싶다고 말했다. 자라면서 먹었던 음식의 즐거움을 포착하고 싶어 했다. 하지만 접시에는 그런 목표가 담기지 않았다. 내 말이 미친 소리라는 걸 안다. 은조가 잘못하고 있었다면 나는 왜 지시를 내리지 않았을까?

요리로 관점과 표현을 찾기란 거의 불가능에 가깝다. 나는 그를 비롯한 모모푸쿠의 젊은 요리사들이 품고 있는 상처를 봤다. 내가 씨름했던 것과 같은 문제여서, 적극적으로 나서서 그들을 도와주고 싶었다. 이후 열두 달 동안 은조는 고생했다. 자주 울고 잠도 잘 못 잤으며 시험 식사를 완전히 망쳤고 모든 메뉴를 엎었다. 하지만 그는 매일매일 조금씩 자신의 길을 찾았다. 가위를 개업했을 때 나는 은조와 그의 팀 덕분에 너무나 기뻤다. 그는 여전히 자신을 찾고 있다. 나는 은조가 정말 지독하게 자랑스럽다.

토니의 죽음과 휴고의 탄생

나는 아들을 위해 사람들과 하나둘 화해했다.
휴고가 태어나자 나는 아홉 달 동안
나도 모르는 사이에 목표를 이루었음을 깨달았다. 평화로웠다.

이 책을 쓰면서 나는 회고록이라는 단어에 죽을 만큼 거부 반응을 느꼈다. 내 삶을 자세히 늘어놓는다고 해서 나나 모모푸쿠에 대해 제대로 설명하지는 못한다고 생각했기 때문이다. 나는 1년 동안 처박혀서 생각을 다듬은 뒤 삼인칭으로 명상과 정신 건강, 그리고 요리 예술에 대한 가이드를 에세이 형식으로 써서 전달하려고 했다. 출판사는 물론 처음에 반대하겠지만 결국은 받아들일 것이었다.

아직은 때가 아니라고 생각했기에 회고록을 쓰기가 망설여졌다. 어떻게 써야 좋을지도 몰랐다. 하지만 벌써 이야기가 이만큼 흘러와

버렸다. 내 편집자는 이미 15장 앞에서 던져놓은 질문에 대한 답이 없다고 걱정했다.

"데이브가 자살하면 어쩌죠?"

어찌 보면 나는 이미 자살했다. 약을 하고 죽음을 두려워하는 나 말이다. 나는 인간의 유한함을 고려해 결론을 내렸다. 최악의 결과라고 해봐야 죽음일 텐데, 인간은 어차피 죽으므로 더는 두려워할 게 없다. 고통, 고난, 모욕, 실패, 파산, 무엇이든 말이다. 다른 이들에게 상처를 입히지 않는 한 나는 무엇이든 하고 싶은 대로 할 수 있다. 이 책을 열면서 나는 시시포스의 신화를 참고했다고 언급했다. 물론 카뮈에게서 받아들인 아이디어였다. 신의 눈으로 보면 끝없이 언덕 위로 바위를 끌고 올라가는 시시포스의 과업은 형벌이다. 하지만 운명을 받아들이고 과업을 멈추지 않음으로써 시시포스는 신의 시각을 떨쳐버리고 행복해졌다. 다른 이들에게는 불행해 보이지만 오직 자신만은 행복을 느낀다.

달리 말해 우리가 운이나 운명은 거부하지 못하더라도 그 접근 방식만은 거부할 수 있다. 매일 우리는, 우리를 향한 세계의 시각을 죽이고 여유롭게 함박웃음을 지으며 바위를 언덕 끝까지 올릴 기회를 얻는다. 잘못된 걸 바로잡지 않고 사는 삶이다.

물론 그게 궁금하지 않다는 건 안다. 자살에 대한 내 생각이 궁금한 것 아닌가? 글쎄, 자살에 대해 생각하지 않을 때도 있고, 생각한다면 대체로 감정보다 학문으로 접근한다. 나의 성공은 우울증과 얽혀 있으므로 애초에 죽겠다고 마음먹었다면 무엇을 어떻게 이루었대도 아무런 의미가 없었을 것이다. 나의 영웅들을 자살로 잃을까 봐 두렵다. 또한 언젠가는 지쳐 더는 바위를 끌어 올릴 수 없을 거라고도 생각한다. 나는 친구들에게, 우리가 가짜 행복을 팔면서 스스로 불행해지기 위한 구실로 삼는 건 아니냐고 대놓고 묻는다.

물론 당신은 이렇게 말할지도 모른다.

"이봐요, 데이브. 대체 무엇 때문에 그렇게 우울한 거예요?"

어떤 것 때문에도 우울하지 않다. 그래야 할 까닭이 없다. 나를 잘 아는 사람이라면 우리가 함께 음식을 먹고 빈둥거릴 때 내가 행복해하면서 우울해하는 걸 받아들이기 어려울 수 있다. 내가 가족과 일과 동료들을 얼마나 사랑하는지도 알 것이다. 하지만 우울증과 싸웠거나 싸워온 사람을 알고 있다면, 단순히 부자가 된다고 이 병이 낫지 않는다는 사실도 알 것이다. 유명해진대도 마찬가지다. 이렇다 할 논리가 없다. 자살과 정신병을 둘러싼 멍에를 끊임없이 짊어지고 살다 보니 누구도 제대로 이해하지 못한다는 걸 알게 됐다. 그렇다고 아무도 원망하지는 않는다. 겪어보기 전까지는 절대 알 수 없으니까. 하지만 자살을 악으로, 우울증을 인격의 문제로 보는 청교도적 시선이 있다. 너무 많은 사람이 항우울제와 자살 방지 직통 전화, 일반적인 공감으로 우울증과 자살 충동을 누그러뜨릴 수 있다고 생각한다. 기차역을 차분한 색으로 칠해놓으면 철로로 투신자살을 덜 한다는 생각 말이다. 하지만 생각해보시라. 암 환자에게 치료를 위해 직통 전화를 걸어보라고 하지는 않을 것이다.

우울증과 싸우려면 도움을 받아야 한다. 물론 약도 중요하지만 사람이 필요하다. 혼자 우울증과 싸울 수는 없다. 나는 엘리엇 박사에게 큰 도움을 받았다. 그와 정기적으로 나눈 대화만으로 살아남았다. 심지어 대화가 필요하지 않거나 만사가 귀찮을 때도 그를 찾아갔다. 그 덕분에 가장 사려 깊은 나 자신을 찾게 되었다. 그와 대화를 나누고 나면 나는 아침에 행복을 느끼며 일어나 어떤 일이라도 할 수 있는 사람이 된 것 같은 기분이 든다. 언제나 그럴 수 없어서 너무 좌절스럽다.

또한 엄청나게 운이 좋게도 그레이스를 만났다. 나는 일이 핑계나 우리 사이의 장애물이 되지 않도록 최선을 다한다. 하지만 오랫동안 나는 일을 돌파구로 삼았다. 엄청난 책임을 짊어지고 많은 일을 하겠다고 나섰다. 열심히 일해서 나만의 중력장을 만들어냈다. 일을 많이 하면 할수록 땅에 발을 붙이고 있지 않아도 됐다. 심지어 휴가 기간에도, 출근하지는 않았지만 스무 명의 친구를 위해 저녁을 요리했다. 또한 절대 느긋하지 않은 취미인 제물낚시도 즐겼다. 전부 일이었다. 책을 읽거나 영화를 보더라도 아무리 형편없는 작품일지라도 등장인물에 지나치게 감정을 이입하며 줄거리를 계속 곱씹는다.

이 모두를 헤아려보면 우울증을 정말 정신력으로 이겨낼 수 있는지 의문이 든다. 물론 나는 그렇지 않다고 믿는다. 의지력만으로 이겨내지는 못해도 부딪히면서 앞으로 나아가겠다고 마음먹는 건 선택이다. 매일매일 우울증을 무릅쓰고 살아가야 한다. 기본적인 상태를 거부하고 말이다. 멍청한 비유를 하나만 더 들자면, 나는 언제나 우울증에 대처하는 것을 제다이의 수련에 비교한다. 어둠으로 빠져들기는 쉽고 더 쿨한 선택 같다. 제다이가 되려면 고난을 감수하고 본능을 거부해야 한다.

상태가 좋은 날이면 우울증과 싸워 새로운 경험도 할 수 있다. 그저 버티기만 할지라도 목적을 품고 살아야 한다.

2017년 봄에 마지막으로 토니 보뎅을 만났다. 한참 동안 연락하지 않았고, 하더라도 깊은 이야기를 나누지는 않았다. 그는 내가 브라질 주짓수를 더 진지하게 받아들이지 않는다고 놀리며 괴롭혔다. 토니는 무엇인가 좋아한다면 정말 푹 빠졌고, 주짓수도 마찬가지였다. 그가 뉴욕에 올 때마다 연락하고 싶었지만 억지로 참았다. 딸과 보내는 시간을 빼앗고 싶지 않았기 때문이다. 하지만 2017년 봄, 나는 그 규칙을 깼다. 니시의 혹평과《럭키 피치》의 폐간으로 겪은 괴로움을 그만 이해할 수 있었다.

●　요리만큼이나 싸움에 능한 알렉스 아탈라가 내 팔로 내 목을 조르는 경험을 하고 나는 브라질 주짓수를 바로 그만뒀다.

나는 토니에게 콜리세움Coliseum에서 만나자고 했다. 콜럼버스 서클 근처에 있는 그의 아파트와 가까운 펍으로, 주로 퍼 세 나 장 조지의 요리사들과 가는 곳이었다. 나는 안쪽 자리를 차지하려고 약속 시간보다 일찍 도착해 분위기를 살폈다. 소프트볼 동호회 회원들이 바를 가득 메우고 싸구려 맥주를 마시고 있었다. 분위기를 계속 살피다가 바의 주인인 듯한 중년 여인에게 손짓했다.

"이러고 싶지는 않은데요, 돈을 좀 드릴 테니 방해받지 않고 술 마실 만한 자리를 주시겠어요?"

"저기 창가에 두 자리 있네요"라고 그가 답했다.

"어떻게 말해야 할지 모르겠는데 제 친구가 잘 알려진 사람이거든요"라고 상황을 설명했다.

그는 고개를 들고 어이없다는 듯 나를 보았다.

"토니 얘기하는 거예요? 여기 단골이에요. 보통 바에 앉아 마시는 걸 좋아해요."

토니와 함께 네 시간 동안 술을 마셨다. 얼큰하게 취하자 우리는 할라페뇨 파퍼스, 치킨 텐더, 카레 프렌치프라이, 모차렐라치즈스틱 같은 안주를 쏟아부었다. 아마 한치 튀김도 먹었을 것이다.

"하느님 맙소사, 정말 역겨운 맛이네요."

나는 반쯤 먹은 전채 요리들과 소스 얼룩이 진 냅킨의 처참한 광경을 살피며 말했다.

"이봐 친구, 담배는 이럴 때 피우는 거야."

그는 다시 담배를 피웠다. 나는 이미 오래전에 끊었지만 그와 함께 있을 때만 담배를 얻어 피웠다. 펍에서 나와 담배를 피우면서 그는 2차를 가자고 말했다.

"더 조용한 데 가서 디저트를 먹자고."

그리고 우리는 타임워너센터에 있는 포터하우스의 소파 자리에 앉았다. 그의 동네 맛집이었다. 토니는 2인분짜리 립아이 스테이크와 지나치게 좋은 부르고뉴 레드와인을 한 병 시켰다. 어뮤즈 부셰로 나온 베이컨은 스테이크라고 해도 될 정도로 두툼했다. 매시드포테이토와 프렌치프라이도 딸려 나왔다.

우리는 배가 부르고 살짝 취한 상태로 헤어졌다. 그는 다른 곳에 들른다고 했고 나는 다운타운의 집으로 돌아갈 생각이었다. 택시를 타고 집으로 가면서 토니와의 만남을 계속 곱씹었다. 궁금한 게 너무나도 많았다. 엄청 주절거리기는 했는데 제대로 설명은 한 걸까? 그가 나더러 뭘 꼭 하라고 했더라? 토니는 너무나도 지혜로운 사람이었다. 혹시 그의 소중한 시간을 빼앗은 건 아닌지 걱정했다.

집으로 돌아오는 택시 안에서 그의 이메일을 받았다.

— ⤢ ✕

발신: 앤서니 보뎅

일자: 2017년 4월 20일 목요일, 8:02 PM

바보가 되자.

사랑을 위해.

너 자신을 위해.

생각을 바꾸면 행복해질지도 몰라. 비록 잠깐이라도 말이지.

전력을 다하거나 눈썰미가 있으면 될 거야.

만나서 반가웠다.

토니

토니가 세상을 떠난 날 그레이스의 임신 사실을 알았다. 나는 미쳐버릴 것 같았다. 잠깐이나마 기뻐하고 싶었지만, 처음으로 부모가 된다는 기쁨을 느낄 기회를 잃을까 봐 두려웠다. 우리는 부모님에게 페이스타임으로 소식을 알렸다. 대를 잇는다는 소식에 부모님이 기뻐할 줄은 알았지만, 눈물과 흐느낌 사이에서 나는 여태껏 몰랐던 행복을 느꼈다. 나도 눈물을 흘렸다. 사람들을 위해 요리하는 것 외의 일에서 처음으로 느끼는 순수하고 생생한 감정이었다. 하지만 레스토랑과는 아무 상관이 없었다. 오히려 모모푸쿠에서는 이런 감정을

느끼기가 더 어려웠다.

　복잡한 가족 관계에서 아주 잠깐 긴장을 풀었다. 이 날은 언제나 행복의 정의 같은 순간으로 영원히 남을 것이다. 20년 가까이 심리치료사를 만나면서 부모와는 언제든 화해할 수 있음을 배웠다. 오랫동안 나는 엘리엇 박사와 찻잎점, 나의 아버지, 정강이뼈가 부러진 고카트 사고에 대해 끝도 없이 이야기했다. 하지만 항우울제를 다시 먹고, 이 책을 쓰면서 또 한 번 과거를 되돌아보게 되었다. 아들이 태어난 뒤, 나는 묵은 감정을 털어버려야 할 때라고 스스로에게 말했다. 나의 과거와 누군가를 증오하는 일을 이제 멈춰야 한다고. 분노와 후회, 불안함 혹은 나의 전반적인 옹졸함을 어떻게 털어버려야 할지 몰랐다. 오랫동안 의존한 나머지 그런 감정들이 나 자신이 되어버렸기 때문이다. 웃기게 들리겠지만 용서하는 법을 배우면 내가 사라질까 봐 무서웠다.

　나는 아들을 위해 사람들과 하나둘 화해했다. 예전 친구들과 몰아치는 감정에 푹 빠져 마음을 풀기도 했다. 아니면 옛 동료들에게 오랜만에 연락해서 안부를 주고받았다. 그런 과정으로 분노나 후회가 가신다는 느낌은 받지 못했다.

　그러다가 휴고가 태어나자 나는 아홉 달 동안 나도 모르는 사이에 목표를 이루었음을 깨달았다. 평화로웠다. 마치 물리치료를 받은 것 같았다. 어느 날 아침에 문득 더는 고통을 느끼지 않을 때까지는, 바보 같은 행동이 도움이 됐는지 알 수가 없다.

휴고가 처음 아팠을 때, 어떤 대가를 치르더라도 아이를 낫게 하려는 부모의 본능이 깨어났다. 그레이스와 나는 휴고를 병원에 데려갔는데, 거기에는 훨씬 더 아픈 아이와 부모 들이 있었다. '아무도 병원에 올 일이 없었더라면 참 좋을 텐데'라는 생각으로 머리가 가득 찼다.

휴고는 곧 나았다. 몇 주 뒤에는 백일도 맞았다. 다른 아시아 문화권에서도 백일을 축하하지만, 역사적으로 기근과 고난을 자주 겪은 한국에서는 특히 중요했다. 휴고의 백일에 그레이스와 나는 나의 부모님과 함께 저녁을 먹었다. 식탁 맞은편의 아버지를 보니 지금의 내가 어린 시절 고카트 사고로 다리가 부러졌을 때 그의 나이라는 걸 알아차렸다. 나는 그 일화를 다시 떠올렸다. 나무로 만든 카트, 가파른 언덕, 내 왼쪽 다리, 노란색 소파, 적황색 연고.

나는 닷새나 지나서야 병원에 갔었다.

지금까지는 그게 아버지의 양육법이라고 합리화해왔다. 그는 언제나 나를 강하게 키우려 했다고, 아니, 적어도 나는 그런 것이기를 바랐다고. 저녁을 먹으며 나는 그에게 이 책을 쓰고 있다고 말했다. 어린 시절을 너무 곱씹고 싶지는 않지만 부러진 정강이뼈에 대해서는 물어보고 싶다고 했다.

"왜 그때 바로 병원에 데려가지 않으셨는지 모르겠어요. 무슨 생각을 하셨던 거죠?"

아버지는 여든 살이었고 보통 약간 뜸을 들인 뒤 물음에 답했다.

하지만 그날 밤에는 바로 대답했다.

"무슨 생각을 했었는지 나도 잘 모르겠다."

몇몇 교회 식구들에게 물어보았더니 그 한의사에게 데려가라는 대답을 들었다고 했다. 나는 우리 구역 사람들 절반이 의사인데 어떻게 정강이 골절에 한의사를 찾아가라고 했는지 지적했다.

그레이스가 식탁 밑으로 내 손을 잡았다.

"왜 그랬는지 모르겠어. 그냥 내가 멍청했던 거지. 멍청했던 거야"라고 아버지가 말했다.

어머니가 아버지의 말을 자른 뒤 두둔했다. 아버지는 그저 자신이 아는 양육법대로, 즉 자신이 자란 대로 나를 키웠을 뿐이라고.

나는 아버지가 최근 더 나은, 더 사려 깊은, 사랑을 베푸는 사람이 되려 애썼다고 믿는다. 그래서 어린 나를 키운 부모였던 그뿐만 아니라, 요즘의 그에게도 점수를 주고 싶다. 내가 원하는 그대로의 아버지였다면 나는 이렇게 되지 못했을 것이다. 하지만 이런 지금조차, 내가 아빠가 된 다음에도 아버지와 나 사이의 큰 세대 차를 느낀다.

짐 김 박사는 나에게 전쟁통의 삶을 절대 이해하지 못할 거라고 말한 적이 있다. 그의 말이 맞다. 나는 내 부모의 경험을 이해하지 못한다. 영어는 단 한마디도 못하는 처지에 미국에 와서 인종차별을 겪고 폭력을 피해 향수를 느끼며 살아온 세월을. 그래서 아시아계 부모들은 자녀가 수학이나 과학, 골프나 바이올린처럼 추상적인 분야를 파고들기를 원하는 것이다. 영어나 철학이나 정치학이나 요리처럼 주관적인 분야를 배우면 자신에게서 멀어질까 봐. 화를 거둔다면 아버지를 이해할 수 있을지도 모르겠다.

형제들은 내가 아버지와 판박이라고 말한다.

마지막 이야기

며칠 전 입체파를 레스토랑 프로젝트에 적용해보려고 잉과 통화했다. 그는 나를 가르쳐주다 지쳐서 미술 평론가 제리 솔츠를 내 팟캐스트에 초대했다. 솔츠는 《뉴욕》지에 기고하는 비평으로 막 퓰리처상을 탄 참이었고, 내 삶이 우스워지고 있다는 증거 중 하나인 아마추어 미술 평론을 한번 들어보려고 인터뷰를 하기로 합의했다.

내가 미술에 관심을 가진 지는 얼마 되지 않았다. 나는 마크 로스코가 그린 거대한 색채의 사각형을 보고는 눈알을 굴렸다. 처음으로 마르셀 뒤샹의 〈샘〉(기단에 놓인 도기 남자 소변기)을 보았을 때 나는 대체 이해할 수가 없었다. 그러다가 최근에야 입체파에 관심을 품었다.

제리 덕분에 입체파를 더 잘 이해하게 되었다. 그는 입체파가 새롭기 때문에 값지다고 설명했다. 나 같은 사람들은 이해를 못 하지만, 입체파의 새로움이란 신대륙 발견과 비교할 만하다고 했다. 로스코와 추상적 표현주의도 마찬가지였다. 물론 뒤샹도 그랬다. 〈샘〉이 포함된 그의 '기성품' 연작은 기념비적인 선언이었다.

"당신이 오줌을 누는 저 물건은 예술입니다. 예술가인 내가 그렇게 규정했으니까요."

나는 토니와 무대 위에서 샌프란시스코를 비롯한 베이 에어리어 요리 세계를 비판했던 그날 밤을 떠올렸다. 맥락에서 지나치게 벗어나 비판받기는 했지만, 사람들은 '내 접시 위의 무화과' 발언을 앨리스 워터스가 주장한 캘리포니아 요리 세계에 대한 평가로 받아들였다. 사실 나는 캘리포니아 요리 세계가 라이프 스타일이라기보다 요리 철학이라 이해했다.

앞서 말했듯 나는 앨리스를 좋아하지만, 아드리아 형제나 블루멘탈, 아두리츠, 후안 마리 아르자크, 파사르, 가니에르 같은 현대 요리의 진정한 선각자라 여기지는 않는다. 앨리스는 엄청나게 멋지고 기술적인 요리를 하는 요리사는 아니었다. 그가 일군 요리 세계는 혁신적이라기에는 너무 뻔했다. 물론 캘리포니아의 식재료는 좋다. 그러므로 최대한 단순하게 다뤄야 한다. 물론 셰 파니즈처럼 뚜렷한 철학과 맛있는 음식을 먹을 수 있는 아늑한 레스토랑은 좋은 식사 장소다. 그게 전부 아닌가?

하지만 그와 동시에 내 안에서 변화가 일어났다. 그 이유는 정확히 앨리스 때문이었다. 그는 최근 주목받는 혁신적이고 자신감 넘치는 미국 셰프였다. 지난 백 년 동안. 그는 파인다이닝 레스토랑에서 접시 위에 무화과를 한 개 올리고는 "이게 요리입니다. 셰프인 내가 그렇게 규정했으니까요"라고 말한 것이다.

왜 나는 이다지도 오랫동안 알아차리지 못했을까?

로스앤젤레스에서 지낼 때면 그레이스와 나는 일요일마다 헐리우드 대로의 직판장에 가서 푸푸사(엘살바도르와 온두라스의 납작빵-옮긴이)를 먹고 과일을 사 온다. 오랫동안 요리를 했지만, 캘리포니아에서 매일 보는 과채류가 최고였다. 맛있고 풍성하고 커다랗고 끝도 없이 다양하다. 한번은 시장에서 복숭아와 천도복숭아를 백 달러어치나 사 왔다. 너무 많아 내가 제대로 손에 들지도 못하자, 그레이스는 놀라고 조금은 당황해서 나를 쳐다보았다.

"그 많은 과일로 대체 뭘 할 건데?"

에필로그

이 책은 원래 2020년 5월 19일에 출간될 예정이었다. 하지만 그날은 이미 지나갔다.

두 달 전인 3월 14일, 모모푸쿠 레스토랑이 전부 문을 닫았다. 우리만 문을 닫은 것도 아니었다. 코로나19 전염병이 지구의 거의 모든 독립 레스토랑을 생존 싸움으로 몰아붙였다. 엄청나게 많은 요식업계 종사자가 현재 일을 못 하고 있다. 평생 쌓아온 셰프의 업적이 한순간에 의미를 잃었다. 물론 바이러스 탓에 사라진 몇 백 만의 다른 일자리나 몇 십 만의 생명에 비하면 아무것도 아니다.

그리고 5월 25일, 미니애폴리스에서 조지 플로이드가 경찰에게 목이 졸려 살해당했다. 전 세계가 조직적으로 자행되는 인종차별주의와 경찰의 잔혹함에 들고 일어났다.

몇 달 동안 이런 일을 겪으면서 미국이 당연하게 여긴 우선권이 타당한지 회의를 품게 됐다. 하지만 일단 하나만 분명히 짚고 넘어가자. 이 모든 일이 벌어지기 이전부터 우리에게는 변화가 필요했다. 그리고 나에게 묻는다면, 이미 변화의 상당 부분이 밀려오고 있었다. 적어도 요식업계에서는 그렇다. 다만 10~15년에 걸쳐 일어날 변화가 단 몇 달 만에 압축해 벌어졌을 뿐이다.

　그렇다고 변화가 충분히 일어났다는 말은 아니다. 아직 근처에도 못 왔다. 이제 겨우 시작일 뿐이다. 그리고 지난 몇 달간 우리 사회의 엄청나게 끔찍한 단면을 알아차렸다고 해도, 희망을 잃지는 말아야 한다. 불가능하게 들리겠지만 우리는 더 나은 세계를 만들 수 있다. 아무도 오늘날 우리를 괴롭히는 질병-자연이든 인공이든-으로 고통받지 않는 세계 말이다.

　그러기 위해 우리는 실수에서 배워야 한다. 과거를 정확히 이해하고 배우지 않는다면 우리는 이처럼 빠른 변화에 적응할 수 없다. 그런 차원에서 나는 출판사에 몇 달 전 보낸 원고를 수정하지 않았다. 독자 여러분이 이 책을 흥청망청했던 로마 제국을 다룬 역사서처럼 읽으리라 생각한다. 지난 20년 동안 음식 세계는 나의 커리어와 더불어 성장했다. 우리는 모두 스스로를 과신했다는 점에서 잘못을 저질렀다. 나는 이 책이 우리가 지나치게 관심을 기울인 멍청한 분야는 물론, 정반대로 중요하지만 충분히 신경 쓰지 않은 문제를 보는 데 도움이 되기를 바란다.

그래서 이제 어쩌란 말인가? 미국의 다음 버전은 아직 만들어지지 않았으니 신나면서도 벅차다. 나는 언제나처럼 극단적인 상황, 즉 성공과 실패의 한도를 규정함으로써 문제에 접근하겠다. 따라서 완전히 멍청한 바보로 보일 위기를 무릅쓰고 불특정한 미래-2035년이라고 하자-를 골라, 가능한 두 시나리오를 생각해보자.

2035 최악의 시나리오

- 미국은 여전히 분열되어 있다. 정치인들은 환경, 공공 보건, 특히 뿌리 깊은 인종차별 같은 정치적 사안을 논의하지 못하게 막는다. 소셜 미디어 때문에 분열은 심화되고 화합은 불가능해졌다.

- 기후 변화가 빨라진다. 행동이나 구조가 변하지 않고 몇 십 억의 인구가 기온 상승, 가뭄, 산불, 극단적인 기후 변화로 인해 심각한 위기에 빠진다.

- 우리는 도널드 트럼프가 최악의 대통령이라 여겼지만, 그는 그저 시작일 뿐이었다. 물론 그가 2035년에도 여전히 미국의 대통령일 가능성도 있다.

- 코로나19(와 다른 유행병) 탓에 거의 대부분의 레스토랑이 방치된 채 망했다. 그리고 패스트푸드가 승리를 거두었다. 레스토랑에서 식사했던 시대를 이야기하는 이들은 엘비스의 죽음을 끝내 극복하지 못한 음악팬 취급을 받는다.

- 시급을 받고 일하는 남은 요식업계 종사자들, 특히 불법 체류자들은 급여, 복지, 직업 안정이 전혀 나아지지 않는다. 팁이 여전히 그들 수입의 대부분이며 최저 시급으로는 먹고살지 못한다.

- 가족이 운영하는 많은 훌륭한 레스토랑이 사라진다. 물론 그들 사이에서 전

해 내려온 지식 또한 함께 사라진다. 더 중요하고 새로운 기회는 비백인이 보았을 때 비참할 정도로 제한되어 있다. 그 결과 음식과 음식 매체에서 다양한 견해가 눈에 띄게 줄어든다.

- 로보트와 무인 주방이 요리 세계를 지배한다. 셰프가 유명세를 누리는 시대는 지났고 요리사는 사회 계급의 밑바닥으로 떨어진다.

- 인류의 정신 건강이 나빠지지만 아무도 공공 보건의 문제라 여기지 않는다.

2035 최고의 시나리오

- 외계인이 지구를 침공한다. 아니면 지구 전체에 엄청난 사건이 벌어져 마침내 우리의 인류애를 일깨운다. 인류는 다양성에서 강점을 얻은 국민성으로 세계를 다시 일으켜 세운다.

- 정치, 교정 체계, 투표권, 이민, 건강보험, 교육, 환경, 외국 원조 등의 여러 중요한 사안에서 작은 움직임이 급진적이고도 포괄적으로 변화를 이끌어낸다.

- 인류의 식습관 변화와 더불어 농업과 식량 생산이 혁신적으로 발전한다. 덕분에 기후 변화가 늦춰지고, 고기는 다시 예전처럼 귀하게 아껴 먹는 식재료가 된다.

- 코로나19의 확산과 더불어 정부는 요식업의 중요성을 깨닫고, 독립 레스토랑이 겪는 재정 문제를 극복하도록 돕는다. 그 결과 레스토랑은 시국에 적응하고 수익 구조를 다양화해 직원에게 더 나은 급료와 복지를 제공한다.

- 더 나아진 재정 상황과 최고 레스토랑 순위, 상, 비평에서 자유로워진 레스토랑은 장인정신과 창의적인 표현의 기지로 탈바꿈한다.

- 환경이 변하면 새로운 의견을 듣게 된다. 이제 더 이상 위계질서를 따르지 않는다. 레스토랑은 능력에 따라 운영돼 전통적으로 자본과 기회를 적게 누렸던 이들도 똑같은 기회를 얻는다. 그 결과 넓은 범위의 문화적 지식이 보존된다.
- 인류 대부분이 집에서 식재료를 가꾸고 요리도 한다.
- 요리사와 셰프가 코로나19에서 벗어나는 데 선두 역할을 맡는다. 굶주린 이들을 먹이고 세계가 새롭게 적응하는 데 전문가로서 도움을 준다. 유명세를 누리는 직업인인 셰프는 죽었지만 요식업계 전체를 보면 예전보다 더 좋은 대접을 받는다. 요리사로 취업하는 일은 이제 의사나 소프트웨어 엔지니어 수준이 됐다.
- 대중의 이해가 높아지고 치료가 편견에서 완전히 자유로워지면서 인류의 정신 건강이 많이 좋아진다. 정신 건강을 위해 의사를 찾는 일이 독감 예방 접종만큼이나 일상적인 일이 된다.

내가 생각한 시나리오이고 모두가 내 우선순위에 동의하지 않을 것이다. 그렇다면 당신도 시간을 들여 어떤 미래를 원하는지 생각해보라. 그 밖에는 최고를 목표로 삼으며 최악을 피하기 위해 온 힘을 들여 싸우라고 마지막으로 충고한다.

D.C., 2020년 6월

데이비드 장

좋은 셰프가 되기 위한
서른세 가지 규칙

왜 셰프가 되는가? 다른 길이 없기 때문이다. 다른 선택을 할 수 있는 사람이 레스토랑에서 일한다면 미친 짓이다. 하지만 조금이라도 성공한 셰프라면 (물론 성공에 대한 환상은 사람마다 다르지만) 같은 질문을 스스로에게 묻게 된다. 나는 대체 어떻게 셰프가 된 걸까?

나만의 답을 알려주려고 제리 솔츠의 형식을 빌려왔다. 그는 《뉴욕》지에 '예술가가 되는 법'이라는 엄청난 에세이를 쓴 미술 평론가다. 예술가 지망생을 위해 제리가 제안한 서른세 가지 원칙을 빌려, 나도 셰프가 되기 위한 서른세 가지 규칙을 늘어놓겠다. 아, 정확히는 좋은 셰프가 되기 위한 서른세 가지 규칙이다. 후진 셰프가 되는 데 규칙 따위는 필요 없으니까 말이다.

이미 앞에서 충분히 살펴보았지만 다들 다시 들춰볼 만하다. 혹시 앞 이야기를 그냥 대강 넘겼다면 당신은 운이 좋다. 내가 면밀하게 관찰한 요식업계의 생리와 쓸모 있는 충고는 이제서야 나오기 때문이다. 유명한 셰프들에게 조언을 구해서 지면을 채워볼까도 했지만, 친구들에게 내 시각을 강요하지 않는 게 낫다는 결정을 내렸다. 그러므로 이제부터 제안하는 규칙들은 엄청나게 주관적이며 서른세 가지 모두 나도 언젠가 한 번은 어겼음을 염두에 두자. 그런 과정을 거치며 규칙을 배우는 것이다.

셰프가 되기로 결심했다면

이 세계에 발을 들여놓으려 할 때 중요한 질문이다.

규칙1 요리는 셰프의 전부가 아니다

셰프의 꿈을 이루기 위해 학교를 자퇴하거나 안정적인 직장에 사표를 내기 전, 어떤 세계에 발을 들이려 하는지 확실하게 알아야 한다. 그래서 다음 질문을 준비해보았다. 설거지를 좋아하는가? 바닥 걸레질이나 쓰레기 내다 버리기, 상자 옮기기, 냉장고 정리는 어떤가? 셰프가 되기까지 업무의 90퍼센트는 이런 일이다. 배가 고픈가? 미안, 뭘 먹겠느냐고 묻는 게 아니다. 주변 동료보다 일을 더 많이 하기 위한 헝그리 정신이 있는지 묻는 것이다. 열심히 일하면 주방에서 남들을 따라갈 수 있다. 이를 악물고 일하면 재능이나 경험, 환경의 결핍을 극복할 수 있다. 혹시 고등학교 극단에서 대역 배우나 이류 후보 선수였는가? 주방에서는 팀에 속해 있지만, 주목은 못 받을 테니 좋은 경험이다.

혹시 질투를 타고났는가? 좋은 기회를 놓치지 않으려면 최대한 주방에 붙어 있어야만 하므로 솔직해지자. 금요일과 토요일 저녁, 생일, 결혼식 등 밤에 일을 못 하게 하는 모든 상황을 습관적으로 피해야 한다. 요리사의 벌이로 안정적인 라이프 스타일을 누리려는 생각도 안 하기를 바란다(동료도 그런 사람을 찾아야 한다. 요리에 모든 것을 건 사람 말이다).

다른 생계 수단이 없는가?

요리만이 유일한 희망인가?

내 이야기에 아직 귀를 기울이고 있는가?

그렇다면 계속 살펴보자.

규칙 2 요리학교에 가지 마라

이론적으로는 요리학교에 가서 잘될 수 있다. 잘 짜인 교육 과정, 경험 많은 강사진과 취업 기회가 있다. 미국 요리학교의 학위가 있다면 호텔 레스토랑, 또는 적절한 연봉에 복지도 제공하는 기업체의 주방에서 완벽하게 안락한 커리어를 찾을 수 있다.

하지만 셰프가 되고 싶다고 하지 않았던가? 실용적인 차원에서 따져보면 요리학교가 제공하는 시나리오는 레스토랑의 현실과 전혀 다르다. 현실 세계에서는 다섯 명이 한 스테이션에 달라붙어 이해심 많은 손님을 대접하는 상황은 벌어지지 않는다. 요리학교는 커리큘럼만 거치면 진짜 셰프가 될 수 있다는 환상을 파는 사업체다. 착각해선 안 된다. 학교에서 제공하는 모든 걸 공짜로 배울 수 있다는 사실을 깨닫지 못하는 당신을 파먹는다(규칙 9를 보라). 프랑스 요리학교에서 만난 동기 서른다섯 명 가운데 겨우 한두 명만이 아직도 요리를 직업으로 삼고 있다. 의대가 그런 수준으로 취업에 실패한다면 청문회가 벌어질 것이다.

규칙 3 대신 셰익스피어를 공부하라

셰프가 되고 싶다고 백 퍼센트 확신하더라도 요리학교보다 일반 대학교를 가라. 요리학교는 요리사를 배출한다. 셰프가 되고 싶다면 요리보다 더 넓은 세계를 알아야 한다. 사람들과 어울릴 줄 아는 동시에 비판적이고 창조적인 사고가 필요하다. 수학과 과학도 알아야 한다. 역사는 물론이다. 양서를 읽어 왔다면 도움이 된다.

공학, 화학, 미생물학, 역사, 철학, 문학 등을 전공하기 위해 대학에 가라. 셰프가 되든 안 되든 도움이 될 것이다. 아시아, 유럽, 아프리카, 라틴 아메리카의 역사를 배우고 세계 문화의 발전에 주의를 기울여라. 메디치 가문, 오토만 왕조, 칭기즈칸, 아즈텍 부족, 재레드 다이아몬드, 다윈주의를 공부하라. 나는 대학에서 역사를 전공했는데 바가바드 기타를 배우고 인생이 바뀌었다. 논리와 괴델의 불완전성 정리도 같은 영향을 미쳤다. 토론 모임에 가입하고 피아노를 배우라. 대학 신문 기자로 일해라. 친구들과 그들의 이야기에 관심을 기울여라.

오스틴, 휴스턴, 로스앤젤레스, 시카고, 샌프란시스코, 아니면 뉴욕처럼 식문화가 발달한 생기 넘치는 도시에서 등록금이 싼 주립대학을 골라라. 일주일에 20시간만 일하되 주방에만 머물지 말라. 웨이터나 버스보이로도 일해봐라. 서비스 산업의 분위기와 리듬에 대한 감을 잡을 수 있다. 무엇보다 대학에서 공부하는 동안 레스토랑에서 일해보면, 목표를 실천하는 자신의 능력을 가늠하게 된다.

규칙 4 세계를 가능한 한 넓게 많이 보라

부모님과 휴가를 가라. 더플백에 짐을 꾸려서 혼자 길을 나서라. 대학생이라면 교환학생으로 외국에 가라. 이미 요리사라면 좋은 소식을 말해주겠다. 세계 어디에 가서도 요리할 수 있다. 언어를 모른다는 건 변명이다. 통역이 없어도 셰프가 싱크대에 쌓여 있는 접시를 왜 가리키는지는 안다. 물이 잘 안 빠지는 기숙사에 머물러야 할지도 모른다. 젊으니까 감수하자. 나는 일본에서 일할 때 노숙자 쉼터에서 머물렀다. 그럴 돈밖에 없었다.

사람들과 함께 일하면서 요리 세계의 원리를 이해해야 한다. 최대한 이것저것 많이 먹어보라. 모든 경험을 흡수해라. 음식뿐만 아니라 아름다움, 두통, 부, 가난, 난관, 인종차별, 역사, 예술을 닥치는 대로 경험하라. 셰프에게 가장 강력한 도구인 공감 능력을 키우는 데 도움이 될 것이다.

규칙 5 어떻게든 원하는 일자리를 손에 넣어라

일터를 고를 때에는 나의 기술과 능력 이상으로 밀어붙이는 레스토랑을 목표로 삼아라. 운이 좋아서 면접 기회를 잡았다면 일찍 찾아가라. 샤워를 하고 깔끔하게 차려입어라. 실무 면접을 볼 수도 있으므로 칼을 비롯한 조리 도구를 챙겨가라.

레스토랑에서 여러분을 뽑지 않는다고 하더라도 꼭 일하고 싶은 곳이라면 포기하지 마라. 마그누스 윌슨의 젊은 시절 이야기를 예로 들겠다. 그는 파리에 미쉐린 별 셋(최근 어이없이 둘로 강등된)짜리 레스토랑인 파스칼 바르보의 라스트랑스에서 일하고 싶어 했다. 그곳은 요리 세계를 주도하는 스타일이었고 비좁다 보니 언제나 솜씨 좋은 요리사들로 가득했다. 마그누스는 어느 아침에 찾아가 일하고 싶다고 말했지만, 이전에 찾아온 수백 명의 요리사처럼 거절당했다. 그래서 그가 어떻게 라스트랑스에서 일하게 됐느냐고? 기회를 줄 때까지 몇 개월 동안 아침마다 계속 찾아갔다. 일단 찾아가는 시도부터 해야 원하는 일을 손에 넣는다.

요리에 소질이 없어서 걱정한다면

내가 좋아하는 가수는 전부 노래를 못한다. 끈기면 충분하다.

규칙 6 잘 챙겨 출근하자

레스토랑에서 아마도 일에 필요한 도구를 챙겨줄 것이다. 하지만 바보가 아니라면 자신의 도구를 챙겨서 출근하자. 그럼 진지하게 일할 준비가 되어 있는 요리사로 보인다. 준비물은 다음과 같다.

- 매직펜, 연필, 펜
- 공책
- 파란 마스킹 테이프 : 용기에 라벨링하는 용도
- 식도, 빵칼, 과도, 채소칼, 네모식칼과 각각의 칼집
- 숫돌과 벼림쇠 : 서비스 전후에 언제나 칼을 간다.
- 꺾인 스패출러, 케이크 테스터, 벤치 스크레이퍼
- 쿤즈koonz 숟가락(소스 플레이팅용 숟가락-옮긴이), 크넬quenells 숟가락(고기완자처럼 동그란 모양을 만드는 숟가락-옮긴이), 구멍 뚫린 숟가락. 물론 쥐는 법도 알고 있어야 한다(저녁을 보채는 것처럼 쥐지 말고, 연필이나 붓처럼 가볍게 쥐어야 한다).
- 계산기와 보석용 미세용량 저울
- 즉석 후추갈이(터키산 커피 그라인더를 이 용도로 쓰면 좋다).

- 진통제(애드빌, 타이레놀 등 자신에게 맞는 것-옮긴이), 화상연고, 반창고와 거즈
- 신발. 나는 크록스를 신지 않는다. 와일리는 스테인리스스틸로 앞코를 씌운 장화를 추천해주었다. 편안하고 미끄러지지 않으면서 칼 등 위험한 도구에 다치지 않도록 발을 보호해준다. 덤으로 키도 약간 키워준다.
- 모자
- 기름이 튀므로 콘택트렌즈를 끼거나 안경을 쓰면 일하기가 힘들다. 라식 수술을 고려하라.
- 웃기게 들리겠지만 팔목 보호를 위한 아대
- 젓가락이나 핀셋. 나는 젓가락파다.
- 개인 수건을 굳이 가져갈 필요는 없지만, 레스토랑에서 가능할 때마다 깨끗한 수건을 챙겨서 나만 아는 장소에 숨겨라.

규칙 7 모든 게 미장 플라스다

문자 그대로만 따져보면, 미장 플라스는 서비스 동안 필요한 모든 요소를 미리 준비하는 일이다. 조리하지 않은 단백질(고기, 생선 등), 채소, 소스의 밑바탕, 양념, 지방, 그리고 여러분이 맡은 요리에 들어갈 모든 요소에 여유분을 두고 준비한다. 그리고 여유분의 여유분도. 하지만 범위를 넓혀보면, 미장 플라스는 철저한 준비를 뜻한다(심지어 요리 바깥의 삶까지도).

그런 차원에서 밤에 잠을 잘 자둘 것을 권한다. 가능하면 운동도 잘 챙기자(특히 등이 중요하다. 요리를 오래 하고 싶다면 아무리 강조해도 지나치지 않다). 그리고 서비스 전에 화장실을 가둔다. 식당에 손님이 들어오면 라인을 떠난

다는 생각은 하지 말자. 바쁜 저녁 시간대에는 똥을 참을 줄 알아야 한다. 몸을 서비스 일정에 맞춘다. 그렇게 어려운 일도 아니다.

더 위험한 습관을 피하기는 어렵다. 언제나 스트레스를 줄이기 위한 자기 파괴적 수단에 둘러싸여 있으니 때로는 그것들에 기대게 될 것이다. 술이나 약에 취해서 출근하지 마라. 하한선을 정하고 몸을 건강하게 오래 유지할 방법을 생각하라. 흡연은 누구나 하고 어느 정도는 괜찮지만, 피워보니 미각이 둔감해진다. 주방에서 받는 스트레스에는 도움이 되지만 계속 담배를 피우면 결국 죽으므로 언젠가는 끊어야 한다.

규칙 8 시간을 다르게 쓰는 버릇을 들여라

가장 먼저 출근하는 직원이 되자. 그만큼 진지하게 일한다는 걸 보여주기도 하지만, 특히 시작 전에 시간을 충분히 쓸 수 있어 좋다. 전화기는 사물함에 넣어두자. 서비스가 시작되면 시계를 들여다보지 말자. 분과 초만 확인하고 시각은 무시한다. 처음부터 마지막 식탁의 서비스까지 요리를 어떻게 마무리하며 다른 팀원과 어우러져 일할 것인지만 생각한다.

시계를 무시하면 밤 10시에 메일을 보내는 개차반이 안 될 수 있다. 모든 식탁에 가족이 찾아와 식사한다고 생각하고 대해라. 설사 손님이 별로 없고, 마감 중인데 문을 닫기 5분 전에 두 사람이 찾아오는 경우라도 마찬가지다. 여러분은 그들이, 직원들이 힘든 하루의 보상인 맥주를 당장 들이키지 못하거나 말거나 신경쓰지 않는 부자라고 지레짐작할 수 있다. 하지만 실은 그들이 누구인지 어디에서 왔는지, 왜 그다지도 늦은 시간에 끼니를 찾아 레스토랑에 왔는지는 모른다는 점을 기억하자. 그들에 대해서 아무것도 모르지만, 최선을 다해 대접하자. 모든 손님이 생의 마지막 식사로 여러분의 음식을 골랐다고 상상하자.

규칙 9 몸으로 배우자

쥐뿔도 모르더라도 모든 일에 자원하자. 크래프트에서 일하던 어느 날, 마르코 카노라가 복도에서 나를 부르더니 그레몰라타(파슬리, 갈아낸 레몬 겉껍질, 마늘 등을 다져 만든 이탈리아 양념-옮긴이)가 필요하다고 말했다. 나는 망설임 없이 고개를 기운차게 끄덕이며 "알겠습니다, 셰프"라고 답했다. 조리대로 돌아와 생각해보니 나는 그레몰라타의 재료도 조리법도 몰랐다. 민망함을 무릅쓰고 부엌으로 돌아가 셰프에게 레시피를 물어보았다. 그는 화를 내지 않았다. 열심히 일하는 나의 태도와 열정적인 투지를 높게 샀다(그가 시키는 일을 전혀 할 수 없었지만). 나는 모모푸쿠의 요리사들이 그런 태도를 보일 때 기쁘다.

그런 차원에서 저녁 서비스가 아닌, 대부분의 밑준비가 끝나는 아침에 일하라. 메뉴의 모든 요리를 시작부터 마무리까지 배워라. 레스토랑의 모든 요소를 머리에 담자.

규칙 10 맛있는 직원 식사를 만들자

어느 오후, 크래프트의 주방에 들어가니 수셰프 아크타르 나와브가 사모사 samosa (동남아시아, 지중해, 아프리카의 튀김만두-옮긴이)를 만들고 있었다. 이곳에서는 인도 분위기라도 풍기는 음식조차 메뉴에 없었으므로 신기한 광경이었다. 나는 "셰프, 오늘 메뉴에 사모사가 올라갑니까?"라고 물었다. 그는

좋은 셰프가 되기 위한 서른세 가지 규칙

손님이 아닌 우리를 위해 만든 거라고 답했다.

그날 아크타르는 직원 식사를 만든다고 일찍 출근했다. 내가 아는 모든 성공한 셰프는 직원 식사를 엄청나게 신경 쓴다. 동료를 잘 보살피지 않으면 레스토랑에 찾아오는 생판 남을 어떻게 잘 보살피겠는가? 하지만 단지 동료를 위한 존경과 사랑을 담는다고 장땡이 아니다. 직원 식사는 말단 요리사가 자신을 표현할 수 있는 한 줄기의 기회이자, 자투리와 남은 식재료로 맛있는 음식을 만드는 법을 연습할 기회다.

규칙 11 어려운 길을 골라 가라

지하에서 식재료 밑준비를 하다 보면 일을 하는 길이 여러 갈래임을 깨닫는다. 물론 그 가운데는 셰프가 지시한 것보다 더 쉬운 요령도 있다. 그에 따라 일을 한다면 가장 똑똑한 요리사가 될 것이다. 하지만 더 힘든 길을 택한다. 왜? 그래야 손님이나 셰프를 속인다는 기분이 들지 않는다. 쉬운 길을 택하면 스스로를 속이는 것이다. 일에서 자신을 속일뿐더러 생존에 꼭 필요한 '엿 먹어라' 사고방식을 속이는 것이다.

농구선수 래리 버드는 최전성기였던 1986년에 대회 전체를 왼손으로 치르기로 했다. 그는 왼손만으로 47득점에 트리플더블로 이겼다. 왜? 도전하고 싶었기 때문이다. 자신의 조리대에서 맡은 일을 잘하고 있다면 더 어려운 길을 선택할 수 있다. 여러분이 가르드 망제에 붙어 있는 동안 친구가 수셰프로 승진했다고 질투하지 말자. 가르드 망제는 가장 멋진 데다가 대부분의 조리 기술을 배울 수 있는 자리다. 최선이 되기 위해 그 파트에서 일하는 것이다. 승진을 위해서가 아니다.

규칙 12 꼼수의 대가가 되라

크래프트 이야기를 하나 더 하자. 어느 날 평론가가 찾아왔다. 봄이 한창이라 그들은 아스파라거스 요리를 시켰다. 문제는 밑준비된 재료가 없었다. 시장에서 아스파라거스가 늦게 배달되는 바람에 다듬어 서비스에 맞출 시간이 없었던 것이다. 그때 셰프 톰 콜리키오가 주방에 들어와서는 차분하게 아스파라거스가 담긴 거대한 궤짝을 조리대에 올렸다. 그러고는 한 상자를 전부 꺼내 띠톱으로 밑둥을 한 번에 깔끔하게 잘라냈다. 내가 좋아하는 셰프의 이야기는 전부 꼼수 부리기에 대한 것이다. 욕을 먹는 만큼이나 기발하게 일을 처리해 시간을 절약해주는 '흑마술'이다. 꼼수 부리는 습관이 들지 않아야 하므로 흑마술이라 일컫는 것이다. 필요할 때만 체계를 무시하고 꼼수를 부리자. 자주 하면 잔머리 굴리는 요리사가 될 뿐이다. 말해놓고 나니 규칙 11과 완전히 모순인데, 그래서….

규칙 13 역설을 받아들여라

앞에서 이야기했듯 나는 역설을 써서 창의력을 가장 잘 발휘할 수 있다고 굳게 믿는다. 요리사 혹은 셰프로 일하다 보면 때로 일부러 일을 더 어렵게 해야 한다. 아니면 시간과 노력을 최대한 덜 써야 할 때도 있다. 끊임없이 움직이는 목표이므로 이 접근 방식을 동시에, 그리고 온전히 이루어내는 방식을 찾기란 어려운 일이다. 성공하면서 새 장비를 사고 여러분과 직원의 보수를 올려주는 등 좀 더 편해지는 방법을 찾을 수 있다. 하지만 역경을 헤치면서 여러분과 레스토랑이 생기를 얻는다는 사실을 잊지 말자. 삶은 한구석이 편해지는 만큼 다른 구석이 불편해진다. 스스로를 새로운 길로 이끌 시간을 만들어라.

좋은 셰프가 되기 위한 서른세 가지 규칙

요리에서도 똑같다. 나는 모든 맛이 비슷하게 균형 잡힌 요리를 완벽하다고 생각하지 않는다. 그보다는 너무 짜거나 싱거운 요리가 차라리 완벽하다. 함께 먹었을 때 맛의 균형을 이루기 때문이다. 이런 역설을 활용할 줄 알아야 맛있으면서도 예측 불가능한 요리를 만들어낸다.

규칙 14 일을 잘못하고 있다고 느낄 때는 쉬어라

나는 해변에서 죽치고 앉아 쉬는 휴가를 떠나는 사람은 아니다. 하지만 바다에서 수영할 때 파도에 밀려 바깥으로 떠내려간다면 해변과 평행으로 수영을 해야 한다고 알고 있다. 파도와 맞서면 금세 지쳐 익사할 뿐이다. 주방에서도 마찬가지라서, 주문이 쌓여가는데 미장 플라스는 떨어지고 일을 제대로 다루지 못한다고 여길 때가 찾아온다. 주방에서 흔히 "허우적댄다"고 일컫는 상황이다.

이런 경우 여러분들은 대체로 생존 본능에 따라 더 빨리, 힘들게, 엉성하게 일할 것이다. 스스로 깨닫는 데 오랜 세월이 들겠지만 허우적댈 때에는 멈추는 수밖에 없다. 한 발짝 물러나라. 호흡도 골라라. 상황을 다시 파악하라. 생각과 조리대를 정리하라. 그리고 차분하게 다시 일을 시작하라. 기본 설정을 거스르는 행동이지만 그래야 살아남을 수 있다.

규칙 15 언제든 그만둘 수 있다

주방에서는 여러분이 찾는 긍정적인 반응을 얻기 어려울뿐더러 일이라도 그르친다면 욕을 먹는다. 너무 쉽다고 깨달을 때까지 요리는 절대 쉬워지지 않는다. 서비스를 망친 날마다 그만두고 싶어질 것이다. 그렇게 느껴도 괜찮다.

다만 다음 날 아침에는 그 감정을 떨쳐내야 한다.

최고의 잠재력은 요리를 하면서 자신에게 가장 혹독한 요리사들에게 있다. 불만족스러운 감정을 자신에게 유리하게 쓰는 게 요령이다. 요리사는 매일매일 새롭게 시작할 수 있다. 전날의 나빴던 서비스에 계속해서 영향받지 않기 때문이다. 내일의 실수는 이미 먹어치워 사라지고 없다. 오늘 더 잘하겠노라고 결심을 다지자. 다만 서너 달 뒤 다른 분야로 옮겨가면 다시 잘해낼 것 같지 않은 기분이 찾아온다는 점만 기억하자.

분야를 옮겨가는 이야기가 나온 김에 레스토랑 요리사로 겪을, 경력의 기본적인 전개를 살펴보자. 일단 동료 요리사들에게 완전히 쓸모없는 부담거리로 일을 시작할 것이다. 하지만 계속 배우고 성장해 마침내 팀에서 꼭 필요한 요리사가 될 것이다. 그리고 새로이 입사한 젊은 요리사들을 여러분 자신이 쓸모없어질 때까지 가르칠 것이다. 이미 여러분과 레스토랑 양쪽 모두 서로에게 시간을 충분히 주었으니, 그때는 새로운 길을 찾아 나서야 한다.

남의 레스토랑에서 일할 때는 얼마나 배울 수 있는지 분위기 파악을 잘해야 한다. 나처럼 채 1년도 못 채우는 요리사가 있는 반면, 떠날 때를 못 잡고 너무 오래 일하는 이들도 있다. 언젠가는 둥지를 떠나야 한다.

STEP 3

자신만의 주방을 꾸리게 되었다면

여러분은 결국 자신의 주방을 꾸리는 셰프가 됐다. 이제 자신의 목소리를 찾

좋은 셰프가 되기 위한 서른세 가지 규칙

을 때다.

규칙 16 매트릭스 세계의 작은 결함이 되라

배우는 크게 몇 부류로 나뉜다. 코미디 배우, 드라마 배우, 즉흥극 전문가, 메소드 연기자, 연극의 수호자 등이다. 요리도 똑같다. 장인의 길을 걸으려면 엄청난 인내심으로 이미 존재하는 스타일이나 조리법을 완벽하게 갈고닦는 데 매진해야 한다. 많은 요리사가 다른 이를 따라 하거나 기존의 스타일을 완벽하게 익혀 요식업계에서 성공한다. 이들을 폄하하고 싶지 않지만, 나는 요즘에는 이제껏 먹어보지 못한 음식을 팔아야 더 성공할 수 있다고 믿는다.

20년 전, 라멘이 내게 그런 음식이었다. 당시만 해도 미국인들은 별로 관심이 없었지만 나는 라멘을 좋아했다. 하지만 오늘 요리를 처음 시작한다면 중국 후난성에 가거나 인도 서남부의 케랄라 요리를 공부하거나 쇼핑몰처럼 이미 한물간 영역의 가능성을 시험해볼 것이다. 싸구려 취급을 받거나 무시당하는 요리 세계는 겉멋이 들지 않았으므로 좋은 선택지다. 겉멋은 요리사의 적이다.

어떤 분야를 선택하든 철저히 연구하라. 즉흥극이 창조적인 요리와 같다면 최고의 셰프는 조리 기술을 엄청나게 공부한 즉흥극 배우다. 관심이 가는 분야에 푹 빠져들라. 스페인의 산세바스티안에서 휴가를 보냈다고 해서 자기 동네에 최고의 핀초, 즉 바스크 지역 타파스 바를 열 수 있다고 생각하는 요리사가 되지 말자. 장래도 신통치 않고 어중간해지는 지름길이다.

규칙 17 머릿속에서 지레짐작하지 마라

천재는 실수하지 않는다. 그가 저지르는 실수는 자유 의지이자 발견의 관문이다. _제임스 조이스, 『율리시스』

이 책에서 이미 몇 번이나 말한 이야기를 한 번 더 강조한다. 분명 나쁜 아이디어는 있지만, 모든 아이디어는 발전시켜볼 만한 가치가 있다. 때로 보나 마나 실패라고 확신한 아이디어가 생각보다 좋은 결과를 내서 놀랄 수도 있다. 하지만 하나의 아이디어를 최대한 발전시켜보고 여러 방향으로 살펴본다면 틀림없이 가치 있는 무엇인가를 배울 수 있다. 너무나 많은 젊은 셰프가 첫 시도만으로 생각을 접는다. 모든 요리와 서비스가 데이터를 모을 기회다. 배우지 않으려 든다면 손해일 뿐이다.

규칙 18 경계를 분명하게 정해주라

한계가 있을 때보다 완전히 자유를 주었을 때 창의력을 발휘하기가 더 어렵다. 예를 들어 "맛있는 걸 만들어보세요"라는 말을 듣는다면 당신의 머릿속에서 생각이 오만가지로 뻗어나갈 것이다. 반면 "당근으로 맛있는 걸 만들어보세요"라고 말한다면 일이 훨씬 쉬워진다. 원칙을 확실히 규정해서 주방을 이끄는 데 쓰라. 르네 레드제피는 처음 노마를 열었을 때 레스토랑의 방향에 확실한 한계를 그었다. 아주 가까운 거리의 지역 재료만을 활용해 노르딕의 전통을 분석하고 확장한다. 이후 노마는 방향을 바꾸었지만, 개업 당시 정해놓은 한계 덕분에 성공을 거두었다.

한편 직업인으로서 넓은 의미의 한도를 규정해두는 것도 좋다. 완전한 성공과 회복이 어려운 실패를 의미하는, 최선과 최악의 시나리오를 짜보자. 전자를 목표로 삼되 후자 이하의 실패를 하지 않도록 주의한다. 그리고 그 중간 어딘가에서 시간을 들여 생각하지 말라.

규칙 19 베끼되 훔치지 말라

다른 요리사의 요리를 따라 함으로써 조리 기술, 요리 역사, 식재료, 그리고 창의력 등을 많이 배울 수 있다. 반드시 해봐야 한다. 좋아하는 음식이 왜 특별한지 이해하려 시도해보라. 일단 그렇게 배운 뒤에는 골똘히 생각해본 뒤 앞으로 나아간다. 모모푸쿠는 그동안 다른 셰프들에게 직접 영향을 받은 음식을 냈다. 그럴 때마다 바로 메뉴에 신경 써서 설명을 달아놓았다. 그렇게 우리가 존경하는 요리 세계와 사람들에게 옳은 대응을 했다고 굳게 믿는다. 다른 사람의 아이디어가 여러분의 레스토랑에서 하려는 이야기에 잘 맞는다고 백 퍼센트 확신한다면 출처를 확실히 밝히자. 그리고 어떤 경우라도 원본보다 못한 음식은 내지 말자. 요령을 부리거나 재료를 아끼려 들지 말자. 열악하게 흉내만 낸 요리는 절대 내지 말자. 더 나은 음식이 되도록 여러분의 시각을 반영하라. 하지만 그저 치즈를 갈아 뿌린다고 해서 남의 요리가 내 것이 되지는 않는다.

규칙 20 숭배의 대상이 되어라

레스토랑에 손님을 더 모으고 싶거나 새로운 레스토랑을 위해 투자를 받고 싶다면 헌신적인 추종자가 필요하다. 팬이 아닌 신자를 말하는 것이다. 식당에 손님이 하나도 없을 때도 찾아와 먹어줄 만큼 요리를 잘해서 손님에게 감동을 주어야 한다. 돌려받을 가능성이 없는데도 투자해주는 투자자가 있어야 한다. 혹평을 잠재울 만큼의 확신을 품어야 한다. 두려움에 떨면서, 혹은 시각을 제대로 보여주지 못하면서 요리하지는 말자.

한 저널리스트는 안면을 튼 뒤 모모푸쿠에 대한 내 접근 방식을 이렇게 이야기했다.

"모든 일에 이렇게 진지한 사람은 처음이에요."

언제나 이런 인상을 풍겨야 한다. 평론가든 손님이든 죽기 살기로 요리하는 사람에게 반응한다. 그런 데 익숙하지 않기 때문에 끌릴 것이다.

그러므로 무엇보다 스스로를 굳게 믿어야 한다. 여러분의 시각을 보고 싶은 누구보다 더 멀리까지 도전하겠다는 의지를 모두에게 드러내 숭배의 대상으로 거듭나야 한다. 가장 먼저 발걸음을 떼지 않으면 남들보다 앞서 나갈 수 없다.

STEP 4

주방 밖 사람들과 관계 맺기

우리는 사람들을 잘 먹이기 위해 존재하지 잡아먹히기 위해 존재하지 않는다.

규칙 21 끔찍하고 지루한 일에 빠져라

괜찮은 셰프는 외국어를 적당히 할 줄 안다. 위대한 셰프라면 적어도 스무 가지 언어를 유창하게 구사한다. 더 자세히 말하자면 위대한 셰프는 레스토랑을 낸 주의 주류 취급 면허 담당관, 동네 반상회, 건물주, 노동법, 인사 규정, 전력 회사, 주방용품점, 국토부, 보건부, 소방청, 세탁 업체, 쓰레기 처리 업체, 회계사, 냉난방, 저축과 대출, 사무기기, 급여, 결제 시스템을 다룰 용어와 관료제를 배웠다. 나는 이미 여러 가지를 잊어버렸지만, 핵심은 살아남으려면 이 모든 말도 안 되는 일을 다 알아야 한다는 것이다. 아니면 다른 사람에게 이용당할 것이다. 자질구레한 일에 파묻히면 가망이 없다.

규칙 22 돈을 들인 만큼 성과가 난다

변호사, 회계사, 시공업체를 예산이 맞는 데로 고용한다. 형편이 넉넉하다면 중고 장비는 피하라. 예산이 허락하는 한도 내에서 최고의 신제품을 쓰고 성장하면서 점차 더 나은 장비를 갖춘다. 손님은 돈을 제대로 들여 운영하려는 노력을 알아본다(자급자족에 대한 은유를 포함했는데, 알아서 찾아보도록).

  사업의 측면에서 레스토랑을 최대한 단순하게 운영할 만한 이유가 또 있다. 나는 모모푸쿠를 최소한의 실내 장식과 등받이 없는 의자, 커피와 디저트 없는 메뉴로 열었다. 물론 전부 갖출 돈이 없기도 했지만 손님이 금방 먹고 나가는 분위기를 느끼기를 바랐다. 나는 손님을 재촉하지 않으면서도 회전율을 높이고 싶었다. 에너지를 원하는 쪽으로 몰아주는 게 핵심이다. 실내 장식이 아무리 그럴싸하더라도 손님이 음식에 만족하지 못한다면 아무런 의미가 없다.

규칙 23 적극적으로 자기 홍보를 하라

홍보대행사에 돈을 낭비하지 마라. 특히 개업할 때 조심하라. 음식 관련 매체가 너무도 많아서 홍보 글을 쓰려고 돈을 들일 필요가 없다. 그저 할 말만 준비하면 된다. 홍보사를 쓸 돈으로 요리사를 더 고용하고 급여를 올려주고 필요한 장비를 사라. 그것이 더 나은 투자다.

하지만 데이브, 저는 매체를 다룰 줄 몰라요. 도와주세요.

나도 모두가 매체 다루는 요령을 알지는 못한다고 생각한다. 나 또한 처음에는 그들과 제대로 이야기를 나누지 못했다. 그래서 그동안 배운 몇 가지 기본 원칙을 공유한다.

- 일 처리를 투명하게 하라. 저널리스트들은 대체로 똑똑해서 거짓말을 알아차린다. 물론 못 알아차린다고 해서 거짓말을 해봐야 의미가 없다. 따라서 더 나은 전략을 알려주겠다. 여러분의 도덕 기준에 충실하게 필요한 자료를 넘겨주고 정직하게 이야기한다.

- '비공개 전제'의 위력을 깨달아라. 완전히 정직하게 이야기를 하더라도 전부 게재될 필요는 없다. 비공개를 요청하고 저널리스트가 받아들였을 때, 나의 삶이 바뀌었다. 갑자기 나는 내 계획과 목표와 의견을 독자들에게 흘릴 걱정 없이 터놓고 이야기하게 됐다. 모든 것을 터놓을 만큼 파괴적이고 효율적인 소통 방식이다. 다만 비공개를 원하는 이야기가 무엇인지 명확하게 의사를 밝혀라.

- 일로 말하라. 저널리스트는 매주 주요 레스토랑의 메뉴 변화, 특별 행사, 그 밖의 초대장을 담은 이메일을 수백 통 받는다. 거기에 굳이 내 메일까지 보내

더 복잡하게 만들 필요가 없다. 무시할 수 없는 일만 하는 데 시간과 자원을 들여라. 잘만 한다면 레스토랑에 찾아오는 손님들이 홍보를 해줄 것이다. 물론 말이 쉽기는 하다.

· 글을 읽어라. 자기 레스토랑에 대한 기사를 쓰는 이들을 잘 모르는 셰프들이 놀라울 정도로 많다. 그들은 비평가를 적으로 여기지만 맞서 싸울 능력은 없다. 평론가가 어떻게 생겼는지, 무슨 생각을 하는지, 입맛은 어떤지, 어떤 이들과 어울리는지, 어느 레스토랑에서 먹는지 전혀 모른다. 많은 비평가가 달걀을 안 좋아한다는 사실을 알면 놀랄 것이다. 기사를 읽기만 해도 알 수 있는데 말이다(여러분을 다룬 글만 읽으라는 게 아니다). 공부하고 외워서 늘 준비해둔다.

· 누가 영향력을 미칠지는 아무도 모른다. 스스로가 너무 대단해서 인터뷰하러 온 어린 인턴이나 구독자가 단 50명인 블로거는 무시하고 싶을 수도 있다. 하지만 그들이 여러분을 존중하고 진지하게 대한다면 여러분도 무식하게 그들을 무시할 이유가 없다. 당장 내친 한 명의 똑똑한 젊은이가 매체의 거물로 성장해 평생의 적이 될 수도 있다.

규칙 24 언제나 최악의 시나리오에 대비하라

요식업계에서 '가족과 친구 초대 식사'는 유료로 손님을 받기 전 경험해볼 좋은 실전 기회다. 공짜로 식사를 대접하는 대신 손님들은 음식과 서비스가 완벽하지 않다는 사실을 알고 찾아온다. 당연히 현실에서 초대 식사는 대체로 개판이다. 돈을 안 내도 된다는 걸 아니까 친구와 가족들은 하룻밤 만에 벼룩의 간까지 빼먹으려 들 것이다. 원래 그런 자리이므로 내버려 두자.

똑똑한 레스토랑 사업가라면 초대 식사에서 최악의 시나리오를 실험해 보자. 오래 죽치고 앉아 있다가 집에 가자마자 옐프 같은 평가 사이트에 혹평을 올리는 이들 말이다. 모모푸쿠의 초대 식사에서는 언제나 비상 상황을 지어내 대비한다. 서비스가 한창인데 조명이 나간다. 가스나 결제 시스템이 문제일 수도 있다. 가장 바쁜 시간에 예약도 안 한 귀빈 여섯 명이 찾아올 수도 있다. 식당에서는 네 번째 코스까지 나오고 난 다음에야 유제품을 먹지 않는다는 손님이 나오기도 한다. 말이 안 되지만 주방에서는 맞춰줘야 한다.

다른 자리에서는 간이 짜게 됐다며 요리를 주방으로 돌려보낸다. 자세히 보니 자기들이 소금을 들이부었다. 그렇다고 주방에서 손님에게 항의할 수도 없다. 손님은 언제나 옳으니까. 지배인과 셰프가 상황을 파악한답시고 부산스레 돌아다닌다. 백 가운데 아흔일곱 건은 내가 직접 벌인 일이다. 직원들이 압박을 받았을 때 어떻게 대응하는지 보고 싶기 때문이다. 차분하고 침착하게 대응하는 이들이 누군지 살핀다. 개업 전 마지막으로 안정된 영업이 가능한 상황을 확인할 기회를 어찌 낭비할 수 있겠는가?

규칙 25 자신의 약점을 파악한다

모든 일을 잘할 수는 없다. 약점을 최대한 빨리 파악해야 적응할 수 있다. 대부분의 셰프는 의사결정마다 끼어들고 싶어 하는 통제왕이다. 하지만 지속 가능한 시스템을 구축하고 싶다면 한 발 물러나 다른 사람에게 힘을 실어주는 법을 배워야 한다. 스포츠에서 최고의 선수는 종종 최악의 감독이 된다.

요리사와 셰프의 세계에서도 마찬가지다. 설사 내보이지 않더라도 나의 약점을 받아들이는 게 현명하다. 대신 직원들을 믿자. 그들이 특정 분야에서 나보다 낫더라도 기죽지 말자. 능력이 있다고 믿어주어야 직원들이 일도 잘한다. 여러분과 똑같은 방식으로 일하지 않을 수 있지만, 사실 그게 최선이다. 최고의 야구팀을 꾸리고 싶다면 스물다섯 명 전부가 투수일 필요는 없다. 다른 능력을 지닌 다른 포지션의 선수가 필요하다.

규칙 26   패스트푸드점의 지배인만큼 성질을 다스려라

최근 공항에서 깨달음을 얻었다. 맥도날드에서 아침 메뉴를 먹으려고 긴 줄에서 대기 중이었다. 직원들은 스트레스받은 여행자들이 넣은 엄청난 주문에 시달리고 있었다. 상황은 점점 나빠졌다. 요리사들이 제대로 대응을 못하기 시작했다. 패스트푸드점이었지만 어떤 셰프라도 조만간 직원들이 허둥댈 것을 알아차렸을 것이다. 지배인이 곧 성질을 부릴 것 같아 나는 그쪽으로 관심을 돌렸다. 하지만 그는 그러지 않았다. 계속해서 차분하게 대응했다. 그는 전체를 안정시키고 직원들을 재배치했다. 이전에도 이런 상황을 겪었으므로 해결책도 알고 있는 것이다.

분노는 주방 조직의 전통적인 관습이다. 나 같은 요리사들은 소리 지르고 성을 내도 괜찮다고 여기는 시대에 일을 배웠다. 주방에서 일하면서 나의 추악한 부분이 고개를 들었고, 지난 20년 내내 이를 다스리느라 애썼다. 그 맥도날드의 지배인이 차분하게 주방을 통제하는 것을 보면서 나도 더 나아질 수 있음을 다시 한번 깨달았다. 바깥 세계에서는 파인다이닝 주방이 패스트푸드 주방보다 우월하다고 보지만 나는 솔직히 거짓이라고 생각한다.

셰프로 가장 높은 자리에 올랐다면

엄청나게 어려운 길을 거쳐 셰프로서 성공했다. 이후에 어떤 일을 겪을지 감을 잡았는가?

규칙 27 이전의 성공을 내던져라

셰프로서 이름이 약간 알려졌다고 치자. 미쉐린 별 한두 개를 받았을 수도 있다. 아니면 제임스 비어드상을 받았거나. 요리사들은 여러분 밑에서 일하겠다고 계속 찾아온다. 손님들이 길거리에 줄을 늘어서 대기한다. 이제 쉽게 앞으로 갈 수 있지 않을까?

아니다. 여러분은 셰프로서 가장 위험한 단계에 접어들었다. 여러분이나 직원들이 유명세나 호평을 받을 만하다고 생각하며 출근한다면 망했다. 지나친 자기의식과 안주하려는 자만심은 셰프의 적이다. 물려받은 재산이 인생의 걸림돌 역할을 하는 것과 마찬가지다. 손님들은 낌새를 챌 것이며, 그러자마자 레스토랑에 발을 끊을 것이다. 일이 쉬워진다는 느낌이 들면 새로운 도전거리를 찾아야 한다. 순수하게 금욕적인 이유 때문이 아니라, 그래야 오래갈 수 있기 때문이다. 성장은 실수하지 않는 날 멈춘다. 실수에서 배우지 않는 게 셰프가 저지르는 유일한 실수다.

나는 이제 모모푸쿠를 처음 열었을 때처럼 자신감과 안정을 느끼지 않는다. 그래서 우리가 잘해나가고 있다고 굳게 믿는다.

규칙 28 과거의 성공 비결이 지속가능하지 않다

셰프로서 성공하면 할수록 장점을 빼앗긴다. 수셰프 혹은 셰프 드 퀴진으로 승진했을 때 그런 현상이 벌어진다. 주방에서 가장 빠르고 부지런한 요리사였는데 갑자기 요리와 전혀 상관없는 일을 하루 종일 해야 한다. 이제 재고를 확인하고 요리사들을 교육하고 메뉴를 기획하고 인터뷰를 한다. 이런 변화를 겪다가 무너진 젊은 셰프를 수도 없이 보았다. 기술을 최고 수준으로 가다듬었다고 생각했는데 졸지에 아무런 쓸모가 없어진 것이다. 이제는 전혀 다른 일을 새롭게 배워야 한다. 손님은 상이나 호평, 과거를 먹지 않는다.

비디오 게임이라고 생각하면 이런 상황이 쉽게 풀린다. 앞으로 나아가면서 새로운 기술을 배우고 더 어려운 왕과 싸우며 난이도도 훨씬 더 높아진다. 그렇지 않으면 게임을 하는 보람이 없다. 같은 난이도로 계속 게임을 한다면 얼마나 지루하겠는가?

규칙 29 모든 요리에서 단서를 포착하라

떠오르는 셰프로서 새롭게 배워야 할 기술 중에 소통이 가장 중요하다. 이제 유아독존의 영웅 노릇은 더는 할 수 없다. 모두가 여러분의 시각과 방법론을 우러러본다. 특히 주방에서 멀어질수록 더 그렇다.

소통 능력을 키우면 능력 없는 이들 덕분에 더 돋보일 것이다. 그러려면 감식 능력 또한 길러야 한다. 최근 허드슨 야드의 모모푸쿠 한식당인 가위에서 얇게 저민 양지머리무침을 먹었는데 소태처럼 짰다. 무슨 일인지 알아보려고 주방에 들어갔지만 아무도 원인을 몰랐다. 일단 양념장을 맛봤더니 문제가 없었다. 접시에 담은 요리사는 소금을 더 치지 않았다고 말했다. 더 파

고들어 가자 양지머리 자체에 간이 지나치게 되어 있었다. 전날 준비한 수셰
프가 레시피에 소금을 임의로 더 넣은 것이다. 그는 조린 양지머리가 이상하
게 싱겁다고 생각하고 혼자서 소금간을 더 했다.

　　양념장을 꽤 짜게 만들어서, 우리는 양지머리에는 따로 간을 하지 않는
다. 동료들에게 제대로 알리기만 했다면 요리가 더 나아질 수도 있었다. 형사
처럼 거꾸로 되짚어봐야 문제를 파악한다. 물론 대부분은 소통을 깜빡해 문
제가 벌어진다.

규칙 30　삶이 자연 다큐멘터리라면 셰프는 영양이다

셰프는 문자 그대로 타인을 먹이기 위해 존재한다. 비유하자면 포식자인 건
물주, 동업자, 투자자, 브랜드에게 잡아먹히기 쉬운 먹이다. 일반적으로 레스
토랑 종사자들은 모든 사업 관련 정보에 대체로 어둡다. 물가의 영양처럼 풀
숲에 몸을 숨긴 사자를 언제나 극도로 경계해야 한다. 입 안 대고 물 먹기, 두
당 배분, 초의결권처럼 여러분을 혼란에 빠트리기 위한 용어와 은어를 속속
들이 공부한다. 그리고 투자 전략을 배워라. 잠재적인 동업자의 정보를 미리
살펴 투자에 성공하고 있는지 파악하라. 동업 조건이 너무 유리해서 거짓말
같다면 아마 그럴 것이다. 여러분이 성공한 뒤 접근하는 이를 절대 믿지 말
라. 그리고 이렇게 말해 안타깝지만 셰프끼리의 동업은 장기적으로 대부분
실패한다.

　　사업에서는 유리한 입장에서 협상해야 한다지만 우리는 그러기가 거의
불가능하다. 오로지 모두가 우리를 이용해먹는다는 자세로 협상해야 한다.
많이 배운 사람들을 상대로 이익을 내려고 할 때, 그들은 복잡 미묘한 계약서

를 내밀며 당신을 당황하게 할 것이다. 이에 대응하는 일반적인 전략 두 가지를 소개한다.

1. 건물주가 된다면 확실하게 이길 수 있다.

2. 프랜차이즈화 할 수 없는 레스토랑은 팔아서 돈을 벌 수 없다.

이런 것들을 따지다 보면 셰프의 존재론적 문제는 다음과 같은 질문으로 정리된다. 셰프로 은퇴한 셰프가 떠오르는가?

많은 셰프가 레스토랑 사업가로 전업하거나 매체에 진출하거나 식품회사, 패스트푸드, 그 밖의 음식 관련 사업으로 옮긴다. 하지만 주방을 제 발로 걸어 나가 은퇴한 셰프는 아직 한 명도 없다. 이 바닥에서는 그럴 수가 없다. 시간이 흐르면서 바뀌기를 바라지만 본격적으로 일을 시작하기 전에 상황은 파악하는 게 좋다.

규칙31 소중한 것에 눈을 돌려라

셰프가 된다니 가장 멍청한 직업을 선택했다. 하지만 한편으로는 세계 최고의 직업이기도 하다.

내가 이처럼 경고를 하고 부정적인 정보를 늘어놓는다고 해서 일을 사랑하지 않는다고 여기지는 않기를 바란다. 또한 이 일의 매력을 보지 못하고 지나치는 일도 없기를 바란다. 사람들을 먹이는 건 정말 아름다운 일이다. 여러분은 요리로 사람들을 다른 시공간으로 데려갈 수 있다. 셰프는 축하의 자리를 빛내주기도, 어려운 시기에 위안을 주기도 한다. 또한 농장주와 장인을 지원하고 이야기꾼이 될 수도 있다. 사람들을 연결해주고 서먹서먹함도 허물어준다. 또한 예술가이기도 하다. 잊지 말자.

규칙 32 동료 체계를 구축하자

최근 암벽 등반에 대한 다큐멘터리가 몇 편 나왔다. 〈프리 솔로〉는 아카데미상 다큐멘터리 부문 수상작으로 알렉스 호놀드의 이야기를 담았다. 그는 요세미티 국립공원의 1천 미터짜리 바위산인 '엘 캐피탄'을 등반했다. 호놀드가 등반에 성공한 이야기가 많은 관심을 끌었지만 나는 토니 콜드웰 팀에 한 표를 주겠다.

호놀드가 홀로 엘 캐피탄을 등반하기 전, 동료 등반가인 토미 콜드웰과 케빈 요르게슨이 함께 등반에 성공해 역사를 새로이 썼다. 다큐멘터리 〈던월〉에서 그들의 여정을 볼 수 있지만, 32번 규칙과 관련된 요점만 추려보겠다. 3주에 걸쳐 엘 캐피탄을 등반하면서 조게슨은 가장 어려운 구간에 한참 동안 발이 묶여 있었다. 그래서 그는 콜드웰에게 혼자서 나머지를 등반하라고 등을 떠민다. 하지만 콜드웰은 정상에 점점 가까이 다가가면서 친구 없이는 등반을 끝내지 않으리라 마음먹는다. 그래서 다시 아래로 내려가 며칠에 걸쳐 요르겐슨을 도와주고, 결국 둘은 함께 정상을 정복한다.

콜드웰은 왜 그랬을까? 다큐멘터리의 기록을 그대로 옮겨보자.

"혼자서 등반에 성공하는 게 최악의 결과라는 생각이 들었습니다."

사람들은 콜드웰이 이타심을 발휘했다고 볼 것이다. 하지만 나는 그에게 친구를 돕는 것 말고는 다른 선택이 없었다고 생각한다. 그는 오랜 세월 동안 비극과 고통을 겪은 뒤 이 불가능한 등반에 도전했다. 엘 캐피탄의 등반에 성공하며 그는 재기했다는 평을 받았다. 하지만 목표가 눈앞에 가까이 다가오면서 그는 혼자서 정상에 올라봐야 아무런 의미가 없음을 깨달았다.

요리 세계에 대해 배우면 배울수록 나는 더 겸손해진다. 성공의 대부분이 우리가 통제할 수 없는 요인에 달려 있다. 우리의 고향, 인종, 부모, 일하면서 받은 도움, 어떤 시기에 거쳐 갔던 일터 등 말이다. 우리는 스스로 믿고 싶어 하는 것만큼 삶의 주도권을 잡지 못한다. 아무도 혼자 승리할 수 없다. 성공을 거둔다면 정상에 이르기 전에 멈춰 서서 혼자 끝까지 올라가고 있는 건 아닌지 살펴볼 것이다.

규칙 33 거슬러 돌아갈 수 있는 에너지를 아껴놓자

영화 이야기를 하나 더 들며 끝내겠다. 나는 의욕을 북돋고 싶을 때 〈가타카〉를 본다. 에단 호크가 맡은 역할인 빈센트는 마치 나 같다. 그는 유전공학으로 만들어낸 형 안톤보다 열등하다는 말을 들으며 자랐다. 그들이 어렸을 때 빈센트가 바다 수영에서 단 한 번 안톤을 이겼을 뿐이다. 영화의 절정에서 빈센트는 다시 한번 형과 수영으로 붙어 승리한다. 졌다는 사실을 믿을 수 없는 안톤은 어린 시절은 물론이고 어른이 돼서도 어떻게 이겼는지 묻는다.

빈센트는 "형, 나는 그저 돌아갈 에너지를 전혀 아껴두지 않았을 뿐이야"라고 답한다.

그 대사를 들으면 언제나 소름이 돋는다. 성공을 거두리라는 찻잎점 결과를 받아보지 못한 사람으로서, 나는 삶에 다른 의미가 전혀 없으며 과정에서 어떤 장애물도 이겨내리라 믿으면서 일한다. 오랫동안 그렇게 모모푸쿠를 꾸려왔다. 팔과 다리가 움직이는 한, 나는 돌아오지 않을 생각으로 앞으로 계속 나아갔다. 결국에는 익사하겠지만 일단 누구보다 더 오래 버틸 수는 있었다.

나는 이런 철학 덕분에 성공했다고 굳게 믿는다. 내가 가진 모든 것을 조금도 남김없이 쏟아붓지 않았더라면 모모푸쿠는 살아남지 못했을 것이다. 하지만 요즘 들어 이런 방식이 삶에 미치는 영향을 이해하게 됐다. 이제 내 삶은 더 이상 나만의 것이 아니다. 나에게는 아내와 아이, 친구, 그리고 동료가 있으며 나는 그들이 행복해지길 원한다. 그들이 나나 모모푸쿠를 위해 모든 것을 희생하길 원치 않으므로 일단 나부터 확실하게 바꿔야 한다.

나는 운 좋게 요식업계에서 살아남았다. 아직 바꿀 수 있는 시간이 남았을 때 부족함을 깨달아서 복을 받은 기분이다. 여러분에게 충고하자면, 다시 돌아올 기운을 아껴두는 한편 기꺼이 시각을 바꿀 채비를 늘 해두라. 이제 마흔두 살인 나는 요식업의 모든 답을 알고 있다고 확신한다. 하지만 내게 맞는 삶을 살다 보면 언젠가 지금을 돌아보며 얼마나 편협하고 멍청한 인간이었는지 창피함을 느끼는 때도 오지 않을까? 10년 뒤에 이 책을 펼쳐 마치 형편없이 이발을 하고 난 다음 찍은 내 사진을 보는 듯 얼굴을 찡그릴 수 있기를 기대한다. 얼른 그런 때가 왔으면 좋겠다.

좋은 셰프가 되기 위한 서른세 가지 규칙

감사의 말

솔직히 빚진 이들 모두의 이름을 늘어놓을 수는 없다. 따라서 간단히 이 책(과 삶 전반에)에 많은 도움을 준 가족과 친구들에게 감사하고 싶다. 특히 우리 가족, 클락슨 포터, 메이저도모 미디어, 잉크웰 매니지먼트, 모모푸쿠에서 일하거나 이미 거쳐 간 모든 사람에게 감사한다.

이처럼 누구의 이름도 따로 언급하지 않았지만, 예외가 하나 있다. 여러분들이 이 책을 재미있게 읽었다면, 그리고 책이 처음부터 끝까지 잘 쓰였다고 느낀다면 의심의 여지 없이 크리스 잉이 잘 이끌어준 덕분이다.

옮긴이 **이용재**

번역가. 음식평론가, 건축 칼럼니스트. 한양대학교와 미국 조지아공과대학에서 건축 및 건축학 석사 학위를 받고 애틀랜타 소재 건축 회사 tvdesign에서 일했다.《조선일보》,《한국일보》등 여러 매체에 기고했다. 그와 별도로 홈페이지(www.bluexmas.com)에 주 평균 3회의 글을 올린다.『한식의 품격』,『외식의 품격』,『미식 대담』,『조리도구의 세계』등을 썼고『뉴욕의 맛 모모푸쿠』,『이탈리아 요리 바이블 실버스푼』시리즈,『철학이 있는 식탁』,『식탁의 기쁨』,『모든 것을 먹어본 남자』등을 옮겼다.

인생의 맛 모모푸쿠

첫판 1쇄 펴낸날 2021년 9월 17일

지은이 데이비드 장
옮긴이 이용재
발행인 김혜경
편집인 김수진
책임편집 김교석
편집기획 조한나 이지은 유승연 임지원 곽세라
디자인 한승연 성윤정
경영지원국 안정숙
마케팅 문창운
회계 임옥희 양여진 김주연

펴낸곳 (주)도서출판 푸른숲
출판등록 2003년 12월 17일 제 2003-000032호
주소 경기도 파주시 심학산로 10 3층, 우편번호 10881
전화 031)955-9005(마케팅부), 031)955-9010(편집부)
팩스 031)955-9015(마케팅부), 031)955-9017(편집부)
홈페이지 www.prunsoop.co.kr
페이스북 www.facebook.com/simsimpress **인스타그램** @prunsoop

ⓒ푸른숲, 2021
ISBN 979-11-5675-894-5(03840)

만든 사람들
편집 김교석, 조유진 **교정교열** 조유진
표지 및 본문 디자인 한승연